Ursula Hegi
Das Schweigen durchbrechen

W0233935

Aus dem Amerikanischen von
Susanne Goga-Klinkenberg

Ursula Hegi

Das Schweigen durchbrechen

Über das Deutschsein in Amerika

Europa Verlag München · Wien

Die Deutsche Bibliothek – CIP-Einheitsaufnahme

Hegi, Ursula:
Das Schweigen durchbrechen :
über das Deutschsein in Amerika / Ursula Hegi.
Aus dem Amerikan. von Susanne Goga-Klinkenberg. –
München ; Wien : Europa-Verl., 1998
Einheitssacht.: Tearing the silence ‹dt.›
ISBN 3-203-78005-4

Originalausgabe:
Tearing the Silence
Simon & Schuster, New York, 1997
© Ursula Hegi, 1997
Publ. by arr. with the author

Lektorat: Cordelia Borchardt

Umschlaggestaltung: Wustmann und Ziegenfeuter, Dortmund

© Alle deutschsprachigen Rechte
beim Europa Verlag GmbH, München, Wien 1998
Herstellung: Friedrich Pustet, Regensburg
Printed in Germany
ISBN 3-203-78005-4

Für meinen Sohn Eric

Danksagung

Ich möchte mehreren Personen danken, die Entwürfe dieses Buches lasen und mir wertvolle Einsichten ermöglichten: Lanny DeVuono, Gordon Gagliano, Mark Gompertz, Deb Harper, Gail Hochman, Sally Pritchard, Rod Stackelberg und Sally Winkle.

Wieder einmal unterstützte die Eastern Washington University meine Arbeit durch ein Freisemester und Forschungsstipendium. Vielen Dank.

Inhalt

Der Holocaust war unaussprechlich, und das Schweigen
sagte letztendlich mehr als alle Worte.
KATHARINA IN IHREM INTERVIEW

Einleitung

Johanna – ernsthaft, blaß, beredt – saß mir gegenüber
und sprach darüber, wie sie als Teenager im britischen
Konsulat in Berlin ihre erste Holocaust-Dokumentation
gesehen hatte. »Das hat mich zutiefst erschüttert, doch
meine Erschütterung wuchs noch, als ich wie unter
Schock nach Hause ging und darüber sprechen wollte.«
Bei ihren Eltern stieß sie nur auf Ablehnung. »Wir haben
es nicht gewußt ... Wir haben im Krieg so viel durchgemacht ... Es war so schwer für uns ...«

Johanna sah mich an. »Wir haben es nicht gewußt«,
wiederholte sie leise. Und dann sagte sie diese Worte
noch einmal, diesmal fragend. »Wir haben es nicht gewußt?« Ihre Stimme war lauter geworden, enthüllte ihre
Zweifel, ihren Zorn. Sie erzählte mir, wie dieses Leugnen zu einer Entfremdung zwischen ihr und den Eltern
geführt hatte, und wie sie durch das Erlebnis dieses
Films zu einer Erkenntnis gelangt war. »*Wenn Menschen
zu so etwas fähig sind, bin auch ich dazu fähig.* Mich
trieb und treibt die eine Frage an: *Was kann ich tun,
damit so etwas nie wieder geschieht?*«

Indem sie sich selbst ständig prüfend beobachtete,
kämpfte Johanna jahrzehntelang darum, die menschlichen Impulse zu verstehen, die zum Holocaust führten.

Sie versuchte nicht, sich vom Land ihrer Geburt zu distanzieren oder zu sagen, dies könne nur in Deutschland geschehen sein. Sie schien den Holocaust eher instinktiv auf einer persönlichen und politischen Ebene zu begreifen. »Diese Art des Bösen oder Negativen muß ich wirklich als Teil des Menschen betrachten, also auch als Teil meiner selbst ... das ist die schwerste Aufgabe, der schwerste Aspekt. Doch letztendlich muß genau das getan werden – vor allem wir Deutsche müssen es tun – uns selbst betrachten und fragen: *Was in mir fördert das? Welche meiner Haltungen gehen in diese Richtung?* Und das ist natürlich schmerzlich. Unter anderem arbeite ich auch deshalb im Erziehungsbereich, weil ich den Menschen immer noch bewußt machen möchte, was geschehen kann. Mein Schwerpunkt hat sich verlagert – vom Aufrütteln der anderen zum ... Auffinden meines eigenen Schattens, wenn Sie so wollen. Mit ihm möchte ich Frieden schließen.«

Von Beginn an beeindruckte mich Johannas Mut, obwohl sie sich selbst mehrfach als ängstlich oder schüchtern beschrieb. Als wir unser Treffen planten, fragte sie zunächst, ob sie ihren Ehemann mitbringen könne, da sie Angst habe, in einer unbekannten Gegend Auto zu fahren. Als ich jedoch erklärte, eine dritte Person würde uns nur ablenken, war sie einverstanden, allein zu kommen.

Während Johanna in sich selbst hineinhorchte, sagte ich zu ihr: »Sie haben mehr Mut als die meisten Leute, die ich kenne.«

Wir haben unseren Dialog über das Interview hinaus fortgesetzt.

Vor fünfzehn Jahren wäre ich diesem Zuhören aus dem Weg gegangen.

Vor fünfzehn Jahren betrat ich die Poststelle der Uni-

versity of New Hampshire und zog mich zurück, als ich
zwei Kollegen über eine Holocaust-Dokumentation sprechen hörte. Ich konnte nichts sagen – nicht, weil ich
nicht über den Holocaust nachdachte, sondern weil ich
so oft darüber nachdachte und es zu furchtbar war, um
darüber zu reden. Ich befand mich noch im Inneren des
Schweigens, obwohl ich selbst es nicht so bezeichnet
hätte, da ich die Beharrlichkeit dieses Schweigens erst
verstand, als ich mich daraus löste, als ich es von außen
betrachten konnte – so wie eine Immigrantin ihr Herkunftsland betrachtet. Jahre später, nachdem ich angefangen hatte, über Deutschland zu schreiben, gestand
mir eine amerikanische Freundin: »Ich wollte dich immer nach deinem Deutschsein fragen, doch es erschien
mir taktlos.«

Wenn man sein Herkunftsland verläßt, muß man es
irgendwann sehr viel genauer betrachten.

Ich wurde 1946 geboren und wuchs umgeben von Spu-
ren des Krieges auf – ausgebombten Häusern, vaterlosen
Kindern, Männern, die Arme oder Beine verloren hatten. Doch wenn ich versuchte, Fragen zu stellen, bekam
ich von meinen Eltern und Lehrern nur zurückhaltende
und ausweichende Auskunft über den Krieg. Aber nie
etwas über den Holocaust. Sie sagten immer: »Auch wir
haben gelitten.« Diese Sichtweise ist lückenhaft, doch
vielen aus unserer Generation wurde sie als *einzige*
Sichtweise dargeboten. Wenn unsere Eltern mit uns
über ihre Verantwortung für ihr Handeln oder Nicht-
Handeln während des Krieges gesprochen hätten, wenn
sie um die ermordeten Juden und Zigeuner und Homosexuellen und politischen Gefangenen getrauert und
dann zu uns gesagt hätten: »Auch wir haben gelitten«,
hätte sich ihr Opfer-Sein in die gesamte, umfassende
Sichtweise eingefügt.

Allein für sich ist es ungenügend. Lückenhaft. Eine Lüge. Sie wollten für ihre Kinder *eine heile Welt* erschaffen. Worin bestand ihre Motivation? Schuldgefühle? Leugnung? Rechtfertigung? Der Wunsch, die nächste Generation zu schützen? Vielleicht all das zusammen. Doch ihr Schweigen vergrößerte die Schrecken des Holocaust.

Im Januar 1995, fünfzig Jahre nach der Befreiung von Auschwitz, kehrte Elie Wiesel in das Lager zurück, das er überlebt hatte. »Gott der Vergebung«, betete er als Leiter der offiziellen US-Delegation, »vergib nicht den Mördern jüdischer Kinder ...« Sein Gebet berührte mich tief, weil es den Vergebungsgedanken auf nüchterne, realistische Weise herausforderte. Natürlich ist Vergebung am rechten Platz heilsam, doch nur zu oft wird das Wort Vergebung trivialisiert und mißbraucht. Es wird zum Schlagwort auf einer Grußkarte, dem Klischee, daß sich alle vergeben müssen, bevor das Leben weitergeht. Und es gibt Greueltaten, die einfach nicht vergeben werden dürfen. Greuel wie den Holocaust. Wir müssen jedoch den Versuch unternehmen zu verstehen, wie er begann, weshalb er geschah, und jeden einzelnen Menschen betrauern, der ermordet wurde. Wir dürfen ihn nie in einen Bereich entgleiten lassen, den das Gedächtnis nicht mehr erreicht.

Ein Hauptauslöser für *Das Schweigen durchbrechen* war mein Infragestellen des Schweigens, an das ich mich aus meiner Kindheit erinnerte. Während ich das Schweigen in meinem Roman *Die Andere* erforschte, fragte ich mich, ob dieses Schweigen wirklich so total gewesen war oder ob ich vielleicht alles vergessen hatte. Hatte ein Lehrer oder ein anderer Erwachsener mit mir über den Holocaust gesprochen? Mir fiel niemand ein.

Ich beschloß herauszufinden, wie es anderen meiner Generation ergangen war. Eine große Zahl persönlicher Geschichten ist mit dem zweiten Weltkrieg verbunden – die Geschichten Überlebender des Holocaust, jüdischer Immigranten, von Kindern der Holocaust-Opfer, von Deutschen, die Kriegsverbrechen begingen –, doch die persönlichen Geschichten der Deutschen, die während des Krieges oder danach geboren worden waren und ihr Land verlassen und sich in Amerika niedergelassen hatten, blieben lange Zeit unerforscht. Und dennoch gehören ihre Stimmen dazu, um mit den anderen zu einem vollständigeren Bild einer Epoche beizutragen, um deren Verständnis wir uns noch immer bemühen.

Zu Beginn meiner Suche fragte ich Freunde und Kollegen, ob sie Leute kannten, die zwischen 1939 und 1949 in Deutschland geboren waren und jetzt in Amerika lebten. Für mich war es unwichtig, ob sie amerikanische oder deutsche Staatsbürger waren. Nachdem ich Aufrufe in mehreren Zeitschriften, Zeitungen und den Rundbriefen deutscher Clubs veröffentlicht hatte, meldeten sich mehr Menschen bei mir, als ich überhaupt interviewen konnte. Allein auf einen Aufruf in der *Los Angeles Times* erhielt ich fünfzig Antworten. Manche Leute, die Kontakt zu mir aufnahmen, kannten meine Bücher, während andere gar nichts über mich oder meine Arbeit zu wissen schienen. Ich sandte allen eine Projektbeschreibung. Nach und nach trafen Briefe ein, die häufig wie folgt anfingen: »Der Freund eines Freundes hat mir Ihren Brief gefaxt. Ich bin nach dem Krieg in Deutschland aufgewachsen ...«

Ich rief Karl, einen Pfarrer, an, der mir nach der Lektüre meiner Werke einen Brief geschrieben hatte. Während einer Lesereise lernte ich Katharina, eine Psychologin, kennen, die nach meiner Lesung in einer

Buchhandlung zu mir kam. Beide waren im Nachkriegs-deutschland aufgewachsen und begeisterten sich für die Teilnahme an meinem Projekt. Karl machte mich dann mit Eva bekannt, die sich ebenfalls zu einem Interview bereiterklärte.

Insgesamt meldeten sich über zweihundert Personen bei mir – drei Viertel davon waren Frauen –, doch da ich im Buch das Gleichgewicht zwischen den Geschlechtern wahren wollte, sprach ich mit beinahe ebenso vielen Männern wie Frauen. Die meisten Männer waren mit ihren Familien hergekommen, als sie noch sehr jung waren; zwei von ihnen waren in deutschen Waisenhäusern aufgewachsen und von Amerikanern adoptiert worden. Die Frauen jedoch waren in verschiedenen Lebens-phasen eingewandert, manche als Kinder oder allein-stehende Erwachsene, eine beträchtliche Zahl auch durch Heirat mit Amerikanern, was ihr zahlenmäßiges Übergewicht erklärt.

Zunächst telefonierte ich mit vielen dieser in Deutsch-land geborenen Amerikaner, um die Möglichkeit eines aufgezeichneten, tiefgehenden Interviews auszuloten. Während die Auswahl davon bestimmt wurde, eine möglichst breite Palette von Lebensgeschichten, Ansich-ten, Hintergründen, Berufen und geographischer Vielfalt abzudecken, lag die Entscheidung nicht immer bei mir, da sich einige Leute, die ich gern ins Buch aufgenom-men hätte, aus persönlichen Gründen gegen eine Teil-nahme aussprachen.

1994 und 1995 reiste ich in verschiedene Gegenden der Vereinigten Staaten. Ich hatte vor, mindestens vier Per-sonen für jedes Kapitel von *Das Schweigen durchbrechen* zu interviewen, doch als sie mir so eingehend von sich erzählten, wurde mir klar, daß jeder von ihnen eine Geschichte besaß. Daher beendete ich das Verfahren viel früher als geplant. Ich führte insgesamt dreiundzwanzig Interviews durch, zwölf davon persönlich, elf per Telefon. Von diesen elf Personen traf ich eine vor der Aufzeichnung und drei von ihnen danach. Die Bandaufzeichnung jedes Interviews dauerte zwischen drei und fünf Stunden, was eine Abschrift von 65 bis 125 Seiten bedeutete. Zwei Drittel dieser Interviews sind in der Endfassung meines Manuskriptes enthalten.

Bei meinen ersten Begegnungen traf ich mich mit Personen, die mit mir die kollektive Scham über die Herkunft aus einem Land, das Millionen Menschen ermordet hatte, teilten. Auch sie hatten die essentielle Bedeutung erkannt, die im Durchbrechen dieses Schweigens lag. Ihre Stimmen waren wesentlich. Dennoch war mir eines klar: Wenn ich ein realistisches Gleichgewicht in *Das Schweigen durchbrechen* wahren wollte, mußte ich auch mit Leuten sprechen, die ihren Haß oder ihr Mißtrauen gegenüber Menschen, die ihnen andersartig erschienen, als gerechtfertigt betrachteten. Ich wollte dieses Vorurteil – das wie alle Vorurteile von Unwissenheit und Angst genährt wird – freilegen, ohne Rassisten ein Sprachrohr für ihre Ansichten zu bieten.

Als ich in den Süden flog, um mich nach der Arbeit in einem chinesischen Restaurant mit Kurt zu treffen, ahnte ich noch nicht, wie qualvoll dieses Zuhören werden sollte. Er erzählte mir von seinen Jahren als Autoverkäufer und wie er es haßte, »diese Leute zu bedienen, die wir Punkte nennen. Inder also. Mit dem Punkt auf der Stirn. Ich hasse sie aus zweierlei Gründen: Sie riechen schlecht, und sie machen dasselbe wie die Orientalen. Bieten dir nie einen fairen Schnitt.« Als Kurt sich dann über jüdische Kunden beschwerte, verspürte ich körperliche Übelkeit. Vor langer Zeit schon hatte ich mir selbst geschworen, zu keinem Vorurteil zu schweigen, selbst wenn die Situation für mich und andere dadurch unangenehm würde. Doch wo sollen wir die Grenze ziehen? Wann sagen wir: »Das ist nicht richtig?« Ich stelle fest, je mehr ich über Deutschland schreibe, desto öfter ziehe ich diese Grenze. Ich habe mit einem Taxifahrer auf dem Weg zum Flughafen diskutiert, mit einem Kollegen, der sich mit seiner Sammlung rassistischer Witze brüstete, mit Studenten, die homophobe Verunglimpfungen äußerten.

Doch bei Kurt habe ich geschwiegen.

Stattdessen brachte ich ihn dazu, mir genau zu erklären, was er meinte. Durch mein Schweigen empfand ich mich als Komplizin, und doch wußte ich schon damals, wie stark und verstörend seine Worte auf dem Papier wirken würden. Hätte ich Kurt damit konfrontiert, wie ich über sein Vorurteil dachte, hätte er aufgehört – sich selbst zu enthüllen, meine ich, nicht, sich auf diese Weise zu verhalten. Dennoch geriet ich, selbst nachdem mir Freunde versicherten, ich hätte meine Antwort nur aufgeschoben, durch mein Schweigen in einen inneren Konflikt.

Als Kurt Parallelen zog zwischen amerikanischen Schußwaffengesetzen und der Art und Weise, wie Hitler »die Bürger« entwaffnete, »bevor er die Kontrolle im Land übernahm«, beschloß ich, diesen Irrtum Kurts in mein Buch aufzunehmen. Er definiert ihn und legt gleichzeitig dar, wie ihn die gängigen Vorurteile der amerikanischen Rechten beeinflußt haben. Tatsächlich übernahm Hitler die Gesetzgebung zu Schußwaffen aus der Weimarer Republik. Das einzige Gesetz zu Schußwaffen, das unter seiner Herrschaft 1938 erlassen wurde, verbietet Juden, selbst wenn sie Inhaber eines Waffenscheins sind, ihren Besitz. Wann immer eine sachliche Ungenauigkeit den Charakter einer Person enthüllte, habe ich sie beibehalten. Als Schriftstellerin fasziniert mich das Konzept des unzuverlässigen Erzählers, denn es erwächst aus der menschlichen Tendenz, die Vergangenheit so zu formen, daß sie nicht mehr historisch exakt ist, sondern es uns ermöglicht, in einer bestimmten Weise über sie zu denken.

Ich bin überzeugt, daß etwas, das wir dem Gedächtnis anvertrauen, augenblicklich verzerrt wird. Das, was wir beim Erinnern als Wahrheit empfinden, wird beeinflußt von unseren Emotionen und Gedanken in jenem Moment, in dem wir uns erinnern. In diesen Interviews erscheint die Zuverlässigkeit des Gedächtnisses sogar noch fraglicher, da viele Details von der Generation unserer Eltern weitergegeben wurden – in zensierter und bereinigter Form, um Land und Familie zu entschuldigen. Daher betrachten viele dieser Deutsch-Amerikaner sich selbst und ihre Eltern als Opfer.

Für Juden ist die Erinnerung an den Holocaust eine ganz andere.

»Eine Waffe kann niemanden töten«, erklärte mir Kurt. »Ich kann eine geladene Waffe auf diesen Tisch legen, und wenn keiner von uns sie aufnimmt, wird sie niemanden verletzen ... Dazu ist eine Person nötig. Dazu ist ein Mensch nötig. Dazu ist unser Temperament nötig, unser unterdrückter Wunsch zu töten.« Er nahm seine Gabel, hielt sie aufrecht in der Faust und stemmte den Ellbogen zwischen uns auf den Tisch, während er mich eingehend betrachtete. »Ich kann Sie mit einer Gabel töten, dieses Glas zerbrechen.« Ich fühlte mich sehr weit weg von zu Hause, was ich auch war. Draußen war es dunkel, das Restaurant beinahe leer. Und doch sah ich hinter Kurts Bigotterie und der erhobenen Gabel in seiner Hand den Jungen aus dem deutschen Waisenhaus, der adoptiert und wieder zurückgeschickt wurde, und das mehrmals, und der dann schließlich bei einem amerikanischen Vater landete, der »mich immer in eine Ecke trieb und in den Magen boxte. Das verstand er unter Disziplin: einen echt gesunden Hieb in den Magen, so hart, daß ich keine Luft mehr bekam. Immer wenn meine Eltern wirklich wütend auf mich waren, sagten sie: ›Du könntest noch immer in dem deutschen Waisenhaus sein‹.«

In jeder Geschichte suchte ich nach eben dieser Komplexität, der Kehrseite des Offensichtlichen. Bei Kurt waren es seine Anfänge im Waisenhaus, bei Anneliese die Erfahrung des körperlichen und emotionalen Verlassenwerdens, bei Johanna ihre Bindung an einen Kult, die ihr letztendlich verstehen half, was sie bei ihren Eltern verachtet hatte – die Sehnsucht nach dem einen Führer. Bei Karl, der im Peace Corps gearbeitet hatte, lag diese Kehrseite in seiner Haltung gegenüber seiner Mutter und Stiefmutter, die er als »richtige *chicks* (Küken) während des Krieges« bezeichnete, die sich beide hatten »schwängern lassen«. Als ich seine Abschrift lektorierte, bemerkte ich mein Zögern: Diese Kommentare paßten nicht zu dem mitfühlenden Mann, der mir seine Tränen und den Schmerz angesichts des Holocaust offenbarte. »Ich war zweimal in Dachau. Ich war in Buchenwald. Ich war in Auschwitz. Und ich war in Theresienstadt. *Wie konnte das geschehen?* ... Ich bin Deutscher. Wie ist das möglich? Man hat mich schon für einen Juden gehalten. Wie ist das möglich? Ich habe jüdische Verwandte ... Wie können solche Dinge geschehen?« Ohne diese Bemerkungen wäre Karl jedoch weniger komplex erschienen, als er wirklich ist.

Ich näherte mich diesen Interviews als Romanschriftstellerin, nicht als Historikerin, und suchte in jeder

Geschichte nach den verbindenden Themen. Diese Themen holte ich an die Oberfläche, indem ich wesentliches Material auswählte. So gehe ich auch bei einer Geschichte oder einem Roman vor. Der große Unterschied liegt jedoch darin, daß die Worte in diesem Buch ausschließlich von den Frauen und Männern stammen, die mit so erstaunlicher Offenheit aus ihrem Leben erzählten. Ein anderer Autor hätte sich vielleicht auf andere Themen und Handlungsstränge konzentriert. Es ging mir nicht um Statistiken; ich wollte nichts beweisen oder Schlüsse ziehen wie: So ist es für alle in Deutschland geborenen Amerikaner; auch war es nicht meine Absicht, jeden möglichen Typ oder Charakterzug zu behandeln. Ich war daran interessiert, jedes einzelne Leben so tiefgehend wie möglich zu untersuchen und dann die Geschichte in seinem Inneren freizulegen. Je spezifischer diese Geschichten waren, desto allgemeingültiger wurden sie und ließen mich vermuten, daß andere in Deutschland geborene Amerikaner ähnliche Erfahrungen gemacht haben mußten.

Ich begann immer mit den Worten »Erzählen Sie mir aus Ihrem Leben« und bat die Menschen, über die bedeutsamen Erfahrungen und Wendepunkte nachzudenken, die sie geprägt hatten. Dann hörte ich sehr genau zu und machte mir Notizen, vermerkte wiederkehrende Themen und Fragen, die ich noch weiter erforschen wollte. Obwohl diese Interviews auf Englisch stattfanden, da ich das Muster und Vokabular jeder Stimme wiedergeben wollte, begannen wir manchmal auf Deutsch, bevor das Band lief, oder fielen für kurze Momente ins Deutsche zurück. Dies wurde zu einer weiteren Brücke zwischen uns. Für die deutsche Ausgabe von *Das Schweigen durchbrechen* haben meine Lektorin und ich entschieden, Passagen durch Kursivdruck zu markieren, in denen meine Interviewpartner vom üblichen Englisch ins Deutsche wechselten und bestimmte, teils sehr aufgeladene Begriffe verwendeten.

Während manche einsichtig und nachdenklich waren, kam von anderen Verstörendes und Abstoßendes. Ich war keine unbeteiligte Zuhörerin: Ich war zornig, gerührt, fasziniert, schockiert; ich identifizierte mich, schreckte zurück, trauerte, lachte, weinte, lernte. Der Kassettenrekorder erzeugte eine eigenartige Intimität, als viele Gesprächspartner Dinge über sich selbst enthüllten, über die sie noch nie gesprochen hatten. Manche legten mehr offen als ihnen selbst bewußt war. Andere weinten, als sie auf vergessen geglaubte Erinnerungen stießen oder Verbindungen zwischen ihren Handlungen entdeckten, die sie bisher nicht erkannt hatten. Sie drückten Erfahrungen aus, an die auch ich mich erinnere, darunter auch die Lehre aus unserer Kindheit, daß es für alles nur *einen einzigen* richtigen Weg gebe.

Bei manchen tauchten die Fäden ihrer Geschichten sofort auf, bei anderen erst allmählich, während sie über ihre Kinder sprachen und über ihre eigene Kindheit, über Träume in der Nacht und die Träume, die wir alle über unser Leben hegen, über die Bedeutung eines Lebens mit dem Wissen um den Holocaust. Während sie mir von ihren Eltern und Großeltern erzählten, konnte ich mir nun ein besseres Bild von dieser Generation machen. Nichts war tabu: Sie sprachen über Zorn und Liebe, Tod und Arbeit, Freundschaft und Vorurteile, Toleranz und Homosexualität, Sex und Religion, Loyalität und die deutsche Wiedervereinigung.

Manche hätten lieber gar nicht über den Krieg und die Nachkriegszeit gesprochen und taten dies erst, als ich nachhakte. »Können wir einen Moment dabei bleiben?« fragte ich dann. »Wie war das? Wie haben Sie sich dabei gefühlt?« Manchmal bestärkte ich sie in ihren Reaktionen. »Es ist in Ordnung, wenn Sie Zorn empfinden.« Meine Fragen entwickelten sich größtenteils aus dem, was ich von ihnen erfuhr. Oft unterbrach ich sie oder vertiefte Erinnerungen an entscheidende Momente ihres Lebens, fragte sie, ob sie bestimmte Details noch vor Augen hatten, ging mit ihnen ihre Gefühle durch, um die Erinnerungen daran wachzurufen.

Manchmal kreiste ich einen Punkt regelrecht ein – etwa mit Anneliese, einer Anwaltssekretärin. Sie hatte nur flüchtig erwähnt, daß ihr Vater in der SS gewesen war. Zunächst schien sie sich unbehaglich zu fühlen, daß sie überhaupt über ihn sprechen sollte. Nachdem ich jedoch mehrfach auf ihn zurückgekommen war und sie schließlich fragte, was sie nun als erwachsene Frau ihm gegenüber empfinde, dachte sie einen Augenblick nach und gab dann überraschend offen zu: »Vermutlich bin ich tief im Inneren stolz. Nicht weil ich weiß, was die Nazis und die SS getan haben. Auf so etwas bin ich nicht stolz. Der Stolz rührt aus der Tatsache, daß er Offizier war. Er mußte Offizier sein, um in die SS zu kommen ... Sie waren die Elite, oder nicht?« Ich war abgestoßen, traurig. Und doch eröffnete sich mir ihr gegenüber – und auch bei allen anderen – ein tieferes Verständnis ihrer Beweggründe und Komplexität.

Es gab eine Anzahl von Fragen, mit denen ich als in Deutschland geborene Amerikanerin selbst gekämpft hatte. Ich stellte jedem nur solche Fragen, die nicht schon von selbst in den Interviews aufgetaucht waren: »Wann haben Sie vom Holocaust erfahren? Wurde in Ihrer Familie darüber gesprochen? In Ihrer Gemeinde? Haben Sie als Kind gewagt, Fragen zu stellen? Als Erwachsener? Wie groß war die Angst vor den Antworten? Haben Sie mehr herausgefunden, nachdem Sie nach

Amerika gekommen waren? Wie leben Sie mit dem Wissen um den Holocaust? Wie hat dieses Schweigen Ihr Leben beeinflußt? Wie beeinflußt es Ihr Leben jetzt? Haben Sie in Amerika Vorurteile gegen Deutsche erfahren? Hegen Sie Vorurteile gegen andere? Warum haben Sie Deutschland verlassen? Fühlen Sie sich Amerika verbunden? Wie sehen Sie Ihre deutsche Herkunft jetzt? Glauben Sie an eine Kollektivschuld? Ist es für uns, die nach dem Krieg geboren wurden, anders? Was können wir als in Deutschland geborene Amerikaner jetzt tun?«

Trotz unterschiedlicher individueller Erfahrungen haben wir einiges gemeinsam. Wir wurden von der Generation aufgezogen, die im Krieg gelebt, gekämpft, getötet hatte und vor ihm geflohen war. Und wir hatten unser Geburtsland verlassen, um nach Amerika zu gehen. Einige von uns entschlossen sich als Erwachsene zur Emigration; bei jenen, die als Kinder herkamen, trafen ihre Familien die Entscheidung. Wir sind nicht ausschließlich durch unser deutsches Erbe definiert – es windet sich eher wie ein bedeutsamer Faden durch unser Leben. Ich bin Schriftstellerin, Frau, Liebhaberin, Schwimmerin, Mutter, in Deutschland geborene Amerikanerin, Mitglied einer Frauengruppe. Mein Beruf als Schriftstellerin nimmt in meinem Leben größeren Raum ein als mein deutsches Erbe. Daß ich als Dreizehnjährige meine Mutter verlor, hat tiefere Wunden hinterlassen als der Aufbruch aus Deutschland. Und doch ist es dieses deutsche Erbe, das eine so tiefe, dauerhafte Scham in mir erzeugt hat. Diese teile ich mit vielen anderen, die im Nachkriegsdeutschland aufgewachsen sind. All das definiert mich. Engt mich gelegentlich ein. Verleiht mir gelegentlich Stärke.

Den Leuten, die ich interviewt habe, geht es ähnlich. Nicht alles in ihrem Leben hat mit ihrem Deutschsein zu tun – es hat mit ihrem Menschsein zu tun. Obwohl ihr deutsches Erbe weiterhin einen tiefen Einfluß ausübt, wurden sie auch von zahlreichen anderen Einwirkungen geprägt. Deshalb konzentriere ich mich auch nicht nur auf ihr Leben als Deutsche in Amerika. Ich möchte mehr als das zeigen, will zu ihren Jahren in Deutschland zurückkehren, um ihre Entwicklung vor der Migration zu verstehen.

Weshalb haben sie sich mir gegenüber so geöffnet? Zum Teil wohl deshalb, weil ich ihren kulturellen Hintergrund teile. Manche betrachteten mich als Zeugin und erklärten, das Gespräch mit mir biete ihnen eine Möglichkeit, ihr Leben zu erforschen. Für manche war es befreiend zu wissen, daß ich ihre Namen und bestimmte identifizierbare Merkmale ändern würde, um ihre Identität zu verschleiern. Anneliese erklärte ihre Offenheit so: »Weil Sie daran interessiert sind, es zu hören ... Eigentlich schenkt mir niemand Aufmerksamkeit.« Kurt überraschte mich mit seiner Hoffnung, ich sei vielleicht eine »lang verlorene Schwester ... Das wäre doch ein Wunder, oder nicht?« Mag sein, daß er sich eine imaginäre persönliche Bindung zu mir denken mußte, um seine Geschichte zu erzählen, und doch zuckte er nur mit den Achseln, als ich ihn darauf hinwies, daß wir beide 1946 im Abstand von nur zwei Monaten geboren waren.

Manche waren zunächst verunsichert, weil sie ständig Zeitsprünge unternahmen, als sie mir aus ihrem Leben erzählten. Ich versicherte ihnen, daß ich bei der Überarbeitung auf die Chronologie achten würde. So erwähnte Kurt beispielsweise mehrfach seine traumatischen Jahre im Waisenhaus, und ich fügte die stärksten Aussagen in einer langen Passage zusammen, mit der ich seine Geschichte eröffnete – im Bewußtsein, daß das Wissen um die Dinge, die Kurt geprägt haben, zu einem Verstehen seiner späteren destruktiven Entscheidungen beiträgt.

Sie wußten, daß nicht jede Geschichte Aufnahme ins Buch finden würde, ich aber die wiederkehrenden Themen in meinem Schlußwort würdigen wollte. Ich fragte nach jedem Interview: »Gibt es Fragen, die Sie gern gehört hätten? Fragen, vor denen Sie sich gefürchtet haben?« Oft fingen sie wieder an zu sprechen, nachdem ich das Mikrofon ausgeschaltet hatte. Bei Heinrich, der sich selbst als nicht sonderlich gesprächig bezeichnete, schaltete ich das Mikrofon mehrfach wieder ein, und die Abschrift seiner Erzählung erwies sich als eine der längsten. Nachdem ich mir Marikas Lebensgeschichte angehört hatte, wollten wir beide nicht so recht aufhören zu reden und beschlossen, unsere Unterhaltung bei einem Abendessen fortzusetzen.

Ich erklärte ihnen, daß die Interviews vielleicht weitere Erinnerungen wachrufen würden und bat sie, mir zu schreiben, falls sie noch etwas hinzufügen wollten. Mit manchen setzte ich mich in Verbindung, weil neue Fragen aufgekommen waren. In einigen Fällen sorgte ich mich um die Folgen, die ihre Offenheit für sie haben würde, vor allem im Falle von Joachim, einem homosexuellen ehemaligen Jesuiten, der ein einsames, sehr abgeschottetes Leben führt und seit siebzehn Jahren keine Beziehung mehr gehabt hat. Unser telefonisches Interview führte uns weiter, als es in einem persönlichen Gespräch je möglich gewesen wäre, weil es seine Intimsphäre schützte. »Sie sind da drüben in Washington«, sagte er zu mir. »Ich habe Ihnen am Telefon vermutlich mehr erzählt, als je ein Mensch über mein Privatleben erfahren hat.« Mich bewegten Joachims Würde und Ehrlichkeit. Ich besaß nun die Geschichte seines Lebens, über das er mir so viel offenbart hatte, und verschwand einfach, während er mit seinen Erinnerungen allein blieb. Ich fragte mich, ob er wieder zu diesem persönlichen Schweigen zurückkehren konnte. Würde er es wollen? Er hatte nie eine Therapie gemacht, und es gab keinen Menschen, der ihm so nahestand, daß er mit ihm auch nur über die Wirkung des Interviews hätte sprechen können. Um sicherzugehen, daß es ihm gutging, rief ich ihn einige Wochen später an. Bald darauf erhielt ich einen Brief von Joachim, in dem er schrieb, er sei stolz, »an dem Interview teilgenommen zu haben. Meine ›Enthüllungen‹ Ihnen gegenüber haben mir dabei geholfen, vielen Dingen eine andere Perspektive zu geben. Was auch immer mit dem Material geschieht, das ich Ihnen bereitwillig geliefert habe, mit Ihnen gesprochen zu haben, gibt mir das Gefühl, ein besserer Mensch zu sein.«

Jede Abschrift durchlief über hundert Stunden der Bearbeitung. Ich bewahrte die Spontaneität und Einzigartigkeit jeder Stimme in der Ich-Form und achtete darauf, keine Kürzungen vorzunehmen, die Bedeutung und Absicht verändert hätten. Ich verwendete ausschließlich die Worte der einzelnen Personen, nahm lediglich grammatikalische Korrekturen vor und kleine Änderungen wie das Ersetzen von »er« durch »mein Vater«, die zum besseren Verständnis beitrugen. Einige Lebensgeschichten ordnete ich chronologisch an; in anderen bewegte ich mich im Wechsel zwischen Gegenwart und Vergangenheit. Mein Ziel bei der Bearbeitung der Informationsfülle bestand darin, den Charakter und die Geschichte jeder Person in all ihrer Komplexität – mit positiven und negativen Aspekten – zu verstehen und ich griff die Worte heraus, die deutlich machten, was ich sah. Und dort findet sich auch mein Wirken – im Hintergrund.

Da ich jede Stimme in die Welt führen und dort selbständig erklingen lassen wollte, entschied ich mich dafür, keine Analysen einzuschieben. Ich lehnte jegliche Einordnungen zur Akzentuierung ab, weil diese den Menschen ein Etikett verpaßt, sie zum anderen gemacht, ihnen die Komplexität geraubt hätten. Als ich die Reihenfolge der Stimmen festlegte, ordnete ich sie so an, daß eine Spannung zwischen ihnen entstand.

Bei der Niederschrift meiner Einleitung und des Schlußwortes kämpfte ich oft mit dem Grad meiner kritischen Einmischung. Ich wollte nicht urteilen, niemand tadeln, und doch sollten starke Reaktionen hervorgehoben werden. Schließlich entschloß ich mich, meine eigene Geschichte an den Anfang zu stellen, weil sie die Richtung angibt, aus der Fragenstellung und Zuhören kommen. Da sich mein Essay über mehrere Jahre hinweg entwickelt hat, unterscheidet er sich in Form und Selbstbeobachtung von den Interviews, die nur wenige Stunden dauerten. Er bietet ein Fenster, durch das man diese Lebensgeschichten betrachten kann, zeichnet meine Reise während der Interviews nach und gibt meinen Lesern die Möglichkeit, ihre eigenen Erkenntnisse zu entwickeln, bevor ich meine im Schlußwort vorstelle.

TEIL EINS

Ursula:
Das Schweigen durchbrechen

URSULA

Geboren: 1946
Alter zum Zeitpunkt der Immigration: 18

Das Schweigen durchbrechen

September 1984: Als ich mit meinen Kindern in die
äußerste Ecke Amerikas in den Bundesstaat Washington
ziehe, ist mein Sohn Eric vierzehn. Er bringt einen
neuen Freund aus der Schule mit nach Hause, der mich
nach meinem Deutschsein fragt. »Heißt das, Sie sind ein
Nazi?«
Mir bleibt die Luft weg.

Als junge Frau versuchte ich, mein deutsches Erbe abzu-
streifen, mich selbst staatenlos zu machen. Ich wünschte,
ich wäre aus einem anderen Land gekommen, einer
anderen Kultur. Es gab Zeiten, in denen ich viel darum
gegeben hätte, nicht blond und blauäugig zu sein, nicht
in dieses deutsche Stereotyp zu passen. Ich wollte
schwarzes, krauses Haar, wollte, daß mein Akzent verschwand, damit nicht prompt die Frage kam: »Woher
stammen Sie?«

April 1984: Ich fahre im Auto mit einem Liebhaber,
der auf dem Innendeckel das Handschuhfachs einen
Klett-Halter für mein Zigarettenetui entdeckt. »Wie
ordentlich«, sagt er. Ich möchte am liebsten Kaffee über
meinen Pullover schütten, mein Auto beschmutzen –

29

Hauptsache, man nennt mich nicht ordentlich. Für mich bezeichnet dieses Wort die deutsche Ordnung und Gründlichkeit, die Ordnung und Gründlichkeit der Konzentrationslager. Dieses schreckliche Schlagwort von den deutschen Zügen, die immer pünktlich kommen.

Ich wurde ein Jahr nach Kriegsende in einer kleinen Stadt an einem Fluß geboren. Mit achtzehn wanderte ich nach Amerika aus und glaubte, ich könne das Land meiner Geburt aufgeben. Mein Vater war in den fünf Jahren seit dem Tod meiner Mutter zusehends dem Alkohol verfallen, und um all dem zu entkommen wäre ich überallhin gegangen, sogar – wie ich einmal sagte – »nach Sibirien«. Meine Auswanderung auf einen anderen Kontinent bestärkte mich in dem Glauben, ich könne ein neues Leben beginnen. Amerika schien dafür wie geschaffen – eine wunderbar klassenlose Gesellschaft ohne Vorurteile. Da ich im strengen deutschen Klassensystem und der tiefen Kluft zwischen Erwachsenen und Kindern – »*Erwachsene haben immer recht*« – großgeworden war, liebte ich die Zwanglosigkeit meiner Adoptivheimat.

Erst allmählich begriff ich, daß auch hier Grenzen zwischen Klassen und ethnischen Gruppen existierten, daß sie nur subtiler waren.

Ich stellte fest, daß Amerikaner meines Alters viel mehr über die Kriegsjahre wußten als ich. Nach und nach erfuhr ich mehr über den Holocaust: Ich hörte zu; ich las; ich floh vor meinen Entdeckungen; ich verbarg mich jahrelang im vertrauten Schweigen, tauchte wieder und wieder auf, fühlte mich Deutschland immer ferner, bis ich schließlich nicht länger fliehen konnte und alles erfahren mußte, was es zu wissen gab, bis es aus meinem Schreiben hervorbrach.

1988: Wenn ich mit meinen Kindern über das Schweigen der Nachkriegsjahre spreche, erinnert mich Eric daran, daß ich ihm vom Holocaust erzählt habe, als er sieben war. Er sagt mir, welchen Einfluß es auf ihn hatte, wie wichtig es für ihn war, von mir und nicht erst in der Schule vom Krieg zu hören.

1950: Die Sichtweise, die man mir als Kind gestattet, ist eng. Ich lebe in einer Familie, einer Kirche, einer Schule, einem Land, das Gehorsam predigt. Meinen Fragen – die ich bereits mit vier Jahren stelle – begegnet man mit Ermahnungen, es sei sündig zu zweifeln.

Ich betrete ein Zimmer, in dem meine Eltern und ihre Freunde über irgendwelche Züge sprechen. Sie klingen erregt. Als sie mich sehen, verstummen sie. Ich frage nach den Zügen. Niemand antwortet.

Ich will nicht wieder in dieses Schweigen eintauchen.

Durch das Schreiben habe ich oftmals Dinge verstanden oder für mich aufgedeckt, die ich bisher nicht kannte. Als ich Ende der achtziger Jahre an meinem Roman *Floating in My Mother's Palm* arbeitete, wollte ich die essentiellen Wahrheiten im Leben der Figuren einfangen. Im Gegensatz zu meinen beiden früheren Büchern, die in Amerika spielten, war dieses neue in Deutschland angesiedelt. Als sich meine Lektorin beharrlich auf den Einfluß der Nachkriegsjahre konzentrierte, wehrte ich mich dagegen mit dem Argument, ich sei keine politische Schriftstellerin und habe nicht die Absicht, über den Krieg zu schreiben.

»Er ist aber im ganzen Roman deutlich präsent«, sagte sie.

Erst als *Floating in My Mother's Palm* veröffentlicht wurde, erkannte ich, was gemeinsam mit den Geschichten der Figuren an die Oberfläche gedrungen war – die weitreichende, politisch bedeutsame Wahrheit über das tiefe und unheimliche Schweigen, das geherrscht hatte, als ich heranwuchs. Und der Krieg war im ganzen Roman gegenwärtig, obwohl er in den fünfziger Jahren spielte.

Als ich mich weiter ins Forschen und Schreiben vertiefte, begriff ich, daß dieses Schweigen für viele Deutsche meiner Generation normal war – wobei normal unter diesen Umständen ein furchtbares Wort ist. Dennoch waren wir mit diesem Schweigen aufgewachsen. Wir kannten die richtigen Fragen nicht, und wann immer wir den Druck undeutlicher Fragen in uns verspürten, empfanden wir auch Angst davor, diese auszusprechen. Fragen nach dem Krieg stellten ein weitaus größeres Tabu dar als Fragen über Sex.

Wer von uns kühn genug war, nach dem Krieg zu fragen, erhielt die Antwort, er solle nicht in der Vergangenheit herumwühlen, sondern sich auf das Gute im Leben konzentrieren.

September 1995: Ich halte eine Lesung in Connecticut. Nach der Signierstunde bleibt eine Frau zurück. Sie sagt mir, sie sei Jüdin, die Frau eines Rabbi, und im selben Jahr geboren wie ich. Auch in ihrer Familie herrsche tiefes Schweigen über den Holocaust, und sie frage sich, ob sie ihren siebenjährigen Sohn mit diesem Schweigen zu sehr beschützt habe.

Während wir uns unterhalten, kommt ihr Sohn und bittet mich um ein Autogramm. Er sagt mir, ich solle meinen Namen auf seinen Unterarm schreiben.

Ich zögere. »Wir müssen aber erst deine Mutter fragen.«

Sie lächelt. Nickt.

Doch als ich meinen Stift nehme, sehe ich Hunderte von Armen, Kinderarme mit eintätowierten Nummern. Mir wird heiß, kalt, ich beginne zu zittern. »Ich kann nicht.« Meine Augen schauen an dem Jungen vorbei zu seiner Mutter, deren Gesicht meine Panik widerspiegelt. In diesem Moment sind wir beide wie gelähmt durch die Summe unserer ererbten Geschichte.

Ihr Sohn wartet, und ich will ihn einfach nur beschützen. »Weißt du was?« frage ich. »Ich kann viel besser Autogramme auf Papier geben. Sollen wir ein Blatt suchen?«

Seine Mutter holt uns rasch ein leeres Blatt, und ich schreibe meinen Namen darauf. Dann frage ich ihn: »Gibst du mir auch ein Autogramm?«

Er wirkt erfreut und schreibt sorgsam seinen Namen für mich auf.

»Wie wär's mit einmal drücken zum Autogramm?« frage ich und schließe die Augen, als wir uns umarmen. Als ich sie wieder öffne, sehe ich seinen Vater, der uns still und ernst vom anderen Ende des Raums her beobachtet.

»Aber wie war es im Krieg?« Ich erinnere mich, daß ich meinen Eltern und Lehrern diese Frage gestellt habe. Die Antwort war immer: »Wir hatten Hunger. Wir haben gefroren. Wir hatten Angst vor den Bomben ...« Die Mäntel lagen immer bereit, um sie nachts überzuwerfen, und die Koffer mit den wichtigsten Habseligkeiten und Papieren standen fertig gepackt. Wenn die Sirenen ertönten – oft mehrmals am Tag und während der Nacht –, waren sie bereit, ihre Mäntel und Koffer zu ergreifen. Die Mütter rissen die kleinen Kinder aus dem Bett und rannten mit ihnen in den Keller. Gewöhnlich dauerten die Bombenangriffe nicht lange, doch manchmal saßen sie viele Stunden im Keller, voller Todesangst, während die Mütter versuchten, ihre schreienden Kinder zu beruhigen – während um sie herum Menschen weinten, beteten, klagten.

Dezember 1960: Wir wissen, daß Adolf Hitler böse war. Im katholischen Internat spekulieren wir darüber, daß Hitler noch am Leben ist und sich als Nonne verkleidet in einem Kloster verbirgt. Kann es eine bessere Verkleidung geben? Wir betrachten prüfend die Gesichter der Nonnen.

Hinter diesen Klostermauern wird unsere Teenager-Leidenschaft in religiöse Kanäle gelenkt, bis die meisten von uns sich nichts anderes mehr vorstellen können als Nonne zu werden. Bräute Christi. Wir seufzen in keuscher Lust, wenn wir eine weitere junge, weißgekleidete Postulantin den Gang entlangschweben sehen, hin zu ihrer immerwährenden Vereinigung mit dem ewigen Bräutigam. Was könnte erfüllender sein? Auch wir wollen Bräute Christi werden. Wir wissen, was man von uns erwartet – Keuschheit, Gehorsam und Armut –, und wir verbringen viele Stunden mit tiefschürfenden Diskussionen. Ich denke mir, daß zwei dieser Gelübde leicht zu befolgen sind – Keuschheit und Armut. Mit vierzehn war ich noch nie verliebt, und Armut hatte ich auch nicht erfahren.

Doch der Gehorsam, da bin ich mir sicher, wird für mich praktisch unmöglich sein.

Nachts, wenn die Nonnen das Licht ausgeschaltet haben, lese ich mit der Taschenlampe unter der Bettdecke: Wolfgang Borchert und Karl May; Franz Kafka und Heiligenlegenden; Goethe und Krimis von Edgar Wallace; Dostojewski und den Katechismus; Heinrich Böll und Anne Frank.

Zu Beginn jenes Jahres, wenige Monate bevor ich meine Mutter an den Komplikationen einer Operation sterben sehen sollte, war sie wütend auf mich gewesen, als sie das Buch entdeckte, in dem ich las und das ich von der Leiterin meiner katholischen Jugendgruppe erhalten hatte. *Das Tagebuch der Anne Frank.* Als ich wissen wollte, weshalb meine Mutter gegen das Buch war, sagte sie: »Weil Anne ihrer Mutter immer widerspricht.« Mit dreizehn glaubte ich meiner Mutter, denn Gehorsam war ihr wichtig, vor allem der fraglose Gehorsam eines Kindes gegenüber seinen Eltern. Anne Frank widersprach ihrer Mutter in der Tat – nicht nur mit Worten, auch durch die Gedanken, die sie ihrem Tagebuch anvertraute. Offensichtlich kannte meine Mutter das Buch. Erst viel später konnte ich verstehen, daß ihr Unbehagen viel tiefer saß. Annes Protest gegen ihre Mutter symbolisierte den Protest gegen die Autorität und die Gesellschaft. Mit ihrem Tagebuchschreiben hatte Anne Frank das Schweigen gebrochen.

Als ich drei Jahrzehnte nach dem Tod meiner Mutter im Anne-Frank-Haus in Amsterdam stand, dachte ich noch einmal an ihre Reaktion und wünschte mir – wie schon so oft zuvor –, daß ich bei ihrer Antwort an jenem langvergangenen Tag genauer nachgefragt hätte.

Vor einigen Jahren erhielt ich von Tante Käte, meiner Patin, einen Brief, den ihr meine Mutter 1944 während der Bombenangriffe im Rheinland geschrieben hatte – zwei Jahre vor meiner Geburt, sechzehn Jahre vor ihrem Tod.

Meine Mutter sorgt sich wegen der Tiefflieger, mehr aber noch um meine Großmutter, die so nervös und zerbrechlich geworden ist, daß sie den Krieg vielleicht nicht überleben wird. Zwei Tage und Nächte lang haben sie sich in einem Bunker versteckt. »*Wir sind alle halbver-rückt … Mutter ist diese Woche auf dem Weg zum Bunker so fürchterlich hingefallen … Bei dem Angriff auf Neuss sind hier sechsundachtzig Bomben gefallen … Was soll nun werden? – Ich glaube, wir gehen hier alle drauf …*«

Meine Mutter hat Angst um meinen Vater, der Soldat ist, und wünscht sich, sie könne mit ihm über alles sprechen. »*Als Frau steht man diesem allen doch so hilflos gegenüber … An frühere Zeiten darf man gar nicht mehr denken …*«

Frühjahr 1990: Bei einer Lesung in Moses Lake, Washington, lerne ich eine Austauschstudentin aus Deutschland kennen, die halb so alt ist wie ich. Wir entdecken bald, daß wir mit dem gleichen Schamgefühl wegen unseres Deutschseins aufgewachsen sind, mit dem gleichen Unbehagen angesichts jeder Demonstration von Nationalismus. »Selbst als Schulkinder konnten wir nie stolz auf unsere Nationalität sein«, sagt sie, und ich weiß genau, was sie meint.

Nachdem ich mich mit ihr unterhalten habe, kann ich endlich verstehen, weshalb Uniformen ein solches Unbehagen in mir auslösen. Obwohl ich es nicht will, fällt es mir schwer, hinter die Hülle einer Militäruniform zu sehen. Bisher habe ich mich als vorurteilsfrei empfunden. Doch Uniformen rufen Beklemmungen in mir hervor – selbst bei Schulorchestern. Mir erscheinen die Liebe zum eigenen Land und die Identifizierung damit verdächtig. Obwohl ich weiß, daß Nationalismus nicht unbedingt solche Ausmaße wie in Deutschland annehmen muß, spüre ich die potentielle Gefahr, wenn die amerikanische Nationalhymne gespielt wird, die Leute sich erheben und die Hand aufs Herz legen. Ich fühle mich unbehaglich, wenn ich den bedingungslosen

Stolz erlebe, den viele amerikanische Kinder für ihr Land empfinden.

Februar 1995: Ich besuche die Universität Washington, um ein Seminar über Gedächtnis und Geschichte abzuhalten. Als man mich fragt, ob ich während des Vietnamkriegs politisch tätig war, verneine ich dies. Ich erzähle, daß ich sogar mit einem ziemlich konservativen Vietnamkämpfer verheiratet war, daß es anfangs, als wir unsere Kinder aufzogen, zwischen uns kein Thema war, mit meinem wachsenden politischen Bewußtsein in späteren Jahren aber zur Sprache kam.

Eine Frau will wissen, ob sich meine Kinder von der deutschen Geschichte ebenso belastet fühlen wie ich.

»Wie könnten sie?« antworte ich. »Ich bin das Kind eines Soldaten. Sie nicht.«

Im Raum herrscht Schweigen.

Schließlich fragt ein Mann: »Ist der Vater Ihrer Söhne denn kein Soldat?«

Ich bedecke einen Moment lang mein Gesicht. Als ich meine Hände sinken lasse, sage ich: »Mir war bisher nicht bewußt, daß ein Soldat für mich ein deutscher Soldat ist.«

Die deutsche Austauschprofessorin neben mir gesteht, daß sie meinen Ausrutscher nicht einmal bemerkt hat, weil auch für sie ein Soldat selbstverständlich ein deutscher Soldat sei.

Manche Immigranten hören nicht auf, ihre Welt mit den Augen ihres Geburtslandes zu betrachten. Ich legte diese Sichtweise entschlossen ab, als ich nach Amerika kam, und wünschte mir ein Leben, das neu und klar und abgetrennt war. Doch nun habe ich die alte Sichtweise noch einmal aufgegriffen und versuche herauszufinden, was es bedeutet, zwei Kulturen verbunden zu sein. Ich habe viele – vielleicht zu viele – Jahre gewartet, bis ich über Deutschland schrieb, doch als ich einmal damit begonnen hatte, gewann mein Schreiben eine zusätzliche Dimension, eine tiefergehende Sichtweise.

In den frühen Jahren nach meiner Ankunft in Amerika war ich nicht daran interessiert, Deutsche zu treffen. Amerikaner gingen davon aus, daß ich durchaus Leuten vorgestellt werden wollte, die ebenfalls aus Deutschland gekommen waren, doch gewöhnlich brachte ich Entschuldigungen vor und ging ihnen aus dem Weg. Jetzt suche ich sie bewußt auf, um zu verstehen. Ich spreche auch mehr Deutsch als in den beiden ersten Jahrzehnten, die ich hier verbrachte.

Wann immer ich Europäern aus der Generation meiner Eltern begegne, verwandle ich mich wieder in das wohlerzogene Mädchen meiner Kindheit. Es überrascht mich, amüsiert mich, wie mein Verhalten die Jahrzehnte der Unabhängigkeit beiseite schiebt und in das eingedrillte Bild des sogenannten braven Kindes zurückgleitet. Nach all diesen Jahren in Amerika, in denen ich den entspannten Umgang zwischen den Altersgruppen genossen habe, bin ich noch immer nicht immun gegen diese alte Förmlichkeit.

1969: Manche der Deutschen, denen ich hier begegnet bin – wie die Bankangestellte in Connecticut, die ebenfalls Ursula heißt –, sprechen immer von der »alten Heimat«, als lebten sie noch dort.

Sie bestellen ihre Schuhe, Mäntel oder Schokolade in Deutschland, weil sie glauben, daß die dortige Qualität der amerikanischen weit überlegen ist. Sie sparen Geld, um jeden Sommer »nach Hause« zu fahren. Dieses ganz andere Zugehörigkeitsgefühl ... »Vermissen Sie nicht die Heimat?« fragen sie mich. Es gefällt ihnen nicht, wenn ich den Kopf schüttele.

Ich fühle mich nicht deutsch. Habe mich nicht deutsch gefühlt, als ich in Deutschland lebte.

Amerikanisch fühle ich mich auch nicht.

Doch jedes Jahr zu Weihnachten werde ich deutsch. Ich koche *Sauerbraten* und *Kartoffelklöße*, *Rotkohl* und *Apfelmus*. Ich serviere *Lebkuchen* und *Stollen*. Ich stelle die Krippe mit dem kleinen Gips-Jesus, den Gipsschafen und der Gipsjungfrau auf, und wir hören uns alte Schallplatten mit *Weihnachtsliedern* an, gesungen von einem Knabenchor, dessen Mitglieder inzwischen Männer mittleren Alters sein dürften.

Meine Kindheitserinnerungen an Weihnachten sind herrlich, ungetrübt. Welche Konflikte und peinlichen Situationen es auch gegeben haben mag – mein Vater betrunken, meine Mutter starr vor Scham und stillem Zorn –, sie sind über die Jahrzehnte hinweg verblaßt und haben mir die Erinnerung an das perfekte Weihnachtsfest hinterlassen. Und dieses idealisierte Weihnachten versuchte ich für meine Kinder wiederzuerwecken. Am besten gefiel ihnen an ihrem deutschen Weihnachten, daß sie die Geschenke einen Tag früher als ihre Freunde auspacken durften.

Vor Weihnachten suchte ich immer nach dem am schönsten geschmückten Baum, den ich in unserer Gegend finden konnte. Heiligabend stapften wir dann durch Schnee oder Schneematsch, bis wir auf den erleuchteten Baum stießen ... Meine Kinder waren nicht gerade begeistert von diesem Weihnachtsspaziergang, weil er die Bescherung hinausschob, doch für mich bedeutete er eine Rückkehr in die Kindheit, als wir mit einigen anderen Familien jeden Dezember für drei Wochen in den Schwarzwald gefahren waren. Heiligabend packten unsere Eltern uns warm ein und zogen uns auf Schlitten durch die kalte, klare Nacht. Wir folgten dem Weg, der in den dichten Wald führte. Einige Erwachsene trugen Laternen, und wir sangen gemeinsam Weihnachtslieder. Dann plötzlich entdeckten wir inmitten riesiger Fichten einen kleinen Baum, auf dessen schneebedeckten Zweigen rote Kerzen strahlten. Jedes Jahr empfanden wir wieder den Zauber, der von dem Anblick eines Baumes voller Lichter mitten im finsteren Wald ausging. Obwohl wir älter und zu groß wurden, um auf dem Schlitten gezogen zu werden, verloren wir nie dieses tiefe Staunen.

In meiner ersten Wohnung in New Jersey befestigte ich an den Zweigen meines Weihnachtsbaums Kerzenhalter für Dutzende dünner Wachskerzen, die ich in einem deutschen Feinkostladen in der Sechsundachtzigsten Straße in New York aufgestöbert hatte. Doch inzwischen entzünde ich keine echten Kerzen mehr an meinem Weihnachtsbaum. Amerikaner macht es nervös. Sie werfen mir vor, es sei zu gefährlich und halten mir eine Vorlesung über den Unterschied zwischen amerikanischen Holzhäusern und deutschen Steinhäusern.

September 1985: Eine Freundin, die mit deutschen Eltern in Amerika aufgewachsen ist, erzählt mir, daß ihre Familie bis zu ihrem Schulbeginn 1943 Deutsch sprach. Ihre Lehrerin bezeichnete sie als Nazi. Danach sprach ihre Familie zu Hause nur noch Englisch.

Aus Deutschland brachte ich eine starke Abneigung gegen Politik mit. Aufgrund dieses Mißtrauens scheute ich jedes politische Engagement, bis ich Anfang vierzig war.

Von Zeit zu Zeit sagte ich mir, daß ich mich eigentlich mehr über die Ereignisse in der Welt informieren und engagieren sollte. Ich spürte Unbehagen angesichts meiner mangelhaften politischen Bildung, las Zeitungen und hörte Nachrichten. Doch nach einer Weile fühlte ich mich desillusioniert. Es war zu einer Pflichtübung geworden. Ich hörte auf. Bis zum nächsten Mal.

1993 erfuhr ich von dem Historiker Rod Stackelberg, einem deutsch-amerikanischen Freund, daß viele Deutsche meiner Generation dieses Mißtrauen gegenüber der Politik teilen, weil sie es von ihren Eltern und Großeltern übernommen haben. »Sie vertrauen nicht auf ihren politischen Instinkt für das, was richtig und falsch ist. Sie haben ihren politischen Kompaß verloren und fürchten sich davor, Entscheidungen zu treffen, weil ihre Kultur einen destruktiven Weg eingeschlagen hat.«

April 1989: Das Gelände der *Aryan Nations* bei Hayden Lake im Norden Idahos ist weniger als vierzig Meilen von unserem Wohnort in Washington entfernt. In dieser Region wächst die Zahl rassistischer Gewalttaten. Ich bin beunruhigt, als ich erfahre, daß die Neo-Nazis einen Aufmarsch planen, und überlege, an einer Menschenrechtsdemonstration in Hayden Lake teilzunehmen, um ein Zeichen gegen die Versammlung der *Aryan Nations* zu setzen. Gemeinsam mit anderen befürchte ich jedoch, daß jedes öffentliche Aufsehen den Neo-Nazis als Bestätigung dient. Schon jetzt berichten die örtlichen Medien in großem Umfang darüber.

Als ich am Morgen der Demonstration auf dem Weg zu einer Meditationsgruppe bin, rufe ich unterwegs von einer Telefonzelle meinen Lebenspartner Gordon an. »Ich muß nach Hayden Lake«, sage ich. »Genau so müssen die Menschen in Deutschland ihre Macht verloren haben – indem sie sich aus der Politik heraushielten und schwiegen. Der Holocaust war nicht der Anfang, sondern das Ende. Es begann mit Leuten, die stumm blieben, wenn ein Nachbar schikaniert, wenn ein Nachbar geschlagen, wenn ein Nachbar weggebracht wurde.«

»Ich komme mit«, sagt Gordon. Wir fahren nach Hayden Lake, wo die Menschenrechtsdemonstration bereits begonnen hat. Beinahe tausend Menschen haben sich dort versammelt. Zunächst fühle ich mich unbehaglich – ich war noch nie bei einer Demonstration und kenne die Lieder nicht, die sie singen –, doch tief im Inneren ist mir bewußt, wie wesentlich die Teilnahme für jeden von uns ist. Wir müssen unsere Stimmen und Ansichten gegen die der *Aryan Nations* erheben.

Mai 1965: Mein erster Job in Amerika. Ich arbeite mit einem Juden, Sy Hecht, zusammen. Als er mich fragt, ob ich mich schuldig fühle für das, was in Deutschland während des Krieges geschehen ist, bin ich bestürzt. Fühle mich angeklagt. In die Defensive getrieben. Ich antworte ihm – und winde mich inzwischen beim Gedanken an diese naive, blinde Antwort –, daß ich damals noch nicht geboren gewesen sei. Daß ich andere Wertvorstellungen habe. Daß ich alles verabscheue, was die Nazis getan haben und wofür sie eintraten. Ich frage ihn, wie ich mich denn schuldig fühlen solle. Ich erinnere ihn daran – und erneut schäme ich mich für meine Antwort –, daß er theoretisch mehr hätte unternehmen können als ich, da er die Kriegsjahre miterlebt habe. Ich sage ihm, ich hätte nichts mit irgend etwas zu tun, das in Deutschland geschehen sei. Doch hinter meinen Worten spüre ich – obwohl ich es nicht spüren will – eine tiefe und verstörende Unruhe, die ich nicht benennen kann.

Als man ihn beinahe zwei Jahrzehnte später in Israel

mit derselben Frage konfrontiert, sucht der deutsche Kanzler Helmut Kohl Schutz hinter der »*Gnade der späten Geburt*« und deutet damit an, daß die Schuldfrage für Deutsche, die den Krieg nicht als Erwachsene erlebt haben und daher nicht daran beteiligt waren, nicht sonderlich relevant sei.

Wenn ich heute mit Sy Hecht sprechen könnte, würde ich mich zunächst für meine unwissenden, beleidigenden Äußerungen entschuldigen. Ich würde ihm sagen, daß ich viele Jahre gebraucht habe, bevor ich über Deutschland sprechen konnte, da mich dessen schreckliches Erbe belastet. Ich würde Sy Hecht erklären, wogegen ich gekämpft und was ich im Laufe der Zeit schließlich akzeptiert habe –, daß ich in einem Land aufgewachsen bin, das Millionen von Kindern, Frauen und Männern ermordete, und daß ich mich nicht von diesem Land lösen kann, obwohl ich es gewiß versucht habe.
Und genau dort liegt für mich der Konflikt: Da ich mich nicht von Deutschland trennen kann, muß ich es verstehen, damit klarkommen, obwohl ich mir oft wünsche, ich wäre in einem anderen Land geboren. Ich würde Sy Hecht sagen, daß wir niemals vergessen dürfen, was in Deutschland geschah – nicht, weil ich glaube, daß sich die Geschichte dann nicht wiederholt, sondern um wachsam zu bleiben, da sich die Geschichte jeweils in anderer Form wiederholt. Dann muß jeder überall auf der Welt Verantwortung übernehmen, um bewußtgemachten Völkermord zu verhindern.

Juni 1991: Ich wurde eingeladen, beim Schriftsteller-Symposium in Sitka, Alaska, über persönliche Perspektive und die verantwortliche Stimme zu sprechen. Der Schwerpunkt liegt auf dem Verhältnis von Schriftsteller und Gemeinschaft. Meine Stimme zittert, als ich zum ersten Mal öffentlich über meine Beziehung zu Deutschland spreche, die meine Sichtweise der Gemeinschaft und den Widerstand, den ich der Gemeinschaft oft entgegenbringe, beeinflußt hat. Seit ich vor acht Monaten die Einladung nach Sitka erhielt, stand ich vor der Aufgabe, den Aufruhr von Gedanken und Gefühlen in mir in Worte zu kleiden. Nur mit wenigen engen Freunden hatte ich darüber gesprochen. Es war, als führe ich diese Tradition, diese Angewohnheit des Schweigens weiter, gegen die ich mich stets aufgelehnt habe.

Doch nun in Sitka schweige ich nicht länger. Ich erzähle meinen Zuhörern, daß ich die Abgrenzung zwischen meiner persönlichen Perspektive als Schriftstellerin und meiner Zugehörigkeit zu einer Gemeinschaft ständig neu definiere. Vieles hängt davon ab, wie sehr wir uns mit der Gemeinschaft identifizieren, aus der wir stammen. Ich beneide die Chickasaw-Schriftstellerin Linda Hogan und den Inupiaq-Lehrer James Nageak, die mit mir auf dem Podium sitzen und beide aus Kulturen stammen, denen sie Bewunderung und Loyalität entgegenbringen. Ihre persönlichen Perspektiven reflektieren die ihrer Gemeinschaft.

Ich aber habe die ersten achtzehn Jahre meines Lebens in einer Kultur verbracht, deren Geschichte von Unterdrückung und Gewalt geprägt ist – dieser Gemeinschaft kann ich weder vertrauen noch mich mit ihr identifizieren. Ich empfinde keine Verpfllichtung, die Geheimnisse dieser Gemeinschaft zu bewahren, sondern nur die Loyalität gegenüber mir selbst, die mich treibt, mein Bild der Wahrheit darzustellen, wie fehlerhaft dieser Blick auch sein mag. Und um mir die Aufrichtigkeit meines Blickes zu bewahren, muß ich das Risiko eingehen, zu keiner Gemeinschaft zu gehören.

Nach meinem Vortrag nimmt mich Hugh Brody, ein jüdischer Schriftsteller, beiseite. Er sagt mir, ich würde eine zu große Last auf mich nehmen, und daß die Dinge, die in Deutschland geschehen sind, sehr viel mehr mit dem menschlichen Wesen als einem bestimmten Land zu tun haben.

Ich bewundere seine Großzügigkeit und frage ihn: »Würden Sie als Deutscher auch so fühlen?«

Er zögert. »Glaube ich nicht«, antwortet er.

Ich bin 1986 nach fünfzehnjähriger Abwesenheit nach Deutschland zurückgekehrt. Ich hätte diese Reise noch weiter hinausgezögert, hatte aber ein Forschungsstipendium für *Floating in My Mother's Palm* beantragt und mir selbst geschworen, daß ich für drei Wochen nach Deutschland fahren würde, falls ich das Stipendium erhalten sollte. Als ich den Brief öffnete und die gute Nachricht las, war ich völlig durcheinander. Voller Angst. Nun mußte ich fahren.

Es war verwirrend, Orte wiederzuentdecken, die ich geliebt hatte – vor allem den Rhein. Dort war ich als junges Mädchen spazierengegangen, wenn ich allein sein wollte; dort hatte ich mit sechs Jahren meine ersten Gedichte geschrieben; dort waren meine Eltern mit mir Schlitten gefahren; dort war ich zu den Lastkähnen hinausgeschwommen wie schon ein mutiges Mädchen vor mir – meine Mutter. Als ich die Landschaft wiederentdeckte und darüber schrieb, lösten sich allmählich einige der widerstreitenden Gefühle gegenüber meinem Herkunftsland. Es war möglich, deutsche Menschen und Orte zu lieben und dennoch einen Großteil der deutschen Geschichte zu verabscheuen. Ich begann, mich an Leute zu erinnern, die mir in meiner Kindheit viel bedeutet hatten – Schulfreundinnen und Lehrer, Verwandte und Freunde meiner Eltern und vor allem meine geliebte *Oma*. Sie hatte geholfen, mich aufzuziehen und starb, als ich drei war. Ich wußte, daß bis zu meiner nächsten Deutschlandreise nicht mehr so viel Zeit vergehen würde.

Ich kniete am Grab meiner Mutter und zündete Kerzen an. Weinte um sie. Um uns. Der schwerste Teil meiner Reise lag in der Begegnung mit meinem Vater, doch er war beinahe senil. Ich konnte endlich den wirklichen Verlust meines Vaters, den ich viele Jahre zuvor in meiner Kindheit erlebt hatte, akzeptieren und betrauern.

1993: Vielleicht entwickeln jene unter uns, die Deutschland verlassen, ein dauerhafteres Bewußtsein für das Vermächtnis ihres Deutschseins als Leute, die dort leben. Sobald wir Bürger eines fremden Landes werden, sind wir als anders charakterisiert. Für viele werden wir zu Vertretern »des Deutschen«. Jedes erdenkliche Stereotyp – Gründlichkeit, Rassismus, Gehorsam, Pünktlichkeit, Strenge, Loyalität, Verleugnung, Sauberkeit, Arroganz, Beharrlichkeit, Verantwortungsgefühl – wird an uns überprüft, auf uns angewendet, in uns gesucht.

Januar 1974: Ich bin zum Skilaufen in Gunstock Mountain, New Hampshire. Im Sessellift fragt mich ein Mann, woher ich komme. Als ich sage, daß ich aus einer Stadt in der Nähe von Düsseldorf stamme, nickt er. »Ach ja«, sagt er, als sei er häufig dort gewesen, »ich kenne Düsseldorf«, und dann sagt er, woher: aus der alten Zweite-Weltkrieg-Serie im Fernsehen, *Hogan's Heroes*.

Nachdem ich *Floating in My Mother's Palm* vollendet hatte, begann ich mit der Arbeit an zwei neuen Romanen, von denen einer an der Pazifikküste im Nord-

46

westen, der andere in New Hampshire spielte. Doch in dem Monat, in dem *Floating in My Mother's Palm* herauskam, interviewte mich Bob Edwards für National Public Radio. Einer seiner Kommentare, die nicht im gesendeten Interview enthalten waren, lautete: »Ich hoffe, wir hören noch mehr von diesen Figuren.«

Ich sagte ihm, ich habe die Geschichte der Leute aus Burgdorf, dieser fiktiven deutschen Stadt am Rhein, abgeschlossen; doch als ich das Studio verließ und in die Frühlingsluft hinaustrat, spukte plötzlich eine meiner Lieblingsfiguren, die Zwergin Trudi Montag, in meinem Kopf herum und verlangte ihr eigenes Buch. Sie lockte mich mit fertigen Szenen und Bildern von meinen anderen Projekten weg und in ihr Geburtsjahr 1915 und die frühe Jugend hinein, dann durch die dreißiger und vierziger Jahre, in denen Leute wie sie, die anders aussahen, sehr gefährdet waren.

Ich wußte, daß *Floating in My Mother's Palm* nur der erste Schritt in meinem Schreiben über Deutschland gewesen war. Ich hatte Angst. War bereit.

Zur gleichen Zeit rief mich die deutsch-amerikanische Schriftstellerin Ilse-Margret Vogel an und sagte, sie habe *Floating in My Mother's Palm* gelesen. Ilse hatte Deutschland 1950 verlassen und war so alt wie meine Mutter jetzt gewesen wäre; Ilse jedoch sprach offen über die Kriegsjahre und ihre Beteiligung am Widerstand gegen Hitler, die sie in ihrem jüngsten Buch, dem Memoirenband *Bad Times, Good Friends*, beschrieben hatte. Ich stellte ihr viele Fragen, die ich als Kind nicht stellen konnte, und im Verlauf unserer Telefongespräche und Briefe entwickelte sich eine Freundschaft. Als mir Ilse das Manuskript ihrer Memoiren schickte, wünschte ich mir, ich hätte in meiner eigenen Familie Menschen gekannt, die ebenfalls Widerstand geleistet und jüdische Flüchtlinge versteckt hatten.

Frühjahr 1991: Ich habe Angst davor, Trudis Buch zu schreiben, Angst vor dem, was ich herausfinden werde. Wenn ich all das ruhen lassen könnte, würde ich es tun. Doch ich kann der Betrachtung dieser Epoche nicht ausweichen. Ich habe ein Fenster geöffnet – so klein es auch sein mag. Den Krieg außen vor zu lassen, ist unmöglich. Er drängt sich von selbst in mein Leben.

Es war, als habe sich die Figur Trudi Montag während des Jahres, in dem ich *Floating in My Mother's Palm* fertiggestellt hatte, von selbst entwickelt – unabhängig von meiner bewußten Phantasie – und mir ihre Geschichte zum Geschenk gemacht. Eine Zeitlang kam das Material für *Die Andere* beinahe zu schnell – ganz im Gegensatz zu meinen üblichen Schreibgewohnheiten. Ich machte mir Notizen, während ich Auto fuhr oder im Restaurant saß. Schließlich kaufte ich mir einen Kassettenrekorder, damit ich Trudi lauschen und ihre Worte auf Band festhalten konnte, während ich umherging oder durch die Gegend fuhr.

Meine Gespräche mit Ilse machten mir Mut, eine der wenigen überlebenden Erwachsenen aus meiner Kindheit – Tante Käte, Jahrgang 1903 – nach ihren Kriegserinnerungen zu befragen. Ich war überrascht und bewegt, als sie bereitwillig ihre Erinnerungen auf Band festhalten ließ und mir bei den Nachforschungen half. Sie war tief besorgt wegen der Neo-Nazis und wollte erklären, welche Parallelen sie sah.

Als ich Tante Kätes Kassette erhielt, konnte ich mich erst nach einer Weile überwinden sie anzuhören. Ich erwartete Greueltaten und Geheimnisse aus meiner Familie. Zunächst klang ihre Stimme zögernd, gewann aber bald an Selbstvertrauen, als habe sie den Kassettenrecorder vergessen und spräche unmittelbar mit mir.

Als ich Tante Kätes Stimme zum ersten Mal lauschte, glaubte ich, ich fände dabei nicht genug heraus; doch als ich mir die Kassette einmal ohne Dringlichkeit und Furcht anhörte, erkannte ich mehr Details und verstand besser, daß Tante Käte mir ihre persönlichen Erfahrungen vor dem Hintergrund einer Zeit mitteilte, die für sie zu bedrohlich war, um sie länger zu betrachten. Ich spürte die Existenz eines *Schleiers* über dem Gedächtnis, als sie versuchte, sich auf das Positive zu konzentrieren. Es war eine lebenslange Angewohnheit, die viele Dinge herausfilterte, während sie Erinnerungen enthüllte, die offensichtlich verstörend und schmerzhaft für sie waren. Obwohl dies der einzige Blickwinkel war, den sie sich gestattete, war ich ihr dankbar.

Januar 1992: Ich lese mehr und mehr über den Krieg. Oft erfüllt mich Verzweiflung. Ich will aufhören zu lesen, kann es aber nicht. Ich versuche, etwas anderes zu lesen; ich kann es nicht. Ich komme immer wieder darauf zurück. Dieser Weg hat mich gewählt.

Obwohl Tante Käte mich zum Fragen ermunterte, war sie manchmal verstört. »Du hast den Stolz auf dein Land verloren, Ursula«, schrieb sie mir. »Wir sind eine Nation, die sich in der ganzen Welt sehen lassen kann. Wir sind als tüchtig, treu, intelligent, sauber und ordentlich bekannt ... viele gute Eigenschaften. Wie dieses ganze Unglück durch einen Menschen über die Welt kam, ist bedauerlich, aber es hat nicht die ganze Nation verdorben. Es gibt viele Künstler und Dichter und Komponisten, die in aller Welt berühmt sind ... bedeutende Wissenschaftler ... Du mußt Dich nicht verstecken, weil Du Deutsche bist. Ich werde Dir einige Bücher über Leute schicken, die im Widerstand waren. Dann kannst Du mal über *sie* lesen.«

»Was hat mein Vater im Krieg getan?« frage ich sie. »Meine Mutter?«

Tante Käte schickte mir Bücher über den deutschen Widerstand und eine zweite Kassette, auf der sie bestätigte, was man mir als Kind gesagt hatte –, daß mein Vater Frontsoldat in Rußland gewesen war. Meine Mutter, sagte sie, sei immer gegen Hitler gewesen und in unserer Geburtsstadt geblieben, um meine kranke Großmutter zu pflegen. Und Tante Käte, die während des Krieges Lehrerin war, drückte ihren Widerstand aus, indem sie, wenn möglich, nicht die Hand zum Hitlergruß hob und mit ihren Schülern betete.

»Wie war es mit den Juden in Eurer Nachbarschaft?«, schrieb ich ihr und war mir wohl bewußt, daß ich sie bedrängte. »Wie steht es mit *ihren* Leiden?«

Auf der dritten Kassette sprach Tante Käte über die Familie Liebermann von gegenüber. »Es waren ehrenwerte, nette Leute. In der Kristallnacht, im November 1938, brachten sie Herrn Liebermann im Schlafanzug weg. Seine Frau stand die ganze Nacht am Fenster und wartete. Im Morgengrauen sah sie etwas über die Straße kriechen. Zuerst hielt sie es für einen Hund, und dann, als sie begriff, daß es ihr Mann war, rannte sie hinunter und schleppte ihn hinauf ... Das hat sie viel Kraft gekostet.«

Vielleicht hätte ich an Tante Käte schreiben können: *»Und was hast Du dann getan? Hast Du den Lieber-*

manns geholfen?« Doch sie war jetzt fast neunzig und hatte schon viele meiner schwierigen Fragen beantwortet.

Ihr Bild von der wartenden Frau am Fenster setzte sich in mir fest und wurde schließlich zu einem Kapitel, in dem Trudis Vater mit Frau Abramowitz, der Nachbarin von gegenüber, wartet, deren Mann weggebracht wurde. Trudi beobachtet, wie Frau Abramowitz eingerahmt von den Splittern im Fensterrahmen dasteht, als habe sie immer dort gestanden. Als die Nacht allmählich weicht, erspäht Trudi etwas, das über die Kreuzung kriecht, vielleicht ein verletzter Hund oder ein vorzeitliches Untier, daß sich der Dämmerung der Menschheit, dem Untergang der Menschheit, entgegenschleppt. Doch da reißt sich Frau Abramowitz vom Fenster los und läuft aus dem Haus zu dem Ding, das dort entlangkriecht. Und Trudi – Trudi und ihr Vater helfen ihr, den Ehemann nach Hause zu tragen und seine Wunden zu versorgen.

Februar 1992: Ein großer Teil der Forschungsliteratur ist auf Deutsch, so daß ich mehr mit dieser Sprache lebe als in den letzten siebenundzwanzig Jahren. Ich dringe tiefer und tiefer in die Tagebücher von Menschen ein, die in Konzentrationslagern waren, lese Interviews mit Überlebenden des Holocaust. Ich träume nachts davon, denke darüber nach, wenn ich nicht am Schreibtisch sitze. Während einer Autofahrt nach Oregon mit Gordon wache ich auf. Draußen ist es dunkel. Ich friere, bin verspannt, schläfrig, und mein erster Gedanke gilt den Juden, die in Viehwaggons deportiert wurden. Ich schäme mich, eigene kleinere Schmerzen auch nur zu spüren. Und schon verwandeln sich diese Gedanken in den Auslöser einer Szene, in der Trudi und ihr Vater Leo im Juni 1944 nach Dresden fahren, um Ruth, die Tochter der Familie Abramowitz, zu suchen.

Ich erinnere mich an eine Frau, die vor Jahren weinte, als ich bei einer meiner Lesungen die Kurzgeschichte »Tina's Room« vortrug. Sie dankte mir danach. »Sie haben über Dinge geschrieben, die die meisten von uns nicht anzusehen wagen.«

Ein Teil von Trudis Buch *Die Andere* erwuchs aus meinem Kampf mit dem Deutschsein. Manchmal kam es mir vor, als ob Dinge, die sich in meinem Privatleben abspielten, mit der deutschen Geschichte verbunden waren, sie wachriefen. So auch in dem Seminar über schwarze Literatur, das ich abhielt. Ich fand es unmöglich, über die Sklaverei zu sprechen, ohne den Holocaust zu erwähnen und wie gefährlich es sei, wenn sich Menschen oder Nationen anderen überlegen fühlen und aus diesem Glauben heraus ihr Handeln rechtfertigen. Das war nicht nur in Deutschland während des Dritten Reichs und in Amerika während der vielen Jahrzehnte der Sklaverei geschehen, sondern es geschieht fortwährend in politischen und persönlichen Konflikten in aller Welt.

Um dieses Gefühl der Überlegenheit zu bewahren, benutzen Menschen andere als Kanonenfutter: Sklaven, Juden, Ehepartner, Kinder. Der Preis für das Aufrechterhalten dieser Überlegenheit – einer Illusion in sich – ist enorm: der Preis für das Opfer; der Preis für den Unterdrücker, der in einer Verhärtung, Entsittlichung und einem tieferen Versinken in der Illusion besteht.

Der Einfluß dieser Illusion wurde zu einem der zentralen Themen von *Die Andere*, erforscht durch die Perspektive von Ilse Abramowitz, die durch die ganze Welt gereist war. 1942 jedoch war ihre Welt auf ein Zimmer in einem jüdischen Haus geschrumpft, das sie mit ihrem Mann Michel bewohnte.

März 1992: Ich bin in Deutschland, um Nachforschungen für *Die Andere* anzustellen. In Berlin patrouillieren uniformierte Männer mit maulkorbbewehrten Hunden durch die U-Bahnzüge und -stationen. Auf einem Bürgersteig voller Menschen neben den Ruinen einer Kirche geht ein Skinhead mit einem jungen Hund an mir vorbei. Obwohl der Welpe nicht angeleint ist, gehorcht er aufs Wort und hält sich eng an der linken Ferse seines Besitzers, während dieser durch den dichten Verkehr läuft. Mich schaudert bei dem Gedanken an die unglaubliche Ausbildung, die einen so jungen Hund zu solchem Gehorsam, solch schrecklicher Präzision geformt haben muß.

Wie konnte es geschehen? Wie fing es an? Dies waren einige der Fragen, die mich in *Die Andere* hineingezogen hatten. Sie wurden – wenigstens teilweise – durch das beantwortet, was ich während des Golfkriegs in mein Tagebuch schrieb.

18. Januar 1991: Eine friedliche Demonstration gegen den Golfkrieg in Spokane. Wir singen Friedenslieder, hören Reden vor dem Federal Building und ziehen dann zur Marine-Rekrutierungs-Station, wo man fünf Mitglieder unserer Gruppe verhaftet. Ich bin zornig, desillusioniert, habe Angst. Innerhalb weniger Minuten sind wir von Polizei und Militär umzingelt, die weitaus in der Überzahl sind. Hinter der Linie der Uniformierten versammeln sich Hunderte von Menschen und betrachten uns – die anderen – voller Haß und Verachtung, obwohl sie uns nicht kennen. Die Verhaftungen erfolgen rasch und

effizient. Nancy, eine der Friedensaktivistinnen, wird am Handgelenk verletzt, während ein Polizist Allen den Daumen in die weiche Stelle hinter dem Ohr bohrt.

Mich beunruhigen die sprachlichen Veränderungen, die ich in den vergangenen Monaten bemerkt habe. Sie erinnern mich an Deutschland. An diese blinde Untertanentreue zum Führer. Bisher habe ich die Freiheit geschätzt, mit der wir in Amerika unsere Meinung sagen können, selbst wenn sie von der der Regierung abweicht. Doch seit wir unsere Truppen in den Mittleren Osten gesandt haben, ist die Sprache enger geworden. Es gibt keinen Spielraum mehr für Meinungsverschiedenheiten mit der Regierung. Wir sind verdächtig. Ein zusammengewürfelter Haufen. Eine Minderheit. Wirkungslos. Gefährdet.

Die Medien berichten über den Krieg, als sei er ein Cartoon oder Videospiel, in dem Leute ohne Blutvergießen erschossen oder verstümmelt werden. Die Fernsehnachrichten bezeichnen ihn als Showdown. Soldaten werden vor der Kamera interviewt und vergleichen das Warten in der Wüste mit dem Training vor dem Einsatz beim Football-Finale. Bombenmissionen sind Touchdowns. Ironischerweise äußern die meisten Amerikaner Zustimmung zum Golfkrieg, während Deutsche, Hunderttausende von Deutschen, dagegen protestieren. Dies führt zu weltweiter Kritik angesichts der deutschen Unfähigkeit, den Kampf gegen den Irak zu unterstützen, der Israels Sicherheit bedroht.

Erbost über den Informationsmangel und die verzerrten Fakten, die man jungen Leuten bei der Rekrutierung zumutete, nahm ich Unterricht, um Wehrdienstberaterin zu werden. Mein Sohn Eric war damals zwanzig. Die Rekrutierungsstellen sandten ihm und vielen jungen

Männern seines Alters Propaganda in handbeschrifteten Umschlägen. Damit brachten sie ihn dazu, sie zu öffnen, während er solche Sendungen sonst ungelesen weggeworfen hätte. Die Briefe versprachen ihm Abenteuer, Reisen, Vergünstigungen, Ausbildung und Geld, das er *nach* Verlassen der Armee erhalten würde.

Selbst eine Zigarettenpackung trägt eine Warnung vor gesundheitlichen Schäden, doch in der Rekrutierungspropaganda werden keinerlei Gefahren erwähnt.

Eric bereitete seinen Antrag als Verweigerer aus Gewissensgründen vor und formulierte seine Kritik an der Politik der Regierung. Seine Sprache war deutlich. Seine Ansichten waren deutlich. Eines Abends sah ich den deutschen Film *Die weiße Rose* über die Studenten, die für ihre Meinung hingerichtet worden waren. Mir wurde klar, daß man meinen Sohn vor fünfzig Jahren in Deutschland für seine Meinungsäußerung hätte töten können.

1956: Ich helfe meiner Mutter in der Küche beim Kartoffelschälen. Plötzlich umarmt sie mich, sagt mir, welches Glück ich habe, ein Mädchen zu sein. »Mädchen haben es gut«, sagt sie. »Sie müssen nicht in den Krieg.«

März 1992: Auf meinem Weg nach Buchenwald in der ehemaligen DDR nehme ich einen Zug, der neben dem Gleissystem entlangfährt, über das Tausende und Abertausende von Gefangenen deportiert wurden. Ich steige in Weimar aus, einer schönen, alten Stadt, berühmt für die großen Künstler, die dort lebten, darunter die Dichter Goethe und Schiller. Ihre Gräber wurden zu Pilgerstätten, zu denen viele Menschen strömen.

Ich habe Angst vor der Weiterreise zu den anonymen Massengräbern von Buchenwald, die nur wenige Meilen außerhalb von Weimar liegen und wo 65.000 Juden und politische Gefangene ermordet wurden. Doch eben deshalb bin ich so weit gefahren. Als in Deutschland geborene Amerikanerin muß ich dorthin. Als ich Buchenwald betrete, denke ich als erstes: *Aber es ist so klein.* Ich habe mich auf etwas Unermeßliches, Furchtbares vorbereitet, doch diese Lichtung, umgeben von Stacheldrahtzäunen und Wäldern, ist viel zu klein für 65.000 Menschen.

Damit wird der Schrecken noch realer, als er in Büchern und Dokumentarfilmen gewesen war. Natürlich lebten sie nicht alle *gleichzeitig* hier. Das systematische tägliche Töten zog sich über Jahre hin. Die meisten Baracken, in denen Gefangene froren, verhungerten oder den Verstand verloren, wurden abgerissen. Doch die Desinfektionsräume mit den Duschköpfen sind noch da. Der Stall, in dem Gefangene mit einem Genickschuß getötet wurden. Das Krematorium. Das Massengrab liegt draußen vor dem Zaun an einem Waldweg. Ein Blumenstrauß liegt neben einem aus Birkenzweigen geflochtenen Kreuz – keinem Davidstern. In den Bäumen singt kein einziger Vogel.

1994: Ich erhalte viele Briefe von Leuten, die *Die Andere* gelesen haben. Manche berühren mich tief. Ein Brief, der mich zum Weinen bringt, stammt von einem alten jüdischen Mann in Florida. Er beschreibt mir, wie er während des Krieges aus Deutschland geflohen ist. In seiner Familie haben alle mein Buch gelesen, und er möchte, daß ich weiß, daß ich bei ihm und seiner Familie immer ein Zuhause finden werde.

»Sie wirken nicht deutsch«, sagen Leute gelegentlich zu mir.

Es ist als Kompliment gemeint.

Als Achtzehnjährige hätte ich diese Worte begrüßt. Heute machen sie mich wütend und traurig. Ich könnte im Gegenzug fragen: *Was glauben Sie denn, wie Deutsche sind?* Ich könnte über die zahllosen Varianten der Vorurteile sprechen, wie ich es auch als Antwort auf rassistische Bemerkungen mache. Doch gewöhnlich tue ich es nicht. Denn ich spüre das Unbehagen hinter dem Kompliment und den Versuch, dieses Unbehagen zu überbrücken, indem man mich als Person von der Geschichte meines Geburtslandes trennt. Ich verstehe diesen Impuls nur zu gut, weil ich ihm viele Jahre gefolgt bin.

Doch es ist eine Tatsache, daß ich aus Deutschland stamme. Mein erster Schritt auf dieser Reise war nicht rein geographisch – es war ein Losreißen für immer, wie ich glaubte. Jede nachfolgende Etappe meiner Reise hat mich verändert. Nun habe ich begonnen, mit meinem Schreiben hinüberzugreifen, das Schweigen zu durchbrechen und zu versuchen zu begreifen, mit allem Mitleiden, dessen ich fähig bin.

TEIL ZWEI

Die Interviews

JOHANNA

Geboren: 1949
Alter zum Zeitpunkt der Immigration: 35

Die Sehnsucht nach dem einen Führer

Meine Mutter gab mir Beruhigungsmittel, als ich zwölf war. Sie kam mit meiner Lebhaftigkeit nicht klar – meinem Zorn und meiner Traurigkeit – und bestärkte mich darin, Valium zu nehmen. Auch sie nahm haufenweise Medikamente. Sie war nicht glücklich, wo wir lebten, ergriff aber auch nie die Initiative zu sagen: »Laß uns woanders hinziehen.« Sie hatte sich selbst zum Opfer gemacht, war sehr depressiv. Ich erinnere mich, wie ich mit sechzehn aus der Schule kam, unglücklich war und darüber sprach – oh, ich hatte so einen schlechten Tag gehabt –, und meine Mutter versuchte, mich zu überreden, wir sollten gemeinsam Selbstmord begehen. Da stand sie mit ihrer Valiumflasche und fing an, die Tabletten zu schlucken, ganz verzweifelt, wollte mich mit sich reißen. Da gibt es weiße Stellen in meiner Erinnerung. Ich sehe noch, wie sie mir die Flasche hinhält. Ich weiß auch noch, wie ich die Flasche packe, sie ihr aus der Hand schlage.

Es war das einzige Mal. Sie hat nie wirklich versucht, sich zu töten, nur damit gedroht. Sie fing damit an, als ich fünf war. Ich erinnere mich, wie sie im Bett liegt und

61

sagt: »Ich möchte sterben«, und mein Vater zu mir sagt: »Du mußt nett zu deiner Mutter sein.« Er war auch nicht glücklich. Er war sehr schwach. Ich wollte, daß er mich vor meiner Mutter beschützte. Ich war mir sicher, daß er wußte, was sie tat, denn sie mißhandelte ihn auch. Verbal. Und mich körperlich. Er trat nicht für sich selbst oder mich ein.

Ich zog Vater und Mutter auf. Wirklich.

Mit meiner Kindheit war es nicht weit her: Ich trug die Verantwortung für das Überleben meiner Mutter, und mein Vater wollte von mir die Zuneigung, die er von meiner Mutter nicht bekam. Er wollte, daß ich ihm dauernd zeigte, wie sehr ich ihn liebte, ihn brauchte. Ich würde meine Beziehung zu ihm als im emotionalen Sinne inzestuös bezeichnen. Er hat mich nicht sexuell mißbraucht. Er deutete nur an, daß ich emotional die geeignetste Partnerin für ihn sei, daß ich ihn besser verstehe als seine Frau. Und ich glaube, ich bin darauf auch eingegangen – das klassische Dreieck. Ich spürte, daß ich meinen Vater besser kannte und besser mit ihm zurechtkam und ihn mehr liebte, doch ich erinnere mich auch an das Gefühl, eine Heuchlerin zu sein. Der legitime Zorn eines Kindes, das schon durch das Verhalten der Mutter verletzt ist und sich nicht auch noch um einen Vater kümmern will. Ich wollte nur einen Vater, der mich beschützte und mir half und mich von dort wegbrachte.

Ich erinnere mich an meine völlige Erschöpfung. Bei meiner Mutter fühlte ich mich nie sicher. Ich trage noch immer viel Angst in mir. Mir fällt es schwer, mich bei irgend jemand sicher zu fühlen. Sie mißhandelte mich oder ließ mich völlig allein – ich wußte nie, was ich zu erwarten hatte und was ich mehr fürchtete. Manchmal packte sie plötzlich eine Tasche und sagte: »Tschüs.« Da stand ich nun, sechs Jahre alt, meine Mutter war weg, mein Vater würde heimkommen und fragen: »Wo ist deine Mutter?« Also war es meine Schuld.

Dann gab es die verbalen Mißhandlungen, das ständige Niedermachen: »Du bist wie dein Vater …« »Du bist ein Versager, eine Null …« »Ohne mich bist du nichts …« Im Nachhinein weiß ich, daß sie verrückt war. Als Kind aber nicht, da schluckte ich alles hinunter. Hatte Angst: *Was kommt jetzt?* Schämte mich: *Wenn sie das tut, muß ich es wirklich verdienen, dann bin ich ein schlechter Mensch.* Ich konnte mich nicht verteidigen, hatte nicht die Kraft zu sagen: *Zum Teufel mit dir.*

Jetzt besuche ich meine Eltern einmal im Jahr. Ich bin kurz davor zu sagen: *Ich will diese Leute nie wiedersehen, vor allem meine Mutter nicht*, aber ich weiß, daß das keine Lösung ist. Es ist schwierig. Gewöhnlich brauche ich mindestens einen Monat, um mich davon zu erholen. Jetzt gibt es ein neues Bungee-Seil – mein Vater hat Alzheimer –, und da ich das einzige Kind bin, kann ich nicht sagen, mein Bruder oder meine Schwester kümmert sich darum. Ich bin sicher, noch immer steckt etwas von dem Gedanken in mir: *Ich muß mich um meine Eltern kümmern.* Offensichtlich habe ich Schuldgefühle: *Wie konnte ich ihnen das antun, so weit weg zu gehen, hierher zu kommen?* Doch es war wichtig. Es war sehr gut. Dennoch bekomme ich Heimweh.

Ich kann mich erinnern, daß ich sehr klein war und weg wollte. Ich hatte eine Tante in New York. Als Kind sah ich sie zweimal. Sie besuchte uns und brachte eine Energie mit, wie ich sie nie erlebt hatte – sehr positiv. Sie bestätigte mich, das hatte ich noch nie erfahren. Sie schickte mir Spielsachen und Kleider, und ich mochte sie sehr.

Ich war sehr schüchtern, zurückhaltend. Ich fand Zuflucht in Büchern. Das war meine Welt. Ich hatte nie viele Freunde. Ich war nie besonders beliebt, habe aber immer ein oder zwei gute Freundinnen gehabt, denen ich völlig vertrauen konnte, bei denen ich mich sicher fühlte und die mich wirklich akzeptierten. Darin hatte ich Glück. Es begann im Kindergarten, wo ich eine sehr gute Freundin hatte, und auch im *Gymnasium* fand ich einige sehr gute Freundinnen.

Ich kam aufs *Gymnasium*, als ich zehn war. Es entsprach nicht ganz unserer sozialen Schicht, da meine Eltern nicht gebildet waren, und ich wäre auch nicht hingegangen, wenn meine Lehrerin nicht darauf bestanden hätte. Die Eltern der meisten Mädchen dort waren Anwälte oder Ärzte oder Apotheker oder Lehrer ... viel gebildeter und reicher. Mir war, als hätte ich kein Recht dort zu sein. Ich versuchte, so zu tun, als fühle ich mich wohl bei ihnen, zog mit der tonangebenden Gruppe herum, versuchte, mich so zu kleiden wie sie, versuchte, zu sprechen wie sie, versuchte – wieder einmal –, dazuzugehören, akzeptiert zu werden.

Ich war eine sehr gute Schülerin. Die Mißhandlungen zu Hause dauerten an, und ich lebte irgendwie damit – im Exil, würde ich es nennen. Als ich zwölf oder dreizehn war, ging ich immer in einen ausländischen Filmclub im britischen Konsulat in Berlin. Gewöhnlich gab es vor dem eigentlichen Film einen Dokumentarfilm. Einmal – man hatte mich nicht vorgewarnt – sah ich einen Film aus Auschwitz oder Dachau, und das hat mich zutiefst erschüttert. Doch meine Erschütterung wuchs noch, als ich wie unter Schock nach Hause ging und darüber sprechen wollte. Ich stieß nur auf Ablehnung. »Wir haben es nicht gewußt ... Wir haben im Krieg so viel erlitten ... Es war so schrecklich für uns ...«

Wir haben es nicht gewußt.

Wir haben es nicht gewußt?

Gut, nehmen wir an, sie haben es nicht gewußt! Das könnte ich ihnen zugestehen. Und ich empfinde großes Mitleid mit den Frauen und Kindern in den brennenden Häusern. Es ist nicht, als würde ich sagen: *Ihr habt es verdient,* obwohl ich eine Weile genau diese Haltung verfocht. Doch dann kommt immer: *Moment mal, warum ist all das passiert?* Und diese Frage wird nicht gestellt. Was ich aufschnappte, war, daß Hitler entschuldigt wurde, der Krieg, die Lager, der Judenhaß, die Beschuldigungen gegen die Juden, der Aufbau von Sündenböcken. Ich würde es jetzt den Schattenaspekt nennen, den man auf die Juden projizierte. Und das erschreckte mich. Von da an spürte ich eine tiefe Kluft zwischen mir und meinen Eltern. *O mein Gott, sie hätten tatsächlich so etwas tun können. Haben es vielleicht getan. Wer weiß?* Meine Mutter hatte auf dem Land gelebt, also nahm ich an, sie hatte nicht viel gewußt. Doch da war dieses tiefsitzende Gefühl: *Meine eigenen Eltern ... Sie sind nicht entsetzt. Wir stehen hier auf verschiedenen Seiten.*

Zum ersten Mal hatte ich etwas über den Holocaust gesehen. Ich hatte Bemerkungen gehört, wie: »Na ja, da waren diese verdammten Juden, aber das dürfen wir jetzt nicht mehr sagen.« Als Kind fragte ich mich immer, wieso meine Eltern etwas nicht sagen durften. Es erstaunte und schockierte mich. Die einzigen Male, bei denen ich meinen Vater haßerfüllt sah – nicht wütend, sondern haßerfüllt –, sagte er: »Diese gottverdammten Franzosen« oder »Diese ...« Er fluchte, was ich bei ihm noch nie erlebt hatte. Alles, was nicht deutsch war, war gottverdammt. Und ich weiß noch, daß es mir wehtat, ich empfand große Qual, weil mein Vater andere Leute so hassen konnte.

Meine Eltern sprachen nie über Lager. Auch sonst niemand in meiner Familie oder dem Bekanntenkreis. Da war nichts. Nicht in der Schule. Doch irgendwie merkte ich, daß man mir nicht die ganze Geschichte erzählte, daß etwas ungesagt blieb. Als ich diese Filme sah, wußte ich Bescheid, und ich würde sagen, daß dies mein Leben absolut bestimmt hat. Die tiefste Einsicht, zu der ich damals gelangte, war: *Wenn Menschen dies tun können, kann ich es auch tun.* So tief ging das. *Wenn dies also von Menschen getan werden kann, kann es von mir getan werden.* Es stürzte mich in intensive Fragen. Es gab keine oberflächlichen Lösungen.

Ich konnte mich nicht mit meinen Eltern identifizieren, und ich konnte mich nicht mit meinem Deutschsein identifizieren. Ich wollte meinen Ausweis verbrennen. Ich fürchtete und schämte mich beim Gedanken an Auslandsreisen. *Was soll ich sagen? Ich kann niemandem sagen, daß ich Deutsche bin. Sie werden mich dafür hassen.* Man sagte mir immer, ich sei zu ernsthaft. »Warum genießt du dein Leben nicht?« Vor diesem Hintergrund – unmöglich.

Ich wohne jetzt in einem Land, wo Juden leben – sogar Überlebende ... In Deutschland gab es keine Juden. Ich bin nie einem begegnet. Als ich herkam und zum ersten Mal mit einem jüdischen Menschen sprach, war es zum Glück eine sensible Frau, und wir weinten gemeinsam. Wir konnten das tun.

Erinnerungen tauchen auf ... Im *Gymnasium* hatte ich Freundinnen. Zwillinge. Sie waren nicht die besten Schülerinnen, machten lieber Spaß, aber meine Mutter sagte, ich solle mich nicht mit ihnen treffen: Sie hätten keinen guten Einfluß auf mich. Ich bohrte weiter: »Ist es, weil sie im Unterricht Witze machen und schwät-

66

zen?« Dann hörte ich sie sagen: »Nun, es sind Halb-
juden.« Ich hatte es nicht gewußt, war danach aber
wachsam. Ich hielt zu ihnen – es waren meine Freundinnen, und ich mochte sie wirklich gern. Ich konnte nicht
verstehen, weshalb meine Mutter diesen Grund vorbrachte.

Erst jetzt wird mir klar, daß ich also doch Juden
kannte. Auf der Universität lernte ich eine andere Frau
kennen. Ich hatte nicht den Mut sie zu fragen, ob sie
Jüdin sei, doch ich hatte es von jemandem gehört. Ich
weiß noch, daß ich mich in ihrer Gegenwart ein wenig
unbehaglich fühlte, und ich habe dieses Problem auch
jetzt. Einige meiner guten Freunde sind Juden, und im
Hinterkopf habe ich immer dieses Gedanken: *Sie können mich nie richtig mögen. Weil ich Deutsche bin.* Man
kann darüber reden, aber das ist auch schon alles. Ich
meine, es ist da, als Realität. Dieser Mensch neben mir
könnte ein Überlebender sein. Doch ich würde mich
wohl nicht trauen, ihn zu fragen. Natürlich trage ich
diese Scham mit mir herum. Schäme mich für meine
Eltern, für diese Generation. Und es gibt nichts, was
man dagegen tun kann. Diese Scham ist einfach da.

Ich habe meine Mutter ablehnend über Hitler und
den Faschismus reden hören, und ich habe lange gebraucht, um zu begreifen, daß sie ihn auf ihre Weise
unterstützt hat. Bei ihr ist es subtiler – man muß genauer
zuhören als bei meinem Vater. Vermutlich um keinen
Streit mit mir zu provozieren, sagte sie: »Ja, das war
wirklich furchtbar …« und »Diese alten Nazis … Ich bin
nicht gern mit ihnen zusammen.« Und doch tat sie, was
viele Frauen taten, und unterstützte es auf ihre Weise.
Ich meine, so etwas trug dazu bei, das alles möglich zu
machen. Wenn man wirkliche Verantwortung empfände,
würde man sagen: *Nein, nein, das will ich nicht. Mit*

solchen Leuten will ich nichts zu tun haben. Die Tünche
war sehr dünn. Fast jeden Sonntag gab es diese Spazier-
gänge – es war ein Ritual –, mein Vater und dieser
Mann, ein alter Nazi, die vor uns gingen, und dann
zwanzig oder dreißig Meter dahinter meine Mutter und
die Frau dieses Mannes. Ich weiß noch, daß ich mich
langweilte. Mich interessierte nicht, worüber meine
Mutter mit dieser Frau sprach. Sie schlugen die Zeit tot,
kommunizierten, weil sie es mußten. Viele Paare tun so
etwas. Manchmal ging ich mit den Männern, und sie
redeten immer nur über *den Krieg.* Und diese Schlacht
und jene Schlacht und: *Was, wenn wir nur ...* Sie gewannen noch immer den Krieg. *Wenn wir nur ...*

Mein Vater war mit der Luftwaffe in Rußland gewesen. Vor fünfzehn Jahre bekam er einen ziemlich guten
Job durch einen Kriegskameraden, der eine einflußreiche Stellung bei einer großen Versicherungsgesellschaft
hatte. Damals erfuhr ich, daß sich diese Typen einmal
jährlich auf Militärstützpunkten oder Militärflughäfen
treffen, um ein bißchen zu reisen und über die alten Zeiten zu sprechen. Einmal sind sie zu einem Militärflug-
hafen nach Sizilien gefahren, einmal nach England. Also
spielen sie noch immer Krieg, sind voll bei der Sache.

Im letzten Jahr begriff ich endlich, daß die Leute nicht
zum Golfspielen nach Rußland gegangen waren. Mein
Vater war in Rußland – was bedeutete, daß er zum Töten dort war. Interessant, daß ich nie daran gedacht
hatte. Als Teenager hatte ich meine Eltern gefragt: »Wo
warst du? Was hast du gewußt? Warum hast du gehorcht?« Was ich nicht fragte, war: *Hast du das Töten
gesehen? Hast du getötet? Hast du Greueltaten gesehen?
Wie war dir dabei zumute?* Ich wagte nicht, so konkret zu
werden. Mein Vater sagte, er habe die Bücher geführt.
Ich habe es ihm abgenommen. Ich dachte, er habe nur

die Bücher geführt, und dann dämmerte es mir, genau das ist es – *»Ich habe die Bücher geführt.«* Mein Vater war einer dieser gehorsamen Männer, die nach einer Autoritätsfigur suchten. Jetzt hat er Alzheimer. Ich kann ihn fragen, aber er wird wohl nicht antworten. Praktisch.

Ich habe lange gebraucht, um zu begreifen, daß die Menschen aus dieser Generation wütend auf Hitler sind – nicht wegen dem, was er getan hat, sondern weil er den Krieg verloren hat. Bei ihnen klingt es, als sei es wegen der Greueltaten und des Holocaust und der ganzen Ideologie, aber das ist nicht der Grund. Sie sind wütend auf Hitler – *ihren Hitler* –, weil er ihnen nicht gab, was er versprochen hatte.

Mit siebzehn begann ich zu lesen – ich nannte es meine drei Stapel, die Teil meines Lebens wurden – Bücher über Buddhismus, vor allem Zen-Buddhismus, Marxismus und Psychoanalyse. Immer diese Fragen: *Wie war es möglich? Wer sind wir, daß wir so etwas tun können? Und warum taten wir so etwas?* Ich brauchte immer mehrere Ansätze von verschiedenen Seiten; einer schien nie ausreichend, um dieses Unerklärliche zu erklären.

Die Pubertät war auch eine Zeit extremer Konfrontationen – ich ging auf Konfrontationskurs mit meiner Familie und den Freunden meiner Eltern. Manchmal, glaube ich, wollten sie mich nicht dabei haben, weil ich die Diskussion auf den Holocaust lenkte. Es gibt dieses Wort *Nestbeschmutzer.* So nannte man mich. *Nestbeschmutzer.*

Wenn jemand das typische Argument vorbrachte: »Aber er hat die *Autobahnen* gebaut ...«, geriet ich in Wut: »Wie können Sie das sagen?« Es war eine schmerzliche, beinahe selbstzerstörerische Sache, weil ich mich selbst tiefer und tiefer in die Entfremdung trieb. Doch ich mußte es tun. Ich glaube, ich habe nach jemandem gesucht, der sagt: »*Ich weiß, wie du dich fühlst. Ich bin ebenso betroffen* ...« Dieses Spiegelbild meiner Gefühle, die Bestätigung, daß meine Empfindungen normal waren.

Mit Freunden sprach ich nicht darüber. Man sprach eben nicht darüber. In der Schule erhielt ich auch keine Antworten. Die Geschichte endete irgendwo in der Weimarer Republik – wenn wir überhaupt so weit kamen. Auf dem *Gymnasium* gingen wir die Weltgeschichte in neun Jahren ungefähr dreimal durch, und wenn wir das Jahr 1933 erreichten – waren wie durch ein Wunder Ferien, oder es gab nichts mehr zu sagen. Es war immer, als laufe man gegen eine Wand. Meine Familie und Freunde gaben mir das Gefühl, als sei ich seltsam, hysterisch, als übertreibe ich, als sei ich – wieder einmal – zu ernsthaft. Und so fühlte ich mich als Fremde.

Als ich bei meinen Eltern auszog, war ich einundzwanzig. Es war schmerzhaft ... hart. Ich war sehr unselbständig und glaubte, ich könne nichts ohne meine Eltern tun. Ich trug viel Angst in mir. Ich fürchtete mich vor der Universität; ich fürchtete mich vor der Wohnungssuche; ich fürchtete mich davor, eigene Entscheidungen zu treffen und zu sagen: *Ja, das ist es, was ich will. Das ist es, was ich tun möchte.*

Während meiner Übersetzerausbildung kam ich mit Drogen in Berührung. Ich denke, es war meine Art, meine Grenzen abzustecken. Etwas Verbotenes tun. Endlich den Ungehorsam wagen. Es dauerte ungefähr zwei Jahre. Doch dann entschied ich von einem Tag zum anderen: *Das funktioniert bei mir nicht. Das ist nicht die Lösung.* Und ich kochte mir eine Tasse starken Kaffee und sagte: *Nein, das geht nicht so weiter.* Und damit hatte es sich. Ich habe nie wieder mit Drogen zu tun gehabt.

Wenn ich jetzt nach Deutschland zurückkehre, ist mir, als habe sich nichts geändert. Es gibt immer noch Kommentare wie: »Das ist doch jetzt vorbei …« »Es ist fünfzig Jahre her …« »Sieh dir an, was sie in Soundso machen …« Selbst Menschen meiner Generation – und das erschreckt mich – wollen nicht zu viel darüber nachdenken. Das ist ein Schock. Ich sprach mit einer Frau in den Dreißigern, die zu mir sagte: »Ich will es nicht mehr hören. Sie haben uns in der Schule mit dem Kram bombardiert.« Als ich zur Schule ging, gab es gar nichts, und jetzt heißt es, in den Schulen würde es übertrieben. Ich kann nur sagen, daß sie es in diesem Fall nicht richtig gemacht haben. Es ist immer noch eine Form der Leugnung.

Ich habe irgendwo gelesen, daß ich, da 1949 geboren, eigentlich nicht verantwortlich bin für das Geschehene, aber daß ich *jetzt* verantwortlich bin, wann immer das Thema aufkommt. Wann immer Leute darüber reden, bin ich für meine eigene Reaktion, meine Antwort verantwortlich. Ich weiß nicht, ob ich Leute, die »Ich will es nicht mehr hören …« oder »Die *Autobahnen* sind gut …« sagen, als gleich schuldig bezeichnen würde. Das Wort Schuld mag ich ohnehin nicht. Aber ich würde sagen, daß diese Leute noch immer etwas leugnen.

Für mich bedeutet dies eine große Trennungslinie gegenüber anderen. Manchmal versuche ich zu reden – kommt auf die Person an. Es weckt meine Angst vor diesem Denken und dieser Mentalität, und natürlich weckt es die Angst, daß dies ein Teil von mir ist. Ich habe darauf hingearbeitet – die Erkenntnis, daß ich dieses Problem nicht lösen kann, indem ich sage: *Ich will Deutschland nicht wiedersehen.* Diese Art des Bösen oder Negativen muß ich wirklich als Teil des Menschen betrachten, also auch als Teil meiner selbst … das ist die schwerste Aufgabe, der schwerwiegendste Aspekt. Doch letztendlich muß genau das getan werden – vor allem wir Deutsche müssen es tun –, uns selbst betrachten und sagen: *Was in mir fördert das? Welche meiner Haltungen gehen in diese Richtung?* Und das ist natürlich schmerzlich.

Unter anderem arbeite ich auch deshalb im Erziehungsbereich, weil ich den Menschen immer noch bewußt machen möchte, was geschehen kann. Mein Schwerpunkt hat sich verlagert – vom Aufrütteln der anderen zum ... Auffinden meines eigenen Schattens, wenn Sie so wollen. Mit ihm möchte ich Frieden schließen. Und das erfordert Mut, weil man wirklich ein Ungeheuer betrachtet. Ich habe herausgefunden, daß dieses Ungeheuer verhärteter Schmerz ist. Diese Wut und dieser Zorn und Schmerz – entweder wendet man sich gegen sich selbst oder gegen jemand anders.

Es hat mich gezwungen, tief zu graben und es mir nicht leicht zu machen. Daher ist es in gewisser Weise ein Geschenk, in diesem Land zu dieser Zeit geboren zu sein, die Gelegenheit zum Kampf gegen dieses Ungeheuer zu haben, das Böse, Finstere, Negative in einer spezifischen Form zu verarbeiten. Ich meine, die Deutschen besitzen dieses überaus organisierte Böse. Es ist kein leidenschaftlicher Haß – so wie wenn man jemanden tötet, weil man ihn aus ganzer Seele haßt. Dieser Prozeß ist sehr durchdacht. Man hat alle Argumente, alle Gründe, und diesen einen Aspekt kann man – meiner Ansicht nach – mit nichts vergleichen. Die Leute sagen: »Da gibt es den Holocaust und Vietnam und sieh dir an, was in Ruanda passiert ...« Darauf lasse ich mich nicht ein, weil ich in Deutschland geboren wurde und dieses kulturelle Erbe teile, ob es mir gefällt oder nicht. Es gibt da eine besondere Eigenart, dieses durchdachte, geplante, organisierte, rationalisierte Böse, das diesen Prozeß von allen anderen unterscheidet.

Ich sage nicht, daß es die Amerikaner nicht nötig hätten, sich um ihre eigenen Grausamkeiten zu kümmern, doch viele Deutsche entledigen sich ihrer Verantwortung, indem sie sagen, andere haben es auch getan. Und das funktioniert nicht. Einem Menschen eine Nummer auf den Arm zu tätowieren und ihn ein paar Tage später zu vergasen ... ist einzigartig. Es macht einen verrückt.

Es gibt Winkel in mir, die ich sehr schwer verstehen und ausmachen kann. Ich kenne meine Neigung, Dinge überzuorganisieren oder zu rationalisieren. Ich kenne die Mentalität der sogenannten *Schreibtischtäter*, die nicht selbst im Lager arbeiteten, aber die Papiere unterzeichneten, um andere ins Lager zu schicken. Während der Prozesse sagten diese Leute immer: »Ich habe nur meine Pflicht getan ...« »Ich habe nur Befehle befolgt ...« Dieser autoritäre Geist ist ein weiteres erschreckendes Element, daß ich sehr gut kenne.

Wie konnte dies geschehen? Immer dieselbe Frage. Doch da war noch etwas Tieferes, das nach Antwort verlangte, also beschäftigte ich mich mit dem Zen-Buddhismus. Ich tat es auf deutsche Art, immer sehr ernsthaft, als gute Schülerin, bis ich begriff, daß ich es zu deutsch anging, daß meinem Leben der Spaß fehlte. Zu diesem Zeitpunkt betrat in Berlin, wo ich aufgewachsen war, der Anführer einer spirituellen Gruppe die Bühne. Er kam aus Indien und simplifizierte viele Ansätze. Er brachte alle Aspekte, alle Religionen zusammen. Was mich anzog, war die Tatsache, daß er gegen die Dogmen sämtlicher Kirchen und Ideologien war. Natürlich gab es auch in dieser Gruppe Dogmen, doch das verstand ich erst später.

Die Gruppe in Berlin war groß, und sie schien das Leben wirklich zu genießen – was Deutsche gewöhnlich nicht als sinnvolles Ziel ansehen. Das Streben nach Glück steht nicht in unserer Verfassung. Die Gruppe hatte gute Diskotheken, und es gefiel mir, dort zu tanzen. Mir gefiel die Vorstellung, mein Leben zu genießen. Es war eine intensive Gruppe, voller Konfrontationen, sehr ausgefallen, anders, genau was ich damals brauchte. Der ganzen Gesellschaft entgegengestellt. Damals war es vermutlich das Kontroverseste überhaupt, in den roten Gewändern und mit einer Mala – einer Kette mit 108 Perlen und einem Medaillon mit dem Bild des Anführers – durch die Straßen zu gehen oder ein Kaufhaus oder einen Bus zu betreten. Man gewann dadurch viel Energie, viel Saft und Kraft. Es war beinahe, als liefe man nackt herum. Ich fühlte mich irgendwie sicher in meiner Unverschämtheit, tat es aber nicht für mich. Man tat es einfach ... wirklich praktisch: *Du kannst handeln, aber du bist nicht verantwortlich, weil du jemandem folgst.*

Die meisten seiner Anhänger waren Deutsche, was interessant ist. Ich kam in die Vereinigten Staaten, weil der Haupt-Ashram sich hier befand. Ich besuchte es während eines Festivals, und es gefiel mir. Es waren um die 18.000 Leute da. Teil des Kultes war die Ideologie, daß Arbeit Anbetung sei, also bauten die Menschen einen Damm und schufen einen großen See. Wir reden hier nicht von einer kleinen Gruppe, die sich einmal pro Woche traf. Sie bauten eine Stadt. Sie war riesig. Und wenn kein Festival stattfand, gab es immer noch 2.000 ständige Bewohner.

Während der zehn Tage dort lernte ich meinen Ehemann Bob kennen. Seine Großzügigkeit und daß er alles so leicht nahm zogen mich ungeheuer an ... das totale

74

Gegenteil der zugeknöpften deutschen Ansichten darüber, wie etwas getan werden muß, nach dem Motto: Und wenn es nicht richtig getan wird, dann sollte es gar nicht getan werden. Mein Deutschsein stößt an dieser Stelle mit seiner Haltung zusammen und führt zu vielen Konflikten. Doch es war heilsam, das alles zu sehen, um zu erkennen: *Mein Gott, es gibt eine Chance auf ein anderes Leben.* Die Anziehung zwischen uns war wirklich stark. Sehr gegensätzlich. Ich sehnte mich danach, Teil des Ashrams zu werden und dies zu meinem Leben zu erklären, und ich spürte den starken Impuls, mit Deutschland Schluß zu machen. Alles geschah im selben Jahr: Ich war im Juli hier; im September besuchte Bob mich für zwei Wochen in Deutschland; ein paar Wochen später beschlossen wir am Telefon, daß wir zusammenleben wollten; im Oktober kam ich in die Vereinigten Staaten; und im Dezember heirateten wir im Ashram. Die Heirat war die einzige Möglichkeit, ohne Touristenvisum dort zu bleiben. Doch in mir steckte auch die Sehnsucht nach Heim und Familie, nach dem Gefühl der Dazugehörigkeit und des Beschütztseins.

Viel davon projizierte ich auf Bob. Dann begann die lange Arbeit an der Ehe, die schwierig war, weil wir einander nicht kannten und ich meinen ganzen psychologischen und kulturellen Ballast mitbrachte. Wir haben viel miteinander gearbeitet, und ich fühle mich jetzt viel sicherer. Es war nicht immer lustig. Da wir so verschieden sind, bin ich mir meines Deutschseins bewußt geworden. Ich versuche, es zu verbergen, und das ist bei Bob unmöglich.

Ich verbrachte drei, vier Wochen pro Jahr im Ashram. Um dazuzugehören, einen Ort zu haben, an dem man mich akzeptierte und liebte, an dem ich nicht fremd war. Die Struktur war fröhlich, aber auch sehr hierarchisch.

Die Arbeit wurde sehr betont. Die Leute, die im Ashram lebten – was ich nie tat –, hatten im Grunde kein Einkommen. Der Ashram kümmerte sich um dich: Du hattest Essen; du hattest ein Bett; für alles war gesorgt. Doch du hattest kein Geld. Du hast saubergemacht oder in einem Geschäft oder der Disco oder dem Restaurant gearbeitet. Ich sehnte mich sehr danach, mich so weit aufzugeben, zu sagen: *Okay, das ist es. Ich werde jetzt diesem Ashram mein ganzes Leben schenken und alles andere vergessen.*

Aber ich tat es nicht.

Ich tat es einfach nicht.

Und ich weiß nicht, warum.

Irgendwo in mir gab es eine Barriere, die hieß: *Nein.* Es erinnert mich an das Aufgeben der Drogen, als ich einfach sagte: *So, das war's.* Eine Art intuitives Ventil. Und es sagte: *Nein, warte ab.*

Schließlich brach die ganze Sache zusammen. Man sagt, in Indien läuft es noch im großen Stil. Es war eine umstrittene Gruppe. Manche Leute bezeichneten sie als Kult, als Sekte. Damit bin ich vorsichtig. Ich meine, ich würde auch den Katholizismus als Kult bezeichnen.

Der Anführer unserer Gruppe war sehr umstritten; er griff vor allem die fundamentalistischen Christen an. Er machte sich über sie lustig, und das gefiel den Leuten nicht. Also staute sich Druck an – bis zu einem Punkt, an dem es mir nicht mehr gefiel. Die Gruppe wurde paranoid. Militant. Die Leute führten Waffen mit sich, und die Regierung mischte sich ein. Unserem Anführer warf man vor, er sei unter Angabe falscher Gründe ins Land gekommen. Schließlich mußte er das Land verlassen.

Vermutlich werde ich die Wahrheit nie erfahren, doch angeblich versuchte jemand, eine Salatbar in der Gegend zu vergiften, damit die Gruppe bei einer Wahl zum

Schulausschuß die Mehrheit erhalten würde. Damals ging es auch für Bob und mich zu Ende. Wir hörten Gerüchte, und es hatte kritische Bücher gegeben, und die Presse war negativ gewesen, doch wir wußten, das es Teil des Ganzen war. Dann entdeckte Bob ein Buch, das von einem ehemaligen Leibwächter verfaßt war. Es war ein gutes Buch. Ich meine, es gibt Leute, die zu einer religiösen Gruppe gehören und dann hingehen und sie mit Dreck bewerfen, um zu beweisen, daß sie jetzt anders und besser sind als vorher, doch das ist alles ein Fehler. Ich sehe es anders. Und dieser Mann schrieb auch nicht so. Er schrieb über das, was er gelernt hatte und in welcher Phase seines Lebens er gewesen war, und er beschreibt, weshalb er nicht dabei bleiben konnte. Mir gefiel es, weil er im Grunde den Geist in sich trug, den diese Gruppe für sich beanspruchte. Er sagte mit anderen Worten: *Ich bleibe dem treu, weshalb wir alle hier sind, und deshalb sage ich, was passiert ist.* Es berührte mich wirklich. Es klang aufrichtig. Bob fing an zu lesen, und dann las er laut vor. Zuerst wollte ich es nicht hören, doch wir blieben die ganze Nacht auf und lasen einander die dreihundert Seiten vor. Um fünf Uhr morgens waren wir fertig, und alles war klar.

Ich weiß noch, daß ich tagelang geweint habe. Ich spürte eine echte Leere. Ich hatte auch genug gelernt, um mit dieser Leere umzugehen, sie als bereichernde Erfahrung zu akzeptieren, die mir in diesem Prozeß half. Ich machte eine Phase der Wut durch, des Mich-Be-trogen-Fühlens. Es war schwer, sich von einer Identität zu lösen, die es nicht mehr gab. Doch ich empfand kein Bedauern, weil ich spürte, daß das, was ich gelernt hatte, das Negative bei weitem wettmachte.

Ich hatte dort gelernt, daß ich eine Autoritätsfigur brauchte, die mir sagte, was ich tun sollte.

Ich war an einem Punkt gewesen, an dem ich alles gemacht hätte. Hätte unser Anführer gesagt: *Du mußt nach Indien gehen und dort im Ashram arbeiten*, hätte ich es getan. Das war eine ziemliche Lektion. Ich sah Ähnlichkeiten zu meiner Mutter, da ich keine Verantwortung übernahm, einfach nur wollte, daß jemand anderes es für mich tat. Man verfügt nicht über sein Leben, übernimmt keine Verantwortung, tut alles, was man eigentlich nicht tun soll, und dann gibt man dem Anführer die Schuld. Ich hatte Verständnis für die Deutschen. *Etwas, dem man folgen kann.* Das war hart, schmerzhaft. Ich begriff, daß ich die gleiche Persönlichkeitsstruktur besaß, über die ich in der Universität gehört hatte, wie der *Schreibtischtäter*, der nur Papiere unterschreibt und selbst nichts tut und danach sagt: »Ich habe nur meine Pflicht getan.« Es gefiel mir nicht. Es war sehr erschreckend, aber ich versuchte nicht, es zu leugnen. Ich sagte: *Okay, das ist es.* Es war ein weiterer Teil meiner Antwort auf die Frage: *Wie kann so etwas passieren?*

Es mag seltsam klingen ... für mich ist es positiv, diese Schwäche in mir zu kennen, mich aber deswegen nicht zu verurteilen, sondern zu sagen: *Ich war nicht allein, wir alle haben es getan.* Zu sagen: *So sind wir also, und das ist es, was wir tun.* Es verriet mir, daß wir noch einen weiten Weg vor uns haben.

Ich weinte viel. Ich fragte mich, was ich hier tat. Ich stellte meine Ehe in Frage, weil sie ein Teil all dessen gewesen war. Es war eine schwierige Zeit, ein schwieriger Übergang. *Wer bin ich, wenn ich nicht Teil dieser spirituellen Gruppe bin? Und was fange ich mit meinem Leben an?* Ich begann eine Therapie, drang in meine persönliche Geschichte ein, sah genau hin. Ich muß vierzig gewesen sein. So viel Zeit und Entfernung von

Deutschland hatte ich gebraucht, um schließlich sagen zu können: *Das ist geschehen. Ja, da waren all diese furchtbaren Dinge.* Und um es zu verarbeiten und zu spüren.

Ich gehe wieder meiner spirituellen Tätigkeit nach. Arbeite mit Gruppen ... Meditation und so. Der Hauptreiz daran ist, daß es demokratisch abläuft. Alles – Unterrichten und Planen – geschieht im Team. Niemand hat einen einzigen Lehrer, der wieder ein Guru wird. Bei unserem Anführer zählte die Anbetung. Hier geht es nicht um Lehrer – es geht um eine Lehre. Was einen großen Unterschied macht. Ich selbst meditiere zu Hause – ungefähr zwei Stunden täglich – verarbeite die Vergangenheit anhand bestimmter Fragen, räume sie auf, verstehe sie. Ich beurteile sie nicht. Ich schaue sie an: *So war es also.* Und zur selben Zeit bilde ich etwas heran, das man als Zeugen bezeichnen könnte, einen Teil im Inneren, der nicht subjektiv ist, der einem wirklich hilft, die eigene Vergangenheit ehrlicher zu betrachten.

Ich betrachte dies als meinen Raum und meine Zeit der Heilung.

Ich liebe es, hier draußen in der Natur zu sein. Ich könnte für immer im Wald leben und am Fluß zelten und umherlaufen. Du brauchst keine Kleider. Du bist allein. Das findest du in Deutschland nicht. Deutschland ist überfüllt. Daher genieße ich die Weite. Und ich weiß es zu schätzen, daß die Leute hier sehr viel zwangloser miteinander umgehen. Es ist angenehm und eine große Erleichterung. Es gibt mehr Raum zwischen den Menschen, eine, wenn auch oberflächliche, Freundlichkeit, eine Höflichkeit, die man in Deutschland nicht findet. Es ist so: *Nur weil du ein Mensch bist, behandle ich dich freundlich.*

Doch manchmal vermisse ich diese alte Verstrickung, überall Menschen, und jeder hat eine Meinung, ein Urteil. Ich weiß nicht, ob ich wieder in Deutschland leben möchte. Die Frage ist immer offen. Eine Freundin vermisse ich besonders. Ich stehe ihr sehr nahe. Und ich vermisse die europäischen Städte. Ich gehe gern ins Museum. Also ist es kein totales Ja zum Leben in Amerika.

Ich unterrichte Deutsch an einem College. Für mich ist es wichtig, nicht nur die Sprache zu lehren, sondern den Studenten auch zu sagen, was sie bedeutet. Viele Studenten, die Deutsch wählen, sind konservativ, haben einen deutschen Hintergrund. Die Verleugnung ist stark bei ihnen. Daher ist es schwierig, sie so über Deutschland, die Kultur, zu unterrichten, ohne sie sich zu entfremden. In einem Kurs über aktuelle Themen lasen wir deutsche Zeitungen und Zeitschriften, die viel über Neo-Nazis brachten. Der Film *Schindlers Liste* war gerade angelaufen, und er war erschreckend für mich, weil er persönlich ist. Ich wollte meine Studenten nicht verurteilen, falls sie in der Art von *Ich will es nicht hören* reagierten. Doch es war interessant, wie sehr sie sich engagierten. Einer brachte ein Video über ein Lager mit, und sie sahen es sich an. Mehrere weinten. Wir verbrachten das halbe Semester mit diesem Thema. Das ist mir wichtig. Wie kann ich es so machen, daß sie es aufnehmen und verarbeiten, so daß es ihre Sensibilität vertieft?

Zum ersten Mal im Leben fühle ich mich anderen gleichgestellt – nicht aufgrund einer Rolle, die ich übernehme. Ich arbeite gern mit jungen Menschen, doch es ist eine echte Falle, die Gefahr, sich mit der Rolle der Lehrerin zu identifizieren und sie mit mir gleichzusetzen. Doch ich habe gelernt, daß ich auch dies nicht bin.

Diese Rolle ist nur eine Rolle, und wenn man in dieser Rolle steckt, erfährt man eine bestimmte Art der Interaktion, besitzt eine bestimmte Macht und kann sich damit identifizieren. Ich halte das für gefährlich. Natürlich wäre es für mich mit meiner Geschichte genau das Richtige, um meine Vergangenheit zu kompensieren. Aber mir ist klar, daß ich es nicht tue. Ich weiß, ich will diese Macht nicht. Studenten können einem das Gefühl geben, bedeutend und mächtig zu sein. Und diese Macht nicht anzunehmen, sondern zurückzugeben …

Was ich will, ist gleich unter Gleichen zu sein. Ich will kein Opfer sein. Ich will niemanden zum Opfer machen. Ich will nicht mehr folgen.

Ich will auch nicht der Führer sein.

ULRICH

Geboren: 1946
Alter zum Zeitpunkt der Immigration: 8

Ich habe zumindest die Pflicht, bewußt zu sein

In Unterhaltungen mit amerikanischen Freunden sage ich oft: »Ihr müßt wissen, was dort drüben geschehen ist, die Mißhandlung der Minderheiten in Europa, könnte auch hier geschehen.« Vor vielen Jahren sagten die Leute: »Bist du verrückt? Hier könnte so etwas nie passieren.« Doch wir sind dem nähergekommen. Und daher bin ich überzeugter Pazifist. Ich finde, daß wir über Konflikte immer sprechen müssen, was es auch kosten mag, und in der Diskussion läßt sich dann eine Lösung finden, die für beide Seiten angemessen ist.

Obwohl das Individuum kein Verschulden treffen mag – ich meine, jene von uns, die nach dem Krieg geboren wurden, haben nicht an den schrecklichen Ereignissen teilgenommen und können daher von keinem Gericht schuldig gesprochen werden –, geht es nicht nur um das Individuum. Es geht ums Kollektiv. Es ist die Kultur, die Individuen hervorbrachte, die diese Probleme schufen, und da ich Teil dieser Kultur bin, habe ich zumindest die Pflicht, wachsam zu sein und diese Wachsamkeit weiterzugeben, weil wir dafür Sorge tragen müssen, daß es nicht wieder passiert. Wir können

82

nicht davonlaufen. Wir können nicht sagen: »*Ich bin nicht daran interessiert*« oder »*Das ist furchtbar – ich will es nicht lesen*« oder »*Das glaube ich nicht.*« Wir müssen es verstehen, uns damit konfrontieren und dafür sorgen, daß wir nicht in die gleiche Falle tappen, in die unsere Vorfahren tappten.

Mein Vater war als Musiker im Krieg, als Chorleiter. Er war nicht an vorderster Front, sondern unterhielt die Truppe mit Musik. Er war kein besonders guter Soldat, da bin ich mir sicher. Er ist ein Preuße, aber nicht sehr athletisch. Er sagt, er habe während des Krieges nicht einen einzigen Schuß abgefeuert, und ich glaube ihm, eben weil er Musiker ist – kein Kämpfer. Er verirrte sich anscheinend mit drei oder vier anderen Soldaten in einem Wald, der hinter den russischen Linien lag. Da er der ranghöchste Soldat war, mußte er diese Soldaten in Sicherheit bringen. Er überließ das Kommando einem anderen, und irgendwie erreichten sie die deutsche Seite.

Als er in russische Kriegsgefangenschaft kam, stellte er einen Chor aus deutschen Soldaten zusammen. Nun unterscheidet sich die russische Chormusik nicht so sehr von der deutschen. Offenbar gefiel den Russen die Musik, die mein Vater aufführte, und man bot ihm eine gute Stelle in Rußland an; doch er lehnte ab, weil er an meiner Mom interessiert war – sie waren noch nicht verheiratet – und nach dem Krieg nach Deutschland zurückkehren wollte. Eine russische Ärztin oder Krankenschwester schaffte ihn und einige seiner Chormitglieder aus dem Gefängnis. Es hatte mit seiner Musik zu tun. Sie verfaßte einen fingierten Bericht, laut dem diese Männer krank waren und dort nicht versorgt werden konnten.

Mein Vater wollte eigentlich ein Orchester leiten, doch unmittelbar nach dem Krieg gab es in Deutschland keine Orchester. Die einzige Möglichkeit lag in der Chorarbeit, und so änderte er seine berufliche Laufbahn und wurde Chorleiter. Die Deutschen singen gern, und in all den Kleinstädten kamen Männer und Frauen zusammen und gründeten Chöre. Nach dem Krieg war dies die Unterhaltung. Interessanterweise gründeten auch die Deutschen in den Vereinigten Staaten Chöre, und mein Vater erhielt ein Angebot von einem Chor in New York. Meine Eltern verließen Deutschland hauptsächlich wegen der wirtschaftlichen Lage. Der zweite Grund lag wahrscheinlich in der Angst vor dem Kommunismus, denn der Kalte Krieg hatte begonnen. Mein Vater fürchtete den Kommunismus viele Jahre lang.

Ich war acht, als wir nach Amerika zogen. Zu Hause sprachen wir Deutsch, und ich wuchs in einer deutsch geprägten Umgebung auf. Jeden Abend probte mein Vater irgendwo mit einem Chor. Seine Chöre bestanden aus gebürtigen Deutschen, von denen manche erst kürzlich immigriert, andere nach dem Ersten Weltkrieg hergekommen waren. Weil ich das einzige Kind des Chorleiters war, kannten mich alle, waren nett zu mir und sagten: *»Ach, wie schön der Deutsch sprechen kann.«*

Ich wurde Zeuge ihrer Unterhaltungen über die Vergangenheit und Gegenwart, wenn sie die USA mit Deutschland verglichen. Nie sprachen meine Eltern oder die Deutschen mit Mitgefühl über die Juden. Sie sagten etwas wie:»Natürlich war es falsch, und es war schrecklich, und wir sind es nicht gewesen. Aber die Behörden, die Nazis und SS-Leute, die waren furchtbar. Das waren Schweine. Aber die Zahl der vergasten Juden ist übertrieben. So viele Juden gab es gar nicht auf der Welt. So viele können es nicht gewesen sein.« Ich erinnere mich an Kommentare wie: »In den Zwanzigern hatten wir chaotische Zeiten, und es gab so viele politische Parteien, und da war die Inflation, und dann kam dieser Typ mit einem guten Plan, und er baute die *Autobahnen* …«

Jeder schien andauernd von den *Autobahnen* zu sprechen, diesem Beispiel für die Errungenschaften aus der Frühzeit der Nazis, und darüber, daß ökonomische und soziale Probleme gelöst wurden, weil diese neue politische Partei Stabilität und Ordnung brachte. Die Deutschen, die nach dem Zweiten Weltkrieg in den Vereinigten Staaten gelandet waren, hielten dies für eine noble Tat, hielten die Anfangsjahre des Krieges für in Ordnung. Sie sagten: »Deutschland wurde nach dem Ersten Weltkrieg schlecht behandelt und war nicht gleichgestellt. Daher brauchten diese Leute *Lebensraum* und mußten die Initiative ergreifen, um einen Teil der verlorenen Gebiete wiederzuerlangen.« Die meisten Deutschen, denen ich hier in den USA begegnete, hegten derartige Überzeugungen, und als wir uns über die späteren Kriegsjahre unterhielten, in denen alles auseinanderbrach, sagten sie: »Ja, dann wurde Hitler verrückt und verlor den Überblick und wußte nicht mehr, wann er aufhören mußte, aber am Anfang hat er viel Gutes getan …«

Ich glaube nicht, daß einer von ihnen je in meiner Gegenwart von Schuld gesprochen hat.

Ich erinnere mich, wie ein Typ sagte: »Was wir in diesem Land brauchen, ist ein Hitler, der würde die sozialen Probleme schnell lösen …« Ich glaube, er spielte auf die Rassenprobleme hier bei uns an. Dieser Typ sagte: »Wir sollten diesen Schwarzen Jobs beschaffen und sie von der Straße holen. Das hätte Hitler gemacht, und das brauchen wir hier auch.« Er sagte auch etwas wie: »Sie haben hier einfach zu viel Freiheit. Freiheit ist gut und schön, aber man braucht auch ein bißchen Recht und Ordnung.«

Das war eine sehr moderne Position, denn unsere republikanischen Zeitgenossen vertreten im Grunde eine ganz ähnliche Haltung.

Ich erinnere mich an die Ruinen in Deutschland. Ich bin mir nicht sicher, ob ich verstanden habe, was sie bedeuteten oder woher sie stammten, doch ich hörte Geschichten über Flucht im Krieg, meine Mom im Luftschutzbunker in Berlin, die sich fürchtete und schrie und das Entsetzen erlebte. Ich frage mich, wie diese Leute eigentlich bis heute überlebt haben, und in welchem Maß ihr Leben von den schrecklichen Erinnerungen ihrer Jugend beeinflußt wurde.

Meine Verwandten haben mir viele Geschichten weitererzählt. Jeder von ihnen erzählt gern diese Geschichte über meinen Onkel, der eine Kuh auf der Weide schlachtete, um Essen für seine Familie zu besorgen, und der dabei sein Leben riskierte. Er brachte Fleischstücke mit, die er in Zeitungspapier oder Säcke gewickelt hatte, und verteilte sie an seine Freunde und Familie. Damals befand sich Niedersachsen unter britischer Besatzung, und anscheinend wurde man mit dem Tode bestraft, wenn man eine Kuh stahl oder schlachtete. Wir lebten mit einem Dutzend Menschen in zwei Zimmern. Unsere ganze Familie war aus Ostpreußen geflohen – weg von der heranrückenden russischen Armee und hin zu den Amerikanern im Westen – und hatte sich in dieser Kleinstadt namens Scheeßel versammelt, wo ich 1946 geboren wurde.

Da wir *Flüchtlinge* waren, hatten wir wenig zu essen. Anscheinend bettelten alle und stahlen manchmal Milch und Eier für mich, der gerade erst auf die Welt gekommen war.

Da diese niedersächsischen Kleinstädte nicht bombardiert wurden, war die Gesellschaft ziemlich intakt. Es gab Bauernhöfe; sie hatten Hühner und Vieh und Schafe. Die Bauern hatten jede Menge zu essen, waren aber nicht unbedingt freundlich zu *Flüchtlingen*. Wenn man als Außenseiter – selbst als Deutscher – in diese Gesellschaft kam, waren die Bauern nicht gerade wild darauf, einem zu helfen. Meine Mom hatte nicht viel Glück, als sie um Eier bettelte. Sie schlich in den Hühnerstall und versuchte, ein paar Eier zu stehlen. Die Bauern legten sogenannte *Kalkeier* in die Nester, um die Hühner zum Legen zu animieren. Meine Mutter muß sehr nervös gewesen sein und kam mit einigen echten Eiern heim, brachte aber auch ein oder zwei falsche mit. Beim Diebstahl hatte meine Familie keine glückliche Hand. Ich habe eine Tante, die mit einem Sack zum Bahnhof ging, Kohlen aus einem Zug stahl, vom Kohlenwagen auf den Boden sprang und sich das Bein brach.

Ich hatte einen kleinen Bruder, der ein blaues Baby war. Ich glaube, er hatte ein Loch im Herzen. Irgendwie pumpte das Herz nicht richtig, und die Haut färbte sich blau, was auf einen Sauerstoffmangel hinwies. Mein Bruder starb, bevor er drei war. Ich war vierzehn Monate älter als er. An zwei Dinge erinnere ich mich – wahrscheinlich meine frühesten Erinnerungen. Ich beschützte ihn ritterlich vor dem Raufbold des Ortes. Kurz darauf wurde mein Bruder auf diesem riesigen Bett aufgebahrt. Einzelne Rosen lagen um und auf seinem Körper. Ich dachte, er könne nicht einfach still sein, reglos auf dem Bett liegen. Wenn ich ihn nur berühren könnte, würde er reagieren und mit diesem Trauertheater aufhören. Doch natürlich durfte ich ihn nicht berühren. Im Nachhinein finde ich, man hätte mir erlauben sollen, ihn zu berühren. Ich habe dieses Gefühl und seinen Anblick auf dem Bett nie vergessen.

Jahrelang wünschte ich mir einen Freund, einen Gefährten. Ich wuchs als Einzelkind auf, und ich hatte meinen Bruder immer sehr gern und wünschte mir, meine Eltern hätten noch ein Kind bekommen. Sie entschieden sich dagegen. Später, als ich hier aufwuchs, lebten meine besten Freunde immer in Deutschland ... immer weit weg.

Ich fühlte mich nicht wohl, als ich als Achtjähriger in dieses Land kam. Amerika ist eine sehr auf Anpassung bedachte Gesellschaft. Vielleicht haben wir uns heute ein wenig entspannt, weil neue Wellen von asiatischen und hispanischen Einwanderern aus dem Süden gekommen sind, doch damals war Amerika noch konformer als heute, und wenn man nicht die gleichen Kleider trug wie die Leute hier, nicht die gleichen Dinge tat oder die gleichen Sachen aß, war man ein Außenseiter.

Die Kinder machten sich über mich lustig, weil sie vermutlich noch nie *Lederhosen* gesehen hatten. Sie neckten mich so sehr, daß ich in unsere Wohnung flüchtete und mich – wenn mich meine Erinnerung nicht täuscht – zwei Monate lang nicht zum Spielen hinauswagte. Vermutlich war ich als Kind ohnehin sehr unsicher. Wir lebten in Ridgewood, New York, in einer Wohnung unter der Hochbahn, dem Teil der U-Bahn, der überirdisch fährt. Diese Aufbauten sind sehr alt und rostig. Sie wurden wahrscheinlich um die Jahrhundertwende errichtet und rattern, wenn sich die U-Bahn nähert. Ich fand es lustig. Man brauchte eine Weile, bis man darunter schlafen konnte.

Während meiner gesamten Teenagerzeit fühlte ich mich als Außenseiter. Wir zogen nach Forest Hills, einer besseren Wohngegend in Queens. Ein hoher Prozentsatz der Bevölkerung war jüdisch. Hier war es sehr europäisch. Es gab europäische Bäckereien und die erste deutsche Metzgerei. Dort gab es sehr gute Wurst, *Leberwurst* und *Mettwurst*, und sie importierten Brot aus Kanada, das wir immer kauften.

An jüdischen Feiertagen hatten wir keinen Unterricht, weil es zu wenige nichtjüdische Kinder gab. Ich hatte einen jüdischen Freund, doch alle anderen gingen mir aus dem Weg. Ich verbrachte unglückliche Jahre auf der High School. In einem Jahr versuchte ich, ins Softball-Team zu gelangen – ich war ein ganz guter Sportler – doch ich kam nicht hinein, obwohl ich wahrscheinlich besser spielte als die meisten anderen. Ich dachte, es war, weil ich kein Jude bin. Ich warf mir vor, ich hätte es nicht ins Softball-Team geschafft, weil ich Deutscher war.

Die meisten Lehrer waren Juden, die Schüler waren zu 75 Prozent Juden, und ich war als »der Deutsche«, manchmal auch als »der Nazi« bekannt. Kinder werden andere Kinder immer beschimpfen, und wenn sich eine Situation zuspitzte, war das Schimpfwort für mich Nazi. Ich fand das furchtbar ungerecht, weil ich kein Nazi war. Ich war Deutscher. Ich besaß eine Identität, und ich hatte einen Namen, den andere nicht akzeptierten. Ich möchte nicht den Begriff »Diskriminierung« verwenden, da er schwerwiegenderen Übergriffen vorbehalten sein sollte, Leuten, die in diesem Land und auch in Europa wirklich diskriminiert werden. Doch ich wurde gemieden. Als Teenager war ich sehr sensibel, und es traf mich, in einer jüdischen Gegend als Außenseiter und Ausländer behandelt zu werden.

Ich wuchs in meiner eigenen Welt auf, lebte meist am Rande des Geschehens. Ich ging nicht zum Tanzen oder so, wie es andere Teenager tun. Nun mag es auch andere persönliche Gründe für diese Entwicklung gegeben haben. Meine Erfahrungen zu Hause spielten sicher eine große Rolle. Vielleicht war es auch meine Persönlichkeit, die eine echte Anpassung an diese Umgebung verhinderte. Ich war sehr unglücklich und wollte nach Deutschland zurückkehren, weil all meine Verwandten dort waren, Onkel und Tanten, meine Großmutter und mein Großvater, die ich sehr liebte. Hier gab es einfach keine Verwandtschaft.

In Deutschland besaß ich mehr und bessere Freunde. Während der High School-Zeit war ich ein Jahr in Deutschland zur Schule gegangen. Mein Eltern blieben hier. Ich erlebte den *Fasching* in diesem Jahr. *Fasching* war toll, weil es plötzlich keine Regeln mehr gab. Ich war ungefähr fünfzehn, und der Spaß bestand darin, Mädchen hinter die Tür zu locken und sie zu küssen, was man normalerweise nicht tun konnte. Wir trugen Masken, und die Erwachsenen verkleideten sich alle, gingen in Restaurants und ließen sämtliche Hemmungen fallen. Es wurde viel getrunken, geflirtet, die Frauen saßen mal auf diesem, mal auf jenem Schoß und taten, als seien sie jemand anders.

Ich fuhr beinahe jedes Jahr nach Deutschland, bis ich neunzehn oder zwanzig war. Ich habe mich immer mit jungen deutschen Frauen getroffen, sogar hier in diesem Land, und habe schließlich eine deutschsprechende Frau geheiratet.

Chorleiter haben in ihrem Job immer das Sagen. Mein Vater war auch zu Hause so. Er schmiß den Laden, und er verhielt sich in den Vereinigten Staaten sehr preußisch – wenig Humor, aber sehr ernst, sehr streng, sehr diktatorisch. Meine Mutter mußte sich seinen Wünschen im Grunde fügen. Er entschied, wann wir etwas Neues kaufen sollten. Er entschied alles. Meine Mutter versuchte, sich dagegen zu wehren, doch es gelang ihr nie, wirklich etwas zu verändern. Erwachsene hatten in meiner Familie immer recht, und es war unklug, ihnen zu widersprechen, vor allem meinem Vater. Er war sehr stur und wollte über nichts diskutieren. Ich lehnte mich auf meine Art dagegen auf, obwohl ich wußte, daß ich dafür büßen würde. Ich wurde weniger geschlagen als angebrüllt, und dann gab es da noch den Liebesentzug.

Die Chöre veranstalteten ein Weihnachtskonzert und ein Frühlingskonzert oder sangen bei anderen Festivitäten, und mein Vater nahm mich mit. Im ersten oder zweiten Jahr hier sollte ich ein deutsches Weihnachtsgedicht aufsagen. Meine Mutter lernte es einen Monat lang mit mir auswendig. Es war schrecklich. Als der Tag gekommen war, stellten sie mich auf ein Podest vor, wie es mir schien, Tausende von Menschen, bei denen es sich wahrscheinlich nur um eine Gruppe von fünfzig Leuten handelte. Mein Vater war stolz auf seinen einzigen Sohn. Ich war sehr aufgeregt. Es war dunkel, verräuchert. Der Weihnachtsbaum stand rechts von mir, und ich sang »Jingle Bells«. Mein Vater war noch Tage später wütend auf mich. Da ist dieser nette deutsche Junge, der dieses nette deutsche Gedicht aufsagen soll, und dann stimmt dieser Bursche dieses furchtbar billige amerikanische Lied »Jingle Bells« an. Ich hatte inzwischen wohl gelernt, wie ich meinen Vater verärgern konnte.

Ich bekam Macht über ihn, indem ich ihm widersprach. Das begriff ich, als ich meine eigenen Kinder aufwachsen sah; sie bekamen Macht über mich, indem sie stur waren oder nicht taten, was ich von ihnen wollte. Ich hatte mir zum Ziel gesetzt, meine Kinder anders aufzuziehen. Das war für mich das Wichtigste im Leben, und ich weiß nicht genau, ob ich so erfolgreich war, wie ich es mir gewünscht habe. Andere wären vielleicht nicht so streng mit mir. Vielleicht werde ich im Laufe der Zeit auch nicht mehr so streng mit mir sein. Doch im Moment ist mir, als hätte ich ein bißchen versagt. Als mein jüngerer Sohn Martin ein Teenager war, hatte ich eine Menge Schwierigkeiten mit ihm. Im Rückblick ähneln sie wahrscheinlich den Problemen, die mein Vater mit mir hatte. Es war eine sehr schmerzhafte Erfahrung – daß ich dies nicht überwinden konnte.

Wir sind alle ein bißchen stur: Martin war stur, und ich bin stur, und mein Dad ist stur. Und als Martin ein Teenager war, brach er die Kommunikation mit uns praktisch ab. Kurz bevor dies geschah, waren wir in die Zwillingsstädte (St. Paul und Minneapolis) gezogen. Im Rückblick war es unklug, mit einem Jungen im Teenageralter umzuziehen, und ich würde es nicht noch einmal tun. Die Situation war sehr erschreckend, weil mein Kommunikationsstil darin besteht, vernünftig miteinander zu reden – zumindest halte ich es für vernünftig. Bei Martin hat es nie funktioniert. Häufig explodierte ich und fragte: »Warum kannst du nicht mit mir reden? Warum antwortest du nicht?« Ich vermute, Martin litt sehr und machte einfach dicht. Manchmal sah ich ihn weinen. Er war unfähig – und ist es noch –, mit seinen Eltern zu kommunizieren, und ich habe in den letzten sieben Jahren versucht, ihm mehr Raum zu geben und ihn in Ruhe zu lassen. Unsere Beziehung hat sich wirklich verbessert. Wir unternehmen jetzt viel zusammen, obwohl er sich immer noch auf seine eigene Weise mitteilt. Er hat eine Art zu sagen: »Dad, ich bin jetzt noch nicht so weit.« Wenn er sich aber mitteilt, ist das so kostbar, und er lächelt, und ich fühle mich dann belohnt.

Mein anderer Sohn Ulrich hat gerade in Las Vegas geheiratet. Er rief uns drei Stunden danach an und sagte: »Okay, Mom und Dad, ihr wolltet immer eine Schwiegertochter.« Er sagte mir, er fände nichts dabei, in Las Vegas zu heiraten, weil es die Dinge vereinfache. »Dad, so hast du mich erzogen – ich soll meinen eigenen Weg suchen und nicht-traditionelle Dinge tun.« Ich brauchte eine Weile, um darüber hinwegzukommen, da ich ihm bei seiner Erziehung vermittelt hatte, daß die Familie wichtig ist und daß bestimmte Anlässe mit der Familie gefeiert werden müssen. Doch davon abgesehen ist alles möglich, und man muß seinen eigenen Weg wählen.

Ich habe Ulrich gerade besucht und festgestellt, daß acht Tage zu lang sind. Junge Paare müssen allein sein, und Dad steht nach einer Weile im Weg. Ein paar Tage sind nett, aber dann wird es irgendwie komisch. Ich mußte unwillkürlich an meine Eltern denken, die jedes Jahr in dieses Land kommen und so lange wie möglich bleiben. Meine Mom hat mir gerade mitgeteilt, daß sie vorhaben, für einen Monat zu kommen. Irgendwie hatte ich nicht den Mut zu sagen: »Jesus, das ist aber lange ... ein Monat.« Interessanterweise suche ich Zuflucht in der Arbeit. Mein Vater sagt: »Ulrich, du arbeitest so hart. Es ist schön zu sehen, daß du dich um alles kümmerst, aber du brauchst mehr Ruhe.« Also spielen wir Spiele – ich fliehe in meine Welt, und im Gegenzug glaubt mein Vater, daß ich immer so hart arbeite.

Als ich letzte Woche mit dem Flugzeug aus Düsseldorf kam, saß ich neben einem jungen Afro-Amerikaner, der gerade im Westen von Zentralafrika gewesen war. Er hatte seinen Vater besucht, der krank war, und er sagte, ihm sei, als schulde er seinem Vater etwas, da dieser so gut für ihn gesorgt habe. Er lächelte, als er sagte, er liebe seinen Vater sehr und würde alles für ihn tun. Es war eine wunderbare Erfahrung, jemanden so positiv über seinen Vater sprechen zu hören, weil meine eigene Beziehung nicht so positiv ist.

Mein Vater ist immer noch sehr preußisch. Er ist sechsundsiebzig, im Ruhestand und lebt mit meiner Mutter in Langenberg in Deutschland. Obwohl sie einen Führerschein hat, darf sie nicht mit seinem Auto fahren. Und dabei haben sie fünfundzwanzig oder dreißig Jahre in New York gelebt. Mein Mutter arbeitete als Sekretärin und Buchhalterin in der City, und heute lebt sie auf diesem Hügel mit der schönen Aussicht, hat aber absolut nichts tun. Sie macht ein wenig *Handarbeit* und liest Zeitschriften. Mein Vater ist festgefahren und voreingenommen. Sie diskutieren über nichts. Wahrscheinlich ist Musik das einzige, was sie noch verbindet. Als junger Mann war mein Dad sehr auffällig, sehr gut aussehend, und er spielte Klavier. Anscheinend flogen die meisten Frauen auf ihn. Meine Mom war eine sehr attraktive junge Frau, und damals hatten sie etwas gemeinsam.

Jetzt geht sie den Hügel hinunter zum Einkaufen, und mein Dad muß sie abholen und die Einkäufe den Hügel hinauffahren. Es ist traurig und komisch zugleich. Ich habe in den vergangenen dreißig Jahren versucht einzuschreiten, doch jetzt lasse ich sie in Ruhe – einfach deshalb, weil es ihr Leben und die Beziehung ist, in die sie sich hineingelebt haben. Offensichtlich fühlen sie sich beide darin wohl. Wer also bin ich, daß ich sagen könnte, meine Mom oder mein Dad müßten sich ändern? Daher habe ich es akzeptiert, doch wenn ich nach Deutschland fahre – was im Grunde jedes Jahr geschieht – wohne ich nie bei ihnen. Ich schlafe nicht

gerne dort, weil sie mich noch immer wie ein kleines
Kind behandeln. Ich wohne bei meiner Tante und fahre
für einen Tag zu meinen Eltern. Und damit hat es sich.
Der Umgang mit ihnen ist sehr schwierig, weil wir uns
immer in die Haare kriegen. Mein Vater ist *jähzornig*
und kann ohne Vorwarnung explodieren, auch wenn er
es zwei Stunden später vielleicht schon bereut.

So ist er gewesen, so lange ich mich erinnern kann.
Als Teenager fühlte ich mich sehr unwohl und zog so
bald wie möglich aus. Ich hatte die High School abgeschlossen und war ein zielloser junger Mann. Eigentlich
war es mein Vater, der mir half, einen Job in einem
deutschen Reisebüro in der Sechundachtzigsten Straße
in Yorkville, dem deutschen Viertel in New York, zu finden. Nebenan war das Café Geiger, und es gab ein Kino,
das noch deutsche Filme zeigte. In diesem einen Block
lagen viele deutsche Geschäfte, ein paar Restaurants und
noch ein Café. Natürlich war Yorkville damals schon
in der Auflösung begriffen, doch es heißt, daß dort in
den vierziger und fünfziger Jahren nur Deutsch gesprochen wurde. Alle Angestellten im Reisebüro waren
Deutsche – manche aus der zweiten Generation –, und
die meisten Kunden auch. Ich sprach dort Deutsch und
ging mit einem Mädchen, das gerade mit dem Schiff aus
Deutschland gekommen war.
Ich konnte in New York nicht allein leben. Ich verdiente nicht genug, und meine Mom mußte mir alle
paar Wochen zehn Dollar zuschießen. Ich arbeitete von
1964 bis 1965 in dem Reisebüro, und dann nahm ich meine Ersparnisse, kaufte ein Ticket und floh im Grunde
genommen nach Deutschland. Ich dachte daran, eine
Lehre zu machen, doch nach vier Monaten entschied ich
mich fürs College und kehrte in die USA zurück.

Ich begegnete Marga in einem Seminar über deutsche Literatur an der State University of New York in Albany, und wir heirateten schließlich. Sie war wie ich in Deutschland geboren und mit zwölf Jahren hergekommen. Ihre Eltern waren aus der Ukraine geflohen und hatten sich nach dem Krieg in Ulm wiedergetroffen. Zunächst lebten sie in Baracken, und die guten Ulmer *Bürger* sahen auf die Familie herab, weil die Mitglieder Ukrainisch sprachen und als *Ausländer* galten. Als Marga in dieses Land kam, war sie erleichtert, Deutschland verlassen zu können.

Ich belegte weitere Deutsch-Seminare und studierte vermutlich deshalb weiter *Germanistik*, weil ich etwas über die Kultur, aus der ich stammte, erfahren wollte. Schließlich lernte ich viel über die deutsche Geschichte des zwanzigsten Jahrhunderts, spezialisierte mich auf den deutschen Roman und schrieb meine Dissertation über Günter Grass' *Hundejahre*.

Marga und ich sind noch immer die besten Freunde. Wir haben unsere Hochs und Tiefs, das kennt jeder, aber wir sind im Grunde glücklich miteinander. Wir haben die gleichen Interessen und lösen Probleme auf ähnliche Weise. *Wir gleichen einander aus.* Wir passen zueinander.

Wahrscheinlich habe ich sehr jung geheiratet, weil ich mir eine Partnerin wünschte. Wir bekamen schnell zwei Kinder im Abstand von dreizehn Monaten. Ich war Doktorand und schlug mich als Hilfsdozent durch, Marga verdiente etwas mit Babysitting. Meine Schwiegereltern brachten uns Lebensmittel und steckten uns gelegentlich einen Zwanziger zu. Interessanterweise schenkte mir meine Mom immer ohne Wissen meines Vaters Geld.

Ich war sehr glücklich, weil ich eine eigene Familie hatte. Hier bot sich die Gelegenheit, meinem Dad zu zeigen, wie man es anders machte, wie ich meine Kinder auf meine Weise aufzog. Sie wurden nicht getauft, weil ich es grausam finde, Kinder zu taufen. Ich war der Ansicht, sie würden sich einer Religion oder spirituellen Richtung zuwenden, wenn sie alt genug und interessiert waren. Ich bin sehr froh über diese Entscheidung, weil beide ihre eigenen geistigen Wege gefunden haben und hohe moralische Werte vertreten, ohne einer bestimmten Religion anzugehören. Mein Vater ist Protestant, meine Mom katholisch, und sie haben immer deswegen gestritten. Ich sollte eigentlich katholisch getauft und erzogen werden, doch mein Vater setzte eine protestantische Taufe und Erziehung durch. Wann immer er meine Mutter mit ausgestreckten Fingerspitzen und aneinandergelegten Händen beten sah, wie es die Katholiken in Deutschland tun, wurde er sehr wütend.

Als Teenager lehnte ich mich gegen die mir auferlegten religiösen Aktivitäten auf. Ich wählte meinen eigenen Weg. Heute betrachte ich mich selbst als Atheisten, und meine Frau sucht ihren eigenen spirituellen Weg. Der progressive katholische Mönch Thomas Merton liegt ihr sehr am Herzen, während ich zur Zeit nicht an einer spirituellen Suche interessiert bin. Obwohl wir darüber diskutieren, haben wir gelernt, die Unterschiede zum anderen zu akzeptieren.

Ich habe mich sehr um meine Kinder gekümmert, als sie klein waren. Ich war zu Hause und kämpfte mit meiner Dissertation, für die ich ewig brauchte. Ich brachte die Kinder morgens zur Schule, holte sie ab und machte die Hausarbeit. Ich backte französisches Brot und *Brötchen*, ging Pilze sammeln. Wir unternahmen immer viel im

Freien, und meine Kinder verbrachten viel Zeit im Wald, am See oder am Meer. Marga ernährte die Familie. Sie hatte eine Vollzeitstelle an der Bibliothek der University of Connecticut, und ich hatte verschiedene Jobs, unterrichtete im Sommer hier und da. Ich war Forschungsassistent an der University of Connecticut. Abends ging ich in die Bibliothek und versuchte zu arbeiten. Wir kamen irgendwie zurecht.

Natürlich sind mir Deutschland und die deutsche Kultur sehr wichtig. Deshalb gaben wir unseren Kindern deutsche Namen, obwohl Marga eigentlich Ukrainerin ist. Zu Hause sprachen wir Deutsch, bis mein ältester Sohn vier oder fünf war. Irgendwann wechselten wir ins Englische, weil Ulrich immer sagte: »Wie heißt das?« und »Ich wußte nicht, was das war.« Heute sprechen wir fast nur noch Englisch.

Ich habe alles, was ich als Kind von der deutschen Kultur miterlebt habe, weitergegeben. Wir hatten einen Weihnachtsbaum, den wir immer auf unsere typische Weise mit *Lametta*, *Kugeln* und *Keksen* schmückten. Wir backten *Stollen* und *Lebkuchen*. Wir fuhren nach Deutschland und brachten viele Bücher, Märchen und Kinderlieder mit. Wir zogen unsere Kinder mit Liedern wie *Hänschen klein* auf und lasen alle *Märchen* der Brüder Grimm, alle *Struwwelpeter*-Geschichten. Die sind ganz schön abscheulich – ich meine, wenn man sich in diesen Geschichten nicht benimmt und anpaßt, wird man verstümmelt.

1981 machte ich endlich meinen Dr. phil., doch dann frustrierten mich die Jobaussichten und die Gefahr, keine feste Anstellung zu bekommen und alle paar Jahre umziehen zu müssen. Die einzigen freien Stellen waren auf ein Jahr befristet und brachten Gehälter zwischen 14.000

und 15.000 Dollar. Davon konnte ich keine Familie
ernähren. Meine Kinder wurden größer – Ulrich war elf,
Martin zehn.

Wir hatten einen Nachbarn, einen Vertreter, der sehr
unterhaltsam war und immer tolle Geschichten von seinen Reisen erzählte. Er beeinflußte mich sehr. Er sagte:
»Ulrich, du kannst doch gut reden. Warum gehst du
nicht in den Verkauf?« Nach einer ausführlichen Analyse
der Situation beschloß ich, es mit einer Vertreterkarriere
zu versuchen. Eine große Konsumgüterfirma stellte mich
als Vertreter ein. Ich bekam ein Anfangsgehalt von
20.700 Dollar und einen Firmenwagen, das fand ich
wunderbar. Ich zog nach Buffalo, New York, war erfolgreich, zog nach Seattle, Washington, und dann holten sie
mich hierher nach St. Paul, Minnesota, an den Hauptsitz
der Firma, wo ich Einkäufer wurde. Nach drei Jahren
bot sich vor Ort eine Position als Vertreter, und ich griff
zu. Das mache ich jetzt noch. Es gefällt mir. Mir liegt
diese Arbeit. Die Firma ist fünfzehn Minuten von hier
entfernt, und ich arbeite zu Hause. Ich bin vollkommen
unabhängig, kann mir meine Arbeit selbst einteilen. Ich
bin mit meinen Vorgesetzten immer gut zurechtgekommen. Sie lassen mich in Ruhe, so daß ich im Grunde
mein eigenes Geschäft führe.

In der Firma gibt es einen Mann, den ich wirklich
mag – er ist mein direkter Vorgesetzter. Wir sind in vieler Hinsicht unterschiedlich: Al mag den rechtsgerichte-
ten Radio-Star Rush Limbaugh, ich nicht; Al liest nicht,
ich schon. Aber wir können über Politik, Homosexuel-
lenfragen und so etwas reden. Als ich zum ersten Mal in
sein Büro kam und mit ihm über unsere Herkunft
sprach, sagte er: »Ich wußte nicht, daß Sie ein Nazi
sind.« Das hat mich wirklich erschüttert. Es tat weh. Er
hat nie wieder etwas Derartiges erwähnt, und ich habe

nichts zu dieser Bemerkung gesagt. Das habe ich auch nicht vor. Ich habe damals mit dem Personalchef Rücksprache gehalten, der Beschwerden gegen die Firma untersucht. Er sagte: »Vielleicht sehe ich Sie bald in meinem Büro.« Ich habe aber keine Beschwerde eingereicht. Es ist erledigt. Aus heutiger Sicht glaube ich, daß Al mit diesem Kommentar nichts Negatives sagen wollte – er hielt ihn vielleicht für witzig. Anscheinend ist diese Mentalität noch immer gegenwärtig.

Während ich in diesem Land aufwuchs, war ich Kriegsfilmen ausgesetzt, die wunderbare Alliierte und gottlose Nazis zeigten. Sie brüllten stets: *»Achtung«* und *»Sieg Heil«*. Diese alten Filme waren ganz schön dumm und simpel. Sie waren nicht sonderlich hilfreich, weil sie nicht sehr historisch waren, doch irgendwie wuchs mein Interesse an Deutschland und dem Schicksal der Juden. Ab und zu startete ich eine Diskussion oder machte eine Bemerkung über die 6 Millionen, und mein Vater sagte dann: »So viele waren es nicht.« Als ich *Germanistik* studierte, verstärkte sich meine pazifistische Haltung. Ich bin natürlich der Ansicht, daß der Krieg falsch war. Das Problem liegt darin, daß Hitler überhaupt an die Macht kam.
Ich wuchs während der Vietnam-Jahre auf und war sehr antimilitaristisch eingestellt; wahrscheinlich aufgrund der Erfahrungen, mit denen ich aufwuchs. Einmal wurde ich mit dem Ergebnis 1A gemustert und ging nach Toronto, um zu sehen, was dort passierte, denn ich wollte mich auf keinen Fall einziehen lassen. Als junger Familienvater kam ich irgendwie aus dieser Situation heraus, als sie mich zum Soldaten machen wollten. Ich glaube nicht, daß ich ein besonders guter Soldat geworden wäre, weil ich nicht gern Befehle entgegennehme

und nicht an diese Art von Disziplin glaube. Und so habe ich meine Kinder erzogen – ich wollte nicht, daß sie Soldaten wurden, und sie sind es nicht geworden. Wir schickten sie auf eine gute Privatschule, und ich sagte, ich würde mich schon um die Rechnung kümmern – es kostete viel Geld, und ich habe noch immer Schulden deswegen –, während einer ihrer Freunde zum ROTC (Reserve Officers' Training Corps) ging und jetzt beim Militär ist. Er hat seinen Weg gewählt, was sein gutes Recht ist, aber meinen Jungs würde ich ihn nicht empfehlen.

Ich war seither gegen jeden Krieg, in den wir verwickelt wurden. In der Tat war ich schockiert über den Krieg gegen den Irak. Ich hätte nie gedacht, daß wir so etwas anfangen würden. Ich war der Meinung, wir müßten weiter reden, wir könnten nicht einfach hingehen und diese Städte zerbomben. Es ist eine Sache, Soldaten zu bombardieren, aber wir bekämpften nicht nur Soldaten. Ich war als einziger in meinem Freundeskreis gegen diesen Krieg.

Es ist jetzt genau fünfzig Jahre her, daß die amerikanischen Streitkräfte Deutschland befreiten, und in Deutschland werden viele Filme gezeigt, die Amerikaner bei der Befreiung verschiedener Städte drehten. Mein Onkel, der jetzt dort im Ruhestand ist – obwohl er dreißig Jahre in den Vereinigten Staaten gelebt hat –, war sehr an diesen Filmen interessiert und nahm sie auf, während meine Tante sagte: »Gott, warum hörst du nicht damit auf? Wir können uns diese Zerstörung einfach nicht mehr ansehen.«

Für meine Tante aus Berlin ist es sehr schmerzhaft, Bilder ihrer geliebten, zerstörten Stadt zu sehen. Sie will nicht darüber sprechen, will die furchtbaren Ereignisse nicht noch einmal durchleben. Wir sprachen wieder über das Thema Dresden – das ist noch immer sehr kontrovers. Man liest diese britischen Zitate: »Wir mußten es einfach tun.« Und die Deutschen, die es erlebt haben, sagen, es sei schrecklich und unnötig gewesen.

Es ist immer schwierig, wenn Leute über den Krieg sprechen.

Mein Onkel bemerkte, daß einige amerikanische Soldaten wahllos auf jeden schossen, der in die Stadt kam. Anscheinend hatten einige Soldaten Spaß daran – und es ergibt wahrscheinlich einen Sinn, weil es zur Natur des Krieges zu gehören scheint –, auf Zivilisten zu schießen. Zum allerersten Mal hörte ich einen negativen Kommentar über amerikanisches Verhalten. Wir haben immer gehört, daß die Deutschen alle hin zu den Amerikanern und weg von den russischen Soldaten und ihrer angeblichen Barbarei fliehen wollten. Sie schossen, um zu töten, um zu verstümmeln; sie mißhandelten die Menschen; sie vergewaltigten die Frauen. Als ich älter war und einige Nachforschungen anstellte, las ich, daß die russischen Truppen ziemlich wild und chaotisch waren, und natürlich ließen sie ihre Feindseligkeit an diesen Deutschen – oder Nazis, wie man sie vielleicht nannte – aus, weil sie in ihrer Heimat so viel Leid erfahren hatten.

Ich habe gemischte Gefühle, weil ich nicht an der Universität geblieben bin. Manchmal glaube ich, ich hätte mich für Geld verkauft. Geschäftliche Interessen haben mir nie am Herzen gelegen, und ich bin nie gut mit Geschäftsleuten zurechtgekommen, weil sie häufig konservativ sind. Aber ich muß meinen Lebensunterhalt verdienen. Ich habe spät damit begonnen, und wir hatten viel nachzuholen. Wir leben in einer Gesellschaft, die ihren Bürgern viel bietet. Man braucht nur das nötige Geld. Und das erfordert Entscheidungen. Stimmt's? Also habe ich meine Entscheidungen getroffen. Ich fühle mich eigentlich ganz wohl dabei, doch manchmal frage ich mich, ob es die richtigen Entscheidungen waren, und dann bekomme ich plötzlich Schuldgefühle. Ich habe meinen Kindern vermittelt, sie sollten sich nicht verkaufen, auf dem College studieren, was sie interessiert, und dann später im Leben einen Weg finden, um Geld zu verdienen.

Wofür ich wirklich lebe, ist das Lesen. Ich habe im letzten Jahr ein halbes Dutzend Romane von Nabokov gelesen. Er ist ein wunderbarer Schriftsteller. Es gibt so viele gute Bücher, so viele interessante Themen, die ich erforschen möchte. Ich lese gern über physikalische Entdeckungen und ihre Bedeutung. Ich habe mit dem Gedanken gespielt, wieder zu unterrichten, glaube aber nicht, daß ich nach fünfzehn Jahren ohne Goethe und Schiller wieder in die Welt der *Germanistik* eintreten könnte. Mich würde die Literatur des zwanzigsten Jahrhunderts interessieren, doch würde man mir wohl kaum das Gehalt zahlen, daß ich für den Lebensunterhalt meiner Familie brauche.

Mein Hauptinteresse gilt meiner Familie. Wir versuchen, viel Zeit miteinander zu verbringen. Wenn die Kinder kommen, nehme ich mir immer Zeit. Jetzt, wo sie älter sind und mich nicht mehr so oft brauchen, gehen Marga und ich oft ins Theater. Ich sehe gern experimentelle Sachen. Sie sind manchmal furchtbar, und ich weiß nicht, wovon sie da reden, aber ich sehe trotzdem gern, was die jungen Theaterleute so machen.

In meiner Familie koche meistens ich – das ist mein Hobby. Ich habe das Kochen von meiner Großmutter und Tante gelernt, das eine oder andere auch von meiner Mutter. Ich koche meistens deutsch, Fleisch mit Soße, Kartoffeln und Gemüse. Eines meiner Lieblingsgewürze ist *Maggi*. Ich gehe nicht gern in deutsche Restaurants, weil ich besser kochen kann und sie so unecht sind. Sie arbeiten mit allen Stereotypen: schreckliche Einrichtung, billige Kuckucksuhren und Bilder, Bierkrüge, und der Inhaber läuft in *Lederhosen* herum. Dieses Bild der Deutschen haben die Amerikaner natürlich aus Bayern. Ich habe einige dieser Kleinstädte besucht. Sie waren so touristisch, daß ich nie wieder hinfahren würde. Eine Stadt war im mittelalterlichen Stil nachgebaut. Ganze Busladungen von Touristen aus Japan, den Vereinigten Staaten und anderen europäischen Ländern machten Fotos von diesen »echten« Deutschen.

Die meisten Leute sagen, ich hätte keinen Akzent, doch weil mein Name eindeutig deutsch ist, weiß jeder, daß ich Deutscher bin. Als ich auf Geschäftsreise in Deutschland war, kannte man mich als den Amerikaner, der Deutsch spricht. Man ist immer ein wenig der Außenseiter. Jemand sagte mir einmal, meine Persönlichkeit sei anders, wenn ich Englisch spreche, und daß ich ernsthafter wirke, wenn ich Deutsche spreche.

Zuerst dachte ich, deutsche Werte seien besser, bedeutungsvoller, doch nun fühle ich mich hier sehr wohl. Ich würde nie auf den Gedanken kommen, in Deutschland zu leben – dafür bin ich zu amerikanisiert –, doch aufgrund meiner intensiven Auseinandersetzung mit der deutschen Kultur bin ich nicht völlig amerikanisiert. Ich vermute, meine Kinder werden eher amerikanisch als deutsch werden, und die nächste Generation wird ganz amerikanisch sein.

Ich schätze, diese Erfahrung haben alle Einwanderer gemacht, die in dieses Land kamen.

ANNELIESE

Geboren: 1942
Alter zum Zeitpunkt der Immigration: 10

Ich will es nicht wissen

Mein Vater war während des Krieges in der SS: Dafür schäme ich mich nicht. Vermutlich bin ich tief im Inneren stolz. Nicht weil ich weiß, was die Nazis und die SS getan haben. Auf so etwas bin ich nicht stolz. Der Stolz rührt aus der Tatsache, daß er Offizier war. Er mußte Offizier sein, um in die SS zu kommen. Dieses Kriterium mußte man erfüllen. Ich meine, sie nahmen nicht jeden hergelaufenen Bauernburschen. Sie waren die Elite, oder nicht? Und dabei denke ich mir: *Hey, das ist in Ordnung.*

Aber das sage ich keinem.

Wie könnte ich? Man läuft nicht herum und gibt damit an, daß der eigene Vater in der SS war. Nun sagt meine Mutter, er habe nie etwas Schlechtes getan. Ich weiß es nicht. Ich meine, wenn man in der SS war, mußte man etwas getan haben. Wenn ich jemals auf die Idee käme, er hätte jemandem wehgetan, würde ich einfach …

Da bin ich wirklich empfindlich. Ich kann mir diese Filme über Konzentrationslager nicht ansehen. Ich habe nur durch Zufall einmal etwas gesehen. Manchmal bringt ein Nachrichtenmagazin wie *60 Minutes* – völlig unerwartet – Bilder von den Gräbern und Skeletten.

Wenn es kommt, mache ich schnell die Augen zu. Und ich lese nicht darüber. Ich weiß nicht, ob es daran liegt, daß ich Deutsche bin oder weil ich ich bin. Ich glaube, es liegt einfach nur an meiner Art.

Natürlich läßt niemand es dich vergessen. Es ist fünfzig Jahre her und wird ständig erwähnt. Ich meine, es war eine furchtbare, furchtbare Sache, aber es ist Zeit, es in einem gewissen Maß ruhen zu lassen. Ich bin gegen diese schrecklichen Wochenschauen und Bilder. So etwas geht mir einfach nicht aus dem Kopf, und ich kann es nicht loswerden. Daher vermeide ich es. Und wenn irgend jemand je mit mir darüber sprechen will, sage ich: »Ich will nichts davon hören.«

Das muß ich nicht.

Ich will es nicht wissen.

Selbst wenn man mich dafür bezahlte, würde ich nicht in das Holocaust-Museum in Washington gehen. Es gibt Millionen Menschen, die Eintrittskarten kaufen und Schlange stehen, um das zu sehen. Warum um alles in der Welt sollte ich einen nachgemachten Viehwaggon betreten? Und wie ich höre, haben sie Schuhe von Opfern. Mich dem auszusetzen ... ich würde bestimmt in Ohnmacht fallen.

Ich glaube nicht, daß so etwas noch einmal geschehen könnte. Obwohl andere Länder, wie man weiß, ihre Unerwünschten auch ausrotten. Sehen Sie sich Ruanda und Jugoslawien an, sie löschen einander aus. Warum haben die Vereinigten Staaten nichts unternommen, als es anfing? So fing es in Deutschland an, als die Nazis begannen, die Juden auszulöschen. Die Leute wußten, was passierte. Da hat auch keiner etwas unternommen.

Ich lebe mein Leben weitgehend an der Oberfläche. Vielleicht kann ich mich deshalb an ganze Abschnitte meines Lebens nicht erinnern. Ich bin immer erstaunt, wenn Leute sagen: »Oh, als ich drei war, habe ich dies oder das getan.« Bis auf wenige Dinge, an die ich mich erinnere, ist mein Leben ein völlig leerer Raum. Ich weiß nicht, ob es so schrecklich war oder sich einfach nicht eingeprägt hat. Die Dinge hinterlassen einfach keinen so großen Eindruck. Es ist seltsam.

Was ich für meinen leiblichen Vater empfinde, kann ich nicht genau sagen, weil ich nie viel über ihn nachgedacht habe. Ich weiß nicht viel von ihm, nur die Bruchstücke, die ich von meiner Mom erfahren habe, und die sind nicht gut. Ich habe ihr in dieser Hinsicht aufs Wort geglaubt. Sie sagt, er habe sich nicht für meinen Bruder oder mich interessiert. Oder für sie. Wir bekamen nie Geburtstags- oder Weihnachtskarten. Er kannte unsere Adresse in Amerika, weil meine Mutter ein bißchen Unterhalt für uns bekam – nicht freiwillig, sondern auf Umwegen aus Deutschland, wo man ihn dazu brachte, Geld zu schicken. Diese Zahlungen hörten an meinem achtzehnten Geburtstag sofort auf.

Ich weiß nicht, was zwischen meinem Vater und meiner Mutter vorgefallen ist. Wissen Sie, vielleicht wurde er durch etwas verbittert. Oder er ist einfach ein kalter Mensch, der seine Frau und zwei kleine Kinder verstoßen konnte. Vielleicht war das für ihn am einfachsten. Ich habe keine Ahnung. Aber ich habe Fotos von ihm. Er hat blondes Haar. Was wäre ein Deutscher ohne blondes Haar? Sieht nett aus. War Linkshänder, was ich von ihm geerbt habe. Er war Buchhalter. Und er war mehrere Jahre lang Kriegsgefangener. Bei den Franzosen, glaube ich.

Ich spreche mit niemand viel über diese Sache.

Eigentlich beachtet mich überhaupt keiner …

Mein Vater haute ab und versteckte sich, als er begriff,

wie sich der Krieg für die Deutschen entwickelte. Als meine Mutter herausfand, wo er sein könnte, schloß sie sich Leuten an, die sich bereit erklärten, sie über die Grenze zu bringen. Ich weiß nicht welche Grenze, vielleicht die polnische. Es muß im Frühjahr 1945 gewesen sein. Meine Mutter sagte, es sei gefährlich gewesen, weil man nie wußte, ob man sich Leuten angeschlossen hatte, die einen über die Grenze brachten, oder Leuten, die einen zu den Nazis führten. Als Verräter.

Jedenfalls fand sie meinen Vater, und er lebte mit dieser Frau zusammen. Er wollte sie heiraten und sagte, er wolle nicht mehr mit meiner Mutter verheiratet sein. Was blieb ihr übrig? Sie schloß sich einer anderen Gruppe an, die sie zurück über die Grenze brachte. Hier saß meine Mutter nun mit mir und meinem Bruder und meiner Großmutter, und alle Nachbarn wußten, daß ihr Mann SS-Offizier war. Als die Russen in unseren Teil von Berlin einmarschierten, ging meine Mutter herum und flehte die Nachbarn an, nicht zu verraten, daß ihr Ehemann bei der SS sei. Denn dann würden die Russen uns alle in ein Lager bringen oder erschießen. Offenbar hat uns keiner der Nachbarn gemeldet.

Wir lebten von der Hand in den Mund. Ich habe Klassenfotos von meinem älteren Bruder. Er ist vier Jahre älter als ich. Eingefallene Wangen. Vorspringende Wangenknochen. Zähne, die zu groß wirken für seinen Mund. Er ist offensichtlich unterernährt. Ich sehe auf meinem Foto ganz gut aus. Ich bin nicht mollig, aber meine Wangen sind nicht eingefallen. Anscheinend haben sie dafür gesorgt, daß ich immer zuerst etwas bekam, weil ich das kleine Mädchen war.

Eine Freundin meiner Mutter war in die Vereinigten Staaten emigriert, und sie waren in Kontakt geblieben.

Als sie sich von ihrem Mann scheiden lassen wollte, empfahl sie ihn in gewisser Weise meiner Mutter. Er wurde mein Stiefvater. Er ist auch Deutscher. Er verließ Deutschland Ende der dreißiger Jahre, als er sah, wohin es mit den Nazis ging. Eines Tages war er in der Stadt und sah, wie die Nazis einen alten Mann verprügelten. Daraufhin ging er nach Amerika. Er wurde so schnell wie möglich amerikanischer Staatsbürger.

Mein zukünftiger Stiefvater und meine Mutter schrieben einander. Ich vermute, er hat ihr per Brief einen Antrag gemacht. Die ganze Zeit über lebten wir noch in Ost-Berlin. Von dort aus konnte man nicht in die Vereinigten Staaten ziehen. Man mußte zuerst nach West-Berlin und von da aus nach Amerika. Sie bereiteten die Dokumente für den Umzug nach West-Berlin vor. Warum, sagte mir meine Mutter nicht. Schließlich gelang es uns, nach West-Berlin zu kommen, und dort begegnete ich meinem zukünftigen Stiefvater zum ersten Mal. Meine Mutter sagte: »Er wird dein neuer Vater, und wir heiraten nächste Woche. Dann gehen wir nach Amerika.«

Ich war zehn Jahre alt. Können Sie sich das vorstellen? Es war die traumatischste Sache überhaupt. Heutzutage würde man bei so einer Veränderung seelisch betreut, doch damals lief es so: »He, Kleine, so sieht es aus, und du hast dabei nicht mitzureden.« Das ist eindeutig die deutsche Denkweise. Wahrscheinlich lösen sie sich allmählich davon, aber damals war es so. Und du mußt einfach lernen, dich anzupassen.

Einmal fragte ich meine Mutter: »Warum hast du mir nicht gesagt, daß all das passieren würde?« Und sie sagte, sie habe befürchtet, ich würde es meinen Freunden erzählen, und die könnten es ihren Eltern weitererzählen, die uns dann melden würden, so daß wir

Ost-Berlin nicht verlassen könnten. Ich erklärte: »Ich hätte es niemandem erzählt. Ich bin ein verantwortungsvoller Mensch.«

Die Beziehung zu meiner Mutter ist wirklich ziemlich komisch. Früher sagte ich immer, sie sei meine beste Freundin. Doch nun beim Älterwerden spüre ich einen wachsenden Unmut wegen der Dinge, die sie nicht getan hat. Sie hätte alles etwas einfacher machen sollen, indem sie mich gefühlsmäßig unterstützte. Mein Enkelin ist jetzt acht, und bald wird sie zehn sein – so alt, wie ich war, als all das geschah. Und ich denke bei mir, wie anders ich mit einer solchen Veränderung umgehen würde.

Doch dann fühle ich mich schlecht. Hier bin ich ... zweiundfünfzig Jahre alt. Eigentlich sollte all das vergeben und vergessen sein. Doch das ist es nicht, oder? Bis man es irgendwie löst.

Als meine Mutter und mein Stiefvater in die Vereinigten Staaten gingen, konnten mein Bruder und ich sie die ersten sechs Monate nicht begleiten. Mein Bruder wurde bei seinen Freunden untergebracht, mich steckte man in dieses katholische Kloster. Ein Internat. Nun war ich nicht nur von meiner Mutter getrennt, sondern auch von meiner Großmutter und meinem Bruder.

Meine Großmutter – sie war die Liebe meines Lebens und ich die ihre. Ich wünschte, ich könnte mich besser an sie erinnern. Ich nannte sie *Malein*. Sie blieb eine Weile allein in West-Berlin und kam dann für einige Jahre zu meiner Mutter. Als sie nach Deutschland zurückkehrte, ging sie in eins dieser ... für alte Leute. *Ja.*

Ich wollte nie zurück nach Deutschland. Vielleicht, weil ich erst zehn und Berlin völlig ausgebombt war. Ich weiß noch, wie ich in den Trümmern der Häuser spielte. Über Ziegelsteine und Mörtel kletterte und Metallträger herausragen sah. Als ich in die Staaten kam, beschloß ich, daß dies von nun an meine Heimat sein würde, daß es töricht sei, dem Heimweh nachzugeben oder zurückzuwollen, weil ich wußte, daß es nicht ging. Wahrscheinlich bereitete ich mich selbst darauf vor, mich von Deutschland zu lösen.

Meine Mutter erzählt Horrorgeschichten über das, was dort während des Krieges geschah. Wir hungerten praktisch, und sie ging immer zu den Nachbarn, um zu betteln – nicht um Kartoffeln, um die Schalen –, damit sie ein bißchen Suppe kochen konnte. Leib und Seele zusammenzuhalten war die größte, furchtbarste Aufgabe in ihrem Leben. Genügend Essen auf den Tisch zu bringen und zwei kleine Kinder zu beschützen. Man muß bedenken, wie lange der Krieg dauerte. Nicht nur der Krieg selbst, auch die Ereignisse, die dahin führten, und dann natürlich die Geschehnisse danach. Auf uns Kinder war die Wirkung weitaus geringer.

Ich kann mich nicht erinnern, vom Holocaust gewußt zu haben. Ich glaube, ich habe im Laufe der Jahre davon erfahren. Ich begriff mehr, als ich herkam. Ich habe einige Erinnerungsfetzen aus dem Krieg. Einmal trägt mich meine Mutter auf den Schultern nachts zum Luftschutzbunker. Sie sagte, ich sei ein wirklich fröhliches Kind gewesen, das immer sang. Die Nachbarn hörten mich singen und sagten: »Oh, da kommt Ellen mit Anneliese.« Ich erinnere mich, wie ich den Russen auf dem Schulhof beim Fechten zusah. Nach dem Krieg wurde der alte Luftschutzbunker in einen Kartoffelkeller umgewandelt, der von russischen Offizieren bewacht wurde. Ich sehe noch die braunen Uniformen. Ich erinnere mich an einen Vergnügungspark. Ein paar kleine Buden und ein Karussell. Meine Mutter und ich auf dem Riesenrad. Als wir oben waren, hielten sie das Riesenrad an, weil unten am Boden russische Soldaten um sich schossen. Ich vermute, sie waren betrunken.

Mein Mann sagt, meine Mutter hätte ihm Dinge erzählt, die ihr während des Krieges und danach zugestoßen waren, von denen ich nie erfahren hätte. Ich sagte zu ihm: »Sag es mir nicht. Ich will es nicht wissen.« Vielleicht irgendwann einmal. Sie wurde sicher vergewaltigt. Von den russischen Soldaten. Sie sahen eine Frau, und dann haben sie es bestimmt getan. Sie sagte, diejenigen, die man nach Ostdeutschland an die Front schickte, seien die ungebildetsten gewesen, Knechte, Bauern, von weither aus der Ukraine. Diese Soldaten schütteten Honig auf Menschen und ließen einen Bienenschwarm auf sie los. Meine Mutter sagte, sie seien gekommen und hätten den Franzbranntwein ausgetrunken. Sie vergrub alle guten Gläser – Römer und Kristallgläser – im Hinterhof.

Offenbar heiratete mein leiblicher Vater diese Frau, mit der er zusammenlebte. Vor langer Zeit erzählte mir meine Mutter, er habe eine Tochter. Ich würde gern nach Deutschland fahren und sie suchen. Mein Mann Paul bestärkt mich darin. Eigentlich war es sogar seine Idee. Er sagte: »Bist du nicht neugierig? Willst du es nicht wissen?« Zuerst dachte ich: *Nein, ich will damit nichts zu tun haben.* Er bohrte weiter. »Stell dir vor, du hast eine Schwester.« Und schließlich sah ich es genauso. Daher würde ich gern mehr herausfinden. Doch als ich meine Mutter fragte, ob sie etwas darüber wisse, sagte sie: »Oh, sie ist nicht deine richtige Schwester. Ich glaube, seine zweite Frau konnte keine Kinder bekommen. Sie haben ein Mädchen adoptiert.«

Das glaube ich nicht. Ich glaube, sie will nur verhindern, daß ich zu tief grabe.

Ich kann mich nur an eine Begegnung mit meinem Vater erinnern. Es war im November 1952, als mein Bruder und ich von Deutschland nach New York flogen und einen Zwischenaufenthalt in Frankfurt hatten. Mein Vater traf sich dort mit uns. Und wissen Sie was? Das hört sich schlimm an – ich klinge dabei so bitter –, aber er war nicht besonders aufmerksam. Er ging mit uns essen, aber er interessierte sich gar nicht für mich. Ich hatte mein Haar ziemlich kurz geschnitten. Als ich in New York landete, wo meine Mutter und mein Stiefvater uns erwarteten, fragte sie mich: »Wie war das Treffen mit eurem Vater?« Ich sagte: »Nun, er hat sich nicht … es war, als wäre ich einfach irgend jemand.« Sie sagte: »Kein Wunder, sieh dich an. Sieh dir dein Haar an.« Es ist schrecklich, wie man sich an Dinge erinnert, die einen so tief getroffen haben. Es hat mich geprägt. Ich dachte: *Ich war ihm wohl nicht niedlich oder hübsch genug.*

Das war ziemlich traumatisch. Meine Mutter war hochschwanger – es waren noch zwei Monate bis zur Geburt meines Halbbruders. Wir fuhren von New York nach New Jersey, wo wir lebten. Ich weiß noch, daß ich sie fragte, ob wir in Amerika jetzt sicher wären, ob es noch Bombenangriffe geben würde. Mein Stiefvater war sehr preußisch, und wenn man es nicht mit seinem Intellekt oder so aufnehmen konnte, galt man nichts. Meine Mutter lehnte sich einfach zurück und ließ ihn herrschen. Es hieß immer: »Tu das nicht, sonst blamierst du mich vor deinem Stiefvater.«

Ich kam gleich in die fünfte Klasse. Ich verstand nicht ein Wort Englisch und hatte nicht die blasseste Ahnung, worüber geredet wurde. Doch ich gab nicht auf. Ich hatte Glück, weil alle nett und freundlich zu mir waren. Niemand warf Steine nach mir oder beschimpfte mich.

Ich lernte die Sprache durchs Zuhören. Ein junger GI unterrichtete meinen Bruder und mich zwei oder drei Abende pro Woche. Das meiste aber brachte ich mir selbst bei. Ich lese gerne und fing mit Comics an. Ich strengte mich sehr an und kam in der Schule auch mit.

Meine Klasse führte ein Weihnachtsstück auf, und ich spielte mit, doch meine Mutter kam nicht hin. Meine Freunde durften auch nicht zu Besuch kommen. Mutter und mein Stiefvater schenkten mir keinerlei emotionale Unterstützung. Ich sollte immer Verständnis zeigen. Warum konnte er nicht versuchen, mich zu verstehen? Er war der Erwachsene. Ich war ein Kind.

Auf der High School wurde ich Mitglied einer Schülerinnenverbindung, das machte Spaß. Meine Eltern waren sehr streng, was Verabredungen betraf. Noch in der letzten Klasse mußte ich um elf Uhr zu Hause sein. So überaus, überaus deutsch. Unnötig zu sagen, daß ich heiratete, sobald ich die High School abgeschlossen hatte. Ich heiratete den Vater meines Sohnes, blieb ungefähr drei Jahre mit ihm zusammen und lebte dann sechs Monate allein. Mit meinem zweiten Mann war ich auch um die drei Jahre verheiratet. Er klingt furchtbar: *Ich heiratete ihn für drei Jahre und dann ihn für drei Jahre …* Doch über meine beiden ersten Ehen gibt es nicht viel zu sagen. Ich erinnere mich kaum an sie. Meine Mutter und mein Stiefvater mißbilligten meinen ersten Mann, weil er lkw-Fahrer war. Das war in ihren Augen das allerletzte. Wir heirateten kirchlich, und mein Stiefvater wollte zuerst nicht kommen, doch meine Mom überredete ihn in letzter Sekunde. Mein erster Mann trieb sich herum, und ich dachte: *Das habe ich nicht nötig.*

Mir gefiel die Art nicht, in der mein zweiter Mann meinen Sohn behandelte. Er wollte ihn schlagen. Er war zu dominant, zu streng. Er mißhandelte mich auch, *ja.*

Nach dem zweiten Mal dachte ich: *Nein, nein, nein, das mache ich nicht. Das ist nicht mein Ding.* Daher zog ich aus und nahm mir mit meinem Sohn eine Wohnung.

Es ist komisch. Ich war nie im Leben wirklich ohne Mann. Ich habe immer sofort jemanden kennengelernt. Meine Freundin brachte mich bei einem Blind Date mit Paul, meinem dritten Mann, zusammen. Er war beim Militär, und wir mochten einander auf Anhieb. Doch er war noch verheiratet … lebte getrennt, und wir lebten elf Jahre zusammen, bevor wir heirateten.

Als Anwaltssekretärin habe ich oft mit Juden zusammengearbeitet. Sie alle waren davon angetan, daß ich Deutsche bin, weil sie mich als fleißige Mitarbeiterin kannten. Sie legten sich richtig ins Zeug, um nett zu sein. Tatsächlich nahm sich der erste Anwalt, für den ich je gearbeitet habe, an jüdischen Feiertagen frei and gab mir auch frei. So brauchte ich an jüdischen und christlichen Feiertagen nicht zu arbeiten.

Doch vor zwei oder drei Jahren kam ein neuer Partner in die Kanzlei, in der ich arbeitete, ein Jude, und er sagte mir geradeheraus, er hasse alle Deutschen, er habe während des Krieges zu viele Familienmitglieder verloren, und er kaufe niemals deutsche Produkte. Ich hielt ihn für einen Esel, weil er mir das sagte, denn ihm war anscheinend nicht bewußt, daß er mir damit eine Grundlage für diverse Klagen lieferte. Wenn sie mich je entlassen wollten, könnte ich sagen: *Sie entlassen mich, weil ich Deutsche bin.* Es war sehr dumm von ihm, das zu sagen. Er kannte mich doch nicht. Man hatte uns gerade erst vorgestellt. Wie konnte er es wagen?

Ich glaube, ich sagte zu ihm: »Ich kaufe immer deutsche Produkte, wenn es sich machen läßt.« Das stimmt nicht. Ich würde mir gern einen Mercedes oder BMW leisten können. Ich nahm es leicht. Was hätte ich tun sollen? Es war das einzige Mal, daß ich einem Vorurteil aufgrund meines Deutschseins begegnete.

Mein eigenes Vorurteil richtet sich gegen Inder. Ich weiß nicht, warum. Es ist albern. Bestimmt hatte ich nie Krach mit einem von ihnen. Wenn ich in der Stadt welchen begegne, mache ich einen Bogen um sie. Vielleicht habe ich Vorurteile gegen sie, weil meine Großmutter mir einmal erzählte, sie sei durch die Innenstadt von Berlin gelaufen, und ein Inder sei gekommen und habe zu ihr gesagt: »Du bist nicht mehr lange auf dieser Welt.« Und sie starb zwei Jahre später. Vielleicht ist das der unterschwellige Grund. Ich will nicht, daß sie zu mir kommen und sagen: *He, he, Kleine …*

Ich betrachte mich eindeutig als Deutsche. Ich habe einen deutschen Paß. Doch Amerika ist mein Zuhause, und ich fühle mich hier heimisch. Aber ich fühle mich nicht als Amerikanerin. Vielleicht, weil ich nie die Staatsbürgerschaft angenommen habe. Ich bin wohl eine gespaltene Persönlichkeit. Ich fühle mich eindeutig mit Amerika verbunden und nicht mit Deutschland. Doch ich bin Deutsche. Vielleicht würde ich mich amerikanischer fühlen, wenn ich wirklich amerikanische Staatsbürgerin wäre. Ich weiß nicht, wie es dazu paßt, daß ich nicht mehr in Deutschland war.

Astrologisch gesehen definiere ich meine Identität als deutsch und Jungfrau. Das Jungfrau-Element besteht darin, daß ich sehr ordentlich bin, was auch sehr deutsch ist, oder nicht? Sehr sauber. *Alles muß an seinem Platz sein. Bring mich nicht aus dem Konzept.* Sehr zielgerichtet. *So wird es gemacht, weil ich es so mache, und ich mache es am besten.* Bei mir funktioniert es, aber es macht das Leben schwierig, weil es immer Überraschungen für einen bereithält. Die größte Überraschung war, als meine Mutter meinen Stiefvater heiratete und hierher kam. Vielleicht ist das einer der Gründe, weshalb ich so ordentlich bin. Ich mag keine Veränderungen und werde nicht gern überrascht. Dennoch habe ich nicht gezögert, meine Ehemänner zu verlassen. Das war sicherlich eine Veränderung. Doch es war meine Entscheidung. *Ja*, das stimmt.

Mein dritter Mann Paul ist das genaue Gegenteil von mir. Er kann nicht verstehen, wie ich ein so geordnetes Leben führen kann. Und ich kann nicht verstehen, wie er ein so ungeordnetes Leben ertragen kann. Er sagt: »Entspanne dich doch. Das schmutzige Geschirr steht auch morgen noch in der Spüle.« Doch ich will nicht, daß es morgen da steht. Also haben wir gelernt, uns anzupassen. Meistens blieb es an mir hängen – ich mußte mich ihm anpassen. Er würde sicher nie so werden, wie ich bin. Es steckt nicht in ihm drin.

Ich bin stolz, Deutsche zu sein. Ich glaube nicht, daß man sich dafür schämen muß. Aber ich bin nicht stolz auf das, was den Juden und Zigeunern und allen anderen passiert ist, die nicht in die Norm der Nazis paßten. Andererseits spricht aber niemand über die Juden und anderen Leute, die Mussolini ausgerottet hat. Ich bin hin- und hergerissen zwischen meinem Stolz, Deutsche zu sein – ich halte es für ein großartiges Erbe – und der Scham über das Geschehene.

Dann und wann habe ich einen wiederkehrenden Alptraum. Ich habe ihn bis heute. Ich spiele als Kind in den Trümmern. Ich weiß, ich werde eine Leiche unter den Trümmern finden. Gefühle im Traum sind so stark und lebhaft ... Ich weiß nicht, ob ich je die Leiche sehe. Aber es reicht zu wissen, daß ich, während ich in diesen Trümmern spiele, die Leiche finden werde.

KARL

Geboren: 1946
Alter zum Zeitpunkt der Immigration: 2

Ich bin ein Chamäleon

Ich höre den Menschen ständig zu. Ich sehe zu, wie Menschen aufwachsen. Ich sehe zu, wie Menschen ihr Leben verpfuschen. Die meisten Menschen wollen, daß man sich für sie interessiert – und das ist meine Aufgabe als Pfarrer. Ich sehe Menschen, die es schaffen, und andere, die es nicht schaffen. Und ich frage: *Warum schafft es der eine und der andere nicht?*

Ich habe keine bewußten Erinnerungen an Deutschland.

Wäre ich als Deutscher dort geblieben, wäre ich ein anderer Mensch geworden.

Ich kam nach Amerika, als ich zweieinhalb war. Mein Vater war Linguist und in die US-Armee eingetreten, um von seiner ersten Frau wegzukommen. Er war mit einer sehr alten Frau verheiratet. Der Familienmythos besagt, daß er nach seiner Mutter suchte, weil er und seine Schwester Waisen waren.

Mein Vater war über vierzig, als er Angehöriger der amerikanischen Militärregierung in Deutschland war. Er lernte meine Mutter kennen, die 1923 geboren wurde. Ihre Geschichte würde Stoff für zehn Romane bieten, wenn sie sie erzählte. Sie war mit einem Iraker verheiratet, der Mitglied der irakischen Luftwaffe war und zum diplomatischen Zirkel in Berlin gehörte. Ich habe Bilder von ihm gesehen, ein sehr gutaussehender Mann. Als Berlin zum Kriegsende hin evakuiert wurde, ließ die SS meine Mutter nicht mitgehen. Sie betrachteten sie als Verräterin an Deutschland, weil sie diesen Araber geheiratet hatte.

Sie und eine andere Frau marschierten auf der Flucht vor den Russen quer durch die Tschechoslowakei. Weil sie Englisch sprach, kam sie durch die Linien. Sie knüpfte schnell eine Beziehung zu meinem Vater an. Man sollte zwar nicht mit Deutschen freundschaftlich verkehren, aber mein Vater tat es doch, und das Ergebnis war ich. Viele Deutsche wollten Deutschland verlassen, und eine Möglichkeit bestand – für Frauen – in dem, was meine Mutter tat. Mein Vater schaffte einen alten Nazi herbei, der mich per Kaiserschnitt auf die Welt holte. Dabei pfuschte der Arzt absichtlich. Er tat Dinge, die das Leben meiner Mutter gefährdeten, weil sie eine Deutsche war, die sich mit Amerikanern herumtrieb. Mein Vater heiratete meine Mutter, um mich hierher zu bringen. Sie war nicht gerade die ideale Frau zum Heiraten, da sie ganz schön hart und selbstsüchtig ist.

In Paris lernte mein Vater eine Französin kennen. Während des Krieges waren sie und meine Mutter richtige *chicks* (Küken). Da mein Vater diese Französin heiraten wollte, kehrte er mit ihr und meiner Mutter nach Amerika zurück. Er ließ sich schließlich von meiner Mutter scheiden und heiratete die Französin. Diese Ehe sollte sehr glücklich werden.

Man kann Gruppen von Menschen beinahe nach Jahrzehnten einordnen. Menschen, die in den dreißiger Jahren aufwuchsen, ob nun hier oder in Europa, haben gewöhnlich tiefe Narben und Verletzungen davongetragen. Europa hatte mit dem Nationalsozialismus zu kämpfen; wir hatten die Depression und dann den Krieg. Man kann nicht blind werden, bombardiert werden, seine Eltern verlieren, überall gejagt werden, ohne daß es einen zutiefst prägt.

Und ich glaube, es hat meine Mutter geprägt.

Meine Mutter und mich verbindet keine liebevolle Beziehung. Ich bin ein treuer Sohn. Wir kommen miteinander aus. Wir streiten nicht. Ich sehe sie ein paarmal im Jahr. Wir haben mehrfach über den Krieg gesprochen. Es gibt genügend öffentlich zugängliche Informationen, doch dann versucht man, seine eigene Geschichte einzufügen. Wie passen Menschen, die ich kenne, hinein? 1936 war meine Mutter fünfzehn und 1940 neunzehn. Als ich neunzehn war, wurde ich nicht mit dieser ganzen Propaganda und so bombardiert. Es ist ein Rätsel.

Familien erzählen Geschichten. Manchmal erzählen sie Geschichten und begreifen nicht, was sie wirklich sagen, nicht wahr? Als meine Mutter vierzehn war, hatte sie diesen Autounfall – Schädelbruch –, und ihr Vater schlug ihr ins Gesicht. Das nenne ich Mißhandlung. Doch dann kenne ich auch Geschichten von Sommerurlaub an der Nordsee oder Reisen in den Harz. Eine unserer Familiengeschichten besagt, daß meine Mutter die Olympischen Spiele 1936 miterlebte. Sie traf Jesse Owens, der sie an ihren Zöpfen zog und über ihre blonden Haare sprach.

Meine Mutter ist groß, attraktiv ... typisch arisch. Während des Krieges war sie in der Hitler-*Jugend*, das heißt beim BDM, dem *Bund deutscher Mädchen*. Ihre Eltern starben beide bei Bombenangriffen. Sie war in einem Vorort von Dresden, als die Stadt mit Brandbomben angegriffen wurde. Als eine Phosphorbombe neben ihr einschlug, war sie eine Woche lang blind.

Ich habe meine Mutter gefragt: »Was war mit den Juden?« Sie sagte: »Ich kann mich nur daran erinnern, daß Leute plötzlich weg waren. Wir hatten jüdische Nachbarn, und sie waren weg.« Soweit ist sie sich dessen noch bewußt. Sie kann sich inzwischen an manches nicht mehr erinnern, das sie mir über Deutschland und den Krieg erzählt hat. In den fünfziger Jahren ging sie zum Psychiater, und er sagte ihr: »Es gibt Dinge, die man besser auf einem Regal stehen läßt. Sie haben sie in ein Glas gesperrt. Diese Dämonen läßt man besser dort drin.« Und danach lebt sie. Es ist nicht das Alter – in anderer Hinsicht ist sie nicht vergeßlich. Sie hat es vergessen, weil sie sich entschieden hat, es zu vergessen.

»Was geschah im Krieg, Daddy?«

Das hat mich verzehrt, in Anspruch genommen. Im Akademischen sehr ausführlich: Bücher lesen, nach Europa fahren; aber auch im Persönlichen: herausfinden, wer meine Mutter und mein Vater sind.

Und wer bin ich? Bin ich Deutscher? Bin ich Amerikaner? Bin ich amerikanischer Deutscher? Bin ich deutscher Amerikaner? Ich bin ein Chamäleon. Ich kann dies und jenes sein. Und das ist ein Teil des Problems. Wenn ich mit den Deutschen in der Kirche spreche, in der ich Pfarrer bin, betone ich meine deutsche Seite. Ich kann Deutsch sprechen. Eine der deutschen Frauen in meiner Kirche hat gesagt: »Manchmal fühle ich mich schuldig wegen des Krieges.« Ich empfinde keine Kollektivschuld. Mit diesem Teil habe ich abgeschlossen. Böse Deutsche haben diese Taten begangen. Böse Amerikaner haben genau das gleiche getan. Ich kenne genug böse Menschen, um zu wissen, wer wozu fähig ist.

Als wir herüberkamen, lachte meine Mutter, weil ich im Flugzeug zu einem anderen Kleinkind sagte: »Halt den Mund, Kleiner! Du machst mich nervös.« Ich erzählte es meiner Frau, die im Psychologiebereich arbeitet, und sie wies mich darauf hin, was für eine üble Geschichte dies ist. »Weshalb sollte ein Kind von zweieinhalb Jahren so etwas sagen? Weil es das gehört hat.«

Die Methoden der deutschen Kindererziehung sind ziemlich gewalttätig, und mein Zorn könnte zum Teil daher rühren. In meiner Mutter steckt offensichtlich etwas davon. Ich hatte nie das Gefühl, ich sei mißhandelt oder mißbraucht worden, aber ich bin mir auch der Tatsache bewußt, daß meine Mutter Deutsche war. Dies gründet auf meinen eigenen Erfahrungen. Und ich habe sehr klare Ansichten über deutsche Betrachtungsweisen, da ich genug davon hautnah miterlebt habe. Ich habe Dietrich Bonhoeffers Biographie zweimal gelesen. Seine Familie glaubte an den Unterricht zu Hause, weil der Geist in Deutschland zweimal gebrochen werde: einmal in der Schule, später beim Militär.

Als Deutschland wiedervereinigt wurde, erschien in der Zeitung der Essay eines jüdischen Psychiaters, in dessen Auftrag Studenten eine Untersuchung auf Spielplätzen in Kopenhagen, Frankfurt und Italien durchgeführt hatten. Sie versuchten, Spielplätze mit dem gleichen sozioökonomischen Hintergrund zu finden und sahen den Kindern dann einfach zu. Auf dem deutschen Spielplatz kam es viel öfter zu körperlichen und verbalen Mißhandlungen. In Kopenhagen gab es ein bißchen; in Italien praktisch nichts; und in Frankfurt sehr viel. Der Psychiater schrieb, er wäre sehr viel glücklicher, wenn er wüßte, welches Element im deutschen Charakter diese Mißhandlungen hervorrief.

Meine Mutter wurde von der Schwester meines Vaters aufgenommen, die in Laconia, New Hampshire, lebte. Meine Tante war eine sehr liebevolle Frau und kümmerte sich um mich. Als Erwachsener begriff ich, welch ein wunderbares Geschenk sie mir gemacht hat. Sie war mit einem Juden verheiratet, dessen Vater um die Jahrhundertwende aus Lettland eingewandert war. Um diese Zeit kam wegen der dortigen Pogrome eine Menge osteuropäischer Juden in dieses Land. Sie gingen nach Neuengland und wurden Altwarenhändler. Und genau das waren auch mein Onkel und sein Vater. Manche Leute dachten, ich sei mit meinem Onkel blutsverwandt. Ich ging überall mit ihm hin, zum Friseur oder zur Feuerwehr, wo wir uns mit seinen Kumpeln, den Feuerwehrleuten, unterhielten. Viele Leute kannten uns. Er war eine Vaterfigur für mich und ich der kleine Junge, den er gern gehabt hätte. Ich wuchs mit ihm, seinem lettischen Vater und Verwandten in Boston und Dorchester auf, so daß ich einen ethnisch vielfältigen Hintergrund hatte.

Meine Mutter, die aus den schlimmen Verhältnissen im Nachkriegsdeutschland kam, stellte große Teller mit Essen vor mich hin. Wenn ich es nicht aufaß, bekam ich eine Tracht Prügel. Sie fand eine Putzstelle im örtlichen Kino. Dann zog sie nach New York City. Ich kann mich nicht daran erinnern, wie oft ich sie gesehen habe. Mein Vater war noch in Europa. Er blieb bis 1950 dort.

Meine Tante und mein Onkel verliehen mir emotionale Stabilität. Im Laufe der Jahre haben sie mir – was meine Gefühle angeht – das Leben gerettet, weil sie mir Liebe schenkten. Laconia, New Hampshire, ist mein emotionales Zuhause.

Als ich in der ersten Klasse war, flog ich mit meiner Mutter nach New York City. Meine Tante fand es schrecklich, mich aus der schönen Umgebung von Laconia in die Großstadt New York zu bringen. Ich weiß nicht, ob ich verwirrt war. Ich weiß nicht, ob ich aufgeregt war. Als Kind schwimmt man mit dem Strom. Wir wohnten direkt am Riverside Park. Grants Grabmal lag am Ende der Straße und die Riverside Church um die Ecke. Ich habe schöne Kindheitserinnerungen an Fahrten mit der U-Bahn. Ich erinnere mich an die Gerüche der U-Bahn, die Gerüche New Yorks. Ich erinnere mich an das amerikanische naturhistorische Museum mit dem riesigen ausgestopften Wal. All dies ist von einer Aura umgeben, die Teil meiner selbst ist.

Ich ging in eine Gemeindeschule der Episkopatskirche. Ich durfte die zweite Klasse überspringen. Wir lebten in einer Einzimmerwohnung wie in der Unterhaltungsserie *The Honeymooners*. Der einzige Unterschied lag darin, daß Schauspieler Jackie Gleason als Ralph Kramden immerhin zwei Zimmer hatte. Meine Mutter hatte einen Freund, einen einflußreichen Politiker aus dem Irak. Seine Wohnung war sehr luxuriös. Ich nannte ihn Onkel Raschid. Meine Mutter wollte ihn heiraten. Mein Onkel, der Raschid kennenlernte, sprach sehr anerkennend von ihm und pries ihn als Gentleman.

Meine Mutter ließ sich wieder schwängern und gebar meinen Halbbruder. Nachdem er geboren war, schickte sie ihn zu ihren Cousinen nach Maine. Sie zogen ihn auf – so wie meine Tante mich aufgezogen hatte. Mein Bruder ist vermutlich nur deshalb einigermaßen normal, weil er bei ihnen Halt fand. Meine Mutter arbeitete als Sekretärin. Ich kam nach Hause und rief sie an. Danach war ich immer mehrere Stunden allein. Damals gab es noch keine Tagesstätten und so etwas.

Mein Vater heiratete die Französin. Meine Tante und mein Onkel waren einfache Leute; sie betrachteten sie als »typisch französisch« und konnten nicht viel mit ihr anfangen. Doch mein Vater liebte sie sehr. Er wohnte in New Jersey, ein paar Stunden von uns entfernt. Einmal rief er von einer Zelle an der nächsten Ecke aus an und sagte: »Ich bin hier. Ich komme euch besuchen.« Ich weiß noch, daß ich Angst hatte und versuchte, meine Mutter anzurufen. Nach wenigen Minuten tauchte er auf. Er kam mit seiner französischen Frau und brachte einige deutsche Zeitschriften mit. Ich sehe diese Zeitschriften noch, richtig lausiges Papier, dessen Qualität nicht mit der eines *Life*-Magazins zu vergleichen war.

Damals war mir bewußt, daß ich einen Vater hatte. Ich hatte ihn einige Male besucht. Er kaufte mir einen Cowboy-Anzug. Und einmal trat er beim Fahren auf die Bremse, so daß ich mit dem Kopf gegen die Windschutzscheibe prallte, die dabei zerbrach. Sie legten ein Fünfzig-Cent-Stück auf die Beule, um sie zu kühlen.

Doch zwischen der ersten und vierten Klasse wollte man mir Schuldgefühle wegen meines Vaters einreden: »Dein Vater ist abscheulich ... Er will nicht dein Bestes.« Zu dieser Zeit war es besser, ihn nicht zu erwähnen. Erst später fand ich heraus, wie er bis dahin versucht hatte, mir Helfer und Vater zu sein. Er hatte sich wirklich angestrengt, um mich in dieses Land zu holen und bemühte sich, das gemeinsame Sorgerecht durchzusetzen. Als meine Mutter nach Bagdad ziehen wollte, hielt er sie davon ab. Er sagte: »Du kannst gehen, wenn du willst. Aber Karl nimmst du nicht mit.« Sie blieb.

Die Französin beschloß, sich schwängern zu lassen, als mein Vater über fünfzig war. Sie tat es, um ihn an sich zu binden und mich zu verdrängen. Sie bekamen ein kleines Mädchen. Um diese Zeit herum gab mein Vater auf, und unser Kontakt schlief beinahe ein.

Ich glaube – und dies habe ich auch bei meinen Gemeinde-
mitgliedern beobachtet –, wir sind alle so egoistisch,
daß wir uns nicht vorstellen können, gezeugt und nicht
gewollt zu sein. Der sexuelle Akt des Kinderzeugens.
Deshalb setzen Adoptivkinder Himmel und Hölle in Bewegung, um ihre leiblichen Eltern zu finden. *Wie konnte
mich jemand machen und dann nicht wollen?* Mit diesem
brennenden Problem kämpfen alle.

Raschid ging nach Bagdad und starb sehr plötzlich. Wäre
er hier gewesen, hätte man sein Leben retten können.
Er war ein älterer Mann. Meine Mutter hat sein Bild
noch immer auf dem Nachttisch stehen.

Ich war zehn Jahre alt. Da waren ich und meine Mutter. Mein Bruder lebte noch in Maine bei Verwandten.
Meine Mutter beschloß: »Wir gehen nach Westen«, und
packte alles zusammen. Wir zogen an der Küste entlang
durch den Süden. Ihr Ziel war Kalifornien. Sie bekam
eine gute Stelle als Sekretärin in New Mexico. In dieser
Firma wurden Computer eingeführt, und sie hatte ein
Talent dafür. Damals war sie fünfunddreißig, hatte zwei
Kinder, keinen Mann und brachte endlich ihr Leben in
Ordnung. Wir wurden seßhaft. Sie kaufte ein Haus,
holte meinen Bruder her, und wir drei begannen ein
normales Leben.

Sie war kein warmer, liebevoller Mensch. Sie war
auch nicht vollkommen kalt und distanziert. Sie war
irgendwie ... sie war *da*. Ihr Deutschsein kam durch. Sie
war nicht gefühlvoll. Sie konnte schroff sein. Sie konnte
sich der Lage gewachsen zeigen, wenn ihr danach war.
Da sie streng war und keinen Unsinn duldete, benah-
men wir uns auch nicht daneben. Wir bekamen gute
Noten und waren gute Bürger. Denn so ist man als
Deutscher. Ich glaube, sie hat ihr Bestes getan, aber sie

ist auch selbstsüchtig und setzt sich immer an die erste Stelle.

Erst als wir nach New Mexico kamen, tat sie etwas für uns. Nein, das stimmt nicht. Ich erinnere mich, daß sie sich schon in New Jersey niederlassen wollte. Sie bastelte Dinge aus Blumen und so, die sie im Büro für einen Vierteldollar pro Stück verkaufte, um ein bißchen zusätzlich zu verdienen. Ich bekam dann eine Eisenbahn oder so. Daher glaube ich, daß mein Zorn auf meine Mutter aus ihrer deutschen Seite erwächst. Der kalten, kälteren, distanzierteren Seite.

In einer meiner Predigten sagte ich: »Wenn ich nochmal leben müßte, wäre ich lieber Italiener.«

Das hat einen Deutschen in der Kirche geärgert. Doch in meinen Augen sind Italiener wärmer. Ich las auf dem College ein Buch, das dunkle deutsche Nächte sonnigen mediterranen Tagen gegenüberstellte. Und die Anziehungskraft, die Rom und Griechenland auf die deutsche Seele und Literatür ausübten – bemerke ich auch bei mir. Auf der emotionalen Ebene zeigt sie sich in dem Wunsch, Italiener zu sein, frei zu sein, sich ausdrücken, mit den Händen zu fuchteln und Leute umarmen zu können.

Wer etwas von Kindererziehung versteht, weiß, daß die Sünden aus der Kindheit beim Erwachsenwerden offensichtlich werden, wenn private Probleme ans Licht drängen. Mein Erwachsenwerden war ein schwieriger Weg. Ich ging nicht aus mir heraus. Ich igelte mich ein. Als sechzehnjähriger Schüler der Abschlußklasse, der 210 Pfund wog und einszweiundneunzig maß, sah ich aus wie zwanzig. Körperlich nahm man mir das Erwachsensein durchaus ab, doch nicht in sozialer Hinsicht.

Ich wollte Schriftsteller werden, aber mir fehlte der innere Drang dazu. Man sieht sich selbst als Künstler. Bei Camus gibt es diese Figur in *Die Pest*, die an der ersten Zeile ihres Romans hängengeblieben ist. So fühlte ich mich damals und habe ich mich manchmal als Erwachsener gefühlt: *Ich hänge an der ersten Zeile.* Es ist, als seien Pfade in meinem Gehirn blockiert. Wenn sich einige davon öffneten, könnte ich Dinge ausdrücken – ich habe es in Predigten getan, aber nur ab und zu. Und ich tue es auf Reisen. Mein Gehirn findet auf einmal Wörter und versucht, Dinge zu erschaffen.

Kafka war einer der Schriftsteller, die mich geprägt haben. Und Camus ist wichtig. Wissen Sie, wo er *Die Pest* geschrieben hat? In Le-Chambon-sur-Lignon, einem kleinen französischen Hugenotten-Dorf. Es gibt einen wunderbaren Dokumentarfilm, *Weapons of the Spirit*, über dieses Dorf, in dem 5.000 Christen während der deutschen Besatzung 5.000 Juden verbargen. Als ich vor einigen Jahren erfuhr, daß Camus in diesem Dorf *Die Pest* geschrieben hat, war ich überwältigt. Dieses Buch hat meine Sicht der Dinge beeinflußt, und es ist eine Parabel über die Nazis und die Besatzung.

Die Sommer in New Hampshire waren immer schön. Wir rumpelten in einem Bus quer durchs Land. Ich arbeitete auf dem Schrottplatz meines Onkels. Wir verschrotteten Autos und brachten sie nach Boston. Drecksarbeit, aber lustig. Er zahlte mir zwanzig Mäuse pro Woche und gab mir ein Auto und so viel Benzin, wie ich wollte. An einem Sommertag war er betrunken. Wir saßen auf der Veranda, und er sagte, die Deutschen seien nicht gut. Ich kann mich nicht an seine Worte erinnern, aber es war ein negativer Kommentar aus seiner deutsch-jüdischen Erfahrung heraus. Ich führte es auf seine Trunkenheit, seine Unwissenheit zurück. Es war eine dieser Sachen, die man einfach durchgehen läßt.

Ich träumte davon, durch Europa zu trampen. 1964 gab mir meine Mutter Geld für die Reise. Ich flog nach London, trampte und fuhr mit dem Zug, reiste durch Frankreich, war an meinem achtzehnten Geburtstag in Neapel. Als ich durch Deutschland trampte, nahm mich ein Deutscher mit. Ich trug *Lederhosen* und einen Rucksack. Als er merkte, daß ich Amerikaner war, wollte er nicht mit mir sprechen. Am nächsten Tag hielt ich wieder den Daumen hoch. Ein amerikanischer Militärkonvoi fuhr vorbei, und ein Soldat zeigte mir den ausgestreckten Mittelfinger.

Wer war ich?

In Osnabrück besuchte ich Verwandte meiner Mutter, die mich als Baby gekannt hatten, während ich mich nicht an sie erinnern konnte. Einer von ihnen sagte: »Wir beide haben zusammen im *Sandkasten* gespielt.« Das war ein Wort, das ich nicht kannte, mein Deutsch reichte nicht aus. Meine Verwandten waren sehr freundlich. Zwei von ihnen waren Bauern. Eines Tages gingen wir auf einen Dorfjahrmarkt, und ich sprach mit einem Mann über den Krieg. Er hatte ein sehr scharf geschnittenes Gesicht. Er sagte: »Der Zufall entschied darüber, ob wir Gefangene der Russen oder Amerikaner wurden. Es war der glücklichste Tag meines Lebens, als ich jemanden auf Englisch sagen hörte: ›Sie sind jetzt Gefangener der amerikanischen Armee.‹«

Ich war von alldem umgeben. Ich war ein junger Mensch, der versuchte, sich darüber klar zu werden. *Jetzt bin ich also Deutscher. Ich kann wie ein Deutscher aussehen. Die Leute halten mich für einen Deutschen.*

Ich machte ein Foto von einem Frachtwaggon, der verlassen auf einem Feld stand. Dieser Waggon war für mich der Holocaust-Viehwaggon. Ich stellte mir vor, er sei mit Menschen vollgepfropft. Ich war mir des Holocaust sehr stark bewußt. Schließlich ist mein Onkel Jude. Und als Kind in New Mexico war ich Babysitter bei einem Juden, der gegenüber wohnte. Er hatte in seiner Bibliothek ein Buch mit Fotos vom Holocaust. Daher wußte ich, was der Holocaust war. Ich meine, man mußte mich nie erst davon überzeugen, daß er stattgefunden hatte.

Wie begann es?
Über diese Frage habe ich so lange nachgedacht ... Während ich durch Deutschland und Polen fuhr, habe ich mich gefragt, wie es in diesem Land aussehen würde, wenn wir den größten Teil unserer schwarzen Bevölkerung fortschafften. So viele Geister würden zurückbleiben. Es gäbe all die Namen und Orte und Einflüsse, die man nicht einfach aus unserem Land und unserer Kultur heraustrennen kann.

Ich trat ins Peace Corps ein, weil es zu meinen Überzeugungen paßte. Ich gehörte zu dieser Generation, und meine Einberufung wurde deswegen aufgeschoben. Ich ging nach Tunesien. Wir lebten in der Medina, und ich studierte römische Geschichte. Auf einer turbulenten Silvesterparty des Peace Corps lernte ich meine Frau kennen. Sie war wie ich – ich meine, sie las dieselben Bücher. Sie war klug. Mein Vater schenkte uns zur Hochzeit eine feuerfeste Auflaufform. Ganz schön kümmerlich. Sie kam von seiner Frau, wissen Sie. Ich hatte ihnen jahrelang nicht geschrieben, dessen war er sich bewußt.
Wir fuhren zweimal nach Rom. Im Sommer fuhren wir nach Spanien und machten auf dem Heimweg

eine Tour durch Deutschland und Österreich. Ich traf mich mit weiteren Familienmitgliedern. Ein entfernter Verwandter besaß eine *Gaststätte* in Wuppertal. Sehr freundliche Leute. Er war in der SS gewesen, und er berichtete, wie Menschen auf dem Feld gleich hinter der *Gaststätte* von den durchbrechenden Panzern getötet wurden.

Einer meiner Verwandten, ein Bauer, war von den Russen gefangengenommen worden und erst 1952 nach Hause zurückgekehrt. Wir saßen mit seinen beiden Töchtern am Tisch. Wir hatten große Teller mit Essen vor uns, und er schlürfte es förmlich auf. Er sagte zu uns: »Wir hatten ein Sprichwort, ›Der Weg nach Hause führt über die Leichen unserer Kameraden‹. Wir aßen Brennesseln. Es nahm den Hunger weg.« Der Krieg hatte ihn zerstört. Er sagte: »Wißt ihr, als Hitler an der Macht war, gab es keine Verbrechen. Hitler hat die Straßen aufgeräumt.«

Auf dieser Reise fuhren meine Frau und ich nach Dachau. Das war bewegend. Ich erfuhr, daß nicht nur Juden an solchen Orten gestorben waren, sondern auch Sozialisten und Universitätsprofessoren und Homosexuelle und Pastoren. Zwölf Millionen Menschen starben an diesen Orten. Mich ärgert, daß die jüdische Lobby auf der Zahl von sechs Millionen gestorbener Juden beharrt. Damit erweisen sie den übrigen sechs Millionen Menschen, die starben, einen schlechten Dienst. Und das halte ich für falsch. Ich war zweimal in Dachau. Ich war in Buchenwald. Ich war in Auschwitz. Und ich war in Theresienstadt. *Wie konnte das geschehen?* ...

Man sagt: »Wie ist das möglich?«

Man sagt: »Ich bin Deutscher. Wie ist das möglich? Man hat mich schon für einen Juden gehalten. Wie ist das möglich? Ich habe jüdische Verwandte. Wie ist das möglich? Wie können solche Dinge geschehen?«

1989 unternahm ich eine Reise mit einem Mann, der sich sehr für Pfarrer in Osteuropa einsetzte. Diese Reise wurde eine der befreiendsten Erfahrungen meines Lebens. Wir waren drei Wochen nach dem Mauerfall in Berlin. Unsere Aufgabe bestand darin, uns mit Kommunisten, ostdeutschen Christen und polnischen Christen zu treffen. Man bat mich, bei einer Versammlung eine Ansprache auf Deutsch zu halten. Es war wirklich schön, zu sprechen und gehört und verstanden zu werden.

Diese Reise führte uns auch nach Auschwitz. Was mich betrifft, ist dies der Höllenschlund der Welt. Ich sprach an diesem Tag die Meditationsworte und sagte unter anderem: »Dieser Boden ist mit Blut getränkt.« Es war Dezember, kalt und trübe, und auf dem Boden lag kein Schnee. Wie im Film. Wir gingen in die Barracken, wo die Menschen gefoltert und geschlagen wurden. Die Gaskammer lag gleich neben der SS-Cafeteria. Wir gingen zu den Öfen. Wir standen dort und sangen: »Warst du da, als sie meinen Herrn kreuzigten?« Als ich herauskam, fühlte ich mich kraftlos.

An Buchenwald läßt mich dieser kleine Raum nicht los, in dem man gemessen wurde. Während man dort stand, steckten sie eine Waffe durch ein kleines Loch und schossen einem in den Kopf.

Meine Sicht des Holocaust entspringt meinem deutschen Bewußtsein, meinem eigenen jüdischen Hintergrund. Wir empfinden diese Faszination des Bösen, der Frage, weshalb Menschen dies tun konnten. Camus und der ganze Vorfall von Le-Chambon-sur-Lignon sind mir persönlich wichtig, weil es dort gute Menschen gab, die es nicht taten, die sagten: »Wir werden gut sein.« Und die

Deutschen, die dort waren, wußten, was vorging. Sie hatten Teil an ihrer Güte. Ich besitze ein Buch mit dem Titel *The Altruistic Personality* (Die altruistische Persönlichkeit). Die Autoren fragten Leute, weshalb sie Gutes taten, obwohl sie ihr Leben dabei aufs Spiel setzten. Religiöse und nicht-religiöse Menschen taten es, gebildete und ungebildete. Der Grundkonsens war, daß die Menschen, die Gutes taten, sagten, sie seien aufgezogen worden, um Gutes zu tun. Ganz einfach. Eichmann formulierte die Aussage: »Niemand hat mir je gesagt, daß das, was ich tat, falsch war.« Und jemand warf die Frage auf: »Was, wenn Eichmanns Sekretärin nun zu ihm gesagt hätte: ›Was Sie tun, ist falsch‹?« Denn wann immer die Nazis herausgefordert wurden, hielten sie inne. Bulgarien rettete eine Menge Juden, weil die Kirche sagte: »Nein, wir werden es nicht tun.«

Ursprünglich trat ich in ein lutherisches Seminar ein, um 1969 der Einberufung zu entgehen. Ich war nie allzu religiös gewesen, hatte mich aber mit spirituellen Fragen und Fragen nach Gott beschäftigt. Als Kind hatte ein Pfarrer zu mir gesagt: »Hast du je daran gedacht, Pfarrer zu werden?« Und ich sagte: »Nein.« In meinen Augen war das etwas für Weicheier.

Doch da gibt es diese ganzen tiefgehenden Sachen wie Dostojewski und Kafka und Camus. Existenzialismus. Und ich befand mich auf einer spirituellen Reise. Das Seminar bot mir den Luxus, mich wissenschaftlich damit zu beschäftigen. Ich erbrachte dort gute Leistungen, weil ich Deutscher bin. Man ist einfach gut. Man läßt die Züge pünktlich fahren. Ich kämpfe mit der Tatsache, daß ich nach der Regel aufgezogen wurde: Wenn du etwas machst, mach es richtig, und wenn es nicht richtig ist, machst du es so lange, bis es richtig ist. Meine Maxime ist: *Such dir eine Aufgabe und erfülle sie, und erfülle sie gründlich – und dann laß ein paar Dinge schieflaufen.* Das ist nicht sehr deutsch.

In unserer Kirche arbeitet man drei Jahre lang akademisch und ein Jahr in einer Gemeinde. Ich wurde nach Kalifornien geschickt. Dort wurde unser erstes Kind geboren. Und dort machte ich meine ersten Erfahrungen mit erwachsenen Christen. Ich fand heraus, daß man erwachsener Christ sein konnte, ohne verrückt oder dumm oder weichlich zu sein. In dieser Kirche gibt es ein paar sehr beeindruckende Männer, die mir wirklich zeigten, wie man Mann und Christ sein kann und wie ich – mit voller Überzeugung – Priester werden konnte. Ich ging in eine Stadt in den Bergen und wirkte dort fünf Jahre lang zwischen Apachen und Navajos und Mormonen. Dort bekam ich irgendwie alles in den Griff. Ich war zweiunddreißig und machte meine Arbeit. Ich hatte zwei Kinder.

In meiner Kirche gibt es viele Veteranen. Sie wollen nicht über das Töten sprechen. Schließlich begriff ich, daß es daran liegt, daß sie bereut haben, Christen geworden sind und sich wirklich nicht daran erinnern wollen, wer sie einmal waren oder was sie einmal taten oder wozu sie einmal fähig waren. Veteranen, die ich kenne und die nicht bereut haben, sind meist Alkoholiker geworden. Man muß so oder so die Vergangenheit hinter sich lassen.

Ich wollte immer nach Deutschland zurückkehren und lange genug dort leben, um fließend Deutsch zu lernen. Das kann ich noch immer tun. Ich könnte dabei für die Kirche arbeiten. Meine Tochter hat meinen Traum erfüllt. Sie lebt in Deutschland. Sie hat einen Soldaten geheiratet, und er ist dort stationiert. Sie war in Polen, Italien, Griechenland, Frankreich und England – aber sie ist nicht nach Norddeutschland gefahren, um die Verwandten zu besuchen. Was bedeutet das? Sie ist Amerikanerin und steht ihnen im Grunde gleichgültig gegenüber.

1991 fuhren wir alle hin. Und was mich einfach umwarf, war die Tatsache, daß ich meine Tochter auf diesem amerikanischen Armeeposten besuchte, Pizza aß, mit US-Dollar bezahlte und doch einfach hinausgehen und in Deutschland sein konnte. Hin und her wechseln. Der Armeeposten in Würzburg befand sich in einer alten Nazi-Garnison, die auf einem Hügel über der Stadt lag. Es war schön. Absolut herrlich. Dieses große Feld dort war der Flugplatz gewesen. Hitler war dort gelandet. Ich hörte diese Geschichten, und die Sache mit den Identitäten wurde noch komplizierter.

Einer meiner Professoren im Seminar sagte einmal, daß das beste, worauf man im Leben hoffen könne, die Vergebung seiner Eltern sei. Ich meine –

Nein. Das beste, worauf man hoffen kann, ist die Vergebung der eigenen Kinder. Da ich selbst vier Kinder aufgezogen habe, meine ich, das hat etwas für sich. Wir tun unser Bestes, und wir begehen Fehler, und wir fügen Schaden zu; und unsere Kinder führen ihr Leben und kommen damit zurecht. Sie lernen und sagen: »Dad hat in dieser Situation sein Bestes getan.« Und ich tue mein Bestes. Ich empfinde dies im Hinblick auf meine Mutter. Ich könnte eine Liste von Dingen aufstellen, die sie besser hätte machen können, doch ich glaube, sie war schon in Ordnung.

Ich habe Menschen beraten, die sich ihren Kindern entfremdet hatten. Ich sagte zu ihnen: »Warten Sie. Sie werden von ihnen hören.« Und wissen Sie, drei Leute kamen wieder zu mir und sagten: »Sie hatten recht.«

Schließlich schrieb ich meinem Vater mit Ende dreißig einen Brief: »Ich wurde so aufgezogen, daß ich mich schuldig fühlen sollte, weil ich einen Vater hatte, doch ich erinnere mich an all diese Dinge aus der Zeit unserer Beziehung. Ich war eng mit Deiner Familie verbunden. Deine Schwester hat mich aufgezogen und geliebt. Ich würde Dich gern besuchen.« Ich erhielt einen langen Antwortbrief. Er hatte Dinge aufgezeichnet, Briefe in den vierziger und fünfziger Jahren geschrieben, in denen er seine Sicht der Dinge schilderte, in denen er die Wahrheit sagte. Er schickte mir Kopien davon. Daher weiß ich, daß er mich in gewisser Weise geliebt hat. Er sagte: »Du brauchst nicht zu kommen. Es wäre nicht gut.«

Das war schrecklich, aber ich sagte: »Okay.« Seine französische Frau lebte noch. Sie war zwanzig Jahre jünger als er, doch mit fünfundsechzig fiel sie eines Tages tot um. Nachdem ich davon erfahren hatte, wartete ich ein oder zwei Jahre und erzählte meinem Vater dann eine Lüge: »Von der Kirche bekomme ich jedes Jahr an Weihnachten Geld. Ich werde in New York sein. Ich komme dich besuchen.«

In meiner Erinnerung war er groß. Am meisten schockierte es mich, ihn jetzt als kleinen Menschen vor mir zu sehen. Ich verbrachte einige Tage in seinem Haus. Im Grunde fügte sich dieser Teil meines Lebens wieder zusammen. Wir unterhielten uns – sehr oberflächlich, tauschten nur Anekdoten aus. Er erzählte einige komische Geschichten vom Krieg und der Besatzung und den Streichen, die sie den Leuten gespielt hatten. Ich berichtete ihm von meiner Erinnerung an ein gemeinsames Bad, als ich fünf gewesen war. Er hatte damals einen Bauch, und ich hatte bemerkt, daß sein Bauchnabel wie ein Loch in der Mitte thronte. Ich hatte gefragt: »Was ist das?« Und er hatte geantwortet: »Oh, da haben sie im Krieg auf mich geschossen.«

Man versucht, die Dinge zusammenzufassen, sein Leben zusammenzufassen. Und ich habe ein bißchen was von überall her, wissen Sie, von Deutschland über Neuengland bis in den Südwesten. Die Geheimnisse ... Rex Stout schrieb alle Krimis um Nero Wolfe nach derselben Formel: Eine Situation ist sehr kompliziert, und man kann nicht erklären, was geschehen ist, bis etwas ans Licht kommt, das vor fünfundzwanzig Jahren geschah, und dann ergibt auf einmal alles einen Sinn. Ich habe im Hinblick auf das Schweigen über den Krieg oft in dieser Schiene gedacht. Leute verbergen alle möglichen Geheimnisse. Über das, was sie taten oder fühlten oder was geschah. Vielleicht können wir einen Sinn in heutigen Ereignissen finden, wenn wir Dinge ans Licht holen, die vor fünfzig oder sechzig Jahren passiert sind.

Ich glaube, daß ich mich irgendwie auch deshalb noch immer mit dem Holocaust quäle. Es gibt Hinweise auf die Frage, warum wir heute sind, wie wir sind. Mit *wir* meine ich alle Menschen in dieser Kultur, Amerikaner und Europäer. Ich habe mich ausgiebig mit Kulturgeschichte beschäftigt. Man kann es global betrachten oder sich selbst ansehen und sagen: *Ich bin ein Teil davon*. Dinge entwickeln sich, und wir haben noch nicht das Ziel unserer Reise gesehen.

Und wie fühle ich mich nun bei alldem?

Ein wenig wie Franz Kafka, der die Straßen von Prag durchwandert und seltsame Bücher schreibt – auf Deutsch.

EVA

Geboren: 1941
Alter zum Zeitpunkt der Immigration: 24

Nur weil ich Deutsche bin, bin ich noch lange kein Nazi

Im März 1945 waren die Russen schon nah, doch meine Mutter mußte die Geburt meiner jüngsten Schwester abwarten. Anfang Mai mußten wir das Sudetenland verlassen. Wir machten uns auf. Mit einem ganzen Haufen Leute. Das Baby lag in einem Kinderwagen, der sehr praktisch war, da meine Mutter viel Kram hineinpacken konnte. Meine ältere Schwester Grete war fünf. Und ich erst vier. Wir beide trugen kleine Rucksäcke mit Kleidung zum Wechseln. Und ich erinnere mich an das Verstecken und die Schreie in der Nacht. Frauen wurden ... angegriffen. *Ja.* Man konnte es hören. Auch diese Tiefflieger, die Bomben warfen. Selbst heute mag ich noch keine tieffliegenden Flugzeuge.

Nachts schliefen wir auf Bauernhöfen. Manchmal in einer Scheune. Oder sie gaben uns ein kleines Zimmer. Die meisten waren freundlich, würde ich sagen, weil sie eine junge Frau mit drei kleinen Kindern vor sich hatten. Manchmal gaben sie ihr Kartoffeln. Meine Mutter tauschte Silber gegen einen ganzen Topf Schweineschmalz, der uns wahrlich rettete. Er war damals ihr kostbarster Besitz. Das sagt sie jedenfalls heute.

Wir brauchten sechs Wochen, um zu Fuß nach Berlin zu gehen. Manchmal nahm uns unterwegs jemand in einem kleinen Wagen mit. Ab und zu erwischten wir einen Zug. Ich erinnere mich an einen Güterzug mit einem offenen Waggon voller Kartoffeln. In der Nähe gab es nichts, und wir besaßen nur diesen Kinderwagen. Meine Mutter sagte zu mir: »Pack den Kinderwagen voller Kartoffeln.« Sie reichten für den ganzen Weg nach Berlin.

Meine Eltern hatten einander versprochen: *Nach dem Krieg sehen wir uns in Berlin wieder.* Als meine Mutter die Gegend erreichte, in der sie vor dem Krieg gelebt hatten, stand sie vor einem Trümmerhaufen. Zum Glück trafen wir auf gute Menschen. Eine Familie nahm uns für eine Nacht bei sich auf. Jemand anders hatte Mitleid mit meiner Mutter und sagte: »Nebenan steht eine Wohnung leer. Das weiß bisher noch keiner. Wenn Sie zum *Wohnungsamt* gehen, können Sie sie wahrscheinlich bekommen.«

Phantastisch. Sie bekam sie. Es war eine sehr kleine Wohnung, nur eine Küche und ein Zimmer. Sie lag zwischen zwei Stockwerken, der *Hausmeister* hatte dort gelebt. Wenn man vom ersten in den zweiten Stock ging und nicht wußte, daß es dort eine Wohnung gab, konnte man sie leicht übersehen. Das war unser Glück, denn als die Russen kamen, entging ihnen die Tür: Sie sah aus wie die einer Abstellkammer. Sie stürmten einfach hinauf in die nächste Wohnung. Man konnte die Schreie hören.

Wir alle saßen unter dem Küchentisch. Die Schwester meiner Mutter und ihr kleiner Sohn waren auch dabei. Man wuchs mit: »Psst, leise, nicht weinen« auf. Meine Mutter stillte das Baby – sie hatte nicht viel Milch –, damit es ruhig war und die Soldaten uns nicht entdeckten.

Ich wußte eigentlich nicht, was diese Russen tun würden, aber die Frauen ... wie verängstigt sie waren. Es war etwas Schlechtes – soviel stand fest. Ich weiß noch, wie ich unter diesem Tisch sitze. Sie hängten ein langes Tischtuch über uns. Die Russen kamen nicht herein. Daher hatten meine Mutter und meine Tante wirklich Glück.

Ich vermute, das erste Jahr in dieser Wohnung war am schlimmsten, weil alles in Trümmern lag. Meine Mutter und meine Tante durchstöberten die Trümmer. Sahen nach, was sich so fand. Wir bekamen Kartoffelschalen, die noch einmal durchgekocht wurden. Auf dem Kreuzberg, dem höchsten Hügel von Berlin, pflückten wir *Brennesseln*, die meine Mutter dann wie Spinat kochte. Wir verhungerten nicht. Ich kann mich nicht erinnern, jemals hungrig zu Bett gegangen zu sein. Menschen, die gehungert haben, vergessen es vermutlich nicht. Doch wir kamen zurecht. Und meine Mutter hatte Glück: Eines Tages fand sie ein ganzes Bündel Briketts. *Ja.* Das war damals so gut wie Gold. Sie nahm ein paar und versteckte die übrigen. In dieser Nacht nahmen sie und meine Tante einen kleinen Wagen und holten die Briketts. In jenem Winter haben wir nicht gefroren.

Nach einer Weile kamen dann wohl die Lebensmittelmarken. Da meine Mutter drei Kinder hatte, konnte sie es sich leisten, auch meine Tante und deren kleinen Jungen aufzunehmen. Eigentlich sollten sie nicht in dieser Wohnung leben. Als die Rationen ausgegeben wurden, mußten wir anstehen. Damit meine Mutter und meine Tante in dieser Zeit andere Sachen erledigen konnten, schickten sie meine Schwester Grete oder mich. Und wir standen dort und warteten geduldig, bis wir an der Reihe waren. Manchmal war man dran, und es gab nichts mehr.

Am achten April 1946, meinem fünften Geburtstag – den ich nie vergessen werde – standen wir draußen und warteten auf meinen Onkel und meine Tante, und dann tauchte dieser Soldat auf, mein Dad. Wissen Sie, ich konnte mich nicht an ihn erinnern. Er hatte ein bißchen Kaugummi und Schokolade dabei. Er war Kriegsgefangener in Frankreich gewesen. Sie wollten einen Teil seiner Einheit nach Rußland transportieren. Als sie sie in die Züge verfrachteten, sprangen mein Vater und ein Freund hinunter und schlugen sich nach Berlin durch. Er fand uns, weil meine Mutter eine Nachricht an der Mauer hinterlassen hatte, wo einmal unsere Wohnung gewesen war.

Und dann wurde alles leichter, weil er da war. Natürlich mußte meine Tante ausziehen, weil es nicht mehr genügend Platz gab. Mein Vater war gelernter Sattler und Polsterer. In Berlin brauchte niemand mehr Sättel, und er arbeitete hauptsächlich als Polsterer und Fensterdekorateur. Wir gehörten zur Arbeiterklasse. Er pflegte zu sagen: »Ich bin nur ein *einfacher Arbeiter*.« Er war ein sehr talentierter Mann und konnte elektrische Arbeiten, Holzarbeiten, einfach alles ausführen. Er machte uns Sandalen aus Holz und Lederriemen. Wie Birkenstocks. Hätte er sie sich patentieren lassen, wäre er vielleicht reich geworden.

Eine Weile arbeitete er bei meinem Onkel, der eine Zimmermannswerkstatt hatte und Türen und Fenster anfertigte. Damals fing es allmählich mit den Bauarbeiten an. Daher hatte mein Onkel genug zu tun. Mein Vater bekam zum Glück die Holzabfälle. So mußten wir nicht frieren. Ein- oder zweimal im Jahr – mir ist es peinlich, daran zu denken, weil sonst niemand Holz hatte – kam mein Cousin mit dem *Lieferwagen*. Danach hatten wir eine ganze Ladung Holz im Keller. Schon damals kam ich mir schlecht dabei vor. Wir verschenkten das eine oder andere, doch den größten Teil behielten wir für uns.

Mein Vater war sehr streng. In Ordnung. Und er behandelte seine Kinder nicht sehr liebevoll. Ich glaube, Eltern – die Männer damals – waren es ohnehin nie. Ich kannte andere deutsche Väter, und sie waren auch nicht liebevoll. Doch ich denke, er war ein guter Vater. Was soll ich sagen? Wir liebten ihn, weil er zur Familie gehörte. Man mußte seine Eltern lieben. Und ich sah immer zu ihm auf. Weil er alles wußte. Ich glaube, ich war der Liebling meines Vaters. Wenn wir etwas brauchten, beschaffte er es. Meine Mutter schaute auch immer zu meinem Vater auf. Während der Kriegsjahre und *auf der Flucht* mußte sie alles alleine tun, doch danach hieß es immer *Vati. Vati* traf die Entscheidungen. Ich glaube nicht, daß dies der richtige Weg ist. Wenn *Vati* sagte, es ist in Ordnung, war es in Ordnung. Und wenn man irgendwohin wollte, mußte man *Vati* fragen. Sie hob ihn wirklich auf einen Sockel.

Und dabei wurde sie selbst ein bißchen schwächer. Doch ich schätze, sie war eine gute Mutter. Nach dem Krieg lief es nicht besonders gut. Mein Vater war nicht sonderlich nett zu ihr. Und sie nahm es einfach hin. Na ja, niemand ist sehr stolz darauf. Wenn man weiß, daß der eigene Vater die Mutter sehr unglücklich gemacht hat ... Die meisten Männer, die aus dem Krieg heimkehrten, wollten leben. Und vergessen. Schon als Kind dachte ich immer: *Warum läßt sich meine Mutter all das gefallen? Warum lehnt sie sich nicht dagegen auf? Warum verläßt sie ihn nicht?* Stimmt. Stimmt ... Es ist schwer. Und ich verstehe ihren Standpunkt: *Drei kleine Kinder. Was blieb mir übrig?* Aber ich dachte: *Verhungert wärst du nicht.* Sie hatte Schwestern, die uns aufgenommen hätten. Aber ich vermute, sie liebte meinen Vater wirklich. Sie verzieh ihm alles. Ich glaube, ich könnte das nicht. Ich bin wohl eher wie mein Dad. In allem.

Wir hatten nicht viel Zeit für Urlaub. Wir fuhren nach Ostdeutschland, wo ein Bruder meines Vaters lebte. Und wir pflückten in seinem Garten das Obst, das gerade reif war. Mutter kochte es ein. Meine Eltern arbeiteten sehr hart. Gönnten sich keinen Luxus. Natürlich nicht. Doch selbst später, als bessere Zeiten kamen, kannten wir kaum irgendwelchen Luxus. Einmal pro Woche kaufte mein Vater Bonbons, und wir bekamen immer nur eins. Ich kann noch immer keinen ganzen Riegel Schokolade essen. Selbst bei meinen Kindern habe ich alles rationiert.

Wenn der Freund, mit dem mein Vater geflohen war, oder andere Freunde zu Besuch kamen, sprachen sie immer über den Krieg. Und die Frauen sprachen immer über die schweren Zeiten, die sie durchgemacht hatten. Als kleines Kind sitzt man einfach da und hört sich all die schrecklichen Dinge an, die sie erlebt haben. Ich schätze, es war das einzige Thema für sie. Das war bei vielen Leuten so. Doch nach einer Weile vergißt man die Geschichten. Zwei, drei Jahre nach dem Krieg versiegten sie allmählich. Es hatte keinen Sinn mehr, diese Sachen auszugraben. Wir konnten nichts mehr daran ändern. Dennoch, wenn ein alter *Kriegskamerad* kam, sprachen sie über die gemeinsame Vergangenheit.

Mein Vater war in Rußland an der Front gewesen. Dann auch in Frankreich. Ich glaube, dort wurde er gefangengenommen, denn ich habe einen Brief von ihm, den er als Kriegsgefangener schrieb. Er wurde in Frankreich aufgegeben. Er wurde 1940 eingezogen. Ich fand es heraus, weil ich sein *Soldbuch* besaß. Es enthielt sein

Foto und die Urlaubszeiten. Ich stellte fest, daß er einmal verwundet worden war.

Nachdem ich Deutschland verlassen hatte, sprachen wir nicht mehr viel darüber. Sicher, wenn ich später nach Hause kam, fragte ich nach Hitler, und mein Vater sagte nur: »*Ach, der war verrückt. Wahnsinnig. So viele Menschen umzubringen!*« Doch das war es dann auch schon. Meistens ging es nur um den Krieg und seine Erlebnisse dabei. Mit den Frauen war es genauso. Ansonsten wurde nicht viel darüber gesprochen. Beinahe jeder sagte damals: »Hitler wurde *größenwahnsinnig*. Der Anfang war in Ordnung. Er hat zuerst so viel für die Deutschen getan. Und er hat die *Autobahnen* gebaut. Doch dann ist es ihm zu Kopf gestiegen.« Diese alte Geschichte, die man immer hört ... ein Teil davon stimmt.

Ich würde sagen, es gab Leute, die Bescheid wußten, aber da waren so viele, die es nicht wußten, und so viele, die nicht glauben konnten, daß so etwas möglich sei. Ich bin sicher, meine Eltern wußten nicht, daß viele Juden getötet wurden. Bevor sie nach Berlin zogen, hatten sie in einer kleinen dörflichen Gemeinde gelebt, wo solche Nachrichten meist nicht hindrangen. Ich denke nicht, daß sie von Konzentrationslagern wußten und dem, was mit Millionen von Juden geschah. Mein Vater war bloß *Gefreiter*. Und dann Unteroffizier. Er wurde einfach eingezogen. Er hatte in der Armee nichts zu sagen. War wohl nur einer von denen, die mitlaufen müssen. Meine Eltern kannten Leute, die aus ihren Häusern geholt und irgendwohin gebracht wurden, aber ich denke nicht, daß sie glaubten, sie würden vergast oder so.

Denn als normal denkender Mensch, meine ich, kann man solche Dinge nicht begreifen. Und wenn man sich wirklich nicht in der Politik auskennt, könnte man sagen: *Nein, das ist nicht möglich.*

Doch es war möglich.

Und dadurch fühlt man sich irgendwie schuldig.

In einer großen Stadt wie Berlin war nach dem Krieg die Kriminalität sehr hoch. Kinder verschwanden. Mädchen wurden vergewaltigt. *Ja.* Wir waren immer auf der Hut. Man mußte vorsichtig sein. Ich haßte es, in den dunklen Keller zu gehen. Ich hatte solche Angst, jemand würde mich anfallen. Ich wuchs verängstigt auf, ließ mich leicht einschüchtern. Laute Geräusche erschreckten mich.

Wir lebten im amerikanischen Sektor. Damals gab es noch keine Mauer. Die Straße ging durch. Auf der anderen Seite war der Osten. Sie hatten Ost-*Mark*, wir West-*Mark*. Sparsam wie meine Mutter war, schickte sie Grete und mich – die Kleinste war noch zu jung – nach Ost-Berlin, um dort Kartoffeln und Brot zu kaufen, weil es viel billiger war. Ich hatte immer Angst, erwischt zu werden. Wir mußten Schlange stehen. Und alles nach Hause tragen. Es war nicht gerade um die Ecke, das können Sie mir glauben. Mindestens fünfundvierzig Minuten. Die meisten Leute machten das. Vor allem, wenn man gleich auf der anderen Seite wohnte. Doch sie schickten nicht ihre Kinder los. Ich denke, meine Mutter fand nichts dabei, uns zu schicken. Sie dachte, kleinen Kindern würde man nichts tun. Ich verabscheute das. Wirklich. Wenn ich sah, wie das Brot weniger wurde, wußte ich, daß es bald wieder nach Ost-Berlin ging. Das war grausig.

Meine Eltern sagten immer zu uns: »Wenn sie euch fragen, sagt einfach, ihr lebt in Ostdeutschland.« Doch einmal wurden wir erwischt. Meine Schwester und ich mußten mit dem Zug zum Garten meines Onkels fahren, der außerhalb von Berlin lag. Es war ziemlich weit. Man konnte nicht zu Fuß gehen. Auf dem Rückweg zum Bahnhof fing es an wie verrückt zu regnen. Wir trugen Jäckchen, die wir uns über den Kopf zogen. Jede von uns hatte einen Rucksack und ein *Körbchen*, das mit Obst gefüllt war. Am Bahnhof waren ostdeutsche Grenzsoldaten und zwei Russen mit Gewehren. Sie fragten uns, wohin wir wollten. Also trugen wir die kleine Lüge vor – wie meine Mutter uns gesagt hatte. Ich schätze, sie wußten, daß wir logen. Sie hielten uns eine Predigt. »Ihr dürft nicht lügen. Laßt euch hier nie wieder blicken.«

Meine Eltern haben sich wohl entschlossen, uns nicht mehr zu schicken. Ich habe mit meinen Kindern darüber gesprochen. Ich glaube nicht, daß ich das von ihnen verlangt hätte. Ich wäre zu beschützend, zu besorgt gewesen. Als ich meiner Mutter das erzählte, sagte sie: »Ich hatte anderes zu tun, während ihr unterwegs wart.«

Die Russen zogen einen Blockadering um die ganze Stadt, um auf diese Weise die westlichen Truppen zu vertreiben. Doch die Amerikaner flogen mit Hilfe Kanadas, Frankreichs und Großbritanniens Nahrungsmittel und Kohle ein – alles, was wir brauchten. Diese Flugzeuge taufte man *Rosinenbomber*, weil sie anscheinend auch Rosinen transportierten. Wenn ich mich nicht irre, landete alle drei Minuten eines dieser Flugzeuge, um die Stadt am Leben zu erhalten. Sie haben das fast ein Jahr lang gemacht. Die Berliner Luftbrücke. Das war ein riesiges Unternehmen. Eine ganze Stadt mit zweieinhalb Millionen Einwohnern am Leben zu erhalten. Zu ernähren und zu kleiden. Genau.

Schweigen in der Schule.

Während der Grundschulzeit sprach niemand über den Krieg. Doch als wir auf die höhere Schule kamen, war es soweit. Nicht umfassend, aber wir erfuhren Tatsachen. Wir sprachen monatelang über andere Länder. Ich wußte viel über Amerika, über Griechenland. Aber Deutschland … das war immer sehr knapp. Selten wurde erwähnt, wie viele Juden in diesem Krieg gestorben waren.

Ich wählte Englisch und Französisch. Einmal fuhr ich nach Spanien, das war wunderbar. Wir hatten eine französische Lehrerin. Madame Souchons. Ich glaube, sie war mit einem Deutschen verheiratet. Ihr Haus wurde bombardiert, und ihr Mann starb. Sie lag eine Woche unter den Trümmern, bis man sie fand. Sie war verbrannt. Das konnte man sehen. Ihr Gesicht … Sie hatte Beine wie Stöcke. Und ihr Haar war weiß. Gelegentlich sprach sie darüber. Doch niemand dort wollte wirklich etwas Schlechtes über die Hitlerjahre sagen. Das konnte sie in ihrer Position wohl ohnehin nicht. Sie ist mir im Gedächtnis geblieben, weil sie dies durchgemacht und sich trotzdem entschieden hatte, in Deutschland zu bleiben und deutsche Kinder Französisch zu lehren. Das fand ich bemerkenswert.

Um die Zeit meines Schulabschlusses herum lasen wir *Das Tagebuch der Anne Frank*. Ich glaube, damals fing man wirklich an, darüber zu sprechen. Ich holte mir aus der Bibliothek weitere Bücher über den Holocaust. Damals waren wir uns dessen also bewußt. Als wir unseren Schulabschluß machten, schenkte uns der Bürgermeister dieses kleine Buch von Lucie Adelsberger: *Auschwitz: Ein Tatsachenbericht*. Ich habe es noch immer. In dem Buch stand, wir dürften nie vergessen, was geschehen ist, und daß die Berliner Jugend keine unpolitische Haltung einnehmen solle. Wegen des Bürgermeisters wurde das Bewußtsein an den Schulen ein wenig geweckt. Vielleicht war er Jude, das weiß ich nicht so genau.

In einem unserer Theater spielten sie das Stück *Das Tagebuch der Anne Frank.* Es hat mich tief beeindruckt. Ich fühlte mich schrecklich, als ich das Buch las und es ihm Theater sah. Selbst heute noch fühle ich mich irgendwie schuldig. Vielleicht überträgt sich die Schuld auf mich. Weil ich Deutsche bin. Die meisten Leute, denen ich begegne, sagen nichts dazu. Sie wissen, daß ich zu jung war. Daß ich mit den Geschehnissen damals nichts zu tun hatte. Dennoch fühle ich mich manchmal unbehaglich. Manche Deutschen sagen mir, ich sei albern, dennoch fühle ich mich schuldig. Und ich glaube, deshalb war ich auch froh, als ich Deutschland verließ. Deshalb genieße ich mein Leben in den USA.

Es ist nicht so, als wollte ich alles Deutsche in mir ablegen. Ich koche deutsche Gerichte. Meine beiden Kinder sprechen Deutsch. Ich habe es bewahrt, weil es nichts mit dem Krieg und Hitler zu tun hat. Viele Frauen, die herkamen, brachten ihren Kindern gar kein Deutsch bei. Doch ich wollte, daß sich meine Kinder mit ihren Großeltern unterhalten könnten, wenn wir nach Deutschland fuhren. Tief im Inneren bin ich wahrscheinlich immer noch Deutsche. Doch ich trage mein Deutschsein nicht zur Schau oder sage: »Oh, ich komme aus Deutschland.« Bei Leuten, die ich kenne, tue ich es schon. Doch ich würde es nicht zu offen zeigen, weil ich dachte: *Sie geben alle mir die Schuld.* Die meisten Leute würden das wahrscheinlich nicht tun, aber einige doch. Ich dachte: *Vielleicht sind das die Leute, die mich angreifen, weil ich Deutsche bin, weil sie großen Kummer erlitten haben oder weil jemand starb.* Man kann ihnen keine Vorwürfe machen, wenn sie jüdischer Herkunft sind.

Nach der zehnten Klasse begann ich eine Lehre in einem Büro. Innerhalb von zwei Jahren war ich Büroassistentin. In diesem Beruf arbeitete ich, bis ich meinen Mann, den amerikanischen Soldaten, kennenlernte. Damals hatten Soldaten keinen allzu guten Ruf. Mädchen, die mit Soldaten gingen, galten irgendwie als – wie sagt man – locker. Meine jüngste Schwester hatte eine Freundin, und sie ging mit ihr in Nachtclubs tanzen, die amerikanische Soldaten besuchten. Sie amüsierten sich herrlich.

Da war ich nun, diese gute Deutsche. Ich war mit einem Deutschen verlobt, merkte aber – zum Glück –, daß er nicht der Richtige war. An einem trüben Novembersonntag gab ich ihm den Ring zurück. Meine Schwester bat mich, ihre Freundin Monika im Krankenhaus zu besuchen. Diese Monika hatte einen amerikanischen Freund, und einer seiner Freunde fuhr ihn zum Krankenhaus. Das war mein zukünftiger Ehemann – wir lernten uns im Krankenhaus kennen. Ich hatte natürlich mein bißchen Schulenglisch – viele Vokabeln und Grammatik –, konnte aber nicht besonders gut sprechen.

Als der Besuch vorbei war, fragte mich dieser amerikanische Soldat – sein Name war Stan –, ob ich mit ihm zum Bingospiel in einen Club gehen wolle. Meine Schwester sagte: »Geh doch mit.« Trotz meiner Ansichten über Mädchen, die so etwas taten, war ich in diesem Augenblick irgendwie leichtsinnig. *Ja.* Ich sagte: »Wieso nicht?« Er ging mit mir essen, und dann spielten wir Bingo. Es war sehr aufregend. Nach sechs Wochen schenkte er mir eine Halskette. Dann fragte er mich, ob ich ihn heiraten wolle. Ich dachte: *Wieso nicht?* Tief drinnen wollte ich weg. Amerika hatte mich schon immer fasziniert, der Westen, wissen Sie.

Meine Verlobung und Heirat fanden in dem Jahr statt, als Kennedy nach Berlin kam und seine berühmte Rede hielt: »*Ich bin ein Berliner ...*« Ich sah ihn auf der Straße, hätte ihm beinahe die Hand schütteln können. Doch ich war immer sehr schüchtern, weil wir zu Hause nicht selbstbewußt aufzutreten pflegten. Ich war so fasziniert. Und ich mochte den Mann wirklich. Die Leute bei der Arbeit sagten: »Oh, *dein* Präsident ...« Es war alles so neu und aufregend.

Ich beschloß, mein erstes Kind solle in Berlin geboren werden. Und es hat auch geklappt. 1965, als mein Sohn Ryan sechs Monate alt war, fuhren wir mit dem Schiff, einem Truppentransporter, in die Staaten. Zuerst waren wir in Georgia stationiert und blieben dort fast zwei Jahre. Meine Tochter Cecilia wurde dort geboren. Dann zogen wir ein paarmal innerhalb der Staaten um. Immer an der Ostküste. Maryland, New Jersey. Ich habe nur gute Erinnerungen an das Militärleben. Mein Mann war nur Sergeant, als wir heirateten, dann wurde er Staff Sergeant, aber wir lebten ganz gut, und die Gesundheitsversorgung war erstklassig. Mir machte das Umziehen nichts aus, da ich gern neue Orte kennenlernte. Meine Kinder gewöhnten sich von klein auf daran.

Als mein Mann nach Korea mußte, hätte ich zu seiner Mutter ziehen können. Aber ich beschloß, nach Deutschland zurückzukehren. So konnte ich mein Versprechen an meine Eltern erfüllen: »Ihr werdet eure Enkel sehen.« Wir verbrachten ein schönes Jahr in Berlin. Meine Kinder wuchsen als Deutsche auf. Mit der Sprache und so. Mein Mann hatte vermutlich Glück, daß sie ihn nicht nach Vietnam schickten. In Korea wurde zu dieser Zeit eigentlich nicht mehr gekämpft. Und ich fürchtete nicht einmal, er könne verletzt werden, da er Funker war.

Nach seiner Rückkehr waren wir in Pirmasens bei Kaiserslautern stationiert. Also blieben wir weitere vier Jahre in Deutschland. Die Kinder wurden dort eingeschult. Ich besuchte gern meine Eltern und Geschwister und Verwandten und genoß es, den Kindern Deutschland zu zeigen, damit sie wußten, woher ich komme. Doch die Lebensweise sagte mir nicht zu. Ich war an unser Leben in Amerika gewöhnt, wo alles frei und offen zuging und man sich wohl fühlte. In Deutschland lebte man in einer Wohnung. Wenn man einkaufen ging, mußte man alles tragen. Hier nahmen wir einfach das Auto und machten einmal in der Woche einen Großeinkauf. Dort mußte man die Kinder und den Buggy die Treppen hinauf- und hinunterschleppen, wenn man spazieren gehen wollte. Hier braucht man nur aus dem Haus zu gehen. Ich denke, wir hatten Glück. Wir lebten in den Staaten immer in einem Haus, und die Kinder hatten einen großen Hof zum Spielen. Dort mußte man in den Park gehen. Die Bequemlichkeit – das ist hier so toll. Bequemlichkeit, Komfort und die ganze Lebensweise.

1972 zogen wir um nach Arizona. Da wir so nah an der mexikanischen Grenze lebten, sagte ich: »Ich würde gern mit den Leuten dort sprechen können.« Daher belegte ich alle möglichen Spanischkurse. Ich habe immer gern Sprachen gelernt. Ich reise ungern in Länder, wo ich nichts und niemanden verstehen kann.

Seither habe ich immer in Arizona gelebt. Ich blieb zu Hause, während die Kinder klein waren. Ich wollte wissen, wann sie nach Hause kamen. Ich wollte wissen, wie sie ihren Tag verbracht hatten. Ich wollte da sein, wenn es Probleme gab oder sie jemanden brauchten. Als sie auf der High School waren, wurde ich rastlos. Wollte ein bißchen mehr tun. Also arbeitete ich ehrenamtlich in der Bibliothek, da ich immer Bücher, Bilder und Musik geliebt habe. Als sie mehr Hilfe brauchten, nahm ich eine Halbtagsstelle an. Ich wollte nicht ganztags arbeiten,

weil meine Kinder noch zu Hause wohnten. Die Bibliothek war wie für mich geschaffen, weil es mir dort so gut
gefiel. Ich sagte zu meinen Kindern: »Sucht euch einen
Job aus, der euch gefällt. Nichts ist schlimmer, als wenn
man morgens aufsteht und sagt: ›Ich muß jetzt arbeiten
gehen.‹«

Es gab da einige alte Männer, die in die Bibliothek kamen und sagten: »Sie sind aus Deutschland. Sie kennen
die Nazis. Sie wissen, was sie getan haben.« Doch das
war es auch schon. Sie waren nicht unfreundlich zu mir,
doch sie ließen mich spüren: *Du bist Deutsche.* Ich vermute, sie waren im Krieg dort drüben gewesen. Doch
die meisten Leute kamen und probierten ihr Deutsch bei
mir aus. Und die meisten sagten, daß sie Deutschland
mochten und daß die Menschen dort so nett seien.

Einmal arbeitete ich in der Bibliothek, als dieses junge
Mädchen, die Stieftochter einer Kollegin, hereinkam
und mich fragte: »Sind Sie ein Nazi?« Ich sagte: »Nein.
Wieso?« Da sagte sie: »Sie sind Deutsche.« Also antwortete ich: »Nur weil ich Deutsche bin, bin ich noch lange
kein Nazi. Ich war damals ein Baby. Ich hatte wirklich
nichts damit zu tun.« Später entschuldigte sie sich dafür.
Anscheinend hatten sie in der Schule gerade über die
Hitlerjahre gesprochen. Doch damals traf es mich tief.
Ich meine, sie war ein Kind, ein Teenager. Dennoch – es
gibt Menschen, die so denken.

Meine Ehe lief nicht so gut, wie ich gehofft hatte, und
nach einer Weile beschlossen wir, uns zu trennen. Stan
ging wieder nach Deutschland und von dort aus nach
Panama. Damals wußte ich schon, daß ich nicht zu ihm
zurück wollte. Ich hatte Clifford kennengelernt, und
Stan willigte in die Scheidung ein. Wenn er in der Nähe
war, luden wir ihn immer zu den Geburtstagen der Kin-

der ein. Eine Scheidung ist sehr schwer, auch wenn sie in beiderseitigem Einvernehmen vollzogen wird. Man hat diese Schuldgefühle. Für die Kinder war es so einfacher. Ich hielt es für wichtig, daß sie ein gutes Verhältnis zu ihrem Vater aufrechterhielten. Er verbrachte sogar noch Weihnachten mit uns, nachdem Clifford und ich geheiratet hatten. Wenn er an seinem Geburtstag in der Stadt war, kauften wir ein Geschenk für ihn. Er war beim Schulabschluß der Kinder, und nachher fuhren wir alle zu uns nach Hause. Clifford war wunderbar und hatte nichts dagegen, wenn Stan kam. Mein erster Mann ist jetzt tot. Er starb vor drei Jahren. Dieser Alkohol …

Auch Clifford ist ein sehr netter Mann. Glücklich verheiratet … ja, das bin ich. Ich habe bei der Wahl meiner Ehemänner Glück gehabt. Clifford und meine Kinder haben eine wunderbare Beziehung zueinander. Als Cecilia auf der High School war, sagte ich zu ihr: »Geh aufs College und reise, wenn es geht. Sieh dir die Welt an. Binde dich nicht, und heirate nicht.« Sie beschloß, in die Armee einzutreten. Sie ist eine sehr gute Soldatin. Zum Glück kam sie nach Deutschland. Das hatte sie sich gewünscht. Sie liebt Deutschland. So ein Zufall – ich kam mit vierundzwanzig nach Amerika; sie ging mit vierundzwanzig nach Deutschland.

Mein Sohn ist Computerprogrammierer und -analytiker. Ich war froh, als er einen Job in Tucson fand. Zum Glück wohnen wir in der Nähe, vor allem jetzt, wo das Enkelkind unterwegs ist. Ryans Hunde haben beide deutsche Namen. Einer heißt Bismarck, damit kann ich leben. Doch was glauben Sie, wie er den anderen genannt hat? Rommel. Sagen wir mal, Rommel war ein guter Deutscher. Er war kein böser Nazi. Doch es gefällt mir trotz allem nicht. Ich sagte: »Ryan, was denkst du dir eigentlich dabei? Wenn Leute dich das rufen hören, meinen sie, du wärst ein Nazi – mit deiner deutschen Herkunft.« Und er sagte: »Mutter, so denken sie nicht.« Die meisten wahrscheinlich nicht, aber meiner Ansicht nach ist es noch tief verwurzelt.

Wissen Sie, wenn man aufwächst, denkt man nicht wirklich über den Krieg nach. Weil man *in* diesen Zeiten lebt. Man lebte einfach von Tag zu Tag. Man erfuhr nur Bruchstücke. Man kannte nicht die ganze Geschichte. Es war einfach das Leben. So war es. Selbst wenn es an vielem mangelte – man bemerkte es nicht, weil man es nicht anders kannte. Bei Leuten, die bei Kriegsausbruch schon im Teenageralter gewesen waren, sah es anders aus. Wir aber wuchsen von Tag zu Tag damit auf und dachten eigentlich nicht an dieses Schreckliche, das mit Deutschland geschah. Wir waren nur Kinder.

Wie gesagt, es ist schade, daß man all die Geschichten vergißt, die der eigene Vater einem erzählt hat. Zuerst denkt man nicht daran, sie aufzuschreiben, weil alles so normal erscheint. Damals redete jeder so. Man glaubte nicht, daß man sich einmal daran erinnern *müsse.*

HANS-PETER

Geboren: 1945
Alter zum Zeitpunkt der Immigration: 8

Es ist mein Erbe – doch ich hatte keinen Einfluß darauf

Mein ganzes Leben lang mußte ich mir alles erarbeiten, und ich fühle mich darin anderen ein wenig voraus. Ich versuche, mir Dinge auszudenken, die in Zukunft geschehen werden. Planung und so etwas. Wenn man als junger Mensch viel herumgeschubst wird, strengt man sich um so mehr an, damit es nie wieder passiert.

Seit meinem Schulabschluß habe ich in der Buchhaltung gearbeitet. Zahlen haben mir immer gelegen. Ich arbeite für einen kleinen Einzelhändler in Maryland und bin dort ziemlich zufrieden. Unser Büro ist gemischt, es gibt dort viele Ausländer. Das Schwierige ist die Zusammenarbeit mit unserem Chef. Er hat diese Firma mit bloßen Händen aufgebaut und nie eine schulische Ausbildung durchlaufen. Er ist clever und versteht trotzdem nichts. Er hält wenig von den sogenannten Arbeitern. Ich mache viel im Personalbereich, habe mit Leuten zu tun, muß sie motivieren, während er bloß sagt: »Wenn es ihnen nicht paßt, dann vergiß es. Sie können gehen.« Das ist doch keine Antwort.

Er ist kein Christ. Er ist Jude. Ich arbeite seit acht Jahren mit dem Mann zusammen und empfinde immer

noch die tief verwurzelte Angst: *Gütiger Himmel hilf mir,*
falls er jemals herausfindet, daß ich Deutscher bin. Es ist
dumm. Doch es ist da, und es ist lebendig. Dieses große
Geheimnis. Jeder andere weiß Bescheid.

Falls meinem Arbeitgeber die Tatsache nicht paßt, daß
ich aus Deutschland komme, kann er mich feuern. Ich
bin sicher, irgendwo dort draußen gibt es jemanden, der
gefeuert wurde, weil er schwarz ist. Er könnte klagen –
aber einen Job hat er dann trotzdem nicht. Ich habe
schon oft mit Juden zusammengearbeitet, aber in eine
solche Lage bin ich noch nicht hineingeraten. Mein
Stiefvater arbeitete für einige und kam gut mit ihnen zurecht, doch er sagte immer: »Paß auf. Wenn du offen
deine Meinung vertrittst, werden sie ...« Ich weiß nicht,
wie ich es ausdrücken soll. Sagen wir, sie sind irgendwie
aggressiv, und bearbeiten andere, und wenn sie sie fertig
machen können, machen sie sie immer weiter und weiter fertig – dich, mich oder irgend jemand sonst. Ich
hörte meinen Stiefvater nur mit einem Ohr zu, doch
nachdem ich es selbst erlebt habe, muß ich sagen, es
stimmt. Weil sich mein Arbeitgeber beleidigend verhält
– nicht nur mir, sondern auch anderen gegenüber. Und
wenn sie sich beugen, macht er sie nur noch mehr fertig.
Es ist komisch – ich lebe sozusagen im Verborgenen,
weil mein Arbeitgeber mein ganzes Leben beeinflussen
kann. Obwohl ich seit acht Jahren für diesen Mann arbeite und ihn in- und auswendig kenne, ist da noch eine
Seite, die ich noch nicht kenne.

Vielleicht hat er da drüben Angehörige verloren ...

Ich habe in der Bücherei über den Holocaust gelesen.
Ich lernte durch das Lesen von Geschichtsbüchern mehr
als durch alles andere. Es war das Furchtbarste, das ich
je gehört, gelesen, gesehen hatte. Es war abscheulich.

Ich wurde fast verrückt, weil es passiert war. Es ist mein Erbe, doch ich hatte keinen Einfluß darauf. Ich habe nicht daran teilgenommen, lebe aber mit dem Gefühl. Es lag jenseits meiner Kontrolle. Und doch fühle ich, daß meine Familie oder Freunde meiner Familie beteiligt waren oder jemanden gekannt haben müssen, der beteiligt war.

Mein Stiefvater diente an der russischen Front, und er erzählte viel über die Armee in diesen eiskalten Wintern. Doch schien es nicht so sehr mit den Nazis als eher mit der Armee zu tun zu haben. Sie waren dort draußen, um zu kämpfen. Hörten kaum Propaganda. Mein Onkel war bei der *Luftwaffe* und wurde über Rußland abgeschossen. Sie ließen ihn 1949 frei. Wieder ging es dabei nicht so sehr um die Nazis. Es ging eher um die Lebenssituationen, wie man kämpft und überlebt, während man in Rußland gefangen ist. Wenn es keine Nahrung gab, aß man alles, was man in die Hände bekam, wie Gras und Insekten. Er hatte so ein Rezept – er machte selber Wein, der den Russen schmeckte, so daß sie sich etwas um ihn kümmerten. Sie hatten eine Nase für sowas.

Ich weiß nicht, wie viel damals durch die Zeitungen oder das Radio bekannt wurde, oder ob es weitererzählt wurde, doch ich bin sicher, daß die Leute viel mehr durchgemacht haben als ich. Ich stehe am anderen Ende dieser Generation, sozusagen auf der nächsten Stufe.

Mein Großvater wanderte 1924 in die Vereinigten Staaten ein und brachte meinen Vater mit. Also haben wir hier Wurzeln. Mein Vater kehrte nach Deutschland zurück, um die Schule zu beenden, kam dann wieder nach Maryland. In den frühen dreißiger Jahren ging er erneut nach Deutschland, lernte meine Mutter kennen, heiratete sie und brachte sie mit. Bis 1939 führte er ein erfolgreiches Geschäft hier in Maryland. Alles war bestens. Ich weiß nicht genau, ob er je amerikanischer Staatsbürger war. Ich denke nicht, denn als 1939 der Krieg ausbrach, sperrten sie ihn bis 1945 ein. Es gibt viel mehr Artikel über internierte Japaner. Über deutsche Gefangene hört man kaum etwas.

Aus irgendeinem Grund wurde meine Mutter nicht inhaftiert. Das erste Internierungslager, in das mein Vater kam, lag auf Ellis Island. Dann Kentucky. Louisiana. Sie ließen einen nie lange am selben Ort – mal sechs Monate hier, mal sechs Monate da. 1945 wurden meine Eltern gegen Amerikaner ausgetauscht, die in Deutschland inhaftiert waren, und sie kehrten heim nach Deutschland. Damals stand alles unter Besatzung. Ich wurde 1945 in Ravensburg in der französischen Zone geboren.

Mein Vater war sehr streng und hart. Deshalb hat meine Mutter ihn letztlich wohl verlassen. Er saß beim Abendessen und fing urplötzlich an, mich, meinen Bruder und meine Mutter zu schlagen. Man sah seine Fäuste fliegen, und damit war das Abendessen zu Ende. In jenen Jahren wurde das gebilligt – es war irgendwie normal. Heutzutage würde man es als Mißhandlung betrachten. Es tat weh. Es erschien falsch. Doch in diesem Alter weiß man nicht, wie man so etwas ändern kann. Ich ging dann weg von alldem, hin zu diesem Obstgarten in unserer Straße, schlüpfte mit einem Nachbarsjungen hinein, der so alt war wie ich, um Obst zu essen.

Meine Eltern ließen sich 1950 scheiden. Meine Mutter lernte einen Bauingenieur kennen, und sie heirateten. Meine Tante, die sich sehr um mich kümmerte, war der Meinung, mein neuer Stiefvater habe meine Mutter nicht verdient, und rastete aus. Sie entführte mich einfach, und ich lebte drei Monate lang bei ihr, während meine Mutter mich suchte. Schließlich entführte mich mein Onkel und brachte mich weg von meiner Tante. Es geschah mitten in der Nacht. Meine Mutter wartete draußen. Sie lacht jetzt darüber. So etwas geschieht und läßt sich nicht ändern – man muß es einfach akzeptieren.

Mein Stiefvater war noch nie in Amerika gewesen, doch er hatte viel von den Möglichkeiten gehört und wie schön es dort war. Ich war acht, als wir 1953 in die USA immigrierten. Wir besaßen einen Bürgen in Maryland, ein paar Koffer, vierundsechzig Dollar in der Tasche und die Kleider auf unserem Leib. Wir kamen im Hafen von New York City an und sahen die Freiheitsstatue. Das war eine neue Erfahrung. Es sah aufregend aus. In diesem Alter weiß man noch nicht genau, weshalb man hier ist.

Wenn man einwandert, wird man ein anderer Mensch.

Ich bin sicher, daß die Einwanderung jeden beeinflußt. Ich sollte in die zweite Klasse kommen, doch da ich kein Englisch sprach, schickte man mich zurück in die erste. Es war eine katholische Schule. Wenn man im Unterricht unaufgefordert sprach, schlugen einen die Nonnen mit einem Regenschirm auf den Kopf. Sie hatten viele Riemen ... Lederriemen. Man mußte die Hand ausstrecken, und sie schlugen einem auf die Hand. Man lernte sehr schnell, was man tun durfte und was nicht.

Ich wuchs in einer grauenhaften Umgebung auf, weil diese Anti-Nazi-Sache lief, und erlitt viele verbale und körperliche Mißhandlungen. Ich vermute, die Schüler erzählten ihren Eltern, daß ein Deutscher in der Schule war, und die Eltern sagten dann: »Nun, er ist ein Nazi.«

Es war nicht die Schuld der Kinder – sie nutzten nur die Gelegenheit.

Ich spüre eine Verbindung zu Schwarzen, weil man auch mir Vorurteile entgegenbrachte. Ich meine, ich war kein Sklave, aber ich habe im Leben einiges durchgemacht. Für mich waren es die Anfangsjahre dieser Verfolgung – daß man ein Nazi ist und mit Steinen beworfen wird, aber nicht weiß, wieso – und das tat weh. Schwarze machten viel durch, ich auch. Ich finde, wir sind gleich. Ich sehe nicht auf sie hinab und hoffe, sie sehen auch nicht auf mich hinab, obwohl der Durchschnittsamerikaner es wohl anders betrachten würde.

Ich war eine Art Einzelgänger und ging zwischen der fünften Klasse und der High School zu den Pfadfindern. Das half mir bei der sozialen Interaktion. Es war toll. Ich liebe Tiere und die Natur. Einmal im Monat schliefen wir im Wald. Manche der Anführer brachten uns Sachen bei, zum Beispiel was man tut, wenn man beim Wandern auf eine Schlange stößt. Die Pfadfinder haben mich stark beeinflußt, und ich wuchs mit dem Motto *Liebe deinen Bruder und hilf anderen* auf. Ich denke eigentlich über niemanden negativ.

Fußball war der Höhepunkt meiner Jugend. In Deutschland spielten wir mit einem Tennisball auf der Straße, weil wir keinen Fußball hatten. Hier im Fußballverein spielten ein paar Italiener, ein paar Schotten, aber hauptsächlich Deutsche. Also spielte man nicht nur Fußball, man kam auch mit anderen zusammen. Das hat mich in meiner Identität bestärkt – ich war nicht nur ein sogenannter amerikanischer Einwanderer, sondern einer von vielen anderen Einwanderern aus Deutschland. Wir hatten dieselben Wurzeln. Und wir waren hier.

Währenddessen fuhr ich jeden Sommer nach Deutschland. Als meine Mutter und mein Stiefvater älter wurden, schickten sie mich regelmäßig zu Verwandten. Dort erfuhr ich zwischen der vierten und achten Klasse mehr über Deutschland. Ich sah, wie meine Verwandten lebten und was sie beim Wiederaufbau leisteten. Nazis begegnete ich nicht. Kaum jemand sagte etwas. Es war, als sei es nie geschehen.

Ich sehe diese Skinheads in Deutschland, die am liebsten die Geschichte umschreiben möchten, und das ergibt für mich keinen Sinn. Ich meine, sie ignorieren, daß etwas geschehen ist. Das ist wirklich krank. Um der Opfer und aller anderen willen dürfen wir es nie vergessen. Doch wir müssen es auch nicht immer und immer wieder hören. Gerade im Moment gibt es so viele Sendungen, über den Ersten Weltkrieg, den Zweiten Weltkrieg oder Vietnam. Ich habe mir so etwas seit Jahren nicht mehr angesehen. Meine Mutter und mein Stiefvater empfinden ebenso. Es gibt einen gewissen Teil an Geschichte, den ich kennen möchte. Ich glaube nicht, daß es ein richtiges Gleichgewicht zwischen zu viel und zu wenig Wissen gibt – es liegt alles im Herzen.

Ich fühle mich wohl, wenn ich einen Fremden treffe und sage: »Ich komme aus Deutschland.« Jetzt ist es etwas Besonderes. Ich bin reifer geworden. Es vergehen Jahre, bis sich die Lebensanschauungen verändern. Ich bin einfach lockerer geworden und akzeptiere es und mache etwas Nützliches daraus. Meine Mutter und mein Stiefvater leben ungefähr eine Stunde von hier, und wir sehen uns mindestens einmal pro Woche, doch wenn ich in den fünfziger oder sechziger Jahren mit ihnen essen ging, fühlte ich mich schrecklich, weil sie einen Akzent hatten. Und dann dachte ich immer: *Schon wieder. Die Leute werden uns ansehen und sagen: »He, woher kommen die denn?«* Damals war Deutschsein etwas Negatives, Entsetzliches, eine dunkle Wolke.

Damals war meine Mutter jung und voller Energie. Sie war in Deutschland auf einem Bauernhof aufgewach-

161

sen. Sie übernahm die seltsamsten Jobs, um Geld für uns zu verdienen. Ich sah sie immer arbeiten und besitze das gleiche Arbeitsethos. Ich stand ihr sehr nahe. Sie war ein Schatz. Sie liebte Tiere, sie liebte Menschen und machte alles mit. In den späten Fünfzigern leitete sie eine Autowaschanlage. Diese kleine blonde Frau war nett zu den schwarzen Arbeitern, aber auch energisch.

Ich ging aufs örtliche College und lebte zu Hause. 1968 machte ich meinen Abschluß. Ich war sehr gegen den Krieg eingestellt, und ein paar Freunde und ich nahmen in Washington an vielen Massenkundgebungen teil. Ich sagte mir: *Wenn sie mich nach Vietnam schicken wollen, gehe ich nicht hin.* Es hatte zum Teil damit zu tun, daß ich ein bißchen über die Ereignisse in Europa wußte. Für mich ergab es keinen Sinn, Soldaten nach Vietnam zu senden. Ich machte die Tauglichkeitsprüfung und wurde als 4F eingestuft. Ich hatte ein Herzgeräusch, doch mein Herz muß ziemlich brauchbar gewesen sein, da ich noch immer Fußball spiele. Drei meiner Freunde wurden eingezogen und gingen lieber nach Kanada, als zu dienen. Sechs meiner Freunde gingen nach Vietnam, und drei kamen zurück – einer hatte ein Bein verloren.

1968 fing ich als Buchprüfer bei einer großen Firma an, und sie schickten mich nach Südamerika, Europa, Australien, Montreal und in den Westen. Dazu kam es, weil ich mehrere Sprachen spreche – Deutsch, etwas Französisch und ein bißchen Spanisch.

Ich heiratete spät – mit achtundzwanzig –, weil ich eigentlich jemanden aus Europa heiraten wollte. Ich war der Ansicht, ich müsse dies tun. 1971 lernte ich meine zukünftige Frau kennen. Sie ist Amerikanerin. Nachdem wir drei Monate verheiratet waren, schickten sie mich nach Deutschland, und sie ging mit. Sie arbeitet auch hart. Sie hat einen Job in der Schule. Nach der Geburt des zweiten Kindes studierte sie. Wir haben eine großartige Beziehung. Wir streiten uns wegen Kleinigkeiten, doch insgesamt stehen wir voll zueinander. Wir haben die gleichen Theorien über die Erwartungen, die wir an unsere Kinder und aneinander stellen. Mir bedeutet es viel, sich zu vertragen, anstatt sich Tag und Nacht zu streiten. Wir möchten, daß es unseren Kindern besser geht als uns. Nicht nur im materiellen Sinn. Es geht auch um die Ausbildung. Wir wollen glücklich und erfolgreich sein und eine nette Familie haben.

Tracy ist gerade auf dem College, und Jennifer besucht die dritte Klasse der High School. Ich habe viel von meinem eigenen Vater geerbt, denn ich war Tracy gegenüber sehr streng. Es fing an, als sie sieben war und ihrer Mutter gegenüber frech wurde. Ich schlug sie ein paarmal und schrie sie an. Viel davon geschah aus dem alten deutschen Gefühl heraus. Ich dachte, sie solle so und so sein und es gäbe keinen anderen Weg. Später denkt man dann: *Das war wirklich dumm.* In ihrem letzten Jahr auf der High School gerieten wir ganz schön aneinander, doch im ersten College-Semester machte sie eine völlige Kehrtwendung und respektierte uns. Als sie älter wurde, vertrugen wir uns und erkannten an, wer wir sind und wie es läuft. Bei meiner zweiten Tochter Jennifer war es das genaue Gegenteil. Sie war sehr freundlich und offen und nie frech zu uns, was es uns allen leichter machte.

Ich habe das oft bei Freunden beobachtet – sie sind zu ihrem ersten Kind wirklich streng. So war es auch bei meinem Vater, der wieder heiratete und drei Söhne bekam. Es ist komisch – mit mir und meinem Bruder war er sehr streng, bei seinen nächsten Söhnen entspannte er sich und änderte sich total, was viel besser für ihn ist.

Als ich in Mexiko arbeitete, erkannte ich, wie kostbar die Freiheit ist. Sie schwimmen durch den Rio Grande oder so, um in die Freiheit zu gelangen. Und ich glaube, es geht nicht nur um materielle Dinge. Es hat viel mit der Lebensweise zu tun. Wenn man in Vietnam eingesperrt war oder noch immer im Feld vermißt wird, wo bleibt dann die Freiheit? Man sollte einmal darüber nachdenken. Seien wir ehrlich – hier in Amerika gibt es viel Angenehmes, das wir als selbstverständlich betrachten. Man darf wählen. Und es gibt Meinungsfreiheit. Wenn man nie die Freiheit erlebt hat, fällt es einem nicht auf. In Mexiko hatten wir Lagerarbeiter, die von der mexikanischen Polizei aufgegriffen wurden – Fragen wurden nicht gestellt. Wenn Elektroden bei Vernehmungen eingesetzt wurden, gestanden die Männer Dinge, die sie nicht getan hatten und wurden für viele Jahre eingesperrt. Hier gibt es wenigstens ein System und Gesetze.

Freiheit ist für mich, wenn jemand aus Ostdeutschland fliehen will.

Als ich mit meiner Frau in Deutschland war, sahen wir diese Minenfelder und Soldaten und Gräber von Leuten, die Ostdeutschland hatten verlassen wollen. Es hat mich wirklich berührt, daß Leute für die Freiheit ihr Leben aufs Spiel setzten. Wir haben hier den Vierten Juli. Was bedeutet er den Menschen? Daß man mit Freunden zusammen ist und mit Bier und Hamburgern feiert. Ist das Freiheit?

Ich denke viel über die Wiedervereinigung nach. Für mich war es ein Höhepunkt meines Lebens, daß ich miterleben konnte, wie diese Mauer fällt. Es fing damit an, daß Rußland zerbröckelte und nachgab. Meine Tante hat einen Sohn in Frankfurt, einen Anwalt, der ständig im ehemaligen Ostdeutschland zu tun hatte. Er sagte: »Sie wollen nicht arbeiten. Sie wollen alles umsonst haben und sind nicht so fleißig wie Westdeutsche.« Ich kann es ihnen nicht übelnehmen, weil sie so lange unter dem russischen System gelebt haben. Als ich in den Siebzigern dort war und mit Freunden sprach, sagten sie, es gäbe kein Essen und sie müßten für Brot anstehen. Dann fällt die Mauer und im Westen sagen sie: »Okay, jetzt seid ihr genau wie wir Westdeutschen.« Ich meine, sie lebten soundso lange ein bestimmtes Leben, und es ist *nicht* das gleiche. Allmählich gleicht es sich irgendwie an, aber sie sind noch immer nicht, was sie sein wollten. Man braucht eine Menge Geld und Jobs dafür.

Meine Frau und meine Kinder haben andere Dinge im Leben, aber sie sollen es nicht vergessen. Sie wissen, woher ich komme, und wer ich bin. Beim Älterwerden entwickeln meine Kinder mehr Verständnis für das, was dort drüben in den dreißiger und vierziger Jahren geschah. Für jüngere Studenten ist es wichtig, etwas über Geschichte zu erfahren. Ich sage zu meiner Familie: »Was geschehen ist, war verrückt, aber es ist geschehen. Hoffen wir bei Gott, daß es nie wieder passiert.«

Als ich dort drüben zu Besuch war, sah ich viele Ausländer, die die Straßen kehrten und lausige Jobs machten, die sonst keiner wollte. Viele von ihnen hatten Spanien und Jugoslawien verlassen und in Deutschland ein neues Leben begonnen. Ich glaube nicht, daß man sie ersetzen kann, weil die Gesellschaft diese Leute braucht. Jeder will bestimmte Arbeitszeiten und Lebensstile. Dennoch gibt es viele Gruppen, die die ausländischen Arbeiter hinauswerfen und nach Hause schicken wollen. Diese Situation birgt eine Menge Gewalt, und es könnte wieder von vorn anfangen – daß alles nur für blonde, blauäugige Deutsche da ist.

Ich hasse es, das zu sehen. Es ist so, als würde mich jemand von hier vertreiben, weil ich von dort komme.

SIGRID

Geboren: 1946
Alter zum Zeitpunkt der Immigration: 8

Die Gabe der Anpassung

Ich glaube, ich kann mit beinahe allem fertig werden.

Als mein zweiter Mann Mark im letzten Herbst an einem Herzstillstand starb, wußte ich nicht genau, wie ich weiterleben sollte, da er einfach der Mittelpunkt meines Lebens geworden war. Keine Frage, ich vermisse ihn schrecklich, aber ich überlebe. Dies gehört zu einer sehr langen Geschichte. Darin liegt meine Identität. Es ist das Wissen, daß man unglaublich deprimierende Zeiten überstehen wird, weil man es zuvor schon geschafft hat. Tief in mir weiß ich trotz aller Einsamkeit, daß ich überleben werde. Man braucht dazu weder Mutter noch Vater, da ich beides im Grunde nicht hatte.

Letztendlich braucht man niemanden dazu.

Ich bin deswegen nicht verbittert. Und es verleiht mir eine gewisse Stärke. Doch manchmal fürchte ich, ich könnte keine intimen Beziehungen eingehen, die diese tiefe Mitte erreichen. Wer seine gesamte Kindheit darauf ausrichtet, keine Beziehungen einzugehen, weil man leidet, wenn man ständig von anderen Menschen fortgerissen wird, der lernt, sich nicht zu binden. Andererseits hätte ich jemandem, den ich wie Mark liebe, nicht tiefer verbunden sein können.

Ich weiß also, wie man liebt.

Meine Mutter ist ein trauriger Mensch. Sie war im Grunde ein Kriegsopfer, da sie als Teenager miterlebte, wie Deutschland in die Finsternis stürzte. So viele Leben – Menschen, denen sie nahestand – wurden für immer zerstört. Ehen zerbrachen, Freunde, Verlobte und Brüder wurden getötet; Menschen begannen Affären und wurden schwanger.

Als meine Mutter dreiundzwanzig war, stellte man sie vor die Wahl, entweder in einer Munitionsfabrik oder als Sekretärin bei der Wehrmacht zu arbeiten. Sie war weder Mitglied der Nazi-Partei noch Sympathisantin. Doch sie sah keinen anderen Weg und ging zur Wehrmacht. In Jugoslawien lernte sie meinen Vater kennen, der in Belgrad stationiert war. Er war verheiratet und hatte Kinder, und sie hatten eine Affäre – was im Krieg nicht ungewöhnlich war. Als sich herausstellte, daß sie schwanger war, sprachen meine Eltern über Abtreibung. Ich bin nicht gekränkt oder verletzt. Ich kann es verstehen. Es war ja nicht so, als hätte sie gewußt, wer ich einmal werden würde und versucht, dies zu verhindern. Da war sie nun, unverheiratet, schwanger und mitten im Krieg. Unter diesen Umständen konnte man sich nur schwer vorstellen, Mutter zu sein.

Ich hatte mit achtzehn eine Abtreibung. Im Sommer nach meinem ersten Jahr auf dem Hunter College trieb ich mich in einem bohèmehaften Kreis von Künstlern und Fotografen auf der Lower East Side herum. Ich war mit zwei Männern zusammen. Ich wurde schwanger und wußte nicht, wer der Vater war. Einer der Männer ging davon aus, daß das Kind von ihm sei und wollte, daß ich es austrage, doch mir war bewußt, daß er einfach nur romantisch war und die Folgen nicht ernsthaft überdacht hatte. Ich wollte meinen College-Abschluß machen. Ich wußte, in dieser Situation konnte ich unmöglich ein Kind bekommen.

Jemand besorgte mir die Telefonnummer eines Gynäkologen in New Jersey. Ich wurde untersucht und erfuhr, daß es vierhundert Dollar kosten sollte, eine Summe, die ich als unverschämt hoch betrachtete. Man sagte mir: »Sie gehen die Straße hinunter, setzen sich auf eine Bank und warten. Jemand wird Ihnen die Einzelheiten mitteilen.« Um halb neun abends setzte sich jemand neben mich und sagte: »Nächsten Samstag nehmen Sie den Soundso-Bus nach Newark. Warten Sie in der Telefonzelle gegenüber vom Drugstore.« Damals kursierten schreckliche Geschichten über von Abtreibungen stammende Körperteile, die in der Kanalisation auftauchten, und ich dachte: *Oh, mein Gott, so wird es kommen. Niemand wird mich jemals wiedersehen.*

Doch ich sah keine andere Möglichkeit. Freunde liehen mir Geld, das sie mit ihren Ferienjobs verdient hatten, und ich arbeitete für den Rest meiner Collegezeit hart, um es ihnen zurückzuzahlen. Ich nahm den Bus nach Newark und wartete in dieser Telefonzelle, bis ein Auto anhielt. Ich fürchtete mich gar nicht so sehr. Es war, als sei jemand an meine Stelle getreten, ein anderer Teil von mir. Mich holten sie als erste ab und fuhren dann durch ganz Newark, um Mädchen aufzusammeln. Ich muß wohl gedacht haben, alles würde gut gehen. Wir landeten in einer Wohnung, die wie ein Mini-Krankenhaus aussah, weil alle Leute Chirurgenkittel trugen. Es war keine Abtreibung in irgendeinem Hinterzimmer. Ich konnte es nur als medizinischen Vorgang betrachten, der einer Fehlgeburt ähnelte. Dieser Fötus war noch kein Mensch mit Persönlichkeit oder Existenz.

Jahre später erzählte ich meiner Mutter davon. Sie sagte: »Es war die richtige Entscheidung. Doch wenn du es mir damals gesagt hättest, wäre ich verpflichtet gewesen, dich davon abzuhalten.«

Anscheinend war es gegen Kriegsende in Belgrad nicht gerade leicht, eine Abtreibung durchzuführen, und mein Vater versicherte meiner Mutter, daß alles irgendwie gut werden würde. Er war noch in Jugoslawien, als sie evakuiert wurde und in diesem Schloß landete, wo man schwangere Frauen aus den Städten unter Bombenhagel hinschickte. Sie erzählt die Geschichte dieser unglaublich romantischen Geburt im Untergeschoß des Schlosses, bei der die amerikanische Armee durch die Tür hereinmarschierte. Ich wurde um Mitternacht am 1. April 1945, dem Ostersonntag, geboren.

Meine Mutter erkrankte an einer Brustentzündung. Sie war sehr abgemagert, sehr geschwächt, wie viele andere Leute auch. Ich aber wog um die neun Pfund und hatte offensichtlich alles an mich gerissen, was da war. Sie mußte im Krankenhaus bleiben, während man mich in eine Art Waisenhaus brachte. Eine Frau namens Ida besuchte die Kinder und spielte mit ihnen. Sie entdeckte meine Mutter und schlug vor, mich aufzunehmen, bis es meiner Mutter besser ging und sie mich zurücknehmen könne.

Ich verbrachte die ersten fünf Jahre meines Lebens bei Ida. Ich hatte sehr viel Glück. Sie war wunderbar. Wenn ich überhaupt einen festen Kern besitze, verdanke ich ihn Ida, denn sie liebte mich, und ich fühlte mich in ihrem Haushalt sehr willkommen. Sie kümmerte sich nicht nur um mich, sondern sammelte noch andere Kinder ein, die nicht bei ihren Familien bleiben konnten. Anscheinend war sie mit einem deutschen Soldaten verlobt gewesen, der an der französischen Front gekämpft und etwas mit einer Französin angefangen hatte. Als Ida davon erfuhr, sagte sie zu ihm: »Du mußt sie heiraten. Das ist das Richtige.« Sie war eine erstaunliche Frau.

Wenn ich mich an meine Mutter erinnere, denke ich an eine schöne Zauberin, die gelegentlich zu Besuch kam. Ich war immer sehr traurig, wenn sie fortging. Ursprünglich konnte sie mich nicht bei sich haben, weil sie krank war; später ging es nicht, weil sie als Hausangestellte bei zwei amerikanischen Familien arbeitete, die im Rahmen des Wiederaufbaus nach Deutschland gekommen waren. Eine Familie war Teilhaber einer Reederei; die andere war durch die Ford-Stiftung hergekommen. Diese Familien erlaubten mir, meine Mutter in den Ferien zu besuchen, und ich freundete mich mit den Kindern an. Es war seltsam, in diese reichen Haushalte zu kommen, wo meine Mutter Bedienstete war. Manchmal aß ich mit der Familie zu Abend, und sie trug die Mahlzeiten auf.

Ich entwickelte gewisse Ressentiments, die meine zukünftige politische Haltung beeinflußten. Daraus entstand ein Gefühl für die Unterschicht und Arbeiterklasse, eine Art Ideologie und sozialistische Sympathie, die ich mir bis zum heutigen Tag bewahrt habe. Die Überzeugung, daß eine halbwegs funktionierende politische und ökonomische Gleichheit das eigentliche Ideal seien und den Menschen im allgemeinen die gleichen Ressourcen zur Verfügung stehen sollten.

Ich studierte Jura, weil ich in meiner Arbeit meine sozialen und politischen Wertvorstellungen umsetzen wollte. Ich arbeite gern bei der Rechtshilfe einer staatlichen Unterstützungseinrichtung. Jeder Bundesstaat besitzt ein derartiges Zentrum. Wir betreiben Forschung und geben Hilfestellung in Rechtsstreitigkeiten. Ich bin in diesem Staat für Wohnrecht zuständig.

Doch ein Teil unseres Budgets für dieses Jahr wurde gestrichen, und wir sehen einschneidenden Kürzungen entgegen. Wir wissen noch nicht, wie sie sich auswirken werden. Der Kongreß hat die Richtung vorgegeben, und die Kürzungen betreffen hauptsächlich die staatlichen und nationalen Hilfseinrichtungen, nicht das Vor-Ort-Programm. Mit Vorbedacht scheint hier ein Schlag gegen jenen Teil der Rechtshilfe geführt zu werden, der die politisch einflußreiche Arbeit durchführt. Daher sind wir nicht nur die politische Hauptzielscheibe. Natürlich sind sich die Konservativen klar darüber, daß sich die Rechtshilfe gegen sie wenden wird, sobald sie eine Sozialreform und Änderungen in der Struktur der Sozialdienste anstreben. Es ergibt durchaus einen Sinn, daß sie sich zumindest eines Teils der Rechtshilfe entledigen wollen, die Strategien in diesen Fragen entwickelt.

Ich habe dies noch nicht in den konkreten Gedanken an einen persönlichen Stellenverlust umgesetzt. Ich bin die letzte Anwältin, die im Rahmen dieses Programms eingestellt wurde. Ich war mir immer ganz sicher, daß ich einen Job haben würde, und fühle mich ein wenig verunsichert. Wo immer man sich nach Arbeit umsieht, gibt es keine. Und gerade jetzt, wo ich meinen Sohn Jason auf der Columbia University unterbringen will. Im Moment habe ich all das nicht unter Kontrolle.

Ich habe immer gern alles unter Kontrolle. Vielleicht habe ich diesen Mechanismus als Kind entwickelt, um mit einer Welt fertigzuwerden, die sich meiner Kontrolle entzog. Ich neige dazu, mich für alles verantwortlich zu fühlen – für Gutes und Schlechtes. Ich besitze einen grundlegenden Optimismus und denke, daß alles gut werden wird, doch dies ist die schwerwiegendste Gefährdung meines Arbeitsplatzes, die ich seit langem erlebt habe. Ich spüre, daß es allen so geht, und ich weiß, daß man versuchen wird, direkte Entlassungen zu vermeiden. Sie werden Kürzungen an anderer Stelle erproben, vielleicht Teilzeitstellen schaffen, doch wenn die Kürzungen zu einschneidend sind, bleiben Entlassungen der einzige Ausweg, und ich werde gewiß davon betroffen sein.

Ich habe irgendwo Halbbrüder und -schwestern, diese Familie, über die ich nichts weiß. Meine ganze Herkunft ist mir ein Rätsel. Meine Mutter wußte nicht viel über meinen Vater, nur daß er Land und einen Bauernhof besaß und eine Familie hatte. Als sie nichts von ihm hörte, fuhr sie in seine Heimatstadt, um sich bei der zuständigen Behörde nach ihm zu erkundigen. Deutsche sind sehr gut darin, den Aufenthaltsort von Leuten ausfindig zu machen. Sie erfuhr, daß er nie aus Jugoslawien zurückgekehrt, sondern dort gefallen war.

Meine Mutter sagte, vielleicht habe sie sich nicht an die Familie meines Vaters gehängt, weil meine Großmutter ihrer eigenen Familie so distanziert gegenüberstand. Meine Großmutter war eine Rebellin und verachtete die sogenannte bürgerliche Kultur Deutschlands. Meine Urgroßmutter war eine vornehme Dame der wilhelminischen Ära und entsetzt, als meine Großmutter Schauspielerin werden wollte. In ihrer Gesellschaftsschicht kam das der Prostitution gleich. Meine Großmutter war gebildet, liebte Musik, Literatur und Kunst. Sie war sehr dramatisch veranlagt und trieb meine Mutter die halbe Zeit in verschrecktes Schweigen. Meine Mutter erzählte, wie sie sich als Kind völlig überwältigt unter dem Tisch verbarg. Sie war drei, als meine Großmutter sich scheiden ließ. Es gab viele familiäre Probleme, da meine Großmutter schwanger war und das Baby zur Adoption freigab.

Meine Familie war klein – sie bestand hauptsächlich aus meiner Großmutter, Mutter, Tante und mir. Lauter Frauen. Meine Tante war wie meine Großmutter – gefühlvoll und dramatisch. Als ich fünf war, entschied meine Großmutter, ich solle bei ihr leben. Ich mochte sie sehr, war aber traurig, da ich Ida verlassen mußte.

Das Leben mit meiner Großmutter war sehr dicht. Ich wuchs in ein Verständnis anspruchsvoller deutscher Kultur hinein, das sie mir vermittelte – klassische Musik, Schriftsteller, Dichter. Sie weinte bei Beethovens Violinkonzerten. Sie war nicht sehr fürsorglich, und nichts war jemals leicht – ob es nun ums Staubwischen oder Kochen ging. Wenn sie Migräne bekam, pflegte sie zu sagen, sie sei lieber tot. Ich hielt es für meine Aufgabe, sie zum Weiterleben zu ermutigen und versuchte, ein solider Mensch zu werden, auf den sie sich verlassen konnte. Sie sagte immer, ihre Seele sei sehr dünnhäutig, sie empfinde alles wie durch ein Vergrößerungsglas.

Ich hatte keine Angst vor ihr, obwohl sie sehr hart urteilen konnte. Wenn sie zornig war, zeigte sie totale Zurückweisung. Sie prügelte mich nicht, konnte aber ausgezeichnet Ohrfeigen austeilen, was ich demütigend fand. Meistens mußte ich in der Ecke sitzen. Meine Mutter und Ida ohrfeigten mich nie. Von klein auf versuchte ich bewußt, mit allem klarzukommen, da ich immer in fremden Familien lebte. Dies führte zu einer gewissen Unsicherheit, aber auch zu einem hochentwickelten Gespür für das, was meine Umgebung von mir erwartete. Manchmal war ich mir nicht sicher, was ich wirklich dachte oder wollte. Um zu überleben, glaubte ich, mich selbst in der Welt beobachten zu müssen. Dies ist ein weiblicher Bereich der Kultur – wie gefalle ich anderen, wie entwickle ich ein Gespür für die Wünsche meiner Umgebung. Daher habe ich immer Menschen bewundert, die ohne Rücksicht auf die Konsequenzen sagen, was sie denken.

1952 schlug die Familie, der ein Teil der Reederei gehörte, meiner Mutter vor, mit ihr nach Amerika zu kommen. Sie waren froh, diese elegante, kultivierte Deutsche unter ihren Bediensteten zu haben. Ich hege starke Ressentiments gegen die Art, in der reiche Menschen mit anderen umgehen. Ich blieb bei meiner Großmutter zurück. Sie sagte: »Du darfst nicht weinen, dann ist deine Mutter traurig. Deshalb mußt du *tapfer* sein.« Ich erinnere mich kaum an die deutsche Sprache, doch dieses Wort ist mir in Erinnerung geblieben. *Tapfer.* Von meiner Mutter bekam ich zum Abschied einen kleinen Steiff-Affen, den ich noch immer besitze. Ein ganzes Jahr lang hatten wir nur Briefkontakt. Als die Familie in ihr großes Sommerhaus in der Schweiz zurückkehrte, konnte ich dort einige Zeit mit meiner Mutter verbringen.

Die Familie erlaubte mir, sie in den Staaten zu besuchen. Diese Reisen unternahm ich auf ihren eigenen Schiffen, und hier kommt mein erster Vorwurf gegen die ganz reichen Leute: Sie ließen meine Mutter den Fahrpreis zurückzahlen. Sie verdiente wohl um die fünfzehn Dollar pro Woche, und sie zogen ihr fünf für die Fahrtkosten ab. Ich dachte, sie hätten mich umsonst herübergeholt. Wie großzügig …

Ich fühlte mich wie eine Ausländerin, weil ich einen Akzent hatte, vor allem aber, weil ich keine normale Familie besaß – Vater und Mutter. Ich maß meinem Deutschsein keine besondere Bedeutung bei und fühlte mich eigentlich nur im historischen Sinne deutsch. Ich konnte nicht bei meiner Mutter leben, würde aber immerhin im selben Land sein. Sie gab Brigitte und Franz,

Menschen, die ich noch nie gesehen hatte und die mich einfach abholten, Geld für Kost und Logis. Ich erinnere mich an den Geruch in ihrem Laster – irgendwie komisch. Es gefiel mir nicht. Sie waren in den dreißiger Jahren in die Staaten gekommen und fanden es schön, daß ihre Tochter Sylvia, die so alt war wie ich, eine deutsche Freundin bekommen sollte. Ich empfand mich ihr gegenüber als Beschützerin: Sie war ein seltsamer Vogel und hatte nicht viele Freunde in der Schule.

Im Gegensatz zu meiner Familie hatten sie eine starke Bindung an Deutschland und pflegten etwas simple deutsche Sitten. Wir gingen immer in Biergärten, wo jeder wie verrückt trank und deutsche Musik hörte. Sie führten ein Eisenwarengeschäft in Connecticut, und wir wohnten über dem Laden. Bis heute kann ich keine Butter essen, weil ich sie immer mit diesem Haushalt in Verbindung bringe. Butter und Kümmelkörner. Ich war nicht immer unglücklich. Meine Mutter arbeitete eine Dreiviertelstunde entfernt. An den meisten freien Tagen kam sie mich besuchen. Ich lernte sehr schnell Englisch – was ich meiner Anpassungsgabe verdankte –, war gut in der Schule und gewann Freunde.

Brigitte beherrschte den ganzen Haushalt und beklagte sich ständig über Franz. Es war offensichtlich, daß sie nach etwas suchte, das sie noch nicht gefunden hatte, und dies nun an anderen ausließ. Mich riß sie an den Haaren, während sie Sylvia mit einem Spachtel schlug. Vor allem aber zwang mich Brigitte, dabei zuzusehen. Ich sagte es niemand. Was hätte meine Mutter denn tun können, wenn ich es ihr gesagt hätte? Ich durfte sie doch nicht traurig machen. Mußte sie beschützen. Ich betrachtete sie nie als einen Menschen, der sein Leben selbst bestimmen konnte. Sie hatte überhaupt keine Macht. Ich schrieb dies nicht ihrem persönlichen Versagen oder ihrer Nachlässigkeit oder ihrem mangelndem Interesse zu, sondern sah es als Teil weiblicher Lebensumstände, und darin wurzelt auch mein Feminismus. Ihr Leben wurde fast ausschließlich von ihren Arbeitgebern bestimmt und diktiert. Man hat zwar nur ein winziges Zimmer unter der Treppe, lebt aber in einer eleganten Umgebung und bekommt gutes Essen. Vielleicht brauchte sie in all den Jahren wirklich diese Sicherheit. Sie kam nie auf die Idee, von der Wohlfahrt zu leben.

Als ich Teenager war, galt es als schick, seinen Eltern an allem die Schuld zu geben, doch ich habe meiner Mutter nie die Schuld gegeben. Ich war deswegen niemals wütend auf sie. Vielleicht traurig. Die Kehrseite ist, daß ich sie als schwachen Menschen sehen mußte, und daher habe ich sie nicht für die Stärke geachtet, die sie zeigen mußte, um allein durchzukommen. Vielleicht war das ein Selbstschutzmechanismus. Hätte ich sie als jemanden betrachtet, der alles unter Kontrolle hatte, wäre ich sicher sehr zornig gewesen. Auf diese Weise konnte ich nicht zornig sein.

Alles, was ich von meiner Großmutter und Mutter über den Krieg erfuhr, hatte hauptsächlich mit unserem persönlichen Leben zu tun, unseren Verlusten, dem Auseinanderbrechen der Familie, dem Tod meines Vaters, dem Zusammenbruch ihrer Gemeinschaft. Doch wir sprachen überhaupt nicht von den Juden oder dem Holocaust, bis ich nach Brooklyn zog und in eine jüdische Gemeinde kam, in der die Menschen über den Holocaust redeten. Zum ersten Mal war ich damit konfrontiert, was es hieß, in der Welt nach dem Krieg und dem Holocaust Deutsche zu sein. Ich hatte zumeist jüdische Freundinnen, und plötzlich stand ich der deutschen Geschichte sehr viel sensibler und bewußter gegenüber.

Was die Feindseligkeit der Menschen anging, wäre das Einleben sicher viel schwieriger verlaufen, wenn es Männer in meiner Familie gegeben hätte, doch da diese nur aus meiner Mutter und mir bestand, betrachteten uns die Eltern meiner Freundinnen als ziemlich machtlos. Ich war überaus entsetzt über das, was in Deutschland geschehen war, fühlte mich aber nicht persönlich verantwortlich. Ich war damals noch nicht einmal geboren. Und gewiß hatten meine Großmutter und Mutter all dem, was Deutschland während des Krieges repräsentierte, völlig ablehnend gegenübergestanden. Beide waren bereit, darüber zu sprechen. Ich konnte fragen: »Was habt ihr gemacht? Warum wart ihr nicht im Widerstand?« Sie sagten, sie hätten gewußt, daß etwas vorging, hätten aber keine Ahnung gehabt, was es war, und wenig daran ändern können. Wie viele andere Leute hätten sie nichts von den Konzentrationslagern gewußt. Ich glaube meiner Großmutter und meiner Mutter. Als der Krieg ausbrach, mußten sie ans Überleben denken. Sie waren einfach nicht so politisch. Sie waren zutiefst entsetzt über das, was in Deutschland geschah. Ich erkenne nichts in ihrem Wesen, daß eine Verbindung zum Nazitum belegen würde.

Meine Großmutter war – wie schon gesagt – sehr dramatisch veranlagt, ein Mensch, der jeden auf alles ansprach. Wenn sie außer sich geriet, war sie nicht zu bremsen. Einmal sah sie, wie eine Gruppe Kinder mit Steinen die Fenster einer Synagoge einwarf. Sie hielt ihnen eine strenge Predigt: »Was glaubt ihr, was euer Führer dazu sagen würde?« Sie verstand nicht, daß Hitler eben dies empfohlen hatte.

Beide sagten, der Krieg habe sie so in Anspruch genommen, daß sie nicht bemerkten, was mit den Juden geschah. Sie waren bloß nicht mehr da. Ich dachte: *Was glaubt ihr denn, wohin sie gegangen sind?* Doch ich konnte sie nie drängen, mehr zu sagen, als was sie sagen wollten, unter anderem auch, weil ich sie als Opfer des Krieges betrachtete. Wer die Wahrheit herausfinden und etwas dagegen unternehmen wollte, ging ein sehr hohes Risiko ein. Meine Großmutter erzählte mir eine Geschichte über ihren Vermieter und seine Frau, die beide Juden waren und urplötzlich verschwanden. Als er ohne seine Frau zurückkam, fragte ihn meine Großmutter, was geschehen sei, und er antwortete: »Zu Ihrer eigenen Sicherheit werde ich es Ihnen nicht sagen.« Er hatte Angst, es ihr zu sagen, weil es sie in Gefahr bringen könnte.

Vielleicht fielen mir einfach nie die richtigen Fragen ein – doch beide sahen den Krieg sehr persönlich und nicht im größeren Zusammenhang. Ich weiß, daß sie gewiß nicht fähig gewesen wären, mitzumachen oder aktiv teilzunehmen. Ich konnte nie sagen: *Habt ihr nicht den Kram in den Zeitungen gelesen und gesehen, diese abscheulichen antisemitischen Artikel und Verleumdungen und Karikaturen? Was, glaubt ihr, ist mit den Leuten geschehen, wenn sie verschwanden?*

Vielleicht wollte ich nicht darüber nachdenken.

In Kleinstädten, wo jeder jeden kannte, mag es anders gewesen sein, doch meine Mutter und Großmutter wuchsen in einer Großstadt auf. Ich bin mir nicht sicher, ob immer alles so klar war. Vielleicht zogen sie oft um ... hört sich an, als würde ich sie verteidigen.

Vielleicht tue ich das.

Manche Leute, denen ich in Deutschland begegnet bin, sind einfach ganz normal. Das ist das Erschreckende – daß dies auf sehr normale Weise geschehen kann. Man wird selbstzufrieden, wenn man sich sagt, es habe mit dem Nationalcharakter zu tun. Es scheint, als besäßen wir eine ungeheure Fähigkeit zur Gemeinheit und Bosheit gegenüber Menschen, die wir als anders empfinden, und dann wird alles plausibel. Wenn du das nicht kannst, darfst du nicht mitmachen. Ob man den Mut und die Überzeugung finden kann, dagegen anzugehen, ist eine andere Frage. Und in diesem Punkt kann man von Menschen leider nicht erwarten, daß sie sich als Helden erweisen. Ich glaube, die meisten Menschen sind keine Helden, und ich bin nicht bereit, jemandem vorzuwerfen, daß er nicht im Widerstand war. Ich weiß nämlich nicht genau, wie weit ich gehen würde, wenn ich mein Leben dabei aufs Spiel setzen müßte. Dies waren Entscheidungen auf Leben und Tod. Wie viele von uns besitzen wirklich den Mut, solche Entscheidungen zu treffen? Man denkt natürlich gern, man sei bereit, für seine Überzeugungen alles zu geben, doch nur eine Minderheit ist wirklich so heldenhaft.

Es bedurfte einer Menge Heroismus, um in Deutschland nach der Machtübernahme durch die Nazis Dissident zu sein. Es war nicht so leicht wie in diesem Land. Auf dem Höhepunkt der Friedensbewegung marschierten wir nach Washington – wozu es nicht viel Mut brauchte –, doch wenn die Deutschen offen abweichende Meinungen äußerten oder sich ablehnend zeigten, konnten sie schnell in Gefängnissen oder Lagern enden. Tot.

Nachdem ich zwei Jahre bei Brigitte und Franz gelebt hatte, entschied meine Tante Ilse, ich solle bei ihr wohnen. Sie war nach dem Krieg mit meinem Onkel, der als GI in Deutschland gewesen war, in dieses Land gekommen. Er verlegte Marmorböden. Sie lebten zuerst bei seinen Eltern, einfachen Leuten vom Land, in einer Kleinstadt in New Jersey. Das Klo war auf dem Hof. Dann wohnten sie in einer Gegend mit staatlich geförderten Häusern für Arbeiter in New Jersey. Ich glaube, meine Tante fing an zu trinken, um sich die Welt schöner zu machen. Sie war in einer weltläufigen Atmosphäre in Frankfurt aufgewachsen und nicht auf dieses Land vorbereitet. Sie besaß enorme Talente, die einfach verschwendet wurden. Mein Onkel war total in sie verliebt. Sie war eine verführerische Frau. Sehr reizvoll.

Da meine Großmutter in Deutschland sehr einsam war, beschloß sie, ebenfalls herzukommen, was für sie eine schreckliche Entwurzelung bedeutete. Sie und ich teilten uns ein winziges Schlafzimmer. Sehr schwierig. Meine Tante und Großmutter waren sich ähnlich – hochdramatisch – und gerieten oft aneinander. Ständig herrschte Tumult, und es wurde offensichtlich, daß sie nicht im selben Haus leben konnten. Meine Großmutter fing an, als Babysitterin und Gesellschafterin für ältere Leute zu arbeiten. Sie fühlte sich fehl am Platz, vertrieben. Sie haßte die hiesige Kultur, war aber auch von Deutschland nicht allzu sehr angetan. Sie wäre vermutlich überall unglücklich gewesen. Die demütigende Art, in der die Armen in diesem Land behandelt werden, wurmte sie. In Deutschland wurden Menschen wie sie medizinisch und finanziell unterstützt. Hier mußte sie als Bedürftige Krankenversorgung beantragen. Ich weiß noch, wie sie gegen die Sozialbürokratie kämpfte. Es ist ironisch, daß ich jetzt als Anwältin arme Menschen vertrete, die im Wohlfahrtssystem gefangen sind.

Die letzten Lebensjahre meiner Großmutter waren sehr traurig. Die meiner Tante auch – sie trank sich zu Tode, als ich gerade meinen Collegeabschluß machte. Um ihretwillen empfinde ich einen aufrichtigen Zorn auf die Welt. Meine Tante war in der Kleinstadt, die sie weder geistig noch emotional befriedigt hatte, förmlich erstickt, und im Falle meiner Großmutter war die Nervenheilanstalt zumindest teilweise verantwortlich. Der

Tod meiner Tante war ein furchtbarer Verlust für meine Großmutter und hat sie möglicherweise in eine totale Depression gestürzt. Sie versuchte, sich vor die U-Bahn zu werfen. Der Zugführer konnte die U-Bahn noch stoppen, doch dann wurde sie in eine große staatliche Nervenheilanstalt eingewiesen. Als ich sie besuchte, wirkte sie ein wenig orientierungslos, aber in Ordnung. Sie hätte entlassen werden müssen. Die Leute wurden dort einfach nur aufbewahrt. Ich war entsetzt über den Mangel an Pflege und Beratung, doch sie erholte sich trotz alledem. Sie war schon so gut wie draußen, als sie in der Dusche stürzte und sich die Hüfte brach. Wie bei so vielen alten Leuten war dies das Ende. Sie verfiel in eine Alterspsychose. Ein Freund von mir, der Psychologe ist, hat es als eine Art Selbstmord beschrieben.

Als ich sie besuchte, saß diese einst unglaublich stolze und hochkultivierte Frau angeschnallt in einem Sessel, klammerte sich gedemütigt an mir fest, war allen ausgeliefert, besaß keine Macht mehr, die Vorgänge zu beeinflussen. Mir schien es das Schlimmste, was einem Menschen passieren kann, weil für mich die Fähigkeit, seiner Umwelt gewachsen zu sein, so ungemein wichtig ist. Ich weiß noch, daß ich die Fassung verlor und weinte und den Krankenschwestern vorwarf, ihr das angetan zu haben. Als ich ihr in die Augen sah, glaubte ich, ihr wirkliches Selbst tief drinnen zu erkennen. Sie starb kurz danach. Es war ein schrecklicher Tod, der mich jahrelang verfolgte. Meine Mutter fühlte sich mitschuldig, weil sie meine Großmutter verzweifelt davon abgehalten hatte, zu ihr zu ziehen. Sie hatte befürchtet, wieder ganz aufgesaugt zu werden. Ich wollte ihr klarmachen, daß es nicht ihre Schuld gewesen sei.

Während ich noch bei Onkel und Tante lebte, zog meine Mutter nach New York City und begann eine Ausbildung als Zahnarzthelferin. Ich muß immer gewußt haben, daß es ihr Ziel war, einen Job zu finden, der uns ein Zusammenleben ermöglichte. Nachdem sie eine Stelle bei einem Zahnarzt gefunden hatte, zog ich im Sommer 1957 bei ihr ein. Ich ging in die siebte Klasse. Im ersten Jahr mit meiner Mutter empfand ich Wärme und Nähe, doch ansonsten fühlte ich mich unglücklich und einsam, da Brooklyn ganz und gar nicht wie die Kleinstadt in New Jersey war, wo ich Freunde hatte und wußte, wer ich war. Meine Mutter arbeitete lange und kam oft erst spät nach Hause. An den Wochenenden oder am späten Abend machten wir es uns gemütlich, doch anfänglich konnte ich mich in dieser großstädtischen Umgebung nicht zurechtfinden.

Mir war, als müsse ich mich selbst so darstellen, daß ich in einer Gruppe aufgehen konnte. Meine erste Rolle bestand darin, daß ich mich für Mode und Jungen interessierte, Make-up auflegte und mein Haar sorgfältig frisierte, um beliebt zu sein. Ich spürte immer, daß diese Persönlichkeit, die ich annahm, nur vorübergehend war. Ich wußte, daß ich mich noch für andere Dinge als Jungen und Filmstars und Sänger interessierte. Meine Mutter war natürlich entsetzt. Sie wollte, daß ihre Tochter klassische Musik hörte und Bücher las – während ich Kaugummi kaute, mein Haar zurechtmachte und einen Brooklyner Akzent entwickelte. Das belastete unsere Beziehung ziemlich. Ich dachte bloß, sie hätte keine Ahnung davon, wie es in der Schule zuging, wie die Gesellschaft war, in die man mich hineingestoßen hatte, und daß sie mir keine reale Welt bieten könne. Ich war einige Jahre lang sehr wütend auf sie, weil sie es nicht verstand und mir keinen Freiraum ließ. Als ich Freunde gewann, fing ich an, die Leute zu beneiden, die in einer richtigen Gemeinschaft aufwuchsen. Wir waren nur zu zweit. Meine Mutter arbeitete in Manhattan, so daß wir in keiner echten Gemeinschaft lebten.

Zuerst erzählte sie mir, sie und mein Vater seien verheiratet gewesen; doch ihr Mädchenname lautete genau wie ihr Ehename, und mir bangte davor, wenn ich in der Schule auf Formularen den Mädchennamen meiner Mutter angeben mußte. Sie dachte sich eine umständliche Geschichte aus, laut der sie nicht den Namen meines Vaters annehmen konnte, weil die Heiratsurkunde verloren gegangen sei. Als ich sechzehn oder siebzehn war, dachte sie wohl, ich sei alt genug für die Wahrheit. Sie sagte: »Wir wollten heiraten, aber er wurde getötet, bevor er nach Deutschland zurückkehrte.«

Ich weiß noch, wie ich durch Brooklyn ging und mir sagte: »Toll, ich bin ein Bastard.« Und dachte: *Das ist irgendwie interessant.* In New York City gab es so viele unterschiedliche Lebensformen und Familienverbände. Meine Freunde waren nicht direkt eifersüchtig, doch war es interessanter, ein uneheliches Kind zu sein, als das normale Kind eines verheirateten Paares.

New York ist ein solches Konglomerat von Kulturen, daß man sich schwerlich als etwas Besonderes fühlen kann, wenn alle Menschen unterschiedlicher Herkunft sind. Während ich heranwuchs, fühlte ich mich weder Deutschland noch Amerika zugehörig. Wann immer ich mich in den sechziger Jahren politisch engagierte, vertrat ich eine sehr bewußte Internationalität, eine Vorstellung der Solidarität mit anderen Ländern und Kulturen, einen weltbürgerlichen Ansatz, der heutzutage leider nicht mehr in diesem Maße möglich erscheint.

Die Erfahrungen, die ich auf der High School mit Jungen sammelte, waren unerfreulich, da diese lediglich herausfinden wollten, wie weit sie gehen konnten. Danach verloren sie allen Respekt. Ich haßte diese Welt, doch es schien keine Alternative zu geben. Irgendwann in der High School entdeckte ich einen Weg, wie ich nicht einsam und dennoch mehr ich selbst sein konnte. Ich fand ihn in der Politik, Studentenpolitik, der Friedensbewegung. Ich fand einen Platz in dieser Welt. Ich lernte Leute kennen – darunter auch Sam, Jasons Vater –, die andere Menschen, Frauen, respektierten und bereit waren, Beziehungen einzugehen, von denen nicht nur sie profitierten. Sam war politisch ziemlich aktiv. Durch ihn lernte ich Marx und Engels kennen.

Ich empfand immer mehr Freundschaft als großartige Leidenschaft für ihn. Ich fühlte mich unter anderem zu ihm hingezogen, weil er aus einer großen jüdischen Familie stammte, die mich sehr gut aufnahm. In gewisser Weise heiratete ich gleich die ganze Familie mit. Sam und ich sprachen eigentlich nie über mein Deutschsein – ich glaube, ich kam gar nicht in die Lage, Deutschland verteidigen zu müssen, weil ich so antifaschistisch und sozialistisch und fortschrittlich eingestellt war.

Ich fand eine Stelle bei einer universitätseigenen Forschungsstiftung, wo ich Redaktionsarbeiten übernahm. Sam und ich engagierten uns sehr in der linken Politik und den Anfängen der Frauenbewegung. Wir beide waren da ziemlich einer Meinung. Mein Interesse an Literatur, Politik und Geschichte setzte ich bei meinem weiterführenden Studium zum Magister um. Dabei lernte ich Mark kennen. Er war mein Professor. Wir wurden gute Freunde, begannen aber keine Beziehung. Wir waren beide – recht glücklich – verheiratet.

Ich war im siebten Monat schwanger, als die Wehen einsetzten, und das Baby, ein kleines Mädchen, lebte nur zwei Tage. Oh, das war furchtbar. Dieses Baby hatten Sam und ich uns gewünscht. Wir waren am Boden zerstört. Ich habe gehört, daß der Verlust eines Kindes ein Paar entweder enger zusammenschweißt oder auseinandertreibt, falls beide den Verlust unterschiedlich verarbeiten, und das ist vielleicht mit Sam und mir geschehen. Wir brauchten lange, um uns zu trennen, doch darin mögen die Anfänge gelegen haben.

Ich setzte mein Magister-Studium nicht fort. Befreundete Anwälte befaßten sich mit Armenrecht und der Gefängnisbewegung, und das schien mir das Richtige zu sein. Sam und ich zogen nach Los Angeles, wo ich ein Jurastudium begann. Im ersten Jahr lief es ganz gut mit uns. Wir lebten in einer Art Kommune. Er arbeitete als Zahntechniker. Das ist ein guter Beruf, sehr anspruchsvolle Arbeit. Dann wurde er entlassen. Ich arbeitete während meines Jurastudiums, doch Sam fand kein neues Ziel für sich. Es war wohl ein Teil dieses Rückschlags, den manche Männer aus der radikalen Bewegung erfuhren. Sie waren die Guten gewesen, hatten sich für die Integration eingesetzt, und nun gab es auf einmal Black Power und den Feminismus. Wo war ihr Platz in alldem? Sie fühlten sich verantwortlich. Wir beide gerieten in intellektuellen und politischen Fragen zunehmend aneinander. Sam hegte starke Gefühle für Israel, eine Art Zionismus, und er lehnte den Einsatz der Linken für den Kampf der Palästinenser ab.

Für ihn war es schwierig, da ich nun einen Beruf hatte, während er nur Gelegenheitsjobs machte, die ihm keine wirkliche Befriedigung boten. Ich war zweiunddreißig, als ich begriff, daß ich ein Kind wollte, obwohl es mit unserer Beziehung nicht gut aussah. Ich empfand immer noch viel für Sam. Seine Familie blieb weiterhin meine Familie. Er war einer der wenigen Menschen, die meine Großmutter und meine Tante kannten. In meiner Welt, wo ich so radikale familiäre Trennungen erlebt hatte, war jemand, mit dem ich einen bedeutenden Teil meiner Geschichte geteilt hatte, sehr wichtig. Ich versuchte, trotz unserer Krise schwanger zu werden. Sam wußte das, doch später meinten viele, er hätte mich damals nicht verlassen sollen. Es war zweifellos schlechtes Timing. Ich hatte immer diese romantische Vorstellung, schwanger zu sein und mit jemandem zusammenzuleben. Und jetzt war ich allein und schwanger ... als sei ich verdammt, meine eigene Geschichte zu wiederholen. Eigentlich hat es bei niemandem in meiner Familie so recht mit der Ehe geklappt.

Auch für Sam war es nicht einfach. Er wußte einige Jahre nicht so recht, was er eigentlich wollte. Er liebte Jason und versuchte von Anfang an, Anteil zu nehmen und sich um ihn zu kümmern, wann immer es ging. Er gehörte immer zu Jasons Leben. Wir schlossen nie jemanden aus unserem Leben aus. Als wir uns trennten, sagte seine Mutter zu mir: »Du wirst immer meine Schwiegertochter bleiben.«

Ich war einige Jahre alleinerziehende Mutter. Ich wollte wie andere Leute *ein* Heim, *eine* Familie, *eine* Gemeinschaft haben und achtete darauf, mit Jason nicht zu oft umzuziehen. Ich fand eine Wohngemeinschaft für Mütter und Kinder. Jason ging in eine Spielgruppe, und wir teilten uns die Betreuungsarbeit.

Ich verspürte das Bedürfnis, nach Hause zurückzukehren, in den Osten zu gehen. Einige Freunde, meine Mutter und Sams Eltern lebten an der Ostküste. Mark trug sehr zu meiner Entscheidung bei. Ich hatte ihn einmal gesehen, nachdem ich nach Los Angeles gezogen war, und wir hatten ein langes, wunderbares Gespräch über sein und mein Leben geführt. Mit ihm war ich auf eine Weise verbunden, wie ich sie sonst nie erlebt habe. Er besaß die Fähigkeit, so mit Menschen zu sprechen, daß sie sich außergewöhnlich und interessant fühlten. Ich sah ihn nicht als Geliebten oder Ehemann, weil er, soviel ich wußte, wieder verheiratet war.

Ich rief ihn einige Wochen nach meiner Rückkehr an. Wir trafen uns, und er fragte mich, ob wir auch gemeinsam zu Abend essen könnten. Wir verliebten uns – ganz schnell. Wir beide spürten, daß wir im anderen eine wirkliche Heimat gefunden hatten. Mark war begeistert davon, daß ich nach zehn Jahren an ihn gedacht hatte und in den Osten zurückgekehrt war, um unsere Verbindung wieder aufzunehmen. Wir verstanden uns unter anderem deshalb so gut, weil er von Frauen aufgezogen worden war – seiner Großmutter, Tante und Mutter, genau wie ich –, und das hatte seine Fähigkeit zum Zuhören geschult. Er war vierzehn Jahre älter als ich, und ich empfand ihn als eine Art idealen Vater – der mich völlig und bedingungslos akzeptierte und liebte. Er war der erste Mensch in meinem Leben, der das tat.

Nicht, daß unser Leben immer einfach gewesen wäre. Wir hatten Streit wegen seiner Trinkerei und Jasons extremer Abhängigkeit von mir, doch viel davon klärte sich in den letzten Jahren, und uns blieb immer diese herrliche, große Liebe und echte Romantik. Mark hatte 1986 mit dem Trinken aufgehört, und Jason war sehr viel selbständiger geworden. Sie hatten eine enge Beziehung voller Wärme angeknüpft.

Kein Tod kommt je im rechten Augenblick. Es war so ungerecht – eine Art großer, kosmischer Ungerechtigkeit –, weil wir noch so viele Reisen machen wollten und gerade gelernt hatten, wie man gemütlich zusammensitzt. Jetzt klafft mitten in meinem Leben ein großes Loch. Mark habe ich nicht mehr, aber wunderbare Erinnerungen. Er hat nicht seine Familie verlassen, wie

Sam es bei der Scheidung tat. Wenn sich jemand, mit dem man sein Leben geteilt hat, in einen Fremden verwandelt, ist es beinahe noch schwerer zu ertragen.

Es wird wirklich lange dauern. Ich weiß, ich werde es schaffen, und ich weiß, ich kann überleben – aber in den ersten Wochen wollte ich es eigentlich gar nicht. An diesem Punkt war Jason sehr hilfreich. Wenn ein Junge in seinem Alter einen Menschen, auf dessen Stärke er immer gezählt hat, so trauern sieht, kann es ihn sehr verunsichern. Doch Jason zog sich nicht zurück. Er war da, tröstete und unterstützte mich. Er brauchte mich noch, und ich konnte mich natürlich nicht wegstehlen.

Wenn ich zurückblicke, habe ich manchmal ein Gefühl des Verlustes – meine Großmutter, meine Tante, mein erstes Kind. Als Mark starb, war mir, als verschwinde jemand aus meinem Leben, sobald ich mich umdrehe. Jason sagte, Marks Tod habe ihn so erschüttert, daß er sich gefragt habe, was als nächstes komme. Er erlebte nun auch dieses Gefühl, daß nichts in dieser Welt sicher ist. Natürlich empfand er große Angst, daß mir etwas passieren könne, und da er kaum Familie hat, war dies eine erschreckende Aussicht. Eigentlich wollte er an der Westküste studieren, doch als Mark starb, begriff er, daß er besser in meiner Nähe bleiben sollte. Ich bin froh, daß er sich für die Columbia University entschieden hat. Sie ist nur anderthalb Stunden von hier entfernt.

Für Jason bedeutet es keinen Konflikt, daß seine Mutter in Deutschland geboren wurde und sein Vater Jude ist. Im Moment interessiert er sich nicht sonderlich für Politik oder Geschichte. Für ihn ist das alles lange her und hat nichts mit ihm zu tun. Da meine Verbindung zur Familie seines Vaters sehr eng ist, spürt er auch dort keine Unvereinbarkeit. Dank der Menschen, die ihn umgeben, hat es sich für ihn sehr leicht ineinandergefügt.

JOACHIM

Geboren: 1947
Alter zum Zeitpunkt der Immigration: 9

Unter Hitler hätten sie dich dafür erschossen

Ich habe gerade den Film *Europa Europa* gesehen. Dieser Junge bestritt, daß er Jude war. Sehen Sie sich die ganzen Leute an, die bestritten haben, daß sie homosexuell sind. Ich hätte es bestritten. Ich muß ehrlich zu Ihnen sein. Weil ich es *tatsächlich* bestritten habe. Sehen Sie, ich habe es all diese Jahre bestritten, und *ja*, ich betrachte mich als glücklich, weil ich damit durchkomme. Ich habe gehört, wie sie über Homosexuelle reden. Selbst die Juden diskriminieren uns.

Ich bin mir sicher, daß meine Kollegen es wissen, aber ich spreche mit ihnen nicht über diesen Aspekt meines Lebens. Ab und zu lassen meine Bosse eine Bemerkung fallen. Sie sagen, sie hätten nicht gewußt, daß der Freund ihres Sohnes homosexuell sei und daß er nun an AIDS sterbe. Ich höre zu, beteilige mich aber nicht an diesen Diskussionen.

Zweimal in meinem Leben habe ich Menschen verloren, weil ich es ihnen gesagt habe. Die Belastung durch dieses Geheimnis liegt darin, daß man in einer Umgebung, in der man sich von anderen unterscheidet, nie völlig man selbst sein kann.

Ich bin County Manager einer kleinen Gemeinde in Missouri. County Manager erledigen die alltäglichen Geschäfte in einer Stadt, sind verantwortlich für Polizei, öffentliche Einrichtungen, Straßen, Parks, Raumordnung und Bauwesen. Ich mag meine Arbeit. Wo sonst außer in Amerika kann jemand einwandern und in kurzer Zeit zur politischen Führungskraft aufsteigen? Als ich in diese Stadt kam, hatte sie nicht viel zu bieten. Ich hatte eine Vision, aber ich war nur der Dirigent, und man braucht ein ganzes Orchester, um etwas auf die Beine zu stellen. Wir errichteten ein neues Gemeindehaus, erweiterten die bestehenden Einrichtungen und verbesserten die Infrastruktur, darunter auch Dinge wie Straßen und Kanalisation.

Die Menschen mögen diese Gemeinde wegen ihrer Stabilität. Natürlich sagt jeder: »Das ist nur wegen dieses guten, starken deutschen Managers.« Sie denken, es läge nur an der deutschen Ordnung und Gründlichkeit. Ich sage: »Das ist doch Unsinn. Es hat gar nichts mit Deutschland zu tun, sondern mit Disziplin.« Wenn Menschen das Wort »*deutsch*« mit »sauber und ordentlich« gleichsetzen, klingen diese Eigenschaften negativ, und ich komme mir ein bißchen seltsam vor.

Ich würde gern ein Bild von Deutschland erschaffen, das besser – oder anders – ist als das, was die Leute allgemein haben. Die dunklen dreißiger und vierziger Jahre sind nicht gleichbedeutend mit Deutschland. Wir sind Menschen wie alle anderen: Wir haben die gleichen Gefühle, die gleichen Stärken, die gleichen Schwächen, die gleichen Sehnsüchte. Ich möchte, daß die Leute uns als Menschen sehen – nicht als die Ungeheuer, die bis heute durch die Medien und Köpfe der Leute geistern, sobald sie das Wort »Deutschland« hören.

Ich versuche zu verstehen, was in Deutschland passiert ist, wieso es passiert ist und wie es passieren konnte. Unglaubliche Greueltaten wurden verübt. Ich pflichte jenen bei, die sagen: »Nie wieder.« Wir müssen uns einfach schämen für das, was in Deutschland geschehen ist, aber ich glaube nicht, daß Menschen das Recht haben, Schamgefühle in uns zu erzeugen – in jenen von uns, die nach dem Krieg geboren wurden. Ich sehe mir die Fotos meiner Nichten an. Wir müssen uns einfach schämen für das, was in Deutschland geschehen ist, aber ich glaube nicht, daß Leute ein Recht haben, uns dieses Schamgefühl spüren zu lassen – uns, die wir nach dem Krieg geboren wurden. Ich sehe mir die Bilder meiner Nichten und Neffen an. Was um alles in der Welt haben sie damit zu tun? Und dennoch reibt man es ihnen ständig unter die Nase: *Seht euch an, was eure Großeltern getan haben.* Keine Rasse will für die Taten ihrer Vorfahren verantwortlich sein. Auf eben diese Weise wurden die Juden diskriminiert. Sie behaupten, sie hätten den Zorn der Christen auf sich gezogen, weil sie zu Pontius Pilatus sagten: »Laßt uns Christus kreuzigen. Sein Blut komme über uns und unsere Kinder.« Wollen sie damit sagen, daß wegen der Diskriminierung, die sie all die Jahre erlitten haben, dies auch für Deutsche gelten soll?

Ich brachte in unserer Gemeinde ganz allein ein Partnerschaftsprogramm mit einer deutschen Stadt zustande. Wir stehen in Verbindung; Schüler von dort kommen zu uns; unsere Schüler fahren dort hin; Geschäftsleute sprechen über Projekte und so weiter. Mir gefällt daran, daß sich für Leute, die sich im allgemeinen nur für ihre kleine Welt interessieren, neue Horizonte öffnen. Ich möchte ihnen klarmachen, daß es diese kleine Welt gar nicht gibt. Sehen Sie sich Ihre Schuhe an – nicht einmal sie wurden in Ihrer kleinen Welt hergestellt. Die Sachen, die man kauft, ißt, im Fernsehen sieht – wir können nicht mehr in dieser kleinen Welt leben.

Meine Mutter war während Hitlers Regierungszeit Telefonistin beim *Arbeitsdienst*. Mein Vater war in der SS und wurde gefangengenommen. Sie lernten sich kennen, als er aus dem Krieg heimkehrte. Während unserer Kindheit hatten wir nicht viel von meinem Vater, weil er in einer anderen Stadt arbeitete und im Haus meiner Großeltern nicht willkommen war. Wenn er kam, verschwanden meine Eltern für eine Weile, doch nach wenigen Stunden fingen sie an zu streiten. Mein Onkel sagte immer, daß sich meine Eltern am besten im Bett verstünden, und wenn das vorbei sei, bleibe nicht viel übrig.

Ich weiß noch, wie meine Eltern einander an den Haaren zogen, vor Schmerz schrien. Keiner von ihnen wollte loslassen. Einmal zertrümmerte meine Mutter eine Vase auf dem Kopf meines Vaters. Sie schlugen sich. Es war furchtbar. Es traf auch uns Kinder, da mein Vater nicht zögerte, auch gegen uns Gewalt anzuwenden. Einmal schlug er mich mit einer Holzplanke. Wir wuchsen in einer chaotischen Umgebung auf.

Doch an die Feiertage erinnere ich mich gern. Weihnachten gingen wir in die Mitternachtsmesse, danach gab es die *Bescherung*. Natürlich kam vor Weihnachten noch der Nikolaustag, der Anfang Dezember gefeiert wurde. Wir mußten unsere Schuhe putzen und einen Zettel mit unseren Weihnachtswünschen hineinlegen. Am nächsten Morgen fanden wir gewöhnlich Nüsse und Bonbons und Mandarinen in unseren Schuhen. Bis heute muß ich daran denken, wenn ich eine Mandarine esse.

1956, als ich neun Jahre alt war, wanderten wir in die Vereinigten Staaten aus. Ich besuchte eine katholische Schule in Washington, D.C., die von Nonnen geleitet wurde. Ich war verknallt in eine Nonne namens Schwester Paul Joseph. Sie sah nicht nur wunderbar aus – damals schaute nur das Gesicht der Nonnen unter dem Schleier hervor –, sie war auch ein wunderbarer Mensch.

Als sich meine Eltern scheiden ließen, zog mein Vater nach Boston, und meine Mutter nahm mich aus der Schule und schickte mich mit dem Bus zu ihm. Mein Vater wartete am Busbahnhof in Boston; er kaufte mir eine Fahrkarte und schickte mich im selben Bus zurück nach Washington. Wir Geschwister erlebten alle ziemlich schlimme Dinge – mein Bruder Peter war der Älteste, danach kam ich, und dann unsere Schwestern Gabi und Agnes. Meine Mutter neigte zu körperlicher Gewalt. Vielleicht gaben wir ihr Grund dazu. Sie schlug mir mit ihren Schuhen auf den Kopf und kreischte: »*Ich schlag dich, bis du in keinen Sarg mehr paßt.*«

Die chaotische Ehe und Scheidung meiner Eltern trieben mich vermutlich mehr als alles andere in die Arme der Kirche. Ich dachte, ich sei von Gott berufen, die Heiden in Afrika zu retten, indem ich sie zum Katholizismus bekehrte. Ich wollte etwas für die Menschheit tun. Ich glaubte, ich hätte Visionen, ich würde Gott in der Gestalt Christi sehen, wie er vom Himmel kam und mich zu sich heranwinkte. Mit dreizehn trat ich in die Privatschule eines Missionsordens ein, um dort weiterzulernen.

Als meine Mutter drei Jahre darauf meine Schwestern mit nach Deutschland nahm, war ich allein. Ich schätze, ich wollte bei ihnen sein und hatte Heimweh nach Deutschland – es war immerhin meine Heimat. Ich wußte nicht, ob ich noch berufen war. Ich verließ die Missionsschule, obwohl mein Vater mich zum Bleiben überreden wollte, und zog zu ihm nach Boston. Er hatte wieder geheiratet. Sie brachten mich auf einer katholischen High School unter, damit ich weiterhin in einer religiösen Umgebung blieb. Ich hatte ein Dach über dem Kopf, zu essen und die Sicherheit der Kirche, fühlte mich aber, als gehöre ich nicht dorthin. Mein Vater vertrat sehr strenge und ideologische Anschauungen, doch er lebte selbst nicht danach. Ich sah zu ihm auf und fürchtete mich zugleich vor ihm. Anstatt den Zug zur Schule zu nehmen, trieb ich mich herum und sah mir Filme an. Als er es herausfand, sprachen er und seine Frau zwei Wochen lang nicht mit mir. Er schrieb an meinen Onkel in Deutschland und traf Vorbereitungen für meine Reise dorthin.

Bei meiner Ankunft in Deutschland sagte meine Mutter: »Du wirst hier nicht herumsitzen.« Sie hatte die Gaststätte ihrer Eltern übernommen und zählte auf meine Hilfe. Mein Onkel sorgte dafür, daß ich eine Buchhalterlehre beginnen konnte. Kaum sechs Monate danach erhielt ich meinen Einberufungsbefehl zur Bundeswehr. Um eine Unterbrechung meiner Lehre zu vermeiden, versuchte mein Onkel, mich als Freiwilliger bei der *Luftwaffe* unterzubringen. Da ich aber einige Plomben und ein deformiertes Schlüsselbein hatte – es liegt etwas tiefer als das andere – nahm man mich in der Pilotenschule nicht an. Sie suchten nach perfekten Exemplaren.

Zu meiner Überraschung ließ man mich zur *Polizeischule* zu, wo ich meine militärischen Verpflichtungen erfüllen konnte. Ich war mit einigen Männern zusammen, die hauptsächlich über Sex redeten, Zigaretten rauchten oder Bier tranken. In der Missionsschule hatte ich in einer disziplinierten Umgebung gelebt: Man stand zu einer bestimmten Zeit auf; zu bestimmten Zeiten wurde gebetet. Verstehen Sie mich nicht falsch – ich lebte mit meinen Kameraden zusammen und war mit ihnen befreundet. Am Wochenende gingen wir aus. Ich war immer sehr extrovertiert und körperlich aktiv. Ich gewann einige Regionalwettbewerbe für Sprinter.

Eines Tages erhielt ich einen Brief von einem Priester in Washington, D.C., dem ein Zeitungssausschnitt beilag. Er berichtete von einem furchtbaren Unfall, bei dem mein Bruder einen Arm und ein Bein verloren hatte und dem Tode nahe war. Der Unfall lag schon sieben Tage zurück, und ich erfuhr erst jetzt davon. Mein Vater hatte kein Wort darüber verloren. Ich eilte zu meiner Mutter nach Hause. Als sie von Peters Unfall erfuhr, waren ihre ersten Worte natürlich: »Warum konnte es nicht dir passieren?«

Ich hörte, was sie sagte, und das war alles. Ich dachte nie darüber nach. Angesichts all der Gelegenheiten, bei denen sie und mein Vater mich beiseite geschoben hatten, stellte diese Bemerkung keinen Einzelfall dar. Es war nicht das Schlimmste, verstehen Sie? Wahrscheinlich betrachtete sie mich als Versager. Dennoch – so etwas sagt man nicht zu seinem Kind. Ich glaube, dies brauche ich meiner Mutter nicht zu verzeihen.

Die Situation mit meinem Bruder veranlaßte mich, wieder eine kirchliche Schule zu besuchen, und ich trat in einen bayerischen Orden ein. Ich brachte der Kirche in all ihren Facetten noch immer einen starken Glauben entgegen. Im Rückblick habe ich diesen starken Drang zur Kirche analysiert. Sie vermittelte mir die Wärme und Sicherheit, die ich zu Hause nicht bekam, dieses Gemeinschafts- und Zusammengehörigkeitsgefühl. Während mich meine Eltern hin- und herschickten, war die

Kirche meine wahre Familie, die einzige Familie, die mich wollte. Man kann über die Kirche denken, wie man will – wo immer man in der Welt auch hingeht, man findet ein Zuhause. Das bietet einem nur die Kirche. Niemand sonst hat das je für mich getan. Die Kirche öffnete mir immer die Tür. Ich brauchte kein Geld – ich mußte nur glauben und dabei sein wollen.

In der Ordensschule besuchte ich mit diesem Burschen namens Joachim – wir wurden ständig verwechselt – ganz allein einen *Kursus*. Man durfte keinen besonderen Freund haben. Ich vermute, sie dachten, dann würden sich andere Dinge abspielen. Sie sagten uns immer: »Wo die Gemeinschaft nicht ist, ist der Teufel.« Wissen Sie, ich habe den Teufel nie gesehen. Doch ich glaube, daß diese Freundschaft von meiner Seite aus mehr als nur platonisch war und meine weitere Entwicklung signalisierte. Ich meine, es ist nichts passiert – es war eigentlich nur Verwirrung, ein ungeklärtes Gefühl –, doch ich wollte immer mit Joachim zusammen sein, mit ihm etwas unternehmen. Ich spürte, daß mit meinen Gefühlen für ihn vielleicht etwas nicht stimmen könne. Warum empfand ich so etwas nicht für ein Mädchen? Als er mir eines Tages das Tanzen beibrachte, wurde mir ganz heiß, und ich dachte: *Hier stimmt etwas nicht.* Ich weiß nicht, ob er sich meiner Gefühle bewußt war ... wie tief sie gingen.

Als das Seminar nicht mehr finanziell unterstützt wurde, landete ich zu Hause bei seinen Eltern. Wir hatten vor, ein Priesterseminar in New York zu besuchen, und er besorgte sich Visa, Bürgen und war bereit, dort einzutreten. Als mir meine Mutter versprach, beim Leiter des Seminars ein gutes Wort für Joachim einzulegen, erklärte ich mich bereit, mit ihr nach Amerika zurückzugehen. Doch sie sagte dem Leiter, sie könne niemals zustimmen, daß ein Sohn seine Familie verlasse. Sie wollte, daß ich ihr zur Seite stand, daß ich die Rolle meines Vaters übernahm. Diese Worte machten dem Leiter das eigentliche Anliegen, Joachims Aufnahme, nicht gerade schmackhaft. Ich kann gar nicht sagen, wie sehr ich meine Mutter danach gehaßt habe. Doch obwohl sie mich enttäuscht hatte, frage ich mich, ob es nicht letztlich besser so war, da ich diese Gefühle für Joachim hegte.

Doch es war nicht an ihr, dies zu entscheiden.

Da ich wieder einmal allein dastand, wählte ich eine andere Gemeinschaft: Ich ging zum Rekrutierungsbüro der amerikanischen Armee und wurde Hilfskaplan bei einem Jesuitenpater, der im Militärhospital arbeitete. Wir betreuten all die jungen Männer, die niedergeschlagen, demoralisiert und schwer verwundet aus Vietnam zurückkehrten. Wie hoffnungslos es für viele von ihnen aussah.

Der Jesuitenpater überredete mich, ins Priesterseminar zurückzugehen und arrangierte meine Entlassung aus der Armee, was sich als fataler Fehler erwies und mich bis heute verfolgt. Es war eine allgemeine ehrenhafte Entlassung aufgrund von Charakter- und Verhaltensstörungen und Selbstmordtendenzen. Der Jesuitenpater hatte geglaubt, er helfe mir, als er eine Unterredung mit einem Militärpsychologen arrangierte. Dieser wollte wissen, wie ich über Leben und Tod dachte. Ich sagte, ich hätte über Selbstmord nachgedacht, glaube aber nicht, daß es je dazu kommen würde. Die Tatsache, daß ich mich mit einem Typen eingelassen hatte, der mich verführt hatte, trug dazu bei. Lassen Sie es mich so sagen – ich ließ mich bereitwillig verführen, obwohl ich nicht wußte, wozu.

Nachdem ich die Armee verlassen hatte, reiste ich vier Monate mit einer Chorgruppe umher. Ich glaube, es war eine Sekte: Sie beobachteten einen, und wenn man die falschen Verse sang, stellten sie einen zur Rede. Doch sie hielten uns nicht mit Gewalt dort fest. Wir waren eine Gruppe junger Leute, alle gutaussehend, mit einem Lächeln – wir lächelten ständig – und trugen in Colleges und Militärstützpunkten singend unsere Botschaft vor, daß Gott gut für das menschliche Leben sei. Zwischen den Liedern standen wir auf und bekannten öffentlich unsere eigenen Schwächen.

Diese Gruppe bestärkte uns darin, mit unseren Eltern ins reine zu kommen. Darin bestand ihre Philosophie – Fehler eingestehen und überwinden. Ich ging zu meinem Vater und sagte, ich wolle ihm etwas über mich erzählen, das er wahrscheinlich nicht wisse, damit wir uns besser verstehen könnten. Ich sagte ihm auch, daß ich mich gegen eine solche Lebensweise entschieden hätte.

Er antwortete: »Unter Hitler hätten sie dich dafür erschossen.«

Ich glaube nicht, daß mein Vater damit sagen wollte, *er* würde mich erschießen. Derartige Kommentare rühren aus jener kriminellen Gesellschaft her. Adolf Hitlers Statthalter hatten meinen Vater einer Gehirnwäsche unterzogen. In der Tat erschossen und vergasten sie Menschen, weil sie homosexuell waren. Immerhin wußte mein Vater, was sie mit Homosexuellen getan hatten.

Ich weiß inzwischen, was diese Gruppe von mir wollte – ich sollte die katholische Kirche in Mißkredit bringen. Das wollte ich nicht tun. Doch sie beharrten darauf, daß es in der Ordensschule zu homosexuellen Handlungen gekommen sei. Sie wiederholten: »Die Wahrheit macht dich frei.« Welche Wahrheit denn? *Wessen* Wahrheit? Als ich mich nicht zum Sprachrohr machen lassen wollte, mußte ich gehen.

Ich wurde in den Jesuitenorden aufgenommen. Es gab eine intensive spirituelle Ausbildung, und wir wurden auch in Latein, Griechisch und weiteren Studienfächern unterrichtet. Novizen und Schüler durften nur zu festgelegten Zeiten miteinander sprechen. Meine sexuelle Orientierung hatte sich ziemlich gefestigt, und obwohl ich sie nicht ausleben wollte, fühlte ich mich zu einem Schüler hingezogen. Ich betrachtete es nicht nur als Sex – ich hielt es für mehr, für etwas Kostbares, das man einem anderen schenken kann. Doch meine Tage im Priesterseminar neigten sich dem Ende zu, da mich meine Verstellung so verstörte. Im Noviziat gibt es einen Novizenmeister, dem man alle Verstöße gegen die Gebote und Hausvorschriften beichtet. Da ich mich zu keiner Lüge durchringen konnte, hörte ich auf zu essen, bis ich völlig abgemagert war und ins Krankenhaus gebracht wurde. Damals war ich zwanzig.

Damit ich mich ausruhen und erholen konnte, bat man darum, Besuche zu unterlassen. Der Novizenmeister sagte: »Die Ärzte können nichts finden. Was ist los mit Ihnen?« Ich sagte: »Ich möchte die Beichte ablegen.« Wer kam wohl herein, als ich gerade ansetzte, meine sexuelle Beziehung zu beichten? Dieser Schüler. *Ja.* Doch der Novizenmeister war sehr verständnisvoll und erteilte mir die Absolution. Vermutlich dachte er, ich sei so verwirrt, weil ich nicht so veranlagt sei. Da hat er mich mißverstanden. Ich war verstört, eben weil ich begriff, was ich war, und dies verbergen mußte.

Und so habe ich unter dieser Lüge gelitten.

Als sie die Militärakten anforderten, gab mir das den Rest. Die Kirche hatte nicht vor, jemanden zum Priester zu weihen, der wegen Charakter- und Verhaltensstörungen aus der Armee entlassen worden war. Dies war ein Wendepunkt, der mir diese Laufbahn ein für allemal versperrte. Mir blieb keine Wahl. Dies war der größte Verlust – der Verlust des Zuhauses.

Ich wurde Seemann, fuhr auf einem Handelsschiff und lernte Venezuela, Japan und die Philippinen kennen. Mannschaftskameraden bezahlten mir einen Besuch bei einer Prostituierten, damit ich auch diesen Teil meiner Sexualität erleben konnte. Nach sieben Monaten auf See kehrte ich nach Deutschland zurück. Als ich einen Job beim amerikanischen Militär bekam, stürzte ich mich richtig ins alternative Leben. Doch ich hatte niemals wahllos Sex, da ich glaube, daß man gewisse Gefühle teilen muß.

Auf einer privaten Feier traf ich Mike, einen amerikanischen Soldaten. Vierzig Air Force-Leute waren da. Es gab mehr Männer dieser Art im Militär, als ich im Seminar je erlebt hatte. Sie verbargen es nicht einmal. Das Comeback, die Bar, die ich in Frankfurt besuchte, war voller Militärleute, bis die Amerikaner draußen eine Kamera anbrachten. Monate später schickte man die ganzen Leute, die in die Bar gegangen waren, zurück in die Vereinigten Staaten. Sie wurden unehrenhaft entlassen.

Zwischen Mike und mir entwickelte sich sehr schnell eine gegenseitige Zuneigung. Schließlich zogen wir zusammen. Mit ihm kam ich 1970 nach Missouri. Von da an lebte ich ein geregeltes Leben. Eine Weile war ich Schuhverkäufer, arbeitete dann in einem Waschsalon, bis ich eine Stelle in einer Bank fand. Ich trug wieder Anzüge. Ich war immer sehr gut in Mathematik und stieg schnell zum Filialleiter auf.

Als meine Mutter ankündigte, sie werde uns besuchen und bei uns wohnen, fragte sie mich: »Wo schläfst du? Wo schläft Mike?« Ich sagte ihr nicht, daß wir zusammen schliefen, doch es war offensichtlich. Natürlich bestand sie darauf, länger als geplant zu bleiben. Ich wußte, was sie vorhatte – sie wollte meine Beziehung zu Mike zerstören. Ich weiß noch, wie Mike und ich uns nachts deswegen quälten. Schließlich sagte ich zu ihr: »Du kannst hier nicht bleiben.« Jahre später erzählte mir mein Bruder, daß sie weinend zu ihm kam und sagte: »Was habe ich falsch gemacht?«

Die ersten Jahre meiner Beziehung zu Mike waren gut, doch dann wurde er eifersüchtig, weil er glaubte, ich träfe mich mit jemand anders. In Wahrheit war er derjenige. So etwas würde ich nie tun. Wenn ich in einer Beziehung lebe, dann gehöre ich dorthin. Ich vermute, daß es das ist, was ich an dieser Lebensweise am meisten verabscheue – dieser Mangel an Monogamie. Für die Trennung brauchten Mike und ich ebenso lange wie für den Anfang. Ich weiß nicht, wie oft wir uns trennten und wieder zusammenzogen. Es war schmerzhaft. Nach unserer endgültigen Trennung war ich mit einigen Leuten zusammen, bis ich 1976 jemanden kennenlernte und mit ihm eine feste Beziehung aufnahm. Sie zerbrach ebenfalls, weil keiner von uns reif genug war. Er hat seitdem keine Beziehung mehr gehabt, und ich auch nicht.

Ich habe vor, mich in Deutschland zur Ruhe zu setzen. Ich sehe mich schon bei Spaziergängen in den Bergen um unser Dorf. Hier habe ich niemanden, mit dem ich meinen Ruhestand verbringen könnte. Den Leuten dort drüben stehe ich näher – meinen Nichten und Neffen, Cousins und Freunden. Obwohl ich hier Freunde habe, ist die Substanz der Freundschaften anders. In Deutschland dauert es sehr lange, bis man eine Freundschaft angeknüpft hat, doch dafür endet sie auch nicht so schnell.

Meistens fahre ich zweimal im Jahr nach Deutschland. Ich lege Wert darauf, um die Weihnachtszeit dort zu sein. Dieses Fest kann man nur sehr schwer ohne Familie feiern. Reisen verleiht mir neue Energie – sowohl die Vorbereitungen als auch die eigentliche Reise. Nächsten Monat feiert meine Nichte Erstkommunion. Das ist für katholische Deutsche ein großes Fest, weil das Kind in den Augen der Kirche großjährig wird. Zum Glück kann ich zwischen beiden Ländern hin- und herpendeln. Ich kann die jeweils negativen Dinge, mit denen ich nichts zu haben möchte, hinter mir lassen. Ich halte mich eigentlich für multikulturell, weil ich verschiedene Kulturen und Arten von Disziplin erlebt habe. Es hat mich gelehrt, wie vielfältig das Leben doch ist. Alle Menschen, denen ich begegnet bin – ob nun Deutsche, Amerikaner, Japaner oder Filipinos –, unterschieden sich irgendwie nach Charakter, Herkunft, Orientierung, Aussehen; doch andererseits waren sie alle gleich. Sie alle versuchen zu überleben und tun wahrscheinlich ihr Bestes. Die meisten jedenfalls. Manche befinden sich, ohne es zu wissen, auf einem selbstzerstörerischen Weg. Manchen ist es egal.

Ich glaube, daß es das Böse im Menschen gibt. Als Kind wußte ich nichts über jenes Böse, das man so bereitwillig mit meiner deutschen Herkunft gleichsetzte. Wir lernten in der Schule nichts über den Holocaust, und selbst als ich höhere Bildungseinrichtungen besuchte, herrschte ein ersticktes Schweigen, eine aufreizende Stille. Vielleicht waren die Leute schockiert, verängstigt. Vielleicht wußten sie es nicht oder wollten es nicht wissen. Vielleicht wollten sie nicht daran erinnert werden. Als die Mauer fiel, hörte ich die Horrorgeschichten eines *Bürgermeisters*, der von der Behandlung durch das kommunistische Regime sprach. Plötzlich konnte niemand mehr die Leute finden, die diese bösen Taten begangen hatten. Alle waren Opfer. Genau. Ich dachte: *Mein Gott, genau das ist nach dem Krieg passiert. Niemand hat irgend etwas getan.*

Doch mein Vater singt bis zu diesem Tag ein Loblied auf diese Epoche. Auf jeden Fall spricht er nicht gerade schmeichelhaft über die Juden. Er sagt die gleichen Dinge wie die Nazis – daß die Juden für alles Übel dieser Welt verantwortlich seien. Er war in der SS-*Panzerdivision* und zeigt stolz seine Eisernen Kreuze. Er gehörte zu den Gruppen, die Nazis Unterschlupf gewährten. Sie trafen sich, sangen alte Soldatenlieder, sprachen darüber, wie sie den Krieg aufgrund des jüdischen Verrats verloren hätten. Dieser Glaube ist einfach lächerlich. Was soll man einem solchen Mann sagen? Er ist zweiundsiebzig. Über so etwas kann man nicht mit ihm streiten. Ich lache darüber, obwohl ich eigentlich weinen sollte. Doch dann denke ich mir: *Es ist furchtbar, daß es Menschen gibt, die so denken.*

Viele Leute in diesem Land sprechen nicht gerade gut über die Juden. Es ist unfaßbar, wenn sie sagen, Hitler habe nicht genug von ihnen erwischt. Ich sage dann: »Das meinen Sie doch wohl nicht ernst! Wie können Sie das sagen?« Und dann diese rassistische Tendenz, die die Menschen hier haben. Letzte Woche saß ich mit Leuten am Tisch, die über Nigger sprachen. Gewöhnlich frage ich dann: »Was haben Sie gesagt?« in der Hoffnung, daß sie darüber nachdenken, doch wenn sie es wiederholen, sage ich: »Ich glaube nicht, daß Sie das wirklich gesagt haben.«

Vermutlich sollte ich auch meinen Vater zur Rede stellen, doch ich schrecke vor einer unangenehmen Auseinandersetzung zurück. Wahrscheinlich würde er mich beschimpfen. *Du Schwuchtel!* Das hat er schon getan. Ich möchte mich dem nicht aussetzen. Sehen Sie, ich lebe kein öffentliches Leben. Ich halte das für eine sehr persönliche Angelegenheit. Wie ich meine intimen Gefühle für einen anderen Menschen ausdrücke, geht niemanden etwas an. Andererseits kann ich diese Person nicht einmal mit den Menschen meiner Umgebung teilen. Das ist eine zweischneidige Sache. In meiner Familie ist es kein Geheimnis, doch ich spreche nur mit meinen Schwestern darüber. Dieses Wochenende habe ich mich wirklich über meinen Vater geärgert. Nach ein paar Gläsern *Schnaps* machte er dauernd beleidigende Anspielungen auf meine sexuelle Neigung. Alle lachten, doch ich hatte nicht den Mut, ihm zu sagen: *Warum hältst du nicht deinen dummen Mund?* Dann wäre es noch schlimmer geworden. Er hätte sich in seine Wut hineingesteigert. Er reitet immer darauf herum. Doch er ist mein Vater. Obwohl es Grenzen gibt.

Eine Weile sah er ein, daß er eigentlich nicht so viel trinken dürfe. Ich geriet auch auf diese Schiene, als ich anfangs ausging und Leute traf, die mich lieber mochten, wenn ich mich locker gab, wenn ich einfach trank und fröhlich war und tanzte und jeden küßte. Aber man kann nicht immer betrunken sein, und ich wachte nur ungern am nächsten Morgen mit einem Kater auf. Jetzt trinke ich nur noch selten und brauche es auch nicht.

Es hat Momente in meinem Leben gegeben, wo ich sehr tief unten war und nicht weiter wußte. Noch kürzlich, vor einem Jahr, wollte ich aufgeben. Ich weiß nicht, was ich mit *aufgeben* meine, aber ich wollte einfach nichts mehr tun. Man wird müde.

Ich weiß nicht, ob ich normal bin oder ob es so etwas wie eine normale Familie gibt.

Gleich neben meinem Bett hängt ein Rosenkranz, den Papst Johannes Paul auf seiner Amerikareise gesegnet hat, und an der Wand hängen Bilder von mittelalterlichen Altarszenen aus Deutschland. Dennoch bete ich nicht mehr. Früher betete ich, dachte über Gott nach und meditierte, fand zu einer Einheit mit ihm oder ihr. Wir wissen nicht, wie Gott aussieht oder ob er/sie ein Geschlecht hat und welches.

Ich engagierte mich bei Dignity, einer nationalen Gruppe homosexueller Katholiken, bis sie sehr radikal wurde. Obwohl diese Menschen Teil der Kirche sein wollten, taten sie Dinge, mit denen sie sich distanzierten. Ich betrachte mich noch immer als Katholiken – nicht praktizierend, aber getauft. Was die Liturgie betrifft, bin ich wahrscheinlich ein konservativer Katholik. Der Glaube erfordert eine gewisse Disziplin. Es geht nicht an, daß jeder einfach sagt: *Dies und das sollten wir glauben.* Die katholische Kirche bleibt trotz aller Herausforderungen eine lebendige Organisation. Wenn die Kirche auf Glaube und Lehre basiert, muß jemand diese Lehre bewahren. Vielleicht sucht wieder ein Teil von mir nach einem Zuhause. Einige meiner Gefährten von Dignity und ich gehen hier jetzt regelmäßig in eine Jesuitenkirche.

Es wäre leicht, selbstgefällig zu sein und zu sagen, daß das, was in Deutschland geschah, niemals hier in Amerika passieren könnte. Doch da bin ich mir nicht so sicher. Weil es bereits passiert. Es ist erschreckend. Ich denke nur daran, wie die Rechten AIDS politisch ausnutzen. Ihr Image ist so heuchlerisch. Ich nenne sie die heuchelnde Rechte. Ich muß nicht mit einer derartigen sexuellen Diskriminierung kämpfen, da ich meine sexuelle Neigung nicht offen eingestehe. Ich habe Glück, keines von diesen Merkmalen aufzuweisen, die man

Homosexuellen gemeinhin nachsagt. Ich meine, manche lispeln oder bewegen ihre Hände auf eine bestimmte Weise. Ich habe mich sogar unbehaglich gefühlt, wenn ich in der Öffentlichkeit mit einem Bekannten ausging. Wenn wir vor dem Theater in der Schlange standen, sah ich Hunderte von Augen, die sagten: *Diese Schwuchteln.* Doch manchmal überfiel mich in einer Gegend, wo man mich nicht kannte, eine Art Rausch, und ich verhielt mich herausfordernd und küßte mitten auf der Straße einen Mann auf den Mund. Es war fast, als legte ich einen Köder aus: *Was werdet ihr tun, nachdem ich dies getan habe?*

Ich habe eine Reihe homosexueller Freunde. Doch seit 1980 hatte ich keine Beziehung mehr. Vermutlich bin ich deshalb noch am Leben. Ich habe viele Freunde verloren. Menschen, mit denen ich intim war, sind gestorben. Mike starb vor einigen Jahren an AIDS-bedingten Komplikationen. Mein Test war negativ. Ich muß irgend etwas richtig gemacht haben. Ich will mich nicht als moralisch hinstellen, aber ich habe mir Partner ausgesucht, für die ich etwas empfand. Ich wollte mehr als nur einen Orgasmus.

Wenn ich die ideale Beziehung haben könnte, die Unabhängigkeit und doch Nähe bietet ... das wäre schön, doch ich habe sie nicht gefunden und suche auch nicht aktiv danach. Ich bin zu dem Schluß gelangt, daß mein Leben so einfach besser ist als mit jemand zusammen. Weil ich es schon so oft durchgemacht habe. Selbst kurze Beziehungen ... ich will diesen Schmerz nicht mehr. Wahrscheinlich habe ich deshalb kein Haus gekauft und mich mit Tieren umgeben. Ich hatte Haustiere, und sie sind gestorben. Die Leute sagen: »Du machst dich gegen alle Gefühle immun.« Das mag sein. So schütze ich mich selbst. Doch ich werde niemandem hinterherlaufen.

Ich widme einen großen Teil meines Lebens meiner Arbeit oder denke darüber nach. Freizeit betreibe ich aber ebenso intensiv wie meine Arbeit. Ich gehe lieber selber zum Sport, als ihn mir im Fernsehen anzuschauen. Ich spiele gern am Computer herum. Und ich bin froh, daß ich mir aussuchen kann, wann ich mit Freunden zusammen sein will. Dennoch betrachte ich mein Leben als irgendwie unvollständig. Ich denke viel darüber nach. Meist stelle ich mir vor, in Deutschland bei meinen Schwestern zu sein. Und ich denke an unser Dorf. Ich möchte eher in die Vergangenheit als an den Ort selbst zurückkehren. Ich weiß auch, daß dies nicht geht und versuche daher, das Leben von Tag zu Tag zu leben, zu nehmen, was kommt und zu überwinden, was zu überwinden ist.

KURT

Geboren: 1946
Alter zum Zeitpunkt der Immigration: 6

Bin ich das Produkt einer Vergewaltigung?

Viel weiß ich nicht mehr über das Waisenhaus in Deutschland.

Ich kann mich erinnern, wie ich eines Tages dabei half, einen Milchkarren bergauf zu schieben. Eine Milchkanne rutschte nach hinten und zerquetschte mir den kleinen Finger. Ich weiß noch, daß ich ein Kind unter vielen war und nicht genug zu essen bekam. Für mich war es ein besonderer Leckerbissen, wenn es kleingeschnittene Leber und Kartoffelbrei gab. Ich erinnere mich an die große Holzeisenbahn, in der wir an Weihnachten sitzen durften. Ich weiß noch, daß ich Sand aß und Würmer bekam und von den Nonnen dafür bestraft wurde.

Ich hungerte so sehr nach Aufmerksamkeit.

Die Aufmerksamkeit bestand in Strafen.

Und das war mir lieber als gar nichts.

Ich wurde drei- oder viermal adoptiert, bevor man mich schließlich in Amerika unterbrachte. Man holte mich aus dem Waisenhaus, steckte mich in eine Familie und brachte mich dann wieder ins Waisenhaus zurück. Das Schlimmste daran war, daß ich nicht wußte, ob man mich zurückschickte, weil ich nicht erwünscht war oder weil etwas in der Beziehung nicht stimmte. Ich habe erst vor vier Jahren herausgefunden, daß ich mehrmals adoptiert wurde. Damals erhielt ich von meinen Eltern meinen Paß, die Adoptionspapiere und das alte Flugticket. Ich wußte nicht einmal, daß ich einen deutschen Paß besitze.

Ich kann mich an manche Dinge, die im Zusammenhang mit meiner Reise hierher stehen, noch sehr lebhaft erinnern. Man weckte mich mitten in der Nacht im Waisenhaus und wies mich an, meine Sachen zu packen. Ich besaß eine kleine Holzeisenbahn, eine *Lederhose*, ein weißes Hemd und hohe Schuhe. Ich erinnere mich, wie ich im Zug an einem Fluß entlangfuhr und in einem unglaublich großen Bahnhof ankam, das muß in Frankfurt gewesen sein.

Ich habe mir auf einer Landkarte den Ort angesehen, aus dem ich wohl stamme. Vielleicht habe ich mir das falsche Frankfurt ausgesucht, doch wenn ich mir die Karten von 1945 ansehe – in dem Jahr muß ich gezeugt worden sein –, lag Frankfurt an der Grenze des damals von den Russen besetzten Gebietes. Und ich habe komische hohe Wangenknochen und etwas schmale Augen, die auf eine slawische, vielleicht sogar russische Herkunft deuten. Aus den Papieren kann ich nicht ersehen, wer mein Vater war.

Manche Leute haben mich gefragt, ob ich nicht mehr über meine Mutter herausfinden kann oder sie aufspüren möchte. Ich habe viele Jahre damit verbracht, den Leuten – und mir selbst – zu sagen, daß sie mich nicht genug geliebt habe, um mich zu behalten. Warum also sollte ich mir darüber Gedanken machen? Beim Älterwerden habe ich begriffen, daß die Zustände im

Nachkriegsdeutschland derart waren, daß sie vermutlich ein großes Opfer gebracht hat. Wahrscheinlich war es das Beste, was sie tun konnte. Ich kenne den Namen meiner Mutter, habe aber nicht die geringste Ahnung, wie ich sie finden könnte. Eine gewisse Neugier war immer da, aber es ist mir gelungen, genügend Barrieren aufzubauen. Inzwischen lautet die Barriere: *Ich bin achtundvierzig. Es ist unwahrscheinlich, daß sie noch lebt.* Ich habe Angst herauszufinden, daß meine Mutter tot ist, daß damit ein Teil meines Lebens beendet ist, an dem ich nie teilhatte. Dennoch ... ist es eine Phantasievorstellung, der man nachhängen kann.

Wie war meine Mutter? War sie eine normale Frau, die dem Krieg zum Opfer fiel? War sie eine Prostituierte? Bin ich das Produkt einer Liebesbeziehung? Bin ich das Produkt einer Vergewaltigung? Wer bin ich?

Ein Teil von mir möchte es gar nicht wissen.

Ich war sechs, und sie setzten mich ganz allein ins Flugzeug, einen Pan American Clipper mit zwei übereinanderliegenden Passagierräumen. Sie waren durch eine kleine Wendeltreppe verbunden. Der Flug war toll. Die Stewardessen ließen mich herumlaufen, und ich durfte beim Piloten auf dem Schoß sitzen. Ich muß wohl ein niedliches Kind gewesen sein.

Mein Adoptivvater holte mich vom Flughafen ab – ich sah ihn zum ersten Mal. Er ging mit mir essen. Ich tat auf alles Senf. Aß zum ersten Mal Eis. Aß Eis wie ein Verrückter. In Waisenhäusern gab es kein Eis. Als wir unser Haus im Mittleren Westen erreichten, stieg ich aus dem Auto und ging zur Haustür. Davor stand eine riesige Boxerhündin, total aufgeregt. Sie leckte mein Gesicht ab, und ich lief schreiend zum Auto zurück. Ich baute nie eine Beziehung zu meinen Eltern auf. Ich glaube, ich bin ihnen niemals nahegekommen. Es war immer steif, nach dem Motto: »Gib deiner Mutter einen Kuß vor dem Schlafengehen.« Diese Art von Beziehung.

Ich hatte schreckliche Träume, dramatische Träume, in denen ich immer auf dem Boden einer tiefen Grube lag. Über mir hockte sprungbereit eine große Katze, ein Tiger oder Löwe. Ich hatte auch furchtbare Träume, in denen mich ein Uniformierter aus dem Fenster stoßen wollte. Es mußte etwas mit einem Zuhause zu tun haben, in dem man mich einmal untergebracht hatte – an diesen Teil kann ich mich noch erinnern. Ich habe mir diese Scheiße nicht einfach ausgedacht. Mit sechs ist die Phantasie noch nicht so weit entwickelt.

Da ich kein Englisch sprach, brachten mich meine Eltern auf die Farm einer alten Dame. Sie sprach Deutsch und Englisch. Bis zum Herbst sprach ich gut genug Englisch, um zur Schule zu gehen. Ich kann mich nicht erinnern, daß mich jemand wegen meines Akzentes gehänselt hätte. Ich habe ihn völlig verloren. Hätte ich mit Akzent gesprochen, hätte ich mich vielleicht nicht so gut als Amerikaner eingefügt. Als Kind war ich extrem intelligent. Mit sehr hohem IQ. Während ich heranwuchs, wollte ich immer Frank Lloyd Wright sein. Ich spielte für mein Leben gern Frank Lloyd Wright. Ich wollte Architekt werden. Dann sagte mir jemand, ich müsse vorher elend lange als Zeichner arbeiten, bevor ich eigene Arbeiten anfertigen dürfe. Ich glaube, damals habe ich diesen Plan aufgegeben. Ich wollte alles sofort genießen.

Meine Eltern machten einige Fehler. Ich sicher auch. Ich war ein ziemlich schlimmes Kind. Meine Mutter hatte eine Bestecksammlung mit Perlmuttgriffen in einer Vitrine. Immer wieder klaute ich davon, buddelte dann in der Erde und verlor sie auf diese Weise. Irgendwann bemerkte sie, daß sie weg waren. Meine Eltern fragten mich, ob ich sie genommen hätte, und ich log ihnen ungerührt ins Gesicht. So etwas habe ich oft getan.

Mein Vater trieb mich oft in eine Ecke und boxte mich in den Magen. Das verstand er unter Disziplin: einen echt gesunden Hieb in den Magen, so hart, daß ich keine Luft mehr bekam. Immer wenn meine Eltern wirklich wütend auf mich waren, sagten sie, »Du könntest noch immer in dem deutschen Waisenhaus sein.« Das habe ich Gott weiß wie oft gehört. Manchmal antwortete ich: »Schön wär's.« Manchmal hatte ich das Gefühl, sie wollten mich nicht. Oft kam es mir vor, als sei ich nicht so viel wert wie mein Bruder. Sie schienen ihn lieber zu mögen, weil er aus Amerika stammte. Jetzt, wo ich älter bin, verstehe ich, daß die Bindung zu einem Kind einfach enger ist, wenn man es von Geburt an aufzieht. Damals habe ich es ihnen verübelt. Ich glaube, ich habe nie die Aufmerksamkeit erhalten, die ein Kind verdient. Ich hungerte nach Aufmerksamkeit und versuchte, sie in der Schule zu bekommen, indem ich entweder richtig gut oder schlecht war. Ich habe in meinem Leben viele selbstzerstörerische Dinge getan.

Mit neun oder zehn lief ich das erste Mal von zu Hause weg. Ich hatte eine furchtbare Handschrift, und im Sommer zwangen mich meine Eltern, Schreiben zu üben. Eines Tages drehte ich durch. Ich kam acht Meilen weit. Nicht schlecht für den Anfang. Weglaufen war meine Reaktion auf beinahe alles, was mir nicht gefiel. Mein Vater versprach mir, ich würde mit sechzehn ein Auto bekommen. Als er sein Versprechen nicht hielt, trampte ich nach Florida. Suchte mir einen Job in einem Motel. Der Typ vom Motel half mir und ließ mich ein paar Handlangerarbeiten machen. Irgendwann fand er heraus, wer ich war und woher ich kam. Eines Tages hob ich zufällig einen Telefonhörer ab und hörte, wie er mit meinen Eltern sprach. Ich fand heraus, wann sie herkommen wollten, um mich zu holen. Es war zum Schreien, wie sie an jenem Tag auf der Straße an mir vorbeifuhren, während ich in die andere Richtung spazierte.

Ich trampte nach Georgia. Blieb fünf oder sechs Tage dort. Zum ersten Mal im Leben war ich so hungrig, daß ich bettelte. Ich ging tatsächlich in einen Drugstore und fragte den Typen, ob ich für etwas zu essen arbeiten könne. Der Mann war sehr nett. Dann wohnte ich bei der Heilsarmee. Als ich sicher war, meine Eltern wären wieder weg, trampte ich zurück nach Florida. Sie waren allerdings ohne mein Wissen zur Polizei gegangen und hatten mich als Ausreißer gemeldet. Die Polizei schnappte mich nach einem Tag. Und so landete ich für ein paar Tage im Gefängnis. Meine armen Eltern mußten den ganzen Weg vom Mittleren Westen herfahren. Ich war mir sicher, sie würden schrecklich wütend sein. Aber nein, sie waren typische Eltern: nur erleichtert, daß es mir gutging, und froh, mich wiederzuhaben. Als wir zu Hause waren, bekam ich ein Auto.

Ich blieb zu Hause und benahm mich ganz gut, wenn man von ein paar Biergelagen mit den anderen Jungs absieht. Als ich auf die High School kam, war ich es leid zu hören, wie schlau ich doch sei und daß ich viel mehr leisten könne. Mein IQ liegt angeblich bei 180. Ich bekam meinen Abschluß nicht, weil ich irgendeine Algebra-Prüfung verpfuschte. Mir war es egal. Ich lernte nicht dafür. Machte Unsinn. In diesem Fach konnte ich Einsen bekommen, wenn ich wollte. Am letzten Tag gab es eine Versammlung für die Abschlußklasse, bei der Prüfung simuliert wurde. Sie riefen die Namen aller

Leute auf, die den Abschluß machen würden. Sie mußten sich in die erste Reihe setzen. Ich saß ganz allein auf
der anderen Seite.

An diesem Nachmittag packte ich einen Koffer, stahl
meinem Vater eine Flasche Canadian Club und stellte
mich mit ausgestrecktem Daumen an die Straße. Ein
Typ nahm mich mit und brachte mich bis an die Westküste. Ich war ein bißchen besorgt. Ich dachte, er sei
vielleicht schwul, da er mich bei sich wohnen ließ. Nach
ein paar Tagen sagte er: »Hast du Ahnung vom Häuser-
bauen?« Ich log und sagte: »Klar doch.« Er wollte sein
Haus ausbauen, und ich arbeitete einige Monate für ihn,
zog gegen Kost und Logis Trockenmauern hoch.

Ich rief meine Eltern an und brachte sie dazu, mir
mein Erspartes zu schicken. Ich geriet in einen Kreis
junger Leute aus der Nachbarschaft, die unheimlich viel
tranken und ein paar Drogen nahmen. Ich stellte fest,
daß ich mir nicht viel aus Drogen machte. Als das Haus
fertig war, war ich ziemlich pleite.

Ich wandte mich nur an meine Eltern, wenn ich etwas
brauchte, was selten vorkam. Meine Mutter mißbilligte
als überzeugte Baptistin meinen Lebenswandel. Doch
was auch geschah, mein Vater war jahrelang immer wieder glücklich, mich zu sehen. Als ich in den Mittleren
Westen zurückkehrte, ging ich zuerst zu meiner Cousine,
die daraufhin meinen Eltern von meiner Rückkehr berichtete. Sie waren sehr wütend darüber. Ich glaube, ich
habe es getan, weil es sie ärgerte, und wollte sie irgendwie schon im voraus für die Schwierigkeiten bezahlen
lassen, die ich mit ihnen haben würde. Sie zahlten es
mir heim und vererbten meinem Bruder viermal so viel
wie mir.

Ich beschloß, zur Armee zu gehen. Eigentlich tat ich
es nur, weil ich nach Deutschland fahren und sehen

wollte, woher ich kam. Der Rekrutierungsbeamte versprach mir, ich würde nach Deutschland kommen. Natürlich schickten sie mich nach Texas. Nach anderthalb Monaten fand ich heraus, daß mir das Militärleben ganz und gar nicht lag. Also entfernte ich mich ohne offizielle Genehmigung von der Truppe. Im Klartext, ich desertierte. Rannte wieder einmal davon. Sie schnappten mich und verurteilten mich zu sechs Monaten Arrest. Doch dann dämmerte ihnen, ich könnte vielleicht nicht ganz richtig im Kopf sein, denn ich sagte: »Schön. Sperrt mich ruhig ein. In sechs Monaten komme ich raus. Dann haue ich wieder ab.« Nachdem ich drei- oder viermal mit einem Militärpsychologen gesprochen hatte, wurde ich schließlich aus medizinischen Gründen ehrenhaft entlassen.

Ich war mein ganzes Leben lang Verkäufer. Das kann ich gut. Doch im Hinterkopf sitzt immer die Angst, ich könne versagen. *Du wirst versagen. Du hättest viel mehr erreichen können.* So war es mein ganzes Leben lang. Und dennoch bin ich ein guter Verkäufer. Ich bin ein verdammt guter Verkäufer. Ich war sechsmal verheiratet. Können Sie sich vorstellen, wieviel Verkaufsarbeit dahintersteckt?

Ich habe viel Geld verdient. Brauchte auch viel Geld. Ich bezahlte mehr Alimente als die meisten Leute überhaupt verdienen. Meine Beziehung zu meinen Kindern ist ganz fürchterlich. Ich vermisse sie nicht. Ich kann ehrlich sagen, daß ich ihnen nicht mehr Gefühle entgegenbringe als einem jungen Hund. Im Grunde hätte ich für einen Hund sogar mehr übrig. Ich habe nie versucht, es zu verstehen. Ich weiß, wie man liebt. Ich weiß, wie man Menschen gern hat. Ich weiß, wie ich jemand verletzen kann, der mich verletzt hat. Aber ich hege keine väterlichen Gefühle. Die wenigen Male, bei denen ich mit meinen Kindern gesprochen habe, fühlte ich mich unbehaglich. Und ich wollte nur so schnell wie möglich den Hörer auflegen.

Ich muß mich beim Verkaufen ein- und ausschalten. Ich nenne das meinen kleinen, inneren Schalter. Selbst an schlechten Tagen – wenn ich mit einem Kater zur Arbeit komme, todmüde, mürrisch oder krank – kann ich meinen kleinen, inneren Schalter drücken und meine Arbeit tun. Ich muß ständig nett zu den Leuten sein, was ich auch schaffe. Es ist schwer. Und weil ich das Tag für Tag tun muß, bin ich wirklich wählerisch, was meine Gesprächspartner im Privatleben betrifft.

Als ich Gebrauchtwagen verkaufte, war ich mit dem Neuwagenverkäufer gut befreundet. Doch er machte ein paar wirklich geschmacklose Witze: »Kurts Lampenschirme bekommen im Sommer Hitzepickel.« »Kurt ist der einzige Typ, den ich kenne, der Duschköpfe im Wohnzimmer hat.« Das war das einzige Mal, daß mich jemand wegen meiner deutschen Herkunft aufgezogen hat. Wir sind im Grunde kein sonderlich humorvolles Volk. Ich kenne kaum Witze über Deutsche, dafür aber über Polacken, Italiener, Mexikaner.

Die Kunden müssen einen mögen. Das ist am allerwichtigsten. Der andere wichtige Punkt ist, daß sie einem genug vertrauen müssen, um zu glauben, daß man weiß, was man tut. Mit Ärzten und Anwälten kommt man nur schwer ins Geschäft. Sie nehmen sich selbst so wichtig, daß sie glauben, jeder wäre ihnen etwas schuldig. Orientalen bediene ich nicht einmal. Sie wollen immer was umsonst. Sie fragen nach dem Preis eines Wagens. Ich sage: »Neuntausend Dollar.« Dann sie: »Ha ha ha ha! Ich gebe Ihnen sechs.« *Sechs? Raus mit euch!* Ich hasse es, diese Leute zu bedienen, die wir

Punkte nennen. Inder also. Mit dem Punkt auf der Stirn. Ich hasse sie aus zweierlei Gründen: Sie riechen schlecht, und sie machen dasselbe wie die Orientalen. Bieten dir nie einen fairen Schnitt. Bestimmte Kulturen, die an dieses ständige Feilschen gewöhnt sind, kommen in dieses Land und versuchen auf unsinnige Weise zu feilschen, weil sie nicht wissen, wann man damit aufhören muß.

Mit Schwarzen hatte ich nie Probleme. Haßte aber Juden. Ich meine, das sind die schäbigsten Leute überhaupt. Kaufen die Verbraucherhandbücher und erzählen mir, wieviel der Wagen bei mir kostet und wieviel sie mir dafür bezahlen wollen. *Nein.* Niemand sagt mir, zu welchem Preis ich ein Auto verkaufe. Das bestimme ich – nicht der Kunde. *Raus!* Was das Geschäft angeht, sind Juden als Volk – mit wenigen Ausnahmen – wirklich fürchterlich.

Manchmal mache ich Witze – keine sehr guten –, und dann hasse ich mich selbst. Denn dann sehe oder lese ich etwas. Ich habe alles gelesen, was es zu dem Thema Holocaust und Zweiter Weltkrieg gibt. Habe versucht herauszufinden, wieso die Deutschen, ein Volk, das ich liebe, sich wie Schafe führen ließen. Ich verstehe es zum Teil. Ich könnte es niemals ganz verstehen, aber ich war auch nicht dabei. Weshalb ließen wir zu, daß wir uns auf dieses Niveau hinabbegaben? Bücher zu verbrennen. Diese Scheiße zu ertragen. Ich liebe Bücher. Ich meine, Bücher sind mein bestes Ventil. Unter normalen Umständen lese ich pro Tag ein Buch.

Als Rasse waren wir ganz schön clever, aber wir müssen schon verdammt blöd gewesen sein, damit dies geschehen konnte. Ich wollte immer nach Deutschland zurück, um mir einfach alles anzusehen und mit den Leuten zu reden und herauszufinden, wieviel sie eigentlich wußten. Es gibt viele Fernsehsendungen darüber. Sie behaupten alle, sie hätten es nicht gewußt. Ich frage mich, waren sie alle wirklich blind, konnten sie den Rauch nicht sehen, nicht riechen, konnten sie nicht die Züge sehen, die durch die Städte fuhren? Den Juden die Schuld an ihrem ganzen Unglück zu geben. Das ist irgendwie empörend.

Ich muß zugeben, daß ich eine Rasse nicht verstehen kann, die sich in Viehwaggons verladen und in Öfen treiben läßt. Die gleichen Leute, die nach Israel gingen und gegen die Briten und Araber kämpften. Eine der besten Kampftruppen der Welt. Drängten sich in Boote, flohen aus dem Land, gaben alles auf. Man fragt sich, ob eine eiserne Überzeugung oder ein angeborenes Dummheits-Gen dahintersteckt. Wie konnten Menschen so leichtgläubig sein? »Wir siedeln euch um.« *Klar doch.* »Gebt mir solange euren Koffer.« »Wir ziehen euch ein Armband an.« Wenn jemand käme und mich bedrohte, würde er mich erstmal schnappen müssen. So einfach ist das. Ich bin kein Schaf.

Als Volk haben die Deutschen seltsame Dinge erlebt. Irgendein kleiner, bescheuerter Österreicher übernimmt ein ganzes Land ... Es ist absolut erstaunlich, wie er das geschafft hat. Man wundert sich, wie Leute so etwas machen. Dann sieht man auf einmal, was hier so vor sich geht. Wir werden uns selbst per Gesetz in diese Lage manövrieren. Ich sehe doch, was mit unseren Waffengesetzen passiert, und es gibt da einige interessante Parallelen.

In den dreißiger Jahren schrieb Hitler einen langen Aufsatz über die Entwaffnung der Bürger, bevor er die Kontrolle im Land übernahm. Dann erläßt man Gesetze, um die Leute zu überwachen, erklärt mehr und mehr Dinge für illegal. Hier passiert es doch. Ich bin ein sehr enthusiastischer Schütze. Ich kann auf hundert Meter drei Treffer landen, die kaum zwei Zentimeter auseinander liegen. Ich mag die ausgeklügelte Technik von Schußwaffen. Nehme sie gern auseinander und baue sie wieder zusammen. Trainiere meine Fähigkeiten, damit ich diese Treffergruppe landen kann.

Ich bin kein Überlebenskämpfer. Ich bin kein Skinhead. Ich bin kein Neo-Nazi.

Politisch bin ich nicht sonderlich aktiv. Dieses Jahr habe ich zum ersten Mal seit fünfundzwanzig Jahren gewählt, weil ich es leid bin zu sehen, wie man unsere Freiheiten beschneidet. In diesem Land gibt es intelligente Menschen, die sich die vielen Gründe anhören, weswegen man Schußwaffen verbieten soll. Doch dieselben intelligenten Menschen lernen nicht aus der Geschichte. Karl Marx hat darüber geschrieben. Lenin hat darüber geschrieben. Ich finde es extrem schwer zu glauben, daß sie uns diese ganze Sache mit der Schußwaffenkontrolle verkaufen können. Die einzigen Leute, die man damit vom Besitz von Angriffswaffen abhält, sind jene, die sich ohnehin an die Gesetze halten. Denken Sie doch mal darüber nach. Wird das Gesetz einen Kriminellen davon abhalten? *Nein.*

Die Leute denken nicht nach, haben eine Gehirnwäsche hinter sich oder empfinden eine angeborene Angst vor Waffen. Eine Waffe kann niemanden töten. Ich kann eine geladene Waffe auf diesen Tisch legen, und wenn keiner von uns sie aufnimmt, wird sie niemanden verletzen. Allein kann sie nichts anrichten. Dazu ist eine Person nötig. Dazu ist ein Mensch nötig. Dazu ist unser Temperament nötig, unser unterdrückter Wunsch zu töten. Ohne das kann sie nicht töten.

Ich kann Sie mit einer Gabel töten, dieses Glas zerbrechen.

Anscheinend habe ich jede Beziehung gerade dann kaputtgemacht, wenn alles gut und glatt lief. Gab unbedacht Geld aus. Häufte Rechnungen an. Trank viel. Ich glaube, in mir steckt ein kleiner Mechanismus, der genau berechnete, welchen Knopf ich drücken mußte, um jemanden zu ärgern oder zu vertreiben. Und dann drückte ich ihn. In dieser Hinsicht war ich ganz schön gewieft.

Meine erste Frau war Kellnerin. Sie behauptete, ich hätte sie geschwängert, also heiratete ich sie. Eines Abends kam ich von der Arbeit, und sie war weg, zog bis in die frühen Morgenstunden durch die Gegend. Daher verließ ich sie. Sie war eine der wenigen, die ich je verlassen habe. Das Kind war noch nicht geboren.

Meine Ehefrau Nummer zwei lernte ich auf einer Party kennen. Sie hatte gerade das College abgeschlossen. Ich zog bei ihren Eltern ein, was damals als sehr liberal galt. Sie wurde schwanger. Wir heirateten. Wir bekamen eine Tochter. Wir waren einige Jahre verheiratet. Lebten in einem Wohnwagen. Ich fing an, mich herumzutreiben. Eines Tages kam ich nach Hause, und sie war weg. Ich war vielleicht sauer! Ich schrieb sie ab. Schlug sie mir aus dem Kopf. Das war ein ziemlich finsterer Abschnitt in meinem Leben. Ich lebte in einem beschissenen kleinen Appartement, einer Art Studio, wo man das Sofa in ein Bett verwandeln konnte. Man geht aus und trinkt stundenlang und kommt nach Hause und tut sich selbst leid.

Ich lernte ein Mädchen kennen und lud es eines Abends zum Essen ein. Das war ganz lustig. Die Empfangsdame sah absolut umwerfend aus. Also mache ich meine Bekannte nach Strich und Faden betrunken. Während sie sich auf der Toilette übergab, besorgte ich mir den Namen und die Telefonnummer der Empfangsdame. Schließlich habe ich sie geheiratet. Das war Nummer drei. Eine echte Achterbahn-Beziehung. Am Ende hatten wir vier Kinder – die zwei, die sie schon mitbrachte, und noch zwei gemeinsame. Wir waren arm. Ich meine, Kinder bluten einen völlig aus. Alles lief gut, aber ich fing an stark zu trinken, und mein Partyleben geriet außer Kontrolle. Schließlich sagte meine Frau: »Du mußt ausziehen.«

Dann traf ich eine andere Frau und lebte zwei Jahre mit ihr zusammen. Sie war elf Jahre älter als ich. Die ganze Zeit arbeitete ich für einen Autohändler. Eines Abends kam diese junge Frau auf der Suche nach einem Wagen herein. Alle Verkäufer ergriffen die Flucht und sagten: »Sie ist allein. Sie muß ihren Freund, Ehemann oder Vater mitbringen, irgend jemand, der ein Auto kaufen kann.« Ich sagte nur: »Okay, ich werd's euch zeigen.« Ich verkaufte ihr ein Auto und prüfte ihre Kreditwürdigkeit – angeblich wegen der Finanzierung. Sie besaß ein eigenes Haus und verdiente über dreißigtausend im Jahr. *Gute Aussichten.* Ich rief sie an und fragte, ob sie mit mir ausgehen wolle. Zwei Monate später waren wir verheiratet. Wir kamen überein, daß wir keine Kinder haben wollten. Und wenn sie schwanger würde? Sie nahm die Pille. Ich zahle noch immer Alimente für das Kind, daß wir beide nicht haben wollten.

Als meine beiden Verkaufsleiter dieses wirklich hübsche Mädchen einstellten, sagte ich zu ihnen: »Ihr seid verrückt. Ihr könnt nicht ein so gutaussehendes Mädchen für den Verkaufsraum einstellen. Das gibt Probleme.« Ich hatte recht. Ich heiratete sie. Bei diesem einen besonderen Mal dachte ich, ich hätte alles richtig gemacht. Ich glaube, ich nahm ihr die Luft. Wir waren anderthalb Jahre verheiratet, als sie auf die Tour ankam: *Ich liebe dich, aber ich kann nicht mit dir zusammenleben,* und auszog. Ich liebte sie sehr, und es war die schmerzvollste Trennung, die ich je erlebt habe. Ich fing wieder richtig an zu trinken. Schließlich machte ich eine echt gute Therapie. Der Therapeut verschrieb mir Beruhigungsmittel, weil ich so fertig war. Er stellte mir viele Fragen, die mir bisher noch niemand gestellt hatte. Holte all die Geschichten über das Waisenhaus und die vorherigen Adoptionen aus mir heraus. Familiärer Hintergrund. Wie ich aufwuchs. Wir fanden heraus, daß ich unter anderem deshalb so oft geheiratet habe, weil ich Beziehungen ablehne. Ist vielleicht auf die Zeit im Waisenhaus zurückzuführen.

Ich bin jetzt mit meiner sechsten Frau verheiratet. Meiner sechsten und letzten. Ich lernte sie durch eine ihrer Freundinnen kennen. Sie hat Schießen und Motorradfahren gelernt. Wir sind sehr glücklich miteinander. Ab und zu streiten wir uns wegen einer Bagatelle, aber es hält nie lange an. Ich mag mich beinahe selbst. Bin doch ein halbwegs anständiger Mensch. Als Ehemann weiß ich, wer ich bin: Ich komme nach Hause, räume die Küche auf, spüle, koche, helfe bei der Hausarbeit. Ich übernehme mehr als die Hälfte der Arbeit. Ich arbeite wirklich hart, damit es diesmal funktioniert. Das muß ich jetzt. Ich verspüre nicht den Drang, sie wegzustoßen. Ich fühle mich nicht von ihr bedroht. Ich habe nicht den Eindruck, sie würde mich verlassen. Ich habe nicht das Gefühl, ich müßte gehen. Ich hoffe, es bleibt so. Mann, ich werde schließlich nicht jünger. Gott behüte, daß hiermit etwas schiefgeht. Was mache ich dann? Ich bin achtundvierzig. Ich kann das nicht noch einmal durchziehen – ehrlich nicht.

Ich glaube nicht, daß mir jemand etwas antun kann, das ich mir nicht schon selbst angetan hätte. Mich ins Gefängnis bringen? Auf mich schießen? Alles schon vorgekommen. Mein Geld stehlen? Kenne ich bereits. Ich habe nur noch vor sehr wenigen Dingen Angst. Ich fürchte nur, meiner Frau könnte etwas passieren. Das ist jetzt meine einzige Angst – diese furchtbare Angst vor dem Alleinsein.

Wenn man einen Zettel nimmt und die guten Dinge auf die eine Seite und die schlechten auf die andere Seite schreibt, stehe ich nicht allzu gut da. Wirklich nicht. Ich bin nicht gerade ein strahlendes Exemplar der Superrasse, der ich entstamme. Ich bin nie in Deutschland gewesen. Ich wollte hin, um das Deutschland zu sehen, aus dem ich komme. Offen gesagt, ich konnte es mir nie leisten. Ich bin immer ein wenig stolz gewesen, Deutscher zu sein. Ich bin auch ein bißchen stolz darauf, eingebürgerter Amerikaner zu sein. Die Leute finden es gut, daß ich aus Deutschland herkam und adoptiert wurde. Ich betrachte mich im Grunde als Amerikaner, doch irgendwo zwischendrin fühle ich mich auch ein bißchen deutsch. Ich bin sehr ordentlich. Ich kann gut mit Zahlen umgehen. Das führe ich auf mein Deutschsein zurück. Ich interessiere mich für Maschinen, Waffen, Flugzeuge. Ich sage mir, das sei ein deutscher Wesenszug.

Das Deutschland, in das ich 1946 hineingeboren wurde, war das Deutschland des Zweiten Weltkriegs. Ich war *kein* Produkt der Nachkriegszeit. Ich war das Produkt eines Landes im Krieg. Der Krieg war noch nicht vorbei. *Nein.* Nur die Feindseligkeiten endeten 1945. Die Russen und Amerikaner stritten sich noch um Demarkationslinien. Die Deutschen lernten gerade erst, unter der Besatzung zu leben, und die Besatzer lernten gerade erst, Besatzer zu sein. Die amerikanischen und russischen Soldaten erlebten gerade das Ende eines vier-

oder fünfjährigen Tötungs- und Kampfrausches und das Glück, noch am Leben zu sein.

Ich bin im wahrsten Sinne des Wortes ein Überlebender des Zweiten Weltkriegs. Ich mußte ihn nicht durchleben – doch ich durchlebte die Zeit danach. Meine deutsche Herkunft hat sehr viel mit allem zu tun, was danach in meinem Leben geschah: die Zeit im Waisenhaus, das jahrelange Herumgeschobenwerden, das Nichtgeliebtwerden. Manches davon beeinflußt mich bis heute tagtäglich. Diese ersten sechs Jahre – sie haben meinem Leben ein Raster aufgezwungen, das bis vor drei Jahren Gültigkeit besaß.

Ich habe nie das Selbstvertrauen besessen, das ich aufgrund meiner Fähigkeiten hätte haben sollen. Es ist verdammt schwer, beinahe vierzig Jahre zu überwinden, in denen ich so viele Dinge falsch gemacht habe, nur um Schmerzen zu vermeiden. Es war verheerend. Man läuft aus Beziehungen davon, damit man *selbst* bestimmen kann, wann der Schmerz einen überfällt. Man kontrolliert den Zeitpunkt des Schmerzes. Man weiß, daß er kommt, aber man kann immerhin bestimmen, *wann* er kommt.

Ab und zu träume ich, daß ich durch reine Willenskraft fliegen kann. Nicht wie Superman. Ich habe Träume, in denen meine Geisteskraft ausreicht, um die Schwerkraft zu überwinden. Sie können gern die Männer im weißen Kittel rufen! Aber ich meine es ernst. Ich habe diese Träume in letzter Zeit nicht oft gehabt, doch ab und zu kommen sie noch, und dann kann ich durch bloßes Denken vom Boden abheben. Das ist ein toller Traum! Ich wünschte, ich könnte es wirklich.

Sie können mich meinetwegen ins New Jerseyer Heim für total Gestörte stecken. Wie dem auch sei, mein

Gehirn hat wohl ganz schön gelitten. Unter mir selbst. Oder unter meinen Wahrnehmungen. Sicher, es macht mir angst. Ich wollte oft aufhören. Oft. Ich wollte weglaufen. Es gab Zeiten des Selbstzweifels, der Selbstkritik und des Selbstekels, in denen ich ans Aufgeben dachte. Ich habe einen Selbstmordversuch unternommen. Davon zeugt ein hübsches, sauberes Einschußloch. Ironischerweise kaufte ich mir eine Walther P-38, eine deutsche Waffe aus dem Zweiten Weltkrieg, und schoß damit auf mich. In diese Seite. Genau mitten durch. Ich habe mein Ziel verfehlt. Irgendwie kam mein Verstand dazwischen und verhinderte, daß ich mir ins Herz schoß. Ich zielte tief auf meine Brust, doch als ich den Abzug betätigte, bewegte ich die Waffe.

Nachdem ich auf mich geschossen hatte, brachten mich meine Eltern in eine Nervenklinik. Ob Sie es glauben oder nicht, ein Gremium von sieben oder acht Psychiatern stellte fest, daß ich ein Soziopath sei und absolut kein Gewissen habe.

Ich lachte sie aus.

MARIKA

Geboren: 1941
Alter zum Zeitpunkt der Immigration: 22

Ich muß wieder überleben

Ich versuchte, die brave Tochter zu sein und das Richtige zu tun. Doch in meinem Innersten steckt ein tiefes Mißtrauen. Meine Mutter wollte eigentlich einen Jungen. Sie führte ein Tagebuch während ihrer Schwangerschaft, das sie mir zu lesen gab, als ich mein erstes Kind erwartete. Sie war eine Reiterin, und ich war anscheinend sehr lebhaft. Sie glaubte, sie zöge einen hervorragenden Reiter in ihrem Bauch heran. Sie war bei meiner Geburt sehr enttäuscht und konnte die Tatsache, daß ich ein Mädchen war, lange nicht akzeptieren.

Sie erzählte es mir — lachend. Ich war noch ein Kind.

Drei Wochen lang sagte meine Mutter zum Kindermädchen: »Ich frage mich, ob *er* noch schläft. Würden Sie nach *ihm* sehen?« Irgendwann sagte das Kindermädchen: »Sie müssen sich daran gewöhnen, daß Sie ein kleines Mädchen haben.«

Diese Ablehnung begleitete mich für den Rest meines Lebens. Ich fühlte mich zweitklassig und verwandelte mich in ein kränkliches, mürrisches, scheues Kind. Wissen Sie, meine Mutter verstand nicht, was Kinder brauchen. Als mein Sohn ein Jahr alt war, besuchte sie uns in Amerika. Mein Sohn war nicht einfach. Er schlug mit dem Kopf gegen die Wand oder den Boden — bekam fürchterliche Tobsuchtsanfälle —, und meine Mutter sagte zu mir: »Weißt du, Marika, ich kann wirklich verstehen, warum du von diesem Kind so enttäuscht bist. Ich habe das gleiche durchgemacht.«

Aber ich war glücklich, daß er da war.

Meine Großeltern und Eltern waren fleißig und erfolgreich. Wenn ich mir Bilder aus ihrer Welt ansehe — Jagdgesellschaften und Orangenbäume, Ledertapeten und Kristallüster —, erblicke ich echten Luxus, Eleganz und ein Gefühl der Arriviertheit. Meine Mutter besuchte ein Mädchenpensionat, wo sie lernte, wie man ein großes Gut leitet. Sie hatten viele Bedienstete. Als der Krieg ausbrach, änderte sich offenbar alles, und in Deutschland fiel alles auseinander, vor allem in den östlichen Gebieten.

Einmal fand ich ein Lesezeichen bei meinen Eltern. Es war aus Pergament. Darauf stand in wunderbarer Kalligraphie: *Meine Ehre ist Treue.* Ich dachte, mein Vater habe es meiner Mutter geschenkt — als Zeichen der Liebe. Ich war so enttäuscht, als ich erfuhr, daß es eine Naziparole war. Mit diesem Satz mußten sie alle Hitler die Treue schwören.

Soweit ich weiß, hielten meine Eltern nicht viel von Hitler und Konsorten. Zum Beispiel grüßten sie einander nicht mit »*Heil Hitler*«. Meine Mutter war nicht Mitglied im BDM. Wenn alle anderen Frauen in Uniform und mit Fahnen und Musikkapellen einen Aufmarsch veranstalteten, mußte sie allein am Ende gehen.

Mein Vater blieb dem Krieg lange fern, weil er nicht an dieses Unternehmen glaubte. Er sagte: »Ich muß in Deutschland bleiben und beim Ackerbau helfen, damit die Bevölkerung etwas zu essen hat.« Er wollte Söhne, die in seine Fußstapfen treten und das Gut übernehmen konnten. Er beschäftige ungefähr 150 Leute und gründete einen privaten Kindergarten für alle Kinder auf dem Gut – in dieser Hinsicht war er sehr progressiv. Er baute auch einen Luftschutzbunker für alle Leute. Die Flugzeuge, die aus Großbritannien kamen, um Städte wie Berlin zu bombardieren, flogen genau über unser Anwesen hinweg. Ich erinnere mich an Verwirrung, Sorge, die Angst, mitten in der Nacht ergriffen und hastig in den Luftschutzbunker gebracht zu werden.

Im September 1944 wurde mein Vater eingezogen und absolvierte die Grundausbildung. Er haßte jeden einzelnen Augenblick. Er wurde an die Front in der Tschechoslowakei geschickt, bekam eine Kugel in den Arm und war überglücklich. Er sagte: »Wenn das alles war, kann ich jetzt heimgehen und mich um meine Äcker kümmern.« Er kam in ein britisches Internierungslager, und meine Mutter wußte nicht, wo er war.

Gegen Kriegsende wurde die Lage wirklich chaotisch. Meine Mutter nahm viele Verwundete auf – Flüchtlinge und Evakuierte aus Berlin. Dieser Teil Deutschlands sollte kommunistisch werden, und man wollte sie vertreiben, um das Land aufzuteilen und zu verstaatlichen. Als sie sich weigerte zu gehen, sperrte man sie ins Gefängnis. Ich weiß noch, wie ich einen Tobsuchtsanfall bekam, weil ich meine Mama sehen wollte. Ein Kind versteht sehr wenig und fürchtet sich. Jedenfalls kam meine Mutter im Gefängnis zur Vernunft. Wir zogen in Richtung Westen los. Meine Schwester trug noch Windeln. Wir waren zwei und vier. Diese Flucht durch das zerbombte Deutschland dauerte lange … von einem Freund oder Verwandten zum nächsten, und wir wußten nie, wohin wir gehen und ob wir meinen Vater wiedersehen würden. Wohin wir auch kamen, nirgends waren wir erwünscht. Man war einfach nur ein Flüchtling.

Ich weiß noch, wie ich in Bremen über eine Brücke ging und Rauch und Krater und Trümmer sah ... all diese Dinge aus den Filmen. Langsam bewegten wir uns nach Westen. Zu Fuß. Und im Zug. Fuhren in einer Art Viehwaggon. Und unter Zügen — genau wie in dem Film *Deutschland, bleiche Mutter*, wo die Mutter mit ihrem Kind unter dem Zug hängt. Als meine Mutter versuchte, uns beide unter den Zug zu bekommen, hatten wir wahnsinnige Angst, von den Querstreben auf die Gleise zu fallen.

Inzwischen waren die Russen einmarschiert — oder Leute in Uniform, die wir für Russen hielten. Ich weiß noch, wie ich mit meiner Mutter in einem Waggon war. Draußen stand einer dieser Soldaten und bellte Befehle. Da wir immer hörten: »Der Russe kommt«, fragte ich meine Mutter, ob dies der Russe sei. Für mich war er *der Russe*. Später tauchte er in verschiedenen Verkleidungen in meinen Alpträumen auf, hetzte, verfolgte, bedrohte mich. Der Russe. Lange danach träumte ich, ich befände mich in einem leeren Zimmer im zweiten Stock, und *der Russe* tauche vor dem Fenster auf, bereit, mich zu ergreifen. Er hatte kein Gesicht. Er war nur eine Gestalt, ein bedrohlicher Körper in Uniform.

Mit zehn mußte ich mit dem Rad zur Schule fahren und fürchtete mich oft vor einem Überfall. Unsere Generation ist fürs Leben gezeichnet. Wir alle sind geprägt von dieser namenlosen Angst, die wir vermutlich von den Erwachsenen aufschnappten. Sie fürchteten sich und konnten den Kindern nicht erklären, was geschah. Das zeigt sich auch in den Träumen. Ich hatte noch einen anderen Alptraum, in dem *der Russe* uniformiert am Straßenrand saß, ein Messer auf dem Zeigefinger herumwirbelte und mir entgegenblickte, als ich mit dem Fahrrad auf ihn zukam. Diesmal hatte er ein Gesicht. Ich sage es Ihnen ungern – aber in meiner Erinnerung war es ein jüdisches Gesicht, das stereotype jüdische Gesicht, das vielen Menschen vertraut war.

Jener Antisemitismus, der mich so beschäftigt, wurde nie offen formuliert. Ich glaube, daß viele Deutsche, nicht nur meine Familienmitglieder, antisemitisch eingestellt sind. Man wächst damit auf, und es ist eine unausgesprochene Tatsache. Ich weiß nicht, ob sich das je verlieren wird. Selbst jetzt noch rege ich mich furchtbar auf, wenn ich mit meiner Mutter spreche, da ich über die Jahre versucht habe, meine Eltern aufzuklären. Ich habe ihr Sachen zum Lesen gegeben, und sie kam mir mit Sätzen wie: »Da war irgend etwas im jüdischen Wesen« oder »Das war typisch jüdisch«. Als stelle dies einen Freibrief für ihre Verallgemeinerungen dar.

Wir Deutsche haben jegliches Recht verloren, derartige Behauptungen aufzustellen. Ich will so etwas von keinem hören, weil solche Aussagen keinerlei Gültigkeit besitzen. Es interessiert mich nicht, ob Juden Judenwitze erzählen. *Ich* will mir keine Judenwitze anhören. Ich habe mich sehr bemüht, den dröhnenden Antisemitismus zu überwinden, mit dem ich aufgewachsen bin. Im Rahmen meiner Erziehung in diesem Land, meiner Amerikanisierung, habe ich gelernt, dem Glauben anderer Menschen und anderen Rassen mehr Toleranz entgegenzubringen. Das Wesen der Deutschen, Amerikaner, Japaner, Mexikaner weniger zu verallgemeinern.

Unter anderem habe ich Deutschland verlassen wegen dieser Intoleranz und Arroganz und des Glaubens, Menschen wie wir seien anderen überlegen. Mit diesem Glauben bin ich großgeworden.

Inzwischen lehne ich das ab. Zum Beispiel wurden keine Freundschaften mit Schulkameradinnen gebilligt, die polnische Namen trugen. Es ist so dumm. Isoliert wie ich war, hungerte ich förmlich nach Freundinnen. Es war eine Frage der Schicht – nicht der Leistung, der Intelligenz oder guter Eigenschaften. Es war keine Frage des Geldes, denn ich wuchs in völliger Armut auf. Allerdings wurde mir immer der Eindruck vermittelt, dies müsse nicht so sein. Daß wir etwas Besseres seien. Ich habe mich sehr bemüht, dies zu überwinden. Ich weiß nicht, inwieweit mir dies gelungen ist, denn es gibt immer noch Zeiten, in denen ich diese gewisse deutsche Arroganz in mir niederkämpfen muß.

1945 landeten meine Mutter, meine Schwester und ich schließlich bei der Schwester meines Vaters in einer Stadt an der Nordsee. In dieser Stadt sah ich zum ersten Mal eine Orange, als eine ganze Kiste davon an den Strand gespült wurde. Man sagte mir, Orangen würden wundervoll schmecken, und ich wollte eine probieren. Sie schmeckte nach Salzwasser.

Meine Mutter lernte Schafe hüten und Kühe melken, um sich nützlich zu machen. Sie fühlte sich unwillkommen und wußte nicht, wo mein Vater war. Sie hat noch immer viele bittere Erinnerungen an diese Zeit. *Hast du nichts, bist du nichts.* Diese ganze Vorstellung von Verlust – des Zuhauses, des Lebensunterhaltes –, dieser ungefestigte Zustand, dieses Vertriebensein stürzt Menschen in tiefe Unsicherheit. Mir ging es jedenfalls so. Unsichere Zukunft. Man weiß nie, was geschehen wird, selbst wenn die Dinge besser laufen. Man weiß nicht, ob es von Dauer ist.

Nach fast einem Jahr wurde mein Vater aus dem britischen Internierungslager entlassen. Er hatte sich eine Arthritis zugezogen und konnte dort nicht behandelt werden.

Da sich das Lager in Norddeutschland befand, rief er seine Schwester an, und meine Mutter ging ans Telefon. Dies war das Wunderbarste, was meiner Familie damals widerfuhr. In der Schule und in meiner Umgebung hatte niemand außer mir einen Vater. Alle andere Väter waren weg – vermißt, gefallen, im Gefängnis oder an Krankheiten gestorben, die sie sich im Krieg geholt hatten.

Ein Bild wird mir für immer im Gedächtnis bleiben: Mein Vater steigt völlig bandagiert und auf Krücken aus dem Zug. Das war am 12. April 1946, zwei Tage vor meinem fünften Geburtstag. Und er war so glücklich. Er erinnerte mich stets daran, daß er zwei Tage vor meinem Geburtstag heimgekehrt war – genau zur rechten Zeit. Ich wollte meinem Vater nahe sein. Ich verehrte, vergötterte, liebte ihn. Er war distanziert – nicht sonderlich gefühlvoll. Seine Mutter starb, als er sehr klein war, und er war einfach nicht genügend umsorgt worden. Er war ein emotionaler Krüppel. Er war nett, gewinnend, sorgte in praktischer Hinsicht für uns – aber er war nicht liebevoll oder zärtlich.

Die Beziehung zwischen meinem Vater und mir ist sehr kompliziert. Auf beiden Seiten. Auch die Beziehung zwischen meinen Eltern war sehr kompliziert. Sie waren dreiundfünfzig Jahre verheiratet, paßten aber nicht gut zueinander. Meine Mutter heiratete meinen Vater, als sie erst zweiundzwanzig und noch sehr naiv war. Sie liebte ihn sehr, war aber ziemlich unsicher und fühlte sich nie richtig widergeliebt. Er sagte es ihr nie. Eine Zeitlang hieß es: »Ich habe dich geheiratet – das müßte dir doch als Beweis reichen.« Darunter litt sie ihr ganzes Leben. Bei meinem Vater gab es viele unausgesprochene Dinge. Für meine Mutter waren seine zehn letzten Lebensjahre kaum zu ertragen, doch sie hielt durch, weil sie dieses Gelöbnis getan hatte.

Nachdem wir eine Zeit an der Nordsee verbracht hatten, pachtete mein Vater einen Bauernhof. Dort arbeiteten alle, sogar wir Kinder nach der Schule. Zur Unterhaltung erzählte meine Mutter Geschichten über die alten Zeiten. Sie begannen immer mit dem Wort *früher*. »Früher vor dem Krieg ...« Es schien eine Kluft zwischen unserem Alltag und den Erinnerungen zu geben, die meine Mutter mit uns teilen wollte. Diese beiden Welten hatten scheinbar nur wenig miteinander zu tun.

Unser kleines Bauernhaus hatte nur ein Zimmer mit einem Kamin in der Mitte. Die eine Hälfte des Raumes war für die Menschen, die andere für die Tiere. Es war primitiv, am Ende der Welt in einem Naturschutzgebiet am Fluß gelegen. Idyllisch, aber vollkommen abgeschnitten. Meine Mutter konnte es kaum ertragen. Sie war mit livrierten Dienern in weißen Handschuhen aufgewachsen und kniete nun in den Feldern, wo sie gegen Unkraut und Ungeziefer kämpfte. Meinem Vater fiel die Umstellung leichter, weil er im Grunde ein Optimist war; auch mußte er sich nicht tagtäglich mit den Kindern, dem Haushalt und den Leuten herumschlagen, die in unser Haus zogen, weil sie keine andere Bleibe hatten: meine Großeltern, die ihr Heim verloren hatten, mehrere Onkel und Flüchtlinge aus Schlesien. Manche halfen mit. Zeitweise lebten zwanzig Menschen in diesem kleinen Bauernhaus und schliefen auf dem Getreidespeicher. Mit den Ratten und Mäusen.

Wir Kinder hatten keine eigenen Zimmer. Von der Geburt meines Bruders im Jahre 1949 – damals war ich acht – bis 1954 schlief ich zwischen meinen Eltern. Ich haßte es. Ich konnte mich weder nach links noch nach rechts drehen. Wahrscheinlich betrachtete meine Mutter es als eine Art Verhütungsmittel. Sie hatte meinem Vater das geschenkt, was er sich immer gewünscht hatte:

einen kleinen Kronprinzen, der in seine Fußstapfen treten sollte. Jetzt wollte sie keine Kinder mehr.

Mein Vater hatte einen Jugendfreund, einen Frauenhelden und Säufer, der gleichzeitig ein beliebter und fähiger Arzt war. Eines Abends war er betrunken, und sie legten ihn ins Bett meines Vaters. Natürlich lag ich schon drin. Und er wußte nicht, was er tat. Er drehte sich um und fing an, mich zu belästigen. Sehr weit kam er nicht, dazu war er zu betrunken. Ich habe wohl sehr stillgelegen und gedacht: *Hoffentlich geht es vorüber.* Ich weiß nur noch, daß er sich bald darauf wegdrehte und sich erbrach.

Als meine Mutter allein auf dem Gut in Ostdeutschland gewesen war, hatte sie Franz, einen jungen Verwundeten, kennengelernt. Er hatte bei einer Minenexplosion das Gehör verloren. Auch wenn er nicht mehr für den Krieg taugte, war er ein guter Arbeiter und hatte das Lippenlesen erlernt. Gegen Kriegsende kam Franz zu meiner Mutter gelaufen und teilte ihr mit, daß auf dem Gut ein leerer Eisenbahnwaggon aufgetaucht sei. Er schrie: »Da ist ein leerer Eisenbahnwaggon, auf dem AUSCHWITZ steht!« Da er an der Front gewesen war, muß er wohl etwas gewußt haben. Meine Mutter erwiderte: »Ich weiß nicht, warum du dich so aufregst.« Sie hatte keine Ahnung. Ich glaube das, weil es für mich so stimmig klingt.

Er wußte Bescheid.

Sie nicht.

Franz tauchte auch auf unserem Hof in Westdeutschland auf. Er war mein Held. Um zur Dorfschule mit ihren zwei Räumen zu gelangen, mußte mich jemand im Boot über den Fluß bringen. Der Winter 1947 war hart – Unmengen von Eis, Wasser und Schnee –, und das Boot driftete vom Ufer ab. Franz sprang ins eiskalte Wasser und holte unser Boot zurück. Er war heimlich in meine Mutter verliebt. Ich glaube nicht, daß sie seine Liebe erwiderte – sie liebte meinen Vater. Als 1948 bekannt wurde, daß sie mit meinem Bruder schwanger war, erhängte sich Franz auf dem Dachboden, den er bewohnte. Niemand sagte uns, was mit ihm geschehen war. Ich erinnere mich an einen Wagen ... mit einem vorgespannten Pferd ... und ich erinnere mich noch an Stroh und etwas, das darunter verborgen von unserem Hof gebracht wurde.

Etwas Furchtbares war geschehen, und Franz war weg.

Meine Mutter war sehr aufgewühlt. Ich weiß noch, daß sie weinte. Meine Mutter betrachtet Tränen als Zeichen der Schwäche; andere dürfen die eigenen nicht sehen, und man selbst duldet sie auch nicht bei anderen. Vor allem nicht bei mir. Und ich weinte schnell. Franz wurde auf einem Friedhof bestattet, und sie pflegte lange sein Grab. Dies war eine traurige, verwirrende Zeit.

Eines Tages, ich muß ungefähr zwölf gewesen sein, pflückte ich mit meiner Großmutter Bohnen, und ihr rutschte heraus, daß sich Franz erhängt hatte. Ich sagte: »*Oma*, was soll das heißen?« Und sie antwortete: »Oh, das sollte ich wohl nicht sagen.« Wissen Sie, es war Teil dieses Schweigens. *Wir müssen es von ihnen fernhalten.* Aber das tun sie dann doch nicht, und es wird schlimmer dadurch, weil man sich als Kind oftmals Dinge ausmalt, die viel schlimmer sind als die Wirklichkeit.

Meine Eltern sprachen nur über ausgewählte Themen und verschwiegen vieles. Es lief immer auf das gleiche hinaus: Wieviel die Menschen erlitten hatten, wieviel besser es vor dem Krieg gewesen war und wieviel schlechter es ihnen jetzt ging. Diese Vorstellung – *wir sind im Augenblick schlecht dran, aber es ging uns mal besser, und wer weiß, was die Zukunft bringt* – war mir sehr wichtig. Ich habe keine Ahnung, wieviel sie über den Krieg wußten. Ich glaube nicht, daß mein Vater irgend etwas verborgen hat. Wenn ich ihn fragte: »Was hast du im Krieg gemacht?«, erzählte er mir von der Grundausbildung und den Freunden, die er gewonnen hatte, dem Internierungslager und davon, wie er Vorträge organisierte. Über ernste, schmerzliche oder kontroverse Dinge sprach er nie.

Meine Mutter trauerte den guten alten Zeiten hinterher. Nach und nach wurde immer weniger über die Zeit vor oder während des Krieges gesprochen. Sie hatten zuviel zu tun: Sie mußten in die Zukunft schauen; ein besseres Leben aufbauen. Sie wollten all das hinter sich lassen. Und zwar schnell. In der Schule erfuhren wir nicht viel. Erst als ich auf die zwanzig zuging, begriff ich ein bißchen besser, was passiert war, und las Bücher.

Ohne es auszusprechen, gab mir meine Mutter zu verstehen, daß Sex eine anstößige Sache, ein Tabu sei. Morgens mußten wir uns immer als erstes die Hände waschen für den Fall, daß wir uns dort unten berührt hätten. Diese Angst war so stark in mir, daß ich nie meinen Körper erforschte und erst mit Mitte dreißig einen Orgasmus erlebte.

Das andere Tabu waren die Selbstmorde in meiner engeren Familie. Meine Patentante brachte sich um, und niemand sprach darüber. Der Bruder meiner Mutter beging Selbstmord. Er war vier Jahre in Sibirien gewesen und als gebrochener Mann zurückgekehrt. Und meine Großmutter, die fünfundachtzig und körperlich wie geistig bei bester Gesundheit war, fand, sie habe ein langes Leben gelebt. Sie teilte ihren Besitz systematisch auf und verfaßte Abschiedsbriefe. Wie andere Leute besaß auch sie noch ein wenig Zyankali aus der Kriegszeit – für den Fall, daß die Russen einmarschierten oder sie vergewaltigt würde.

Diese Dinge wurden von uns ferngehalten. Meiner Mutter ging es um die Kontrolle anderer. Wenn jemand einem anderen Wissen vorenthält, stärkt er damit die eigene Machtposition. Darin war meine Mutter eine wahre Meisterin: »Es ist besser, wenn Kinder nichts wissen.«

Als ich anfing, mich für Jungen zu interessieren, war meinen Eltern keiner gut genug. Dies entwickelte sich zu einer echten Konfliktquelle. Ich rebellierte offen und heimlich, log, verschwand mit meinem Freund. Doch meine Mutter, heimtückisch wie sie war, blieb mir immer einen Schritt voraus. Sie war sehr gewalttätig. Sie schlug mich mit einer Reitpeitsche, so daß sich dicke Striemen auf der Rückseite meiner Oberschenkel bildeten. Es lag an ihrem Temperament. Ihrer Frustration. Ihrer Hiflosigkeit. Ihrer Angst. Mein Vater schlug uns nur, wenn sie es ihm befahl. Es war scheußlich ... sogar peinlich.

Sie war schnell mit der Faust dabei ... einer Haarbürste ... was sich gerade anbot. Und sie drohte mir: »Falls du dich noch einmal mit diesem Jungen triffst, nehme ich mir ein Gewehr, und du wirst nicht einmal mehr kriechen können.« Und ich glaubte ihr. *Ja.* Sie war eine hochgewachsene Frau, breitschultrig wie ein Mann, mit schmaler Taille, die Tochter eines Jägers. Entdeckte sie eine Ratte in der Scheune, zertrat sie sie und rieb sie mit dem Stiefel in den Dreck. Wir erschossen viele Rat-

237

ten. Wir gingen gemeinsam zum Hühnerstall, sie mit der Flinte in der Hand.

Einmal holte sie in der Diele ihr Gewehr aus dem Ständer. Ich dachte, sie wolle mich erschießen, und sie sagte: »Nein, diesmal nicht.« Doch die Vorstellung, sie könne es tun, wenn ich mich noch einmal daneben benahm ... ich hatte wirklich Angst. Sie war unberechenbar. Und wenn ich je mit dem Gedanken spielte, es jemandem zu sagen, kam mir sofort der Satz in den Sinn: »Du darfst nicht dein eigenes Nest beschmutzen.«

Ich wurde seelisch krank. Es manifestierte sich in körperlichen Beschwerden, für die es keine Diagnose gab – Nesselausschlag und Ekzeme und Allergieschübe –, und man schickte mich von einem Hautarzt zum nächsten. Ich wurde ins Krankenhaus eingewiesen, voller Nesselausschlag, und zitterte am ganzen Körper. Mehrere Jahre lang war ich praktisch andauernd krank. Einmal sagte meine Mutter: »Vielleicht ist es all das Böse, das aus dir hervorkommt.« Das habe ich nie vergessen. Ich weiß nicht, ob ich ihre Vorstellung, ein böses Kind zu sein, geteilt habe. Vermutlich habe ich angenommen, etwas müsse daran sein. Doch im Hinterkopf saß wohl eine winzige Stimme, die leiser und leiser wurde und sagte: *Es stimmt nicht.*

Ich litt unter Ekzemen, bis ich mit zweiundzwanzig beschloß, nach Amerika zu gehen. Es war die beste Entscheidung meines Lebens. Ich ging zu meinem Professor, einem Juden, der mehrere Jahre in Amerika verbracht hatte, und ließ mir von ihm einige Adressen geben. Ein kleines College in Wisconsin nahm mich an. Von meinen Eltern bekam ich kein Geld für die Reise. Sie waren nicht unbedingt dagegen, sahen aber keinen Sinn darin. Ich erhielt ein Reisestipendium.

Amerika brachte die große Befreiung. Als ich nach Amerika kam, erwachte ich und erlebte eine zweite Geburt. Die Hautkrankheiten gingen zurück. Sie waren psychisch bedingt. Nachdem ich mein Leben lang eine Außenseiterin gewesen war, akzeptierten mich die Professoren und Mitstudenten, die mich mit zu ihren Eltern nahmen, auf der Stelle. Ich konnte einfach nicht glauben, daß mich so viele Menschen aufrichtig annahmen und unauffällig umsorgten. Aufgrund meines Akzentes erlebte ich wunderbare, interessante Gespräche. Die Leute wollen wissen, woher man kommt und erzählen auch von ihrer eigenen Herkunft.

Mein Zimmer wirkte sehr kahl, da ich nur mit einem Koffer angekommen war. Eines Tages sagte ein Mädchen zu mir: »Komm doch auf eine Cola mit in die Studentenmensa ... wir hören ein bißchen Musik.« Als ich nach einer Stunde zurückkam, hatten sie mein Zimmer mit Pfauenfedern, Landkarten und Postern dekoriert.

Im Grunde waren meine beiden ersten Jahre in Amerika die glücklichsten meines Lebens. Ich wurde ein anderer Mensch. Das schüchterne, zurückhaltende, unsichere Staubkörnchen auf dieser Erde gewann an Persönlichkeit. Ich habe noch immer Probleme mit meinem Selbstwertgefühl und glaube, ich müsse mich Gott weiß wie beweisen, doch bin ich sehr viel extrovertierter geworden. Ich entdeckte, daß ich auch witzig sein kann ... charmant ... daß sich Leute im allgemeinen für das interessieren, was ich sage oder fühle.

In meinem ersten Collegejahr befaßten wir uns mit Kafka. Ich fühlte mich unbehaglich, war nervös. Ich war mir der Taten der Nazis bewußt und der Rolle, die sie in den Schuldgefühlen spielten, die ich aufgrund meines Deutschseins empfand, obwohl ich nicht daran beteiligt gewesen war. Doch das Gefühl war da. Es ist vollkommen irrational. Ungesund und irgendwie krankhaft. Ich weiß nicht, weshalb ich so empfinde. Ich weiß auch, daß Leute, die jünger sind als ich, eindeutig nicht mit diesen Schuld- oder Schamgefühlen leben.

In Deutschland war es natürlich nie so sehr ein Thema. Doch als ich nach Amerika kam, spürte ich, daß Deutschsein nicht ganz und gar positiv war. Ich habe kaum noch emotionale Bindungen an Deutschland. Wenn meine Mutter nicht mehr lebt, werde ich wahrscheinlich nicht mehr hinfahren. Ich bin als Deutsche in Amerika sehr glücklich gewesen. Es ist schlimm, in Deutschland ein Außenseiter zu sein. Wer wie ich als Flüchtling dort gelebt hat, weiß, wie es ist, angespuckt und diskriminiert zu werden.

Hier zeigen sich die Menschen aufgeschlossen. Sofort entsteht eine freundliche und offene Beziehung. Ich lebe seit einunddreißig Jahren hier und habe zweiundzwanzig Jahre in Deutschland verbracht. Vermutlich bin ich sehr deutsch, habe gewisse deutsche Eigenschaften und den starken deutschen Akzent. Ich habe einen deutschen Paß. Doch inzwischen fühle ich mich sehr viel mehr als Amerikanerin. Es war schwer, es voneinander zu trennen. Hier bin ich – und ein Teil von mir ist amerikanisch.

Ein leitender Verwalter am College verliebte sich in mich und wollte mich heiraten. Er war ein faszinierender, intelligenter Mann, und ich lernte eine Menge von ihm, doch war es schwer, ein normales Leben mit ihm zu führen. Er war Alkoholiker und sehr gewalttätig. Wenn man als Kind geschlagen wurde, gehören Liebe und Schläge vielleicht zusammen. Ich habe niemandem davon erzählt. Es war lange vor den Frauenhäusern,

Frauengruppen und Fernsehsendungen über häusliche Gewalt. In den wenigen Situationen, in denen ich Hilfe suchte, wurden meine Versuche abgeblockt, und so blieb ich bei ihm – viel zu lange.

Man lebt mit der Hoffnung, daß man nur alles richtig machen und keine Fehler begehen und einen Menschen genug lieben muß, damit sich alles zusammenfügt und zum Besseren wendet. Doch nach einer Weile begriff ich, daß es nicht besser werden würde. Ihn störte die Tatsache, daß ich arbeiten wollte. Er haßte meine Freunde, meine Familie. Er wollte mich ganz für sich allein haben. Und als mein Sohn Andrew geboren wurde, war er sehr eifersüchtig. Abends fürchtete ich oft, am nächsten Morgen nicht mehr aufzuwachen. So brutal waren die Schläge. Mein Sohn erlebte in den ersten sechs Lebensjahren viel zuviel Gewalt und Zwietracht. Dennoch sah ich keinen Ausweg. Jeder, den ich um Rat bat, Anwälte eingeschlossen, sagte mir: »Sie werden wegen böswilligen Verlassens verklagt.« »Sie werden Ihr Kind verlieren.« »Sie verlieren jegliche Unterstützung.«

Ich zog mich mehr und mehr zurück. Gleichzeitig bewunderten uns die Leute und hielten uns für das glanzvollste, perfekteste Paar – elegante Kleidung, schicke Autos, interessante Reisen, wunderbare Erlebnisse … Wir bauten ein prachtvolles Haus auf einem großen Grundstück mit schöner Aussicht, und ich nahm an, ich würde den Rest meines Lebens dort verbringen. Ich legte einen Gemüsegarten und Blumenbeete an, steckte viel Liebe in die Ausstattung des Hauses. Wir gaben ein schönes Bild ab. Innerlich war ich tot. Wenn ich mir jetzt Fotos von damals ansehe, entdecke ich die Augen einer verängstigten, traurigen Frau mit großem Potential, die in der Falle saß. Keine Unterstützung. Keine Freunde. Ich verbarg die blauen Flecken.

Schließlich wurde es so schlimm, daß ich überzeugt war, es nicht zu überleben. Meine Ehemann hatte sich eine Schußwaffe besorgt und scherzte gegenüber anderen, daß er üben und seine Fähigkeiten dann an seiner Frau ausprobieren wolle. Irgendwann floh ich. Natürlich mußte ich ein Jahr in einer eigenen Wohnung durchstehen, während er an die Tür hämmerte, schrie und brüllte. Mein Sohn und ich lebten allein. Wir hatten eine gute Zeit miteinander, und ich brachte unser Leben wieder in Ordnung. Ich habe noch einen kleinen Zettel, den Andrew in der ersten Klasse geschrieben hat. Darauf steht: *Ich lebe jetzt in einem besseren Haus.*

Mein Leben hat sich so gewandelt, daß ich inzwischen darüber sprechen kann. Ich will nicht, daß jemand denkt: *Junge, die muß wirklich dumm oder masochistisch veranlagt sein, wenn sie bei ihm geblieben ist.* Sicher hätte ich früher gehen sollen, aber ich sah lange Zeit keinen Ausweg, bis ich es tatsächlich wagte. Ich habe meinen Frieden geschlossen. Ich kann zurückblicken und sagen: *Dies war ein Teil von allem. Ich habe daraus gelernt. Ich lasse es nie wieder zu. Nie wieder. Niemand wird mich jemals wieder mißhandeln oder erniedrigen.* Und ich mußte diese Erfahrung machen, um daraus zu lernen.

Ich bin nicht ärgerlich. Ärger ist kein Gefühl, das ich erleben möchte. Ich will bewußt nicht ärgerlich sein. Ich empfinde eher Traurigkeit oder Mitleid mit diesem Mann. Obwohl es schwer ist hinzunehmen, daß jemand einmal soviel Macht über mich hatte. *Ja.* Aber auch meine Eltern hatten viel Macht über mich.

Ich habe aus meiner Kindheit und dieser Erfahrung gelernt, daß ich mein Kind nicht mißhandeln darf. Ich habe bewußt versucht, nicht die Fehler zu wiederholen, die andere bei mir gemacht haben. Ich habe dieses Kind nicht nur geplant und gewollt, ich sagte mir auch ganz deutlich, daß es mir egal sei, ob es ein Junge oder ein Mädchen würde. Als er geboren wurde, brauchte ich ein oder zwei Tage, bevor ich ihn einfach so im Arm halten konnte. Er wirkte zunächst so zerbrechlich. Aber es dauerte nicht lange, bis ich eine enge Beziehung zu ihm aufgebaut hatte. Ich versuchte, ihn nicht unnötig zu bestrafen, nicht unvernünftig mit ihm zu sein und ihn so zu lieben, wie er war. Ich hoffte, er würde sich zu einem glücklichen, selbstsicheren Kind entwickeln.

Es kam zwar anders, aber ich habe es versucht.

Ich weiß, daß sich meine Konflikte und Ängste auf ihn übertragen haben. Mit ungefähr einem Jahr fing er an, sich selbst zu bestrafen. Er schlug mit dem Kopf gegen die Wand. Als er zwei war, ging ich mit ihm zu einer Kinderpsychiaterin, obwohl Deutsche gemeinhin glauben, daß man den Besuch bei einem Psychoanalytiker um jeden Preis vermeiden müsse. Sie beobachtete, wie er mit Spielzeug spielte und erklärte mir, er sei sensibel. Selbst dann traute ich mich nicht, ihr zu erzählen, was bei uns zu Hause vorging. Als ich sie nach der Scheidung wiedertraf, sagte sie: »Ich wünschte, Sie hätten es mir gesagt. Ich hätte viel besser verstanden, was Andrew durchmacht.«

Er sah oft, wie mir Gewalt angetan wurde und konnte es nicht verstehen. Ich rannte aus dem Haus, er rannte schreiend hinter mir her, weil er glaubte, ich laufe davon. Doch ich wollte nur dem Grauen entfliehen. Er hat zuviel gesehen. Da sind Narben zurückgeblieben. Und obwohl ich versucht habe, ihn davor zu schützen, ist es noch immer real für ihn, und er lebt noch immer damit.

Er sagte zu einem Freund: »Mein Vater hat meine Mom geschlagen und ihren Körper zerbrochen. Er zerbrach ihren Körper.«

Ich heiratete wieder, diesmal zum Glück einen freund-
lichen, toleranten Mann. James war nur zu gern bereit,
Andrew mit zu erziehen. Die beiden gingen zusammen
ins Kino und sahen sich Filme an, die mir nicht gefallen,
so wie *Jäger des verlorenen Schatzes*, packten ein paar
Kinder ins Auto und aßen Pizza oder fuhren zum Zelten.
Wir wurden wieder eine Familie. Die ersten Jahre in der
Schule liefen gut für Andrew. Die Lehrer mochten ihn
und sagten, er sei ein einzigartiges Kind. Ich war so
stolz. Ich dachte, er sei auf dem richtigen Weg. Wissen
Sie, ich war noch so voller Hoffnung ...

Die vier Jahre, die wir zusammenlebten, waren fried-
lich und glücklich. Als wir wegzogen, weinte ich monatelang, weil ich so deprimiert war. Doch mein Mann
mußte aus beruflichen Gründen wegziehen. Ich habe
mich gefragt, ob es für Amerikaner einfach üblicher ist,
den beruflichen Aufstieg durch Umzüge zu erreichen.
Dieser Verlust des Zuhauses – ich weiß nicht, ob ich
jemals darüber hinwegkomme. Ich will mich so gern
irgendwo niederlassen und leide, wenn ich Freunde und
mein Haus zurücklassen muß. Wahrscheinlich geht es
auf den Verlust unseres Familiengutes zurück, das wir
unter schrecklichen Umständen verlassen mußten. Manche, die wir von dort kannten, überlebten und fanden
schließlich den Weg zu uns. Andere blieben für immer
verschwunden.

Ich fühlte mich sehr schuldig, als ich Andrew in
einem Internat unterbrachte. Damals schien es die richtige Entscheidung zu sein, war aber vermutlich doch
falsch, auch wenn sein eigener Vater in der Gegend
lebte. Mit dreizehn kam Andrew in die Pubertät, und die
Hölle brach los. Er rebellierte gegen die Vernachlässigung durch seinen Vater. In all den Jahren hatte er nur
eine einzige Ferienwoche mit ihm verbracht. Den Rest

der Zeit war er bei uns. Unser Leben richtete sich immer nach ihm. Ich fuhr mit ihm nach Deutschland, schickte ihn allein hin oder wir verreisten zu dritt. Sein Vater kümmerte sich nicht um so etwas. Diese Art von Ablehnung ist für ein Kind schwer zu ertragen.

Mit fünfzehn kam Andrew mit Drogen in Berührung, obwohl wir offen über die Gefahren gesprochen hatten, und danach verloren wir ihn praktisch. Ich versuchte noch, nach seiner Verhaftung Kontakt mit ihm aufzunehmen. Ihm ging es so schlecht. Er sagte: »Ich habe es nicht verdient, Weihnachten mit euch zu verbringen.« Und ich antwortete: »Du bist unser Sohn, und wir möchten dich bei uns haben, und wir verbringen Weihnachten zusammen.« Das war mein letztes gutes Gespräch mit ihm.

Ich wollte herausfinden, weshalb er so zornig und rebellisch war und kam ihm entgegen, egal was er sagte und wie beleidigend er sich auch verhielt. Ich versuchte, ihm in meinem Alltagsleben zu zeigen, daß ein Mann und eine Frau miteinander auskommen können. Mein jetziger Mann und ich gehen sehr freundlich und liebevoll miteinander um. Wir besprechen ruhig, wie etwas gemacht werden soll. Es gibt keine Auseinandersetzungen, kein Geschrei, kein umherfliegendes Geschirr. Manchmal sind wir unterschiedlicher Meinung, aber das regeln wir auf vernünftige Weise.

Auf Andrew schien es keinen besonderen Eindruck zu machen. Er konnte sich kaum unter Kontrolle halten. Einmal griff er zum Messer und trieb es durch Bettdecke, Tagesdecke und Matratze bis in den hölzernen Teil des Bettgestells. Ich nahm ihm alle Messer weg. Ich hatte große Angst vor ihm. Manchmal fragte ich mich … wissen Sie, man liest doch von Kindern, die ihre Eltern im Schlaf töten.

James fühlte sich schrecklich, weil er wußte, wie sehr ich litt. Ich war sehr hilflos. Bis vor zwei Jahren – damals jagten wir Andrew noch hinterher, schrieben ihm, riefen an, verfolgten seine Aufenthaltsorte – dachte ich, daß für ihn noch alles gut werden könnte, daß er zur Vernunft kommen, seinen Abschluß machen und nach der Bewährungszeit eine andere Richtung einschlagen würde, so daß er einen Job und einen festen Wohnsitz finden könnte.

Irgendwann brach er die Verbindung zu uns ganz ab. Ich wartete auf ein Lebenszeichen. Vor allem während der Ferien, die ihm immer viel bedeutet hatten ... Weihnachten, Geburtstage, Muttertag. Doch nach über einem Jahr warte ich nun nicht mehr. Das ist sehr schwer für mich, aber ich habe es verdrängt wie etwas, über das man später nachdenken will. Es ist wirklich traurig. Man bringt sein Kind auf diese Welt und hat es wirklich gewollt und versucht all die Jahre sein Bestes, liebt und umsorgt es, will alles richtig machen. Und dann verliert man es ...

Es ist nicht, als ob er gestorben sei, was schlimm genug wäre. Viele Menschen müssen mit dem Tod ihres Kindes fertigwerden. Das Schlimme ist, nicht zu wissen, wie es ihm geht.

Wenn man es sich erlaubt, bricht man zusammen, und das möchte ich nicht, weil ich leben will. Andrew hilft es nicht, wenn ich zusammenbreche. Auch meine Sorgen helfen ihm nicht. Wenn ich mich selbst quäle, wird dadurch nichts besser. Ich darf es jetzt nicht an mich herankommen lassen, weil ich einen Job und ein Haus habe, weil ich überleben muß. Ich meine, ich könnte tot sein wie Nicole Simpson. Mit meinem ersten Ehemann verband mich eine ähnliche Beziehung. Und ich muß wieder überleben, nur auf andere Weise.

Mein Leben verläuft jetzt ziemlich geordnet, aber mein Sohn fehlt mir. Lange Zeit hatte ich nicht das Bedürfnis, nach ihm zu suchen. Ich hatte die vage Vorstellung, er könne in Maine sein, wo man ihn zuletzt gesehen hatte. Ich dachte: *Vielleicht hat er sich irgendwo niedergelassen und eine Stelle gefunden. Er hat es noch nicht weit gebracht und hat daher nichts Besonderes zu berichten. Irgendwann werde ich von ihm hören.* In meinem Herzen weiß ich, daß er noch lebt, sonst würde ich es merken. Ich würde es irgendwie wissen.

Vor einigen Monaten fand James über ein Computerprogramm eine Adresse in Maine. Wir stöberten Andrew auf, doch dann verschwand er wieder, da er vermutlich fürchtete, daß nicht wir, sondern Polizisten nach ihm suchen. Jetzt kann ich beinahe noch schwerer akzeptieren, daß ich nicht weiß, wo er ist oder was er tut. *Worüber denkt er nach? Erinnert er sich überhaupt noch? Würde er überhaupt auf die Idee kommen, daß er uns anrufen kann, wenn es ihm wirklich schlecht geht, daß wir ihn holen würden?*

Manchmal wünsche ich mir, ich hätte Gewißheit, so oder so. Das schließt auch ein, daß ich wissen möchte, wenn er tot ist, damit ich wirklich um ihn trauern kann. Im Moment ist diese Trauer ziemlich undefiniert. Die Ungewißheit ist am schlimmsten. Ich weiß nicht, was mit ihm geschieht und träume, daß er nach Hause kommt und ich überglücklich bin. Er wirkt gesund, doch wenn ich aufwache, muß ich der furchtbaren Tatsache ins Auge sehen, daß er nicht da ist. Ich träume, er sei noch klein, und ich könne ihn im Arm halten, oder daß mir jemand sagt: »Oh, nein, er ist nicht in Maine. Er ist nach Soundso gezogen und tut das und das, mach dir keine Sorgen um ihn.« Oder ich habe einen Alptraum, in dem er in der Gosse oder einem Hauseingang liegt,

hungrig, krank ... mit gebrochenen Knochen, gebrochener Nase ... ausgeschlagenen Zähnen. Ich denke immer
wieder an seine Zähne, für die wir soviel Geld ausgegeben habe, Tausende Dollar für die Zahnspangen, und
danach hatte er ein so bezauberndes Lächeln. Aber er
lächelte nur selten. Nur wenn er sich unbeobachtet
fühlte. Ich muß immer wieder daran denken.

Ich weiß nicht, ob ich Andrew je wiedersehen werde.
Ich weiß nicht, was er denkt. Ich weiß nicht, ob er noch
bei Verstand ist. Ich würde sehr gern mit ihm sprechen,
vielleicht auch nur sehen, ob es ihm gut geht.

Ob er noch am Leben ist.

Als ich 1941 im Haus meiner Eltern getauft wurde, war
noch alles wie in der guten alten Zeit. Es war im Juni
oder Juli – an einem herrlichen Tag –, und meine ganze
Familie war da. Sie haben einen Film davon gedreht,
höchstens drei oder vier Minuten lang, verwackelte
Schwarz-Weiß-Bilder, ziemlich unscharf, aber er sagt mir
eine ganze Menge. Alle sind elegant gekleidet, tragen
Abendanzüge und Abendkleider, obwohl es erst später
Nachmittag ist. Ich erkenne Cousinen und Tanten und
Onkel und Großeltern und meinen Vater und meine
Mutter. Mir erscheint es bedeutsam, daß meine Mutter
mit einer Freundin umherspaziert, beide in prächtigen
Abendkleidern, während das Kindermädchen mich
trägt. Meine Mutter hält mich nicht im Arm. Für mich
ist es beinahe symbolisch. Hier geht meine Mutter mit
einer Freundin über diese sorgsam geharkten Garten-
wege. Und alle sind im Bild zu sehen. Gegen Ende des
Films kommt das Kindermädchen. Und ich bin in *seinen*
Armen.

HEINRICH

Geboren: 1939
Alter zum Zeitpunkt der Immigration: 14

Spielen im Bombenkrater

Wir hatten einen Schäferhund. Sein Name war Nero. Ein guter Wachhund. Einmal jagte er hinter mir her, rannte mich einfach um und leckte mich ab. Dieser Hund sprang im Frühjahr mit Vorliebe ins eiskalte Wasser, sobald das Eis brach, jagte die dahintreibenden Eisschollen und versuchte, sie ans Ufer zu ziehen. Dieser Hund wurde im Krieg tatsächlich eingezogen. Und er wurde getötet. Meine Eltern bekamen eine offizielle Mitteilung, daß er ehrenhaft gestorben sei.

Ich mag gar nicht daran denken, wofür sie den Hund eingesetzt haben.

Ich wurde in Malapane-Antonia geboren, früher Deutschland, heute Polen. Meine Eltern konnten Polnisch sprechen, und als Kind verstand ich die Sprache, konnte sie aber nicht selber sprechen. Es gab manchmal Streit und Konflikte wegen der ethnischen Trennung. Gleichzeitig aber heirateten Deutsche Polen und umgekehrt. Es war eine kleine Landgemeinde. Überschattet von riesigen Linden. Vor unserem Haus wuchsen Obstbäume. Im vorderen Hof stieß man als erstes auf den *Misthaufen*. Wir hatten ein paar Kühe, Ziegen und Schweine. Es war kein großer Bauernhof, aber für uns reichte er aus. Meine Mutter sammelte in den Wäldern hinter dem Haus Pilze – große *Steinpilze* und *Pfifferlinge* – und Blaubeeren. Und natürlich das Obst von den Bäumen. Trocknete die Früchte und Pilze. Kochte viel ein. Sie lebte aus der Natur heraus und besaß für alles eine Medizin. Jetzt sehe ich viele ihrer Eigenschaften bei meiner Tochter. Sie sammelt auch Wildblumen und Kräuter.

Mein Vater arbeitete gern in seinem Beruf als Modellierer. Er fertigte Formen in einer Stahlgießerei an. Dennoch mußte er Soldat werden. Ihm blieb keine andere Wahl. Also machte er irgendwie mit. Wenn man sich nicht an den Aktivitäten der Nazis und Hitlers beteiligte, ging es ab ins Konzentrationslager. Unglücklicherweise konnte ein einziger Mensch eine derartige Bewegung gründen, die so viele Menschen mitriß. Und doch dienten sie alle nur dazu, das Ego einer einzigen Person zu stärken.

Ich habe undeutliche Erinnerungen an einen Krieg, daran, daß mein Vater in diesem Krieg war. Von meiner Mutter hörte ich, daß ich einen Bruder hatte, der auch in einem Krieg war. Er war 1925 geboren, also vierzehn Jahre älter als ich, und geriet in die Hitler-Jugend – Zelten, Spiele, dieses ganze Herumtoben. Damals war er leicht zu beeindrucken und dachte: *He, das macht ja Spaß.* Er wurde technisch ausgebildet, arbeitete an Dieselmotoren und reparierte U-Boote. Das war seine Beteiligung an alldem. Gekämpft hat er nicht.

Anders als in einer typischen Familie wuchs ich im Krieg ohne meinen Vater auf. Meine Mutter und ich lebten bei ihren Eltern am Ufer der Malapane. Ich weiß noch, wie sie sagte, daß mein Vater auf Heimaturlaub kommen werde. Plötzlich war er da. So erfuhr ich, daß ich einen Vater hatte. Dann tauchte auf einmal mein Bruder auf. Als er und mein Vater Heimaturlaub hatten, gingen sie ab und zu nachts fischen. Wenn ich morgens aufwachte, schwammen Hechte und Aale in der großen Badewanne.

Die Winter waren sehr kalt, mit trockenem, kaltem, pudrigem Schnee. Er knirschte unter den Füßen. Mein Vater schreinerte mir ein Paar kurze hölzerne Ski. Da es bei uns keine Hügel gab, kletterte ich auf unseren Misthaufen und fuhr von da hinunter.

Im Sommer 1944 arbeiteten wir auf dem Feld, als plötzlich alle wie wild davonliefen. Meine Mutter packte mich, und wir stürzten uns in die Abzugsgräben. Ich hörte die Worte: »Luftangriff, Luftangriff!« Der Krieg hatte eine Wende genommen, und unsere Gegend wurde bombardiert. Die Alliierten versuchten, das Stahlwerk zu zerstören, in dem mein Vater gearbeitet hatte. In Friedenszeiten wurden dort Maschinen gebaut, doch nach Kriegsbeginn arbeiteten sie natürlich für die Rüstung.

Im Februar 1945 erfuhren wir, daß die russische Front vorrückte. Ich erinnere mich, daß deutsche Soldaten schon auf dem Weg nach Westen bei uns vorbeimarschierten. Manche waren verwundet, bandagiert. Eines Nachts weckte uns jemand und sagte: »Es wird Zeit zu gehen. Es wird Zeit zu gehen!« Ich wurde warm eingepackt. Meine Mutter und ihre Schwester packten ein paar Habseligkeiten zusammen. Alle hatten kleine Kinderschlitten dabei. Alle möglichen Leute zogen die Straßen nach Westen entlang. Ich erinnere mich an den knirschenden Schnee. Die Sonne war gerade aufgegangen. Gott, war es kalt ... bitterkalt. Deutsche Soldaten marschierten. Wir befestigten unseren kleinen Schlitten an einem Pferdschlitten, der verwundete deutsche Soldaten transportierte. Sie nahmen mich zu sich nach oben, damit ich nicht laufen mußte. Ich weiß nicht genau, wieviele Tage so vergingen. Ich weiß noch, daß ich tote Menschen am Straßenrand liegen sah. Tote Pferde.

Irgendwie gelangten wir in einen Güterzug. Dort drinnen hatte man hölzerne Betten aufgestellt. Alle wurden hineingepfercht. Ich weiß nicht, ob dieser Zug für Truppentransporte benutzt wurde oder ob die Nazis darin Juden in Konzentrationslager brachten. Ich bezweifle angesichts der Niedertracht der Nazis, daß sie den Juden hölzerne Betten bereitstellten.

Wir schliefen in ausgebombten Flughäfen. Ohne Dächer. Manchmal war ich furchtbar hungrig, doch irgendwie ergab sich immer etwas. Man mußte sich wirklich aufeinander verlassen, um zu überleben. Im Frühjahr 1945 erreichten wir die Gegend südlich von Berlin und beschlossen abzuwarten. Alle hofften, der Krieg würde bald enden. Nachts wurden wir bombardiert, tagsüber von Tieffliegern beschossen. Sobald die Sirenen ertönten, rannten wir in den Keller. Abends prüften die Leute, ob die Verdunkelung funktionierte, so daß die Bomber die Häuser nicht lokalisieren konnten. Morgens war es an der Zeit, die Leichen einzusammeln. Man hob große Gräber aus und legte dreißig, vierzig Leute hinein, denn Einzelgräber konnten nicht schnell genug geschaufelt werden.

Tagsüber gingen wir in die Wälder, um Feuerholz fürs Kochen zu sammeln. Kampfflugzeuge beschossen Straßen und Menschen mit Maschinengewehren, die auf den Tragflächen angebracht waren. Man suchte im erstbesten Graben oder unter dem nächsten Baum Schutz. Ich war noch keine sechs Jahre alt und konnte nicht verstehen, weshalb Menschen einander umbringen wollten. Ich war völlig verwirrt und weiß noch, daß ich ziemlich viel weinte. Meine Mutter umarmte mich dann und versuchte mich zu trösten: »Hoffentlich ist es bald vorbei.«

Berlin war Ziel der schwersten Angriffe. Nachts sah man dieses unheimliche rot-orangefarbene Glühen am Horizont. Nach diesen Bombenangriffen klafften riesige Krater, in denen sich Regen- oder Grundwasser sammelte. Wir spielten und schwammen in diesen herrlichen Löchern. Dort drinnen gab es Frösche, wir fingen Kaulquappen. Man genoß das Leben auf einer anderen Ebene, gab sich mit dem zufrieden, was sich im Augenblick gerade fand. Vielleicht heißt Überleben, daß man mit den geringsten Mitteln auskommt und nicht mehr erwartet.

In jenem Frühjahr hörten wir ganz in der Nähe Artilleriefeuer, und dann kamen die Russen. Es wurde nicht mehr viel geschossen, dafür aber geplündert. Ein Soldat schleppte meine Mutter weg, und meine Tante hielt mich fest umklammert. Eine Weile später tauchte meine Mutter weinend wieder auf. Daher vermute ich, daß er sie vergewaltigt hat. Ich habe sie nie danach gefragt, weil man manche Dinge einfach verdrängte. Ich weiß noch, wie sie sagte: »*Abwaschen.*« Ich vermute, viele Frauen haben ähnliches durchgemacht.

Nun lebten wir unter russischer Besatzung. Es herrschte großer Haß auf den Kommunismus, obwohl wir von den alliierten Streitkräften bombardiert worden waren. Darunter litten wir mehr – dennoch galt unser Haß den Russen. Nach Kriegsende erfuhren wir durch das Rote Kreuz, daß sich mein Vater in Westdeutschland befand. Wir machten uns im Frühherbst auf den Weg nach Westen. Wir marschierten in einer Reihe hintereinander, eine Menschenschlange, so weit das Auge reichte. Eingepackt, zitternd. Manche Leute zogen Handkarren. Es gab keine Farben. Alles war eintönig. Wie ein Schwarz-Weiß-Film. So deprimierend. Alle niedergeschlagen. Ich weiß nicht, ob Juden dabei waren.

Mein Mutter sagte immer wieder: »Ja, dein Vater ist in Sicherheit. Wir werden wieder zusammen sein.« Manchmal waren wir wirklich hungrig. Ich weiß noch, wie meine Mutter und andere diesen riesigen Kartoffelberg durchwühlten und versuchten, die guten herauszufischen. Die schlechten warfen sie weg und oder schnitten die eßbaren Teile davon ab. Sie bereiteten Mahlzeiten für alle zu. Ich weiß nicht, wie viele Tage vergingen. Einmal sahen wir auf unserem Weg nach Westen ein Schwimmbecken. Er war natürlich leer und voller Unrat, aber wir rutschten mit Begeisterung vom flachen zum tiefen Ende hinunter.

Wir überquerten die Grenze und landeten bei der Schwester meines Vaters, die in der Kleinstadt Dassensen lebte, 800 Einwohner. Mein Vater wurde von den Alliierten gefangengenommen und entkam. Er sagte: »Ich wollte nicht ins Lager. Ich wußte, meine Schwester lebte in der Nähe. Ich kämpfte mich so lange es ging durch die Wälder.« Wir hatten keine Ahnung, wo mein Bruder war. Mein Vater war eigentlich überqualifiziert für die Arbeit in der Zimmermannswerkstatt, doch es war besser als gar nichts. Präzision war seine Stärke. »Mach es besser gleich beim ersten Mal richtig, sonst mußt du es noch einmal machen.« Als ich später im Leben Datenverarbeitungssysteme für Banken entwickelte, trieb man mich dauernd an: »He, das muß schneller gehen. Mir ist es egal, wenn's nicht beim ersten Mal klappt. Hauptsache schnell.« Das war sehr frustrierend.

Wir drei lebten in einem Zimmer. Ohne Sanitäranlagen. Nur ein Waschbecken mit kaltem Wasser. Die typische Unterkunft auf einem Bauernhof. Meine Eltern hofften, daß die Russen die an Polen abgetretene Region verlassen würden. Mein Vater wollte immer dorthin zurückkehren, doch unser Hof war zerstört worden. So kamen meine Eltern beide zu der Ansicht, es lohne sich nicht.

Die Stadt war lutheranisch, und wir als Katholiken gehörten natürlich zur Minderheit. Die winzige Schule hatte zwei Klassenräume. Ich war immer ein sehr guter, aufmerksamer Schüler. Ich war stolz auf meine guten Noten. Meine Handschrift war klar und deutlich. Ich war gut in Mathematik und liebte Erdkunde. Nur singen konnte ich nicht. Meine Mutter arbeitete auf dem Feld, und ich half ihr, trieb die Kühe nach draußen. Einmal trat eine blöde Kuh auf meinen Fuß, und ich litt Höllenqualen. Zum Glück war der Boden weich und gab ein wenig nach.

Schließlich bekam mein Vater einen Job in einer sieben Kilometer entfernten Fahrradfabrik, den Heidemann-Werken. Er fuhr mit dem Rad dorthin. Wenn zuviel Schnee lag, mußte er natürlich laufen. Dann gab es die ersten Busse. Wir wurden immer als *Flüchtlinge* bezeichnet. Und das tat weh. Man sah auf uns herab, und es lag viel Spannung in der Luft. Die Flüchtlinge interessierten sich nicht weiter für Hitler, aber die Leute, die in Dassensen zu Hause waren, dachten: *Ja, Hitler … Hitler hat das Richtige für Deutschland getan.* Sie hatten auch nicht alles verloren. Das ganze Land, die Höfe, die Gebäude gehörten immer noch ihnen. Daher litten sie nicht so unter dem Krieg wie wir, die praktisch alles verloren hatten.

Ich fühlte mich abenteuerlustig und gab mich ein wenig aufschneiderisch: *He, ich habe eine Menge durchgemacht. Ich habe viel mehr erlebt als ihr.* Ich war klein, und die Größeren hatten es natürlich auf mich abgesehen. Da wir als Flüchtlinge galten, diente ihnen das als weiterer Grund. Meine einzige Verteidigung bestand im Davonlaufen. Vielleicht habe ich deshalb ein ziemliches

Tempo entwickelt und war ein guter Läufer. Ein Rowdy wollte mich einfach nicht in Ruhe lassen. Mein Vater drohte ihm, doch sobald er eine Chance sah, packte er mich wieder. Schließlich sagte mein Vater: »Das muß aufhören. Warum gehst du nicht einfach raus? Er wird dich schon finden. Lauf einfach zurück, wenn er kommt.« Kaum war ich vor die Tür getreten, machte er schon Jagd auf mich. Bis in unseren Hof. Mein Vater wartete hinter dem Tor und prügelte ihn windelweich. Von diesem Tag an hatte ich Ruhe. Im Rückblick kommt es mir komisch vor. Es ist eigentlich nicht der angemessene Weg, um Probleme zu lösen, aber manchmal muß man zu solchen Mitteln greifen.

Wir fanden heraus, daß mein Bruder von den Briten gefangengenommen und in ein Lager gebracht worden war. Er wurde 1948 entlassen. Auf seinem Rücken trug er kleine, schwarze Narben von der Arbeit in den Kohlengruben des Lagers. Dort unten war es so heiß, daß sie die Hemden auszogen. Sie verletzten sich an herabfallender Kohle oder schürften sich Haut ab. Und das Schwarze blieb unter der Haut – das sah ganz seltsam aus.

Meine Eltern sprachen nie viel über die Kriegserlebnisse meines Vaters. Doch soweit ich weiß, hat er tatsächlich an der Front im Osten und in Frankreich gekämpft. Er rühmte sich nicht, indem er sagte: *O ja, ich war ein deutscher Soldat,* und: *Ja, ich habe für Hitler gekämpft.* So sind Deutsche angeblich – stolz. Mein Vater interessierte sich gar nicht für Hitler. Daher herrschte ein gewisses Schweigen. Man sprach einfach nicht in der Öffentlichkeit über den Krieg.

Doch eine Sache hat einen tiefen Eindruck auf mich gemacht, der bis heute anhält: Man sollte andere nicht ausnutzen. Anderen wehzutun brachte einem selbst nichts ein. Meine Mutter sagte immer: »Sieh dir an, was die Nazis und viele andere Deutsche getan haben. Es hat sich gegen sie gewendet, und sie wurden selbst verletzt.« Wann immer man einen anderen Menschen ausnutzt, entstehen Mißtrauen, Haß und ähnliche Gefühle. Früher oder später kommt es zum offenen Konflikt. Und dann diese ganze Sache mit den Rassen: *Man sollte keinem trauen. Manche Rassen sind schlimmer als andere ...* Bis zum heutigen Tag weiß ich nicht, weshalb es Streit zwischen verschiedenen Rassen und Nationalitäten geben muß.

Einmal waren wir in der Wohnung einer anderen Flüchtlingsfamilie. Sie besaßen einen offiziell veröffentlichten Bildband mit Fotos von Soldaten und Artilleriegeschützen und toten Menschen und ausgebombten Häusern. Deutsche Soldaten standen Gewehr bei Fuß, und da war auch eine Gruppe Zivilisten. Auf manchen Mantelrücken prangte der Judenstern. Als ich meine Eltern danach fragte, sagten sie: »Nun, *ja*, das sind Juden, und man brachte sie in Konzentrationslager.« Mehr sagten sie nicht. Ich verstand noch nicht, was es mit den Konzentrationslagern auf sich hatte. Ich erinnerte mich nur daran, daß es *Juden* gab, aber meine Eltern sagten nie etwas Negatives über sie. Sie betrachteten sie lediglich mit einer gewissen Skepsis. Nach dem Krieg wurde viel getauscht, und einige Juden kamen vorbei, die Stoffe und so etwas verkauften. Meine Mutter konnte phantastisch nähen und kaufte oder tauschte Material.

Ich weiß noch, daß ihre Grundwerte im Sparen und Arbeiten, der Bewahrung von Dingen, bestanden. Das sitzt noch immer in mir. Ich kaufe nichts auf Kredit. Wenn ich das Geld nicht habe, kaufe ich es nicht. Obwohl ich mich eher als Amerikaner denn als Deutschen betrachte – eigentlich als multikulturell –, bin ich stolz auf meine deutsche Herkunft, denn meine Erziehung hat mir viele wertvolle Dinge vermittelt, nach denen ich mich noch immer richte. *Man muß für seinen Lebensunterhalt arbeiten. Man muß sein Geld sparen.* Und dann diese Sache mit der Zusammenarbeit, dem Leben von dem, was das Land einem gibt.

Wenn möglich, halfen meine Eltern einander. Sie standen sich sehr nahe – nicht im Sinne dieses Herumschmusens, das man hier überall erlebt. Es war ein gegenseitiges Verständnis. Sonntags gingen wir spazieren, sammelten Pilze oder Brennholz. Meine Eltern erzählten mir, wie wichtig die Bäume seien, wieviel Leben sie einem schenken können. Im Herbst fielen diese dreieckigen Früchte von den Buchen – die *Bucheckern.* Wir aßen sie und gewannen Öl daraus. Mein Vater und unser Vermieter pflanzten Zuckerrüben an, die sie an Zuckerhersteller verkauften. Sie brannten sogar *Schnaps* daraus. Meine Eltern hatten eine riesengroße Glasflasche, in der sie Hagebuttenwein machten. Mein Vater zimmerte natürlich alle Möbel selbst. Als meine Eltern starben, hatten sie noch immer seine Möbel.

Mein Vater starb im April 1969 in den Armen meiner Mutter. Er schlief ein und wachte nicht mehr auf. Meine Mutter war sehr erschüttert. Sie hatten so viel füreinander getan, einander gestützt, die verlorenen Kriegsjahre nachgeholt, die Trennung. Scheinbar wollte meine Mutter wie in Deutschland üblich die Tischdecke ausschütteln, lehnte sich aus dem Fenster und verlor das Gleichgewicht. Mein Bruder fand sie mit zerschmettertem Schädel. Sie blutete und konnte nichts mehr sehen. Sie starb sechs Wochen nach meinem Vater.

Wir bekamen Care-Pakete von meinem Onkel und meiner Tante in Chicago. Meine Tante hatte meinen Onkel Anfang der zwanziger Jahre in Malapane kennengelernt. Er war Metzger. Er ging in die Vereinigten Staaten, um bei einem Cousin zu arbeiten, der in Minnesota eine Metzgerei besaß, und machte meiner Tante einen schriftlichen Heiratsantrag. So fing es an mit den beiden.

Er eröffnete seine kleine Metzgerei in Chicago, und sie verkauften noch andere Lebensmittel. Es gab eine Sache, die sie mir schickten und die ich wirklich liebte, ob Sie es glauben oder nicht: Dosenfleisch. Auch von den Heften mit den Westernromanen war ich begeistert. Ich hörte all diese Geschichten: *Ja, da drüben wächst das Geld auf den Bäumen … man braucht nicht zu arbeiten …*

Sie wollten für meine Familie bürgen, damit wir in die USA einreisen konnten. Wir erledigten die Formalitäten und Gespräche in einem Lager bei Hamburg. Es stellte sich heraus, daß mein Vater einen Leistenbruch hatte und vor der Einreise in die Staaten operiert werden mußte. Nach der Operation bewarben wir uns erneut, doch die Einwanderungsquote war bereits erfüllt worden.

Meine Tante konnte keine Kinder bekommen. Sie und mein Onkel dachten, mein Bruder wolle vielleicht in ihrem Geschäft mitarbeiten. Er verliebte sich jedoch in ein Mädchen aus Dassensen und entschloß sich, sie zu heiraten und nicht in die Vereinigten Staaten zu gehen. Nun war die Reihe an mir. Ich war dreizehn. Meine Eltern setzten sich mit mir zusammen und ermutigten mich. »Hier ist deine Zukunft ungewiß. Du müßtest bei Null anfangen. Wir helfen dir natürlich, aber in den Vereinigten Staaten hättest du wahrscheinlich eine bessere Zukunft.« Es wurde angedeutet, ich solle in das Geschäft von Onkel und Tante einsteigen. Trotz meiner Jugend war ich immer abenteuerlustig. Ich sagte: »Okay, ich gehe. Ich kann ja immer noch zurückkommen.« Das einzige, was ich wirklich mitnehmen wollte, war eine Mundharmonika.

Meine Eltern unterzeichneten einen Brief, der notariell beglaubigt wurde: *Wir stimmen der Emigration unseres leiblichen Kindes ... Heinrich ... in die Vereinigten Staaten von Amerika zu. Wir sind uns bewußt, daß wir zu einem späteren Zeitpunkt vielleicht kein Visum erhalten werden ... Unsere Verwandten haben keine Kinder und wollen unseren Sohn annehmen ... als sei er ihr eigenes Kind ...* Plötzlich war die Zeit für den Abschied gekommen. Meine Mutter gab mir das Endstück von einem trockenen Roggenbrot. Sie sagte: »Iß das, wenn du seekrank wirst. Dann geht es dir besser.« Ich hatte nicht vor, seekrank zu werden.

Sie blieb in Dassensen, und mein Vater brachte mich nach Bremerhaven. Das Passagierschiff trug den Namen *Neptunia*. Mann, war ich aufgeregt. Ich rannte quer durch das Schiff, wollte mir alles ansehen. Ich sah meinen Vater in der Menge und kam wieder zurück. Dann stimmte die Kapelle *Auf Wiedersehn, auf Wiedersehn ...* an. Plötzlich legten wir ab, und ich winkte meinem Vater zum Abschied.

Mir ging vor allem eins durch den Kopf: *Wow, was erwartet mich wohl da drüben?* Ich erinnere mich, daß meine Eltern sagten: »Du kannst jederzeit zurückkommen.« Das machte es mir leichter, doch ich weinte trotzdem. Dann gab es natürlich viel zu entdecken. Ich gewann sofort Freunde. Ich teilte mit neun oder zwölf anderen eine Kabine. Wir fuhren nach England. Nahmen weitere Passagiere an Bord. Dann nach Frankreich. Dann nach Irland. Dort gerieten wir in stürmische See – mit Wellen, die höher waren als das Schiff. *Ach.*

Plötzlich war jeder seekrank. Ich aß das Roggenbrot und kam darüber hinweg. Als wir an der Freiheitsstatue vorbeikamen, Junge, da zog sich mein Magen ganz schön zusammen: *Dies ist ein Land, in dem wir frei sein können.* Ich weinte beim Vorbeifahren. Wir alle warfen Münzen in Richtung der Freiheitsstatue.

Es war der 4. November 1953. Die Leute wurden in einer bestimmten Reihenfolge vom Schiff gerufen. Ich hatte nur einen Koffer dabei. Natürlich mußten wir alles auspacken. Der Typ von der Einwanderungsbehörde sah meine Mundharmonika und sagte: »Spiel mir was vor, einfach irgendwas.« Hier stand ich, steckte mitten in den Einwanderungsformalitäten und spielte Mundharmonika. Plötzlich begann er zu applaudieren. Die anderen Leute fielen spontan ein. Und er lächelte strahlend und sagte immer wieder: »Willkommen, willkommen, willkommen.«

Ich traf mit dem Zug in Chicago ein. Ich hatte ein Bild von meinem Onkel und meiner Tante, und sie hatten natürlich eins von mir. Wir gingen aus dem Bahnhof auf ein Auto zu, einen schwarzen Roadmaster Baujahr 1950. Noch nie war ich in so einem Auto gefahren. Und in Deutschland gab es auch nicht so viel Verkehr, Gehupe, Lichter und Wolkenkratzer. Wir kamen zu ihrem Haus. Noch nie hatte ich Teppichboden und fließendes warmes Wasser erlebt. Sie besaßen einen echten Fernseher und einen Kühlschrank. Alles war einfach superschick ... wie in einem Traum.

Ich mochte meinen Onkel und meine Tante. Sie waren freundlich und offen. Meine Tante sprach schlechter Englisch als mein Onkel. Untereinander sprachen sie Deutsch. Sie waren Mitglied im Deutsch-Amerikanischen Club, wo alle Deutsch sprachen. Doch sie trieben meine Amerikanisierung voran: »Nach drei Monaten werden wir nicht mehr Deutsch mit dir sprechen, und du sollst nur Englisch sprechen. Manche Leute hier haben etwas gegen Deutsche. Wenn wir deine Einbürgerungspapiere bekommen, machen wir deinen Namen so amerikanisch wie möglich. Wir müssen dich jetzt amerikanisieren.« Ich wußte es damals nicht besser. Im wesentlichen waren sie jetzt meine Eltern und sorgten für mich.

Meine Tante hatte viel Ähnlichkeit mit meiner Mutter. Sehr freundlich, sehr zärtlich. Vielleicht nicht ganz so energisch und geradeheraus wie meine Mutter, die sich mehr behaupten mußte, weil sie den Krieg erlebt hatte. Mein Onkel war der Starke, spielte die typische Männerrolle. Er ließ sie nicht autofahren. Meine Tante war deshalb wütend. Er kümmerte sich um den Papierkram. Als er starb, mußte ich ihr erst beibringen, wie man Konten überprüft.

Meine Tante und mein Onkel schickten mich auf die katholische Schule. Niemand hatte dort je zuvor einen Ausländer gesehen. Da ich Fußball spielte, hatte ich ziemlichen Erfolg. Sie spielten dort American Football. Nachdem sie herausgefunden hatten, wie ich den Ball treten konnte, wollte mich jeder in seiner Mannschaft haben. In Mathe und so war ich ihnen voraus – das fiel mir leicht. Das einzige Problem war Englisch. Überall nahm ich mein dickes Wörterbuch mit, weil ich ständig versuchte, mich zu unterhalten.

Mein Onkel war der Ansicht, ich vertrete die Seite meiner Mutter, und daher wollte er auch jemanden aus seiner Familie in den Vereinigten Staaten haben. Also holte er seinen Neffen herüber. Martin war zwei Jahre jünger als ich. Nach dem Tod meiner Tante hatten wir eine heftige Auseinandersetzung wegen ihres Testaments. Ihm mißfiel, daß sie ihrer Cousine, die sich um sie gekümmert hatte, Geld hinterlassen hatte. Ich war der Ansicht, daß sie jeden Pfennig davon verdiente. Martin war der Meinung, wir sollten es unter uns aufteilen. Ich war der Testamentsvollstrecker und sagte ihm, daß meine Tante es so gewollt habe und daß ich das Testament nicht anfechten würde. Wenn er das wolle, könne er das tun, aber ich würde ihm nicht dabei helfen. Danach habe ich nie wieder von ihm gehört.

Unser Haus lag in einer irisch-italienischen Gegend. Die Leute auf der einen Seite neben uns sprachen mit starkem italienischen Akzent. Auf der anderen Seite wohnten Iren. Ihre Tochter war meine erste Liebe. Gegenüber wohnten noch ein Italiener und ein jüdischer Arzt. Ein wunderbarer Mann. Doch meine Tante sagte: »Nun, es sind Juden.« Und sie sagte es irgendwie leise. Als ich nachbohren wollte, erwiderte sie: »Darüber sprechen wir nicht.« Der Arzt und ich verstanden uns wirklich gut. Rückblickend war das schon eine Sache: da war dieser wunderbare Typ, der Jude war, und ich – ein Deutscher.

Die Geschehnisse in Deutschland ergaben für mich erst einen Zusammenhang, als ich in die Staaten kam und in der Schule von den Konzentrationslagern erfuhr. Ich hörte von Dokumentarfilmen, sah Originalaufnahmen. Jede Art von ethnischer Säuberung ist völlig absurd. Lächerlich. Wie die Vorgänge in Serbien. Es stinkt von vorn bis hinten nach Hitler und Nationalsozialismus. Vielleicht braucht die Welt einen großen Polizisten oder eine Polizei – wenn sie nur ehrlich genug bleiben könnte –, die den Frieden sichert. So, wie die Vereingten Staaten in Kuwait und jetzt in Haiti gehandelt haben. Damit keiner andere terrorisiert und kontrolliert. In meinen Augen sind Monarchie und die britische Krone

nur ein Haufen Scheiße. Die Könige und Königinnen ...
sie sind nichts als ein Haufen selbsternannter Dik-
tatoren.

Was mich wirklich fertiggemacht hat, waren die ersten
Bilder von der Verbrennung der amerikanischen Flagge.
Das war die totale Entweihung. Ich war immer sehr
stolz auf dieses Land. Doch ich glaube, es war bezüglich
seiner Redefreiheit manchmal zu liberal. Diese Extremi-
sten verletzten die Gefühle anderer. Offen gesagt, wann
immer ich von der Meinungsfreiheit Richard Butlers
und der *Aryan Nation* höre, überläuft es mich kalt. Was
wir erlauben, ist krankhaft. Jetzt hört man, daß in
Deutschland die Neo-Nazis aktiv werden. Ich finde es
erschreckend, daß es noch junge Leute gibt, die sich
dafür begeistern. Sollte Deutschland je wieder in eine
Situation wie unter Hitler geraten, und man würde mich
aufrufen, dagegen zu kämpfen, würde ich es als Amerikaner tun, auch wenn ich gegen Deutsche kämpfen
müßte.

Wenn Leute merkten, daß ich aus Deutschland kam,
sagten sie manchmal: »Ja klar, Nazis.« Wie kann ich
denn verantwortlich sein? Als Kind, das während des
Krieges oder danach geboren wurde, kann man nicht für
das, was die Eltern oder andere Deutsche taten, zur
Rechenschaft gezogen werden. Ich kann verstehen, daß
jemand, der Jude ist und dessen Angehörige in einem
Konzentrationslager starben, vielleicht sagt: »Du bist
verantwortlich.« Aber ich würde mich auf jeden Fall verteidigen – natürlich nicht mit Gewalt. Ich weiß, daß ich
nichts damit zu tun hatte. Was meine Eltern betrifft – ich
meine, sie erlebten den Krieg, waren Teil davon, aber sie
hatten nicht wirklich damit zu tun. Sie zogen nur mit,
weil sie im Grunde keine andere Wahl hatten. Und mein
Bruder wurde von dem ganzen Trallala und der Ge-

hirnwäsche angezogen und war zu jung, um wirklich zu wissen, was geschah.

Wir alle müssen uns daran erinnern, damit es nicht noch einmal passiert, dürfen es aber gleichzeitig nicht immer als Krücke benutzen. Die Nachkommen sollten nicht zur Rechenschaft gezogen werden. Anders gesagt – es ist geschehen; jetzt gehen wir in die Zukunft. Wir müssen diese Trennung vollziehen. Es sollte eine Art der Vergebung existieren.

Gleich nachdem ich aus Vietnam zurückkam, nahm ich die Beziehung zu meinem Bruder wieder auf. Wir waren reifer geworden. Wir standen einander viel näher. Wir sprachen über Vietnam. Ich fühlte, es war gerechtfertigt, dort hinzugehen, weil der Vietcong Südvietnam überrollt hatte. Ich haßte den Kommunismus. Ich haßte nicht die russischen Menschen, sondern die kommunistische Ideologie. Ich arbeitete in Saigon beim Aufbau eines Versorgungssystems für die Armee und erlebte die blutigen Kämpfe daher nicht. Wir mußten ständig auf der Hut sein, weil viel Sabotage betrieben wurde. Man wußte nie, wem man trauen konnte. Die Vietnamesen raubten uns das letzte Hemd und verkauften die Sachen auf dem Schwarzmarkt. Wir hatten einen Bestechungsfonds. Wenn wir ein Teil nicht über unser eigenes Versorgungssystem beschaffen konnten, gingen wir hin und kauften das Teil, das im übrigen ohnehin uns gehörte, wieder zurück. In der Hitze verwesten Leichen sehr schnell. Ich erinnere mich genau an den Gestank, wenn sie gefallene Soldaten in Leichensäcken brachten. Alles spielte sich im selben Lager ab. Ich stelle mir vor, daß es so in manchen Konzentrationslagern gerochen haben muß.

Als mich mein Bruder 1984 hier besuchte, sprach er nicht wirklich über die blutigen Ereignisse, die sich, wie wir jetzt wissen, in den Konzentrationslagern abspielten. Ich habe ihn nie danach gefragt. Er war nicht nahe genug herangekommen, um etwas zu wissen. Vielleicht hat er auch mehr herausgefunden, als er die Dokumentarfilme sah. Hauptsächlich sagt mein Bruder: »Im Rückblick verstehe ich nicht, wie ich das tun konnte, wie ich an Hitlers Pläne glauben konnte.«

Doch zu den eigentlichen Geschehnissen hatten sie keinen Zugang. Da er hauptsächlich im technischen Bereich arbeitete, war er alldem ziemlich fern. Er wußte nur, daß er zum Mechaniker ausgebildet wurde. Und daß er eine gute Zukunft in Deutschland haben würde.

BEATE

Geboren: 1942
Alter zum Zeitpunkt der Immigration: 29

Small talk

Als ich bereits in den Staaten lebte, fragte ich meine Mutter: »Wie bist du mit der Tatsache umgegangen, daß so viele jüdische Menschen ermordet wurden?« Und meine Mutter sagt doch glatt: »Ich kann es nicht glauben. Diese Greueltaten sind unmöglich.« So ging sie damit um – sie ignorierte es schlichtweg. Dennoch muß sie etwas gewußt haben. 1945 wurden wir im Flüchtlingslager entlaust. Unser Haar wurde sehr kurz geschnitten. Vielleicht wurde es auch rasiert, daran erinnere ich mich nicht mehr. Wir mußen eine Gemeinschaftsdusche mit hölzernen Planken aufsuchen. Aus den Vorrichtungen an den Wänden sollte Wasser kommen. Meine Mutter stand Todesängste aus, weil sie fürchtete, daß nicht Wasser, sondern Gas herauskommen werde. Daher muß sie etwas gewußt haben. Wir sprachen nie darüber. Als meine Tante uns Jahre später besuchte und das Konzentrationslager Dachau besichtigen wollte, ging meine Mutter mit ihr hin. Sie war danach sehr aufgewühlt.

Im Grunde herrschte während meiner Jugendzeit tiefes Schweigen über die Kriegsjahre. Tatsächlich nahmen wir in der Schule den Ersten Weltkrieg gleich zweimal durch, und dann waren die Sommerferien da. Ab und zu wurde am Rande erwähnt, wie es unter Hitler gewesen war. Ich muß sagen, meine Familie war sehr unpolitisch, war mehr an sich selbst und dem Überleben interessiert. Meine Eltern hörten vermutlich regelmäßig die Frontnachrichten, um auf dem laufenden zu bleiben. Sie sympathisierten mit den Deutschen, weil wir Volksdeutsche waren, aber es lief nicht auf eine totale Identifikation hinaus. Meine Mutter hörte BBC, was strengstens verboten war. Eine meiner frühen Erinnerungen ist, wie meine Mutter Reden im Radio hörte – es müssen Hitlerreden gewesen sein – und sich furchtbar aufregte. Es war zuviel für sie.

Ich bin froh, daß ich nicht im Dritten Reich aufgewachsen bin, denn ich weiß nicht, was ich getan hätte. Ich habe Angst, darüber nachzudenken. Ich glaube, viele Leute versuchten einfach, ihr Leben weiterzuleben und kümmerten sich nicht sonderlich um Politik. Und Hitler setzte eine ungeheuer wirksame Methode ein, um viele der – wie ich es ausdrücken würde – allgemeinen Eigenschaften zu seinem Vorteil zu nutzen. Wer möchte nicht Sätze hören wie: *Ihr seid wunderbar. Ihr seid das auserwählte Volk. Ihr seid großartig.* Selbst wenn man reif genug ist, um zu fragen: *Was soll dieser Unsinn?* Auf emotionaler Ebene hat es funktioniert. Es funktioniert hier in Amerika mit der Werbung, mit positiver Bestätigung. Menschen bekamen Kinder zum Wohle Deutschlands oder arbeiteten in Fabriken zum Wohle Deutschlands und dachten nicht daran, daß das Wohl Deutschlands sehr wohl den Nachteil vieler anderer Menschen bedeuten konnte.

Ich glaube, daß Hitler auf ungeheuer böse, geniale Weise die Gefühle von Überlegenheit und Loyalität genutzt hat. Loyalität ist mir wichtig. Ich habe damit zu kämpfen gehabt, wenn Loyalität gegen besseres Wissen stand. Wenn man sein Wort gibt, hält man es – auch wenn es einem nicht gefällt. Zum Beispiel, wäre ich nach Vietnam gegangen oder hätte ich mich gedrückt? Ich weiß es nicht. Obwohl der Krieg lächerlich war – vollkommen unnötig wie alle Kriege –, hätte ich mich scheußlich gefühlt, wenn alle hingegangen und getötet worden wären, während ich mich einfach davongemacht hätte. Ich hätte sicher das Gefühl gehabt, dabei sein zu müssen. Ich schätze, Hitler hat diese Loyalität ausgenutzt. Die Leute gingen in den Krieg – nicht so sehr für Hitler, sondern für ihre Nachbarn und Freunde.

Ich habe in den Staaten gewisse Filme gesehen. In Deutschland war so etwas während meiner Jugend tabu. Wir bekamen niemals Filme von Leni Riefenstahl zu sehen. Ich zwang mich, sie mir hier anzuschauen, weil ich wissen wollte, wie sich alles abgespielt hatte. Die Indoktrination durch das Nazi-Regime war sehr stark, und das gleiche denke ich auch über den Katholizismus. Ich war eine gläubige Katholikin. Wenn ich heute darüber nachdenke, kann ich es nicht mehr glauben. Meine Freunde fragen mich: »Wie konntest du es nicht in Frage stellen?« Und ich antworte: »Das gehört zur Indoktrination. Man gehorcht. Man stellt nichts in Frage. Und je besser man gehorcht, ein desto besserer Mensch ist man.« Manche Glaubensgrundsätze im Katholizismus sind einfach endgültig. *Dies ist der einzige Weg. Und alle anderen sind falsch. Arme Seelen.* Das ist verrückt. Ich habe lange gebraucht, bevor ich all das in Frage stellte, und dann brauchte ich noch viel länger, bis ich erkannte, daß einige Regeln einfach unmenschlich sind. Ja, ich gehe am Karfreitag noch in die katholische Messe – aber nicht aus religiösen Gründen, sondern wegen der Erinnerungen.

Ich hatte große Probleme im Umgang mit dem Holocaust. Ich glaube, unsere Generation trägt eine kollektive Last, weil es so ungeheuerlich, so furchtbar war. Auf der anderen Seite muß ich sagen, daß wir diese *Gnade der späten Geburt* haben. Das ist ein einfacher Ausweg. Ich muß mich nicht wirklich damit auseinandersetzen, so lange ich in meinem eigenen Leben keine unmoralischen Dinge tue und mein Bestes gebe, soweit ich das kann. Daran glaube ich ganz fest.

Ich arbeitete mit einer jüdischen Frau zusammen. Wir wurden Freunde, kamen gut miteinander aus, unterhielten uns oft. Sie sagte einmal zu mir: »Ich mag dich, obwohl du Deutsche bist.« Aber ich weiß, wie sie es eigentlich gemeint hat: *Manche Leute haben uns schreckliche Dinge angetan, aber ich sehe dich nicht als manche Leute. Ich sehe dich als menschliches Wesen. Du hattest nichts damit zu tun.* Doch mir kam in den Sinn, daß es zumindest den Schatten einer Kollektivschuld durchaus gibt.

Gleichzeitig bin ich der Meinung, daß es nicht meine persönliche Schuld ist und daß ich nichts dagegen tun kann. Ich fühle mich weitaus schuldiger, weil ich nicht in Afrika oder Haiti helfen kann, denn das geschieht jetzt in diesem Moment, und wir unternehmen nichts dagegen. Die ganze Gewalt in den Staaten, und wir handeln nicht. Ich würde es mit dem Holocaust vergleichen. Ich denke jetzt nicht in Zahlen, nicht wieviele Menschen dort getötet wurden und wie wenige hier – darum geht es nicht. Genau jetzt geschehen furchtbare Dinge, und wir unternehmen nichts. Furchtbare Dinge sind in der Vergangenheit geschehen, und viele Menschen unternahmen auch nichts. Und das setzt den Holocaust nicht herab. Er war furchtbar. Er geht über jegliches Vorstellungsvermögen hinaus.

Ich wurde 1942 in einem großen Dorf in den Karpaten geboren. Meine Vorfahren hatten seit dem Jahr 1500 dort gelebt. Der Ort hieß auf tschechisch Handlova und auf deutsch Krickerhau. Die meisten Einwohner waren deutsche Bauern, außerdem wurde Braunkohle gefördert. Die slowakische Bevölkerung lebte ein wenig abseits. Meine Eltern waren eigentlich Volksdeutsche, geographisch gesehen aber Tschechen. Man nennt uns *Karpatendeutsche*. Meine Familie empfand sich immer als deutsch, wahrscheinlich sogar noch mehr als die Leute in Deutschland, was ganz typisch für Menschen ist, die im Ausland leben. Wir sprachen einen mittelalterlichen deutschen Dialekt, den ich noch immer beherrsche, eine Mischung aus verschiedenen Sprachen, die dem Jiddischen sehr ähnlich ist. Es ist ein wunderbar altmodischer Dialekt, in dem kein Small talk möglich ist.

Tatsächlich gab es viele deutsche Siedlungen in ganz Osteuropa. Die Menschen waren dort hingegangen, um Ackerland zu bekommen. Im fünfzehnten Jahrhundert muß es dort ein Feudalsystem gegeben haben. Die Deutschen als Volksgruppe blieben ziemlich unter sich. Es gab nur wenige Mischehen. Meine Eltern haben mir erzählt, daß die Deutschen dort pro-deutsch und antislawisch eingestellt waren, da Deutschland immer größer und besser zu werden schien – wenigstens bis zum Krieg.

Mein Onkel ging zur deutschen *Wehrmacht*. Später war er Kriegsgefangener in Nürnberg. Er spricht sehr positiv von den amerikanischen Gefangenenlagern. Mein Vater war nie im Krieg. Er war ein guter Familienvater, der nie auf die Idee gekommen wäre, sich freiwillig zu melden. Die Partisanen waren sehr aktiv. Die Leute kamen eigentlich gut zurecht, mußten sich aber aus politischen Gründen gegeneinander stellen. Das Wort Partisane war allseits bekannt. Es hieß immer »*die Partisanen, die Partisanen*« und das bedeutete stets etwas Schlimmes. Einige meiner Verwandten wurden von slowakischen Partisanen erschossen, während mein Vater von slowakischen Freunden gewarnt wurde und sich versteckte. Er verbarg sich eine Weile auf dem Speicher, um zu warten, bis die deutsche Front diesen Teil der Tschechoslowakei besetzt hatte.

Ich muß anderthalb gewesen sein, als sich die russische Front dem Dorf näherte. Ich erinnere mich an das Maschinengewehrfeuer. Keiner sagte mir, was es war, aber alle hatten Angst. Dies hat vermutlich viel damit zu tun, daß ich mich trotz meiner positiven Lebensauffassung vor Unbekanntem fürchte. Sobald ich weiß, was es ist, macht es mir nichts mehr aus.

Gegen Kriegsende muß es deutsche Soldaten, russische Soldaten und Partisanen im Dorf gegeben haben. Meine Mutter erzählte mir, daß ein russischer Soldat in unser Haus kam, um sich umzuschauen. Sie hatte Angst, er würde mich entweder töten oder – ich weiß es nicht. Schließlich gab er mir ein Glas eingemachte Birnen oder Kirschen, das er wahrscheinlich irgendwo gestohlen hatte.

Im Januar 1945 drängte man das ganze Dorf zum Aufbruch. Wir wurden aus dem Kriegsgebiet *evakuiert* und ins von Hitler besetzte Sudetenland geschickt. Angeblich würden wir dort sicherer sein. Doch einige Männer blieben im Ort, um die deutschen Ländereien gegen die Russen und die slowakischen Partisanen zu verteidigen. Für meinen Vater waren es wohl die besten Wochen seines Lebens. Er erzählte später davon. Er empfand Solidarität mit den anderen Männern – was wir wohl heutzutage als Kameradschaft unter Männern bezeichnen würden. Ich glaube nicht, daß er je ein Gewehr besaß. Sicher hat er niemals jemanden erschossen. Sie machten sich einfach eine schöne Zeit, trotz des Krieges. Sie brieten Würstchen. Es mag respektlos klingen, aber ich bin froh, daß ihm diese Zeit vergönnt war. Ich glaube, er fühlte sich zum ersten Mal im Leben wichtig, weil er etwas für sein Vaterland tat.

Später stieß er im Sudetenland zu uns. Mein Bruder wurde dort geboren, und ich habe lebhafte Erinnerungen an Familientreffen, spielende Kinder ... doch draußen lauerte irgendeine undefinierbare Gefahr. Sie kam von außerhalb der Familie. Im Herbst 1946 wurden wir mit all unserem Besitz in Viehwaggons gesteckt und *Heim ins Reich* geschickt, nach Deutschland, das heißt in unserem Fall in eine bayerische Kleinstadt. Dort gab es zwei Klassen: die *Einheimischen* und die *Flüchtlinge*. Ich war ein *Flüchtling*, man sah auf mich herab. Daher weiß ich genau, wie man sich fühlt – eben dieses Anderssein. Die Leute sprachen bayerischen Dialekt. Es war dieselbe Sprache und dennoch eine ganz andere Kultur. Es war mir peinlich, daß wir grüne Pfefferschoten und Knoblauch und Mohnsamen aßen, die in Bayern unbekannt waren. Ich war angeblich sehr sensibel und gleichzeitig schrecklich aggressiv. In einem gewissen Maße gilt das bis heute.

Unsere ganze Familie, die aus fünf Personen bestand, bekam von der Stadt ein Zimmer im *Kreisleiterhaus* zugewiesen. Dieses Wort war tabu und sagte mir nichts. Die Leute wechselten das Thema, sobald es erwähnt wurde. Erst Jahre später begriff ich, daß ein *Kreisleiter* während der Nazizeit ein hoher politischer Funktionär der Stadt und des Kreises gewesen sein mußte. Und dies war sein *Haus*. Wahrscheinlich hatte er nicht überlebt. Und dann verschwand das Wort aus dem Vokabular. Ilse

Koch, eine der Kriegsverbrecherinnen, saß in einem Gefängnis, das ungefähr zwanzig Kilometer entfernt lag. Die Leute sagten, sie hätte Lampenschirme aus Menschenhaut gemacht. Ich war zu jung, um die Bedeutung dessen zu begreifen. Ich wußte nur, daß sie ein sehr schlechter Mensch gewesen sein mußte. Gelegentlich ließen die Leute Bemerkungen fallen: »Das hätte es unter Hitler nicht gegeben.« Es geschah hinter vorgehaltener Hand. »Damals herrschte Ordnung.«

Die verschiedenen sozialen Schichten spielten eine ungeheuer wichtige Rolle. Mein Vater war Schuhmacher, somit gehörten wir zur unteren Mittelschicht. Meine Mutter war etwas gebildeter, entwickelte sich aber nicht weiter, da sie glaubte, nicht über ihren *Stand* hinauswachsen zu können. Sie war bescheiden und wollte nichts erreichen, das ihrer Ansicht nach nicht schicklich war. Sie lebte auch in einer sehr traditionellen Frauenrolle, arbeitete mit meinem Vater, den sie sehr liebte, gemeinsam für das Wohl der Familie. Doch sie zahlte einen hohen Preis dafür: Depressionen. Durch ihren Glauben fand sie jedoch wieder heraus und konnte ihr Leben weiterführen.

Als Mädchen hatte ich meine Träume, die nicht besonders fest umrissen waren. Ich wollte hauptsächlich dem armen, einfachen Lebensstil meiner Eltern entfliehen. Auch auf diesem Gebiet halfen sie uns, so gut sie konnten. Es hieß immer: *»Ihr sollt es besser haben.«* Dafür bin ich wirklich dankbar. Ich wurde in meiner Antriebskraft von ihnen bestärkt: Du wirst es schaffen. Du wirst ihnen zeigen, daß du alles tun kannst, was von dir gefordert wird. Und in Deutschland gelang einem das nur durch Bildung.

Einmal suchte ich eine Ärztin auf, die um die sechzig gewesen sein muß. Ich war sehr beeindruckt, weil sie ihren Platz im Leben gefunden hatte. Sie wirkte sehr ruhig und gab bei der Arbeit ihr Bestes. Ich dachte: *So möchte ich auch gern werden. Einfach leben und sein Bestes geben und sich nicht die ganze Zeit so darüber aufregen.* Doch eine medizinische Ausbildung stand außer Frage – vor allem, weil ich mich nicht traute. Meiner Familie waren Grenzen gesetzt, doch mit genügend Energie und Willenskraft wäre es mir gelungen. Da ich mich für Naturwissenschaften interessierte, wurde ich *Chemisch Technische Assistentin*. Mit einundzwanzig zog ich nach München und arbeitete in den Forschungslabors an der Universität. Viel später begriff ich, daß mein Hauptziel in der Ehe mit einem passenden Mann gelegen hatte. Passend hieß soviel wie gebildeter als ich. Im Grunde ging es um den Aufstieg durch Heirat. Andere Männer waren einfach uninteressant – mit ihnen konnte ich mich nicht unterhalten.

Ich wurde Mitglied einer katholischen Mädchengruppe. Das war wunderbar. Ich fühlte mich akzeptiert. Auch meine Arbeit gefiel mir. Dennoch nagte etwas an mir: *Ist das wirklich alles?* Ich war unglücklich, unausgefüllt. Und ich wurde älter. Die Suche nach dem passenden Ehemann zeigte keinen Erfolg, doch war ich immerhin realistisch genug und heiratete nicht einfach, um verheiratet zu sein. Ich dachte: *Na ja, vielleicht gehe ich ein Jahr ins Ausland, mache neue Erfahrungen, sehe mir die Welt an und denke in Ruhe darüber nach, was ich mit dem Rest meines Lebens anfange.*

Dies war eine wichtige Entscheidung. Ich bin froh darüber. Ich sprach ein bißchen Englisch, und die Vereinigten Staaten waren das einzige Land, in dem ich in meinem Beruf arbeiten konnte. Ich war neunundzwanzig, als ich im Jahre 1971 in die Staaten ging. Schnell begegnete ich dem Traummann, der so gar nicht der Mann meiner Träume war. Er war der klassische Mann aus dem Westen, der einsame Marlboro-Typ, der in die Stadt kommt, seine Sache durchzieht, alle rettet und verschwindet. Doch in Wirklichkeit bedeutete dies, daß niemand – vor allem keine Frau – zu seiner Seele durchdringen konnte. Keiner von uns kannte den anderen. Ich erwartete einen Amerikaner mit europäischer Seele. Ich war an europäische Männer gewöhnt, bei denen die gegenseitige emotionale Befriedigung im Vordergrund stand. Die traditionelle Rolle, in der die Frau den Ehemann emotional umhegt, wollte ich nicht übernehmen. Er hatte dieses Bild von den treusorgenden deutschen Frauen, die sich um ihre Männer kümmern und keine Fragen stellen, kleine Damen, die man auf ein Podest stellen und verhätscheln muß. Allerdings hat die Sache einen Haken – die kleinen Damen machen die ganze Arbeit und halten das Haus in Ordnung und kümmern sich um die Kinder. Wie die Pionierfrauen tun sie das zurückgezogen und haben wenig Umgang mit dem Mann.

Und das hat uns kaputtgemacht. Es war für uns beide zu schmerzhaft. Ich liebte ihn sehr. Ich liebe ihn noch immer, kann aber nicht mit ihm leben. Wir waren fünfzehn Jahre verheiratet. Es ist tragisch. Wir haben eine Tochter, einen sehr verstörten Teenager. Als sie klein war, sang ich ihr jeden Abend ein bestimmtes Repertoire deutscher Kinderlieder vor: Es begann mit *»Schlaf, Kindlein, schlaf«, »Guten Abend, gute Nacht«* und *»Hänschen Klein ging allein«*. Ich erzählte ihr auch die klassischen Märchen der Gebrüder Grimm. Wir ließen sie Ostereier suchen. Das machte viel Spaß. Als sie klein war, verkleideten wir sie wie beim deutschen Fasching und zogen kostümiert mit ihr durchs Haus. Ich denke, sie kann sich noch daran erinnern.

Ich hatte häufig mit Depressionen zu kämpfen, die ich von meiner Mutter geerbt habe. Mir blieben nur drei Möglichkeiten: Ich konnte nach Hause fahren, Selbstmord begehen oder leben. Den Selbstmord zog ich vorübergehend in Betracht, da ich mich elend fühlte und Angstanfälle erlitt; mein Stolz verbat mir, zurückzukehren und zu sagen: *Ich komme in diesem Land nicht zurecht*; und ich lernte, mich auf meine eigenen Fähigkeiten zu verlassen, was ich bisher nie getan hatte. Mit Hilfe von Freunden begriff ich, daß Depressionen gegen sich selbst gerichtete Aggressionen sind und daß ich nie gewagt hatte, zu mir zu sagen: *Ich bin zornig. Ich kann das nicht ertragen.* Ich dachte vorher immer: *Wahrscheinlich habe ich es verdient. Ich darf nicht zornig sein.* Und eben dadurch habe ich es geschafft – weil ich begriffen habe, daß es in Ordnung ist, wenn man Zorn empfindet, wenn man guten Grund dazu hat. Damit habe ich meine Depressionen überwunden. Ich neige noch immer dazu, habe aber auch gelernt, mich bewußt aus ihnen herauszuarbeiten.

Ich mußte auch mit meiner Familiengeschichte ins reine kommen, den Rollen, die wir spielten, den Erfahrungen meiner Eltern. Während ich aus eigenem Entschluß nach Amerika gekommen war, hatte man sie ohne ihr Zutun aus ihrer angestammten Umgebung gerissen. Ich lernte auch mehr über die Geschichte des Zweiten Weltkriegs, da ich nun weit genug entfernt war, um mit meiner Kultur und Tradition zurechtzukommen. Menschen, die sich außerhalb ihrer vertrauten Umgebung befinden, sind gezwungen, diese zu definieren. Gelangt man nie hinaus, muß man sie auch nicht definieren.

Ich muß sagen, daß ich mich als Deutsche in den Staaten nie diskriminiert gefühlt habe. Ich hatte eher den Eindruck, daß mich die Leute aufgrund meines Deutschseins respektierten, und das war mir unangenehm. Es glich dem unguten Gefühl, das ich als Flüchtling empfunden hatte: Ich hatte die Diskriminierung nicht herausgefordert; und ebenso forderte ich jetzt keine besondere Bevorzugung, nur weil ich Deutsche war. Es ist einfach lächerlich.

Ich weiß noch, wie ich in die Staaten kam, in einem Hotel festsaß, weil das Flugzeug Probleme mit dem Motor hatte, und an einem runden Tisch mit ungefähr fünfzehn Leuten zu Abend aß. Die meisten von ihnen waren Amerikaner. Ich erinnere mich nicht mehr an die Gespräche, nur an meine Reaktion darauf: *Warum sagen diese Leute nichts? Weshalb dreschen sie nur Phrasen? Sie sind weit weg, weit hinter ihren Masken. Dahinter muß noch etwas sein, aber ich kann es nicht erkennen.* Dies war meine erste Begegnung mit dem, was ich später Small talk nennen sollte – der Name steht für das ganze System, in dem man sich nicht mit dem anderen befaßt.

Ich finde es faszinierend, wie die Vereinigten Staaten ein Kommunikationssystem innerhalb der Sprache entwickelt haben. Jeder kann mit jedem sprechen, ohne ihm zu nahe zu treten. Es gibt kein kulturelles Bedürfnis, sich selbst auf andere Weise als im Small talk auszudrücken. Man braucht sich nicht mit Dingen konfrontieren zu lassen. Man hält sich an seine Phrasen. Wenn man es darin zur Meisterschaft bringt – und wir alle lernen es und müssen es lernen – ist es höchst zweckmäßig. Die Vereinigten Staaten habe den Small talk gemeistert, weil Menschen unterschiedlicher Herkunft in einem Land zusammentrafen und irgendwie *ohne* die Vergangenheit miteinander zurechtkommen mußten. Er repräsentiert Gegenwart und Zukunft – nicht die Vergangenheit, die ich als traditionell betrachte.

Das soll nicht heißen, daß der sogenannte Small talk in anderen Sprachen nicht stattfindet. Man greift oft bei förmlichen Gelegenheiten dazu, bei denen man nicht unbedingt sagen kann: *Dieses Essen schmeckt mir nicht* oder: *Das hätte besser sein können.* Zum Teil steckt dahinter Höflichkeit, doch es fließen auch andere Faktoren mit ein. In traditionelleren Gemeinschaften wie der, in der ich aufgewachsen bin, baute man sich seinen Ruf langsam auf und konnte davon zehren. Daher genossen arme Menschen von Adel – im Gegensatz zu den Neureichen – noch immer großes Ansehen. In einer modernen Welt, in der sich die Leute – zumindest theoretisch – auf ihre Fähigkeiten und ihre Effizienz verlassen können, um nach oben zu gelangen, gehört Small talk zu den Mitteln, mit denen eben dieser Aufstieg erreicht wird. Man kann seine Träume eher verwirklichen als in einer traditionellen Gemeinschaft. Andererseits kann man sich auf niemand anderen verlassen, weil man allein auf sich gestellt ist. Man kann nicht jemanden heruntermachen, den man nächste Woche vielleicht wieder braucht.

Small talk hat noch eine andere Seite, die sich, wie ich finde, bei der Kindererziehung sehr negativ auswirkt. Die Kinder bekommen vor allem von der Gesellschaft fast nie gesagt, was falsch oder inakzeptabel ist. Natürlich erfährt man bei der Arbeit nie auf direktem Wege, ob man sich gut macht oder nicht. Alles wird mit Small talk gepolstert und ausgekleidet. Ein Beispiel dafür ist der alte Witz, in dem einer morgens zur Arbeit geht. Der Boß begrüßt ihn, grinst ihm ins Gesicht und sagt: »Hi, wie geht's?« »Gut.« »Sieht aus, als wärst du gefeuert.«

Ich muß sagen, Small talk ist eine gefährliche Methode im Umgang miteinander. Sie ist nützlich und praktisch, doch die menschliche Komponente fehlt. Sie ist sicher, steril – aber nicht human. Ich will damit keineswegs sagen, daß viele Amerikaner nur zum Small talk fähig wären. Das stimmt nicht. Wenn Menschen wollen, können sie Dinge persönlicher ausdrücken. Es dauert ein bißchen länger. Die Leute sind einfach vorsichtiger. Das ist in Ordnung. In aller Welt haben Menschen ähnliche Sorgen, Probleme, Schmerzen, Gefühle. Die Frage ist, ob man das Gewicht darauf legt oder auf die Form, in der man es ausdrückt.

Ich will nicht sagen, daß jede Art von Small talk negativ wäre. Doch er hat den Nachteil, daß man, vor allem als Ausländer, zunächst die Nuancen herausfinden muß – was gesagt wird und wie es wirklich gemeint ist. Zum Beispiel bin ich wie viele andere Deutsche über das berühmte »Hi, wie geht's?« »Danke, gut« gestolpert. Das sind höfliche Phrasen, mit denen man eventuelle Gesprächslücken schließen kann, aber nicht schließen muß. Frisch aus Deutschland angekommen antwortete ich natürlich: »Heute geht es mir nicht so gut« oder »Ja, mir geht es prima, weil ich dies und jenes zum Frühstück gegessen habe.« Plötzlich sahen mich die Leute komisch an, und ich dachte: *Vermutlich wollten sie das gar nicht hören.* Es war ein neuer Code, eine neue Kultur, eine neue Form das Umgangs mit anderen.

Doch nun beherrsche ich exakt jenen Small talk, der in Gesellschaft benutzt wird. Ich schütze mich damit in beruflichen Situationen. Ich gebe keine Werturteile ab, solange ich es nicht will. Ich übe mit Hilfe von Small talk Kontrolle aus – er bietet einem einen Ausweg, den man in Deutschland nicht hätte, wo die Menschen kulturbedingt kritischer sein können als in den Vereinigten

Staaten. Stellt man eine Behauptung auf, antwortete das Gegenüber mit einer Gegenbehauptung und spielt damit den Ball zurück. Falls die Behauptung zu unverschämt ist, wird in Amerika niemand den Ball zurückspielen. Man fällt damit überaus unangenehm auf und wirkt auf andere heftig oder aufdringlich, weil die Dynamik anders funktioniert. Daher muß man sich zurückhalten.

Ich glaube, am gesündesten leben jene Leute, die problemlos vom Small talk in geschäftlichen Situationen zu persönlichen Gesprächen mit ihren Freunden überwechseln können. Ich kenne aber auch Menschen, die nur Small talk beherrschen, und diese landen, wenn sie Glück haben, in einer Therapie. Meine Tochter geht jeder Auseinandersetzung aus dem Weg, weil sie es nie gelernt hat. Sie flieht immer davor und sieht mich als die aufdringliche Mutter, die mit ihr Verbindung aufnehmen und sprechen will. Ich verstehe, wie ärgerlich es für sie sein muß, aber sie weiß auch nicht, was ihr entgeht. Und ich kann nichts dagegen tun. Ich bin traurig, weil ich nur selten zu meiner Tochter durchdringen kann.

Nach meiner Scheidung sagte ich zu Freunden, wie wunderbar ich mir die Beziehung zu einem räumlich getrennt lebenden Freund vorstelle. Und tatsächlich habe ich seit vier Jahren so eine Beziehung. Ich bin erfreut – es ist genau das, womit ich umgehen kann, womit er umgehen kann und was uns beiden gefällt. Wir beide stehen dem offen gegenüber und machen Witze darüber. Seine Mutter ist das Kind polnischer Immigranten, und sein Vater stammt aus einer generationenalten angelsächsischen Familie. Folglich kennt er beide Seiten und hat sie irgendwie kombiniert. Er ist viel gereist und sagt schlicht und einfach: »Mit europäischen Frauen komme ich gewöhnlich viel besser zurecht.«

Ich verstehe, warum das so ist. Für ihn liegt es eher auf der emotionalen Ebene. Ich mußte es intellektuell betrachten, um zu erkennen, was sich wirklich abspielt. Wäre ich nach Mexiko oder Indien gegangen, hätte ich von vornherein eine völlig andere Gesellschaft erwartet, doch in den Staaten lebte ich in der Illusion, daß viele Menschen europäischer Herkunft seien und daher wie Europäer dächten. Und dem ist natürlich nicht so. Ich stehe in gewisser Weise an der Grenze. In der amerikanischen Gesellschaft fühle ich mich wohl, weil ich die Mechanismen inzwischen verstehe. In der europäischen Gesellschaft fühle ich mich wohl, weil ich *noch immer* weiß, wie es läuft. Technisch gesehen, ist die amerikanische Gesellschaft offen. Sie ist zweckmäßig. Einfach. In Deutschland gibt es viele Beschränkungen. *»Man tut das nicht.«*

Ich bin froh, daß ich hier in den Staaten lebe, weil einem viele Möglichkeiten offenstehen und niemand einen für seine Handlungen oder sein Aussehen kritisiert. Es gibt Regeln für die Öffentlichkeit, doch als Person hat man viel mehr Freiheit. Im Grunde genommen war ich in den vergangenen zehn Jahren einfach ich selbst. Wenn Leute damit nicht klarkommen, ist es ihr Problem. Manche sagen: *Ach, sie ist einfach so.* Ich glaube, Amerikaner sind toleranter oder ignorieren einfach Verhaltensweisen, die anstößig wirken. In Deutschland würde anstößiges Verhalten sofort in Frage gestellt. Alle diese Dinge haben zwei Seiten. Manche sind positiv, andere wiederum potentiell gefährlich.

GISELA

Geboren: 1943
Alter zum Zeitpunkt der Immigration: 4

Die Erschaffung der Bestie

Als mich mein Sohn Terry vor einigen Jahren fragte, ob
es in Ordnung sei, wenn er nach meinem Vater suche,
antwortete ich: »Ich glaube, das solltest du tun. Es ist
dein Recht.« Mein Verhältnis zu meinem Vater ist meine
Sache. Die Bedürfnisse meines Sohnes gehen ihn allein
an. Vom Tag seiner Geburt an hatte ich das Gefühl, daß
Terry sich selbst gehöre, daß ich ihn beschützen und in
die Welt führen, aber nicht kontrollieren oder besitzen
sollte. Mein Sohn wollte die Wahrheit erfahren. Die eine
Wahrheit. Ich sagte: »Manchmal erfahren wir die Wahrheit nicht. Daraus macht man dann Seifenopern.«
  Terry reiste durch Europa und besuchte meinen Onkel
und meine Tante. Der Familienklatsch besagte, mein Vater sei noch am Leben. Und daß er Wärter im Konzentrationslager gewesen sei. Mein Sohn rief mich mitten in
der Nacht an. »Warum hast du mir nichts von alldem
erzählt? Er war ein Nazi. Er war Wärter im Konzentrationslager.« Ich erinnerte ihn daran, daß ich es ihm
gesagt hatte, er aber noch zu jung gewesen sei. Ich sagte:
»Ich bin mir nicht sicher, ob ich es so aufregend finde,
daß er Wärter im Konzentrationslager gewesen sein
soll.« Die Antwort meines Sohnes lautete: »Du verstehst
mich nicht. Das ist Geschichte.«

Er fuhr in die Stadt, in der Horst, mein Vater, angeblich lebte. Es stellte sich heraus, daß ich sein einziges Kind bin und er der einzige Enkel dieses Mannes ist. Terry fragte Horst, was er während des Krieges getan habe, ob er Wärter in einem Konzentrationslager gewesen sei. Horsts Frau – ich glaube, es war seine dritte – brach in Tränen aus. Sie wollten beide nicht darüber sprechen.

Ich kann verstehen, daß Horst fürchtete, mißverstanden zu werden. Er ist jetzt über achtzig, und diese Generation unterscheidet sich beträchtlich von unserer, was Offenheit angeht.

Mein Sohn sagt mir, er habe erfahren, daß Horst Briefe zu schreiben versuchte. Es gibt ein großes Geheimnis um einen Brief ... wer zuerst schrieb, wer was sagte. Wen interessiert das noch? Geschichten geraten immer durcheinander. Für mich zählt, daß mich mein Vater im Stich gelassen hat. Dieses Gefühl des Verlassenwerdens ... ich glaube nicht, daß es ein besonders deutsches Gefühl ist – es ist wohl Kriegskindern im allgemeinen eigen.

Was mein Vater im Krieg tat, hat wirklich nichts mit mir zu tun. Aus irgendeinem Grund kann ich dafür Verständnis aufbringen. Was für ein Ehemann er war, hat nichts mit mir zu tun. Daß er für mich kein Vater war, hat hingegen sehr viel mit mir zu tun. Falls er in den Konzentrationslagern schreckliche Dinge tat, betrachte ich ihn ebenso als Opfer der Umstände wie jeden anderen, den er zum Opfer gemacht hat. Die Menschen sind Opfer der Umstände. Ich habe aus dem Holocaust gelernt: *Was ist es, das einen Menschen in ein Ungeheuer verwandeln kann?* Diese Frage muß man sich stellen. Man kann ihr nicht ausweichen, ohne viel zu verdrängen.

Ich empfinde Wut auf Menschen, die von ihrem bequemen Leben aus die Geschichte betrachten, über Leute urteilen, die angeblich gräßliche Dinge getan haben und behaupten, sie selbst hätten sich anders verhalten. Keiner von uns weiß, wie er sich in einer Situation verhalten wird, bevor er nicht in diese Situation gerät und seine Kinder und Eltern betroffen sind. Es geht nicht in erster Linie um Deutschland. Es geht um den Kern des einzelnen menschlichen Wesens. Ich bin nicht bereit, darin einen Feind zu sehen oder hinzunehmen.

Niemand ist mein Feind.

Jeder Mensch bin ich.

Was immer in Deutschland geschehen ist, beschränkt sich nicht auf Deutschland. Das ist es, was mich so wurmt. Ja, wir müssen es erforschen. Viele Jahre lang sah ich mir alles an, was es zum Thema Holocaust gab. Was in Deutschland geschehen ist, geschieht überall in der Welt. In dieser Minute. Und wir kehren dem Geschehen den Rücken zu. Es ist keine Entschuldigung, daß wir einen Kontinent und einen Ozean von Bosnien entfernt sind. Wir wissen, daß es geschieht. Wir könnten Einfluß darauf nehmen, entscheiden uns aber für unser bequemes Leben. Ich denke allmählich, daß die Gewalt im Menschen einfach angelegt ist und wir sie niemals überwinden werden. Doch bei meiner Lektüre habe ich bemerkt, daß es an Deutschen und Juden festgemacht wird. Ich hätte lieber, daß man es auf einer umfassenderen Ebene betrachtet. Vielleicht müßte man die Betonung auf die ganze Menschheit legen, um die Heilung in Gang zu setzen.

Doch weil es mich bis ins Mark trifft, kann ich all das nicht auf die Beziehung zu meinem Vater anwenden. Er weiß nicht um den Einfluß, den er durch sein Fernbleiben auf mich gehabt hat. Er hätte sich mehr bemühen sollen, mich zu finden. Ich hätte als Prostituierte in der Gosse liegen können, ohne daß er es bemerkt hätte. Warum hat er nicht nach mir gesucht?

Mein Sohn fand heraus, daß mein Vater aus dem russischen Konzentrationslager zurückkehrte und die Eltern meiner Mutter aufsuchte, um uns zu finden. Er hörte, daß wir nach Amerika gegangen und glücklich seien und er uns in Ruhe lassen solle. Das ist doch alles wie aus einer Seifenoper. Mein Sohn sagte zu mir: »Wie würdest du dich fühlen, Mom? Du warst im Krieg, im Konzentrationslager, stellst fest, daß deine gesamte Familie sich von dir getrennt hat und verschwunden ist. Du hast alles verloren.«

Ich hätte Himmel und Erde in Bewegung gesetzt, um mein Kind zu finden.

Ich habe mich nie um eine Begegnung mit meinem Vater bemüht. Einmal bestand die Möglichkeit, eine Beziehung zu ihm aufzubauen, und ich habe mich geweigert. Aus Zorn. Aus purem, total normalem, neurotischem Zorn. Ich weiß, was läuft. Ich bin intelligent und belesen genug, um zu wissen, daß es am besten ist, dem Feind gegenüberzutreten. Doch das ist graue Theorie. In meinem Herzen tut es weh. Ich finde, er sollte sich ins Flugzeug setzen und herkommen, um mich zu besuchen. Ich finde, er sollte mir Blumen schicken. Ich finde, er sollte anrufen und schreiben. Ich finde, er sollte mir zeigen, daß es ihm wichtig ist. Ich empfinde keinen Haß mehr auf ihn. Es tut mir leid, daß er sich offensichtlich immer noch quält. Da er nicht über die Vergangenheit sprechen kann, quält er sich noch damit.

Ich stelle mir vor, daß mein Vater große Ähnlichkeit mit Rhett Butler hatte – groß, dunkel und verwegen. Ein echter *Poussierer*. Er muß schon ein Kerl gewesen sein. Meine Mutter konnte gar nicht glauben, daß er sich für sie interessierte. Diese Geschichte fasziniert mich. Ich finde sie farbig und fesselnd. Meine Mutter heiratete meinen Vater durch einen Vertreter, was damals nicht ungewöhnlich war. Er war in Rußland. Die Ferntrauung fand erst statt, nachdem ich gezeugt worden war. Ich wurde 1943 während eines Luftangriffs geboren.

Erst kürzlich habe ich herausgefunden, was mein Vater während des Krieges gemacht hat. Meine Mutter spricht sehr offen über alles. Ihres Wissens diente er eine Weile in einem Konzentrationslager in Norddeutschland, und es gefiel ihm nicht. Was immer das auch heißen mag. *Es gefiel ihm nicht.* Er bat darum, an die Front nach Rußland versetzt zu werden. Meiner Ansicht nach spricht diese Tatsache für ihn. Die Versetzung an die russische Front war sehr gefährlich. Vielleicht war es ein ganz schreckliches Konzentrationslager, und ihm gefiel nicht, was man den Insassen dort antat. Ich weiß nichts über die Seele meines Vaters, seinen Glauben oder seine Humanität, doch das Versetzungsgesuch wurde angenommen, und er kämpfte an der russischen Front und wurde in Rußland Kriegsgefangener.

Ich habe nur wenige Erinnerungen an meine Kindheit. Irgendwo habe ich gelesen, daß so etwas vorkommen kann, wenn ein Kind viel herumgereicht wird. Mich lockt die Vorstellung, daß ich unangenehme Dinge unterdrückt haben könnte. Meine Mutter sagt mir – obwohl ich ihr in dieser Hinsicht nicht traue –, daß ich nichts vom Krieg und den Luftangriffen und furchtbaren Ereignissen mitbekommen hätte. Daß ich ein glückliches, goldhaariges Kind gewesen sei. Und daß ich in den Luftschutzkellern Freude und Lachen verbreitete. Ich kann nicht glauben, daß ein Kind von zwei oder drei

Jahren immun gegen Anspannung und Leid ist. Mein Großvater erzählte mir von den amerikanischen Bomben, die den Himmel wie einen Weihnachtsbaum erleuchteten. Man konnte kilometerweit sehen.

Meine Mutter behauptet, einige meiner Erinnerungen seien Träume und *Quatsch*. »Wie solltest du dich an solchen *Quatsch* erinnern? Es ist nie passiert.« Wahrscheinlicher ist da schon, daß ich die Wirklichkeit mit etwas vermischt habe, das ich nicht verstand. Bei meinem Großvater im Keller, in dem Kartoffeln, Kohle, Werkzeug, Marmeladengläser und Ersatzteile für Fahrräder lagerten, glaubte ich, meine Tante zu sehen. Man hatte sie an den Knöcheln aufgehängt, nackt und blutig, als habe man sie gerupft. Meine Mutter sagte: »Oh, das ist Unsinn! Natürlich ist das nie passiert.« Was vermutlich stimmt. Möglicherweise bin ich im Keller auf ein totes Kaninchen gestoßen – wir hielten Kaninchen im Hof, die während des Krieges zum Überleben meiner Familie beitrugen –, doch weshalb ich das mit meiner Tante verwechselt haben sollte, ist mir nicht klar.

Meine Mutter taucht selten in meinen Erinnerungen auf. Sie sagt, sie habe Tuberkulose gehabt. Sie wurde aufs Land auf einen Bauernhof geschickt, der der Familie gehörte.

Meine Großeltern zogen mich auf. Mein kleiner Hund wurde vor dem Haus meines Großvaters getötet. Er hieß Foxl. Ein riesengroßer, armeegrüner Lastwagen mit einem schwarzen Gesicht hinter dem Steuer kam angefahren. Und er überfuhr den Hund, brach ihm das Rückgrat. Der Hund jaulte auf der Straße, und ich konnte ihm nicht helfen. Damals durften Deutsche keine Waffen besitzen. Man sagte mir – ich weiß nicht, ob ich es selbst gesehen habe –, daß mein Großvater dem Leiden des Hundes ein Ende setzte, indem er ihn an den Hinterbeinen festhielt und mehrfach gegen eine Mauer schlug. Sie verstehen vermutlich, weshalb ich Tierschützerin bin.

Mein Großvater war Angehöriger der Streitkräfte, die Hitler einberief, als Deutschland schon dem Untergang geweiht war. Meine Mutter erzählt, daß dieses Regiment alter Männer und kleiner Jungen in den Krieg ziehen sollte. Ein zwölfjähriger Junge schrie: »Ich will nicht in den Krieg.« Und mein Großvater sagte zu ihm: »*Geh heim, Bub*. Wir ziehen nicht in den Krieg.« Manche Leute könnten sagen: *Klar, das erzählen sie hinterher*, aber ich glaube ihm. So etwas paßt zu ihm. Er war ein überaus großzügiger Mensch. Mutter sagt, daß keine Windel und kein Schnuller vor ihm sicher war. Er verschenkte alles. Diese Sachen sieht man nie im Film. Dort gibt es nur den bösen Deutschen.

Ich weiß nicht, ob Deutsche in amerikanischen Filmen so dargestellt werden, weil viele Filmproduzenten Juden sind. Es ist durchaus verständlich, daß Juden die Geschichte des Holocaust erzählen möchten. Wenn sie einen derartigen Film produzieren oder dabei Regie führen können, müssen sie das natürlich tun. Vielleicht hat es damit zu tun, daß es in den Menschen von siebzig oder achtzig Jahren so tief verwurzelt ist. Ich kenne Menschen, die eintätowierte Nummern auf dem Arm tragen. Wie könnte ich von ihnen eine ausgewogene Perspektive verlangen? Doch nun, da die jüngeren Menschen nachwachsen und sich von Schmerz und Verlust entfernen, ist es eher möglich, objektiv zu sein und nach einem ausgewogenen Bild zu suchen.

Das kann ich jedoch von keinem verlangen, der in einer derartigen Situation gewesen ist. Ich meine, ich kann das ein wenig aufgrund meiner eigenen Erfahrung beurteilen. Verlangen Sie nicht von mir, vernünftig zu sein, wenn es um meinen leiblichen Vater geht. Wenn Menschen dem Schmerz sehr nahe sind, müssen sie ihre Geschichte auf jede sich bietende Weise erzählen. Es gibt viele Geschichten. Und wir müssen sie als Ganzes betrachten und zu einem Schluß gelangen.

Mein Großvater erzählte eine Geschichte über den Abwurf einer chemischen Bombe. Diese Geschichte würde ich beispielsweise gerne erforscht sehen. Die Leichen waren so verschrumpelt und verkohlt, daß man sie nicht identifizieren konnte. Mein Großvater und andere Deutsche luden diese Leichen auf einen Lastwagen und begruben sie anonym.

Ich wünschte, die Amerikaner würden sich einmal ansehen, was sie im Krieg getan haben. Ich meine, wieviele Amerikaner wissen denn schon, daß während des Zweiten Weltkriegs chemische Bomben abgeworfen wurden? Die Amerikaner waren auch nicht ohne Schuld. Wir kennen Geschichten von Soldaten, die durch die Städte zogen und Frauen vergewaltigten, egal, ob es nun französische, russische, deutsche oder amerikanische Soldaten waren.

Der Krieg macht alle zu Ungeheuern.

Als der Krieg vorbei war, besetzten die Amerikaner die Böschung jenseits des unbestellten Feldes, das an das Haus meines Großvaters grenzte. Die Soldaten hatten Blick auf den üppigen Garten, die Obstbäume, Beerensträucher und Sonnenblumen, die Kaninchen und Walnußbäume ... alles gedieh ... und auf diese beiden schönen jungen Frauen. Eine war meine Mutter, die andere meine Tante. Meine Mutter, die sich von der Tuberkulose erholte, ruhte in einem Sessel. Natürlich überquerten die Soldaten das unbestellte Feld. Als Soldaten durften sie auf die Jagd gehen und brachten Wild,

Brot und andere Nahrungsmittel, die zum Überleben meiner Familie beitrugen.

Einige dieser Männer wollten meine Mutter heiraten, und einer von ihnen wurde mein Stiefvater. Er erklärte meiner Mutter, er werde nicht ohne sie nach Amerika zurückkehren – dies war sein Heiratsantrag. Mein Mutter war sich nicht sicher, ob sie ihn liebte, doch laut ihrer Familie lag es nur an den unterschiedlichen Sprachen. Er sei ein guter Mann, und sie solle ihn heiraten. Sie ließ sich von meinem deutschen Vater scheiden, den sie für tot hielt, und heiratete einen Mann, den sie kaum kannte. Mein Stiefvater adoptierte mich, und mit viereinhalb Jahren wurde ich auf einen fremden neuen Kontinent versetzt. Die Ehe war schwierig. Meine Mutter wurde von seiner Familie nicht akzeptiert, und er wußte nicht, wie er dieses kleine deutsche Mädchen aufziehen sollte. Er war entweder nicht da oder gewalttätig.

Manche kleinen Jungen nannten mich »Nazi«. Meine Mutter hat es mir erzählt. Sie sagt, ich hätte geweint. Eine Nachbarin schalt die Jungen aus und sagte es deren Eltern. Daran kann ich mich nicht erinnern. Sie hätten mir jeden Schimpfnamen geben können. Sie hätten meine Zöpfe ins Tintenfaß tauchen können. Kleine Jungen behandeln kleine Mädchen einfach schrecklich. Ich wußte nicht, was ein Nazi ist. Ich wußte nur, daß sie mich beschimpften – und deshalb weinte ich. Doch es paßte in keinen kulturhistorischen Kontext, weil ich zu jung war. Es gab noch andere Quälereien. Ich meine, die kleinen Mädchen taten auch furchtbare Dinge – so sind Kinder eben –, und zwar nicht, weil ich Deutsche, sondern weil ich eine lahme Ente war. Kleine deutsche Mädchen werden dazu erzogen, brav zu sein. Ich habe lange gebraucht, bis ich kein braves Mädchen mehr war, und das ärgert mich. Man verpaßt im Leben eine ganze

Menge, wenn man ein braves kleines Mädchen ist. Aschenputtel war eine lahme Ente.

Meine Mutter erzählte mir immer Geschichten über meinen deutschen Vater, die ihn nicht sonderlich begehrenswert erscheinen ließen. Sie hatte einen Ring in einem Kasten und ein Bankkonto entdeckt. Er behauptete, der Ring gehöre der Witwe eines gefallenen Kameraden und daß er und seine Kameraden ein Sparkonto zu ihren Gunsten eröffnet hätten. Meine Mutter hegte den Verdacht, er habe sozusagen eine Frau im nächsten Hafen. Sie sagte auch, er habe es gräßlich gefunden, mich weinen zu hören. Er verließ das Haus. Das einzig Positive, das ich bekam, war ein Album mit meinen Babyfotos. Um mich herum hatte er ein *Himmelbettchen* gezeichnet. Er hatte Gedichte für meine Mutter und mich geschrieben. Beim Aufwachsen muß ich doch unbewußt bemerkt haben, daß es noch etwas an diesem Mann geben mußte, das über diese negativen Geschichten hinausging.

Als ich zwölf war, waren wir für vier Jahre in Deutschland stationiert, und ich besuchte eine amerikanische Militärschule. In der High School zeigte man uns Schwarz-Weiß-Filme über die Konzentrationslager. Nach unserer Rückkehr in die Staaten lebten wir in Iowa. Von da an blieb ich, von einigen Deutschlandbesuchen abgesehen, in Amerika. Mit siebzehn hörten wir zum ersten Mal, daß mein Vater noch am Leben war. Irgendein unbedeutender Behördenmensch klingelte bei uns und fragte meine Mutter, ob sie eine Tochter habe und ob diese noch am Leben sei. Die Regierungsbehörde hatte eine Mitteilung meines Vaters erhalten, in der er sich nach meinem Verbleib erkundigte, da er mich von der Steuer absetzen wollte.

Mistbock.

Jetzt mit beinahe zweiundfünfzig empfinde ich mehr Mitleid für meinen Vater als in meiner Jugend. Doch leider mußte ich die Geschichte meines Vaters und die fehlende Beziehung verarbeiten, als ich ein junges Mädchen war, das über Freunde und Heiraten nachdachte. Die Vernachlässigung durch ihn hat mein Verhältnis zu Männern ungeheuer beeinflußt. Sie hat mich um liebevolle Beziehungen gebracht. Ich hatte eine lange Affäre mit einem verheirateten Mann. Es läuft immer darauf hinaus, daß ich nicht weiß, wie ich eine ehrliche Beziehung zu einem Mann aufbauen kann. Ich fühle mich nicht wohl in der Gegenwart von Männern. Ich traue ihnen nicht. Meine Mutter sagt, ich suche nach Entschuldigungen und würde alles, was in meinem Leben geschieht, auf die Vergangenheit schieben. Ich solle lieber vergessen und nach vorne sehen.

Ich arbeitete an meiner Karriere als Schauspielerin. Schauspieler sind Schmetterlinge, die im Licht schimmern. Jetzt wird mir klar, daß ich einer dieser herrlichen, faszinierenden, wunderbaren Menschen sein wollte, damit mein Vater begriff, was ihm entgangen war. Meine Mutter bewunderte Prominente, daher wollte ich berühmt sein. Ältere Deutsche zeigen sich oft beeindruckt von Menschen, die *berühmt* sind. Ich tendierte zur Schauspielerei, weil ich die Sprache liebe. Dies haben Menschen, die aus anderen Ländern kommen, gemeinsam. Man bemüht sich mehr, die Sprache zu absorbieren. Schauspielerei war eine Methode, um Ideen und Gefühle zu vermitteln und die Welt zu verändern.

Ich erreichte einen Wendepunkt meines Lebens, als eines Nachts ein Herumtreiber in mein Schlafzimmer eindrang. Ich erwachte vom Flackern der Taschenlampe im Zimmer. Das Schlimmste war, daß die Polizei, die eine Stunde später endlich eintraf, den Raum nicht einmal auf Fingerabdrücke hin untersuchte. Sie tätschelten mir sozusagen den Kopf und meinten: »Es scheint alles in Ordnung zu sein. Es gibt keine Hinweise auf irgendwelche Probleme. Gehen Sie schlafen.« Danach habe ich jahrelang kaum geschlafen.

Um diese Zeit herum ermordete ein Mann in Chicago neun Krankenschwestern. Zum ersten Mal hörte ich von der Verwundbarkeit der Frauen und Massenmord. Dann wurden zwei Stewardessen am andern Ufer des Sees blutig geschlagen. Ich war immer ein leichtsinniger, furchtloser Mensch gewesen. Nachts lief ich durch die Docks und war zu naiv, um über Gefahren überhaupt nachzudenken. Und dann trat dieser nächtliche Herumtreiber in mein Leben. Auf einmal begriff ich, daß ich sterben konnte. Kurz danach heiratete ich einen Mann in Uniform. Ich heiratete praktisch die gesamte amerikanische Küstenwache. Ich suchte nach einer Vaterfigur. Ich wollte, daß jemand sich um mich kümmerte und meine Kämpfe austrug. Und der Mann, den ich heiratete, war zu alldem in der Lage. Er fing mitten auf einer Straßenkreuzung Streit an. Er holte mich von der Bühne weg. Er rettete mich vor alldem.

Als mein Kind geboren wurde, bedeutete es alles für mich. Ich wollte mich nie von ihm trennen. Der Wunsch, Schauspielerin zu sein, trat immer mehr in den Hintergrund. Ich griff wieder zum Pinsel. Ich verkaufte einige Porträts und Zeichnungen. Wen man auch malt, die Menschen werden schön, sobald man sie näher kennenlernt, und es verändern sich die Ebenen des Gesichtes und das Licht in den Augen. Man versucht, die Persönlichkeit und den Geist einzufangen. Es ist egal, wie sie aussehen – wenn man sie vollendet hat, sind sie fast immer schön.

Ich bemerkte schnell, daß die Ehe ein Fehler gewesen war, doch ich war von einer sehr deutschen Mutter aufgezogen worden. Das Rollenmodell besagte, daß man eine Ehe nicht einfach wegwirft. Man strengt sich nicht nur mehr an, die Frau läßt die Ehe überhaupt erst funktionieren. Seltsamerweise ließ ich mich Jahre später, als ich mehr Selbstvertrauen gewonnen hatte, eben wegen dieser Beschützerhaltung von meinem Mann scheiden. Mit ihm war alles in Ordnung. Nur brauchte ich diese Eigenschaften nicht mehr. Meine Scheidung war erfolgreicher als meine Ehe. Mein Ex-Mann und seine Frau leben nur fünf Minuten von mir entfernt, und mein Sohn konnte sie jederzeit besuchen. Wir konzentrierten uns auf Terrys Wohlergehen und haben nun einen relativ vernünftigen Menschen vor uns, der von drei relativ vernünftigen Menschen aufgezogen wurde.

Ich fand Arbeit im juristischen Bereich. Anstatt in einer Kanzlei für Zivilrecht mit Verträgen zu kämpfen, wurde mir der Fall eines Serienmörders übertragen. Ich hielt die Todesstrafe grundsätzlich für falsch, erachtete sie aber für Leute wie Manson als angemessen. Für die allerschlimmsten. Ich mußte für das Schlußplädoyer Mengen an Literatur zur Todesstrafe durcharbeiten.

Sehen wir der Wahrheit ins Gesicht. Die Todesstrafe wurde während des Holocaust eingesetzt. Die damals in Deutschland herrschenden Kräfte sprachen das Todesurteil willkürlich, ad hoc, nach Gutdünken über ein Lebewesen aus, das nach ihrer Ansicht kein Recht zu leben hatte. Was geht in einem Menschen vor, der einen anderen Lebenden ansieht und sagt: *Du bist weniger wert als ich. Du verdienst nicht zu leben. Ich kann dich foltern. Ich kann dich verletzen. Ich kann dich töten.* Woher kommt das?

Wenn man es Christus, Schweitzer, allen Menschen antun kann, die in der Literatur über die Menschenrechte auftauchen, wenn man es dem geringsten von ihnen antun kann, kann man es jedem antun. Wenn man über einen Achtzehnjährigen das Todesurteil spricht, wenn man einen Einundzwanzigjährigen lebenslänglich einsperren kann, dann ist man selbst innerlich mit den Nazis verwandt, die sich von den Juden, den Intellektuellen, den Homosexuellen absetzten. Wenn man eine Distanz zwischen sich und dem anderen schafft, rückt man in die Nähe dessen, zu dem die Nazis fähig waren.

Während ich Leute studierte, die Morde begangen hatten und zum Tode verurteilt wurden, begriff ich, daß eine Bestie über einen langen Zeitraum hin entsteht. Man muß bis in die Familie und ihre Lebensumstände zurückgehen. Von Geburt an wurden sie auf die eine oder andere Weise mißhandelt. Nur sehr selten findet man Menschen in der Todeszelle, die ein angenehmes, leichtes Leben hinter sich haben.

Wir können sehr bequem auf den Zweiten Weltkrieg zurückschauen und sagen: *Nun, sie hätten das und das tun sollen.* Denn es ist zeitlich sehr weit von uns entfernt. Jahrhunderte später werden Menschen auf uns zurückblicken und ebenfalls sagen, daß wir unsere Probleme nicht auf intelligente und mitfühlende Art lösen konnten. Jemanden zu töten ist eine sehr einfache Lösung. Doch die Ursache für das Problem besteht weiter, weil noch immer Menschen unter ungünstigen Bedingungen aufwachsen, die sie in unsensible, gefühllose Wesen verwandeln. Ich wette, wenn man die Geschichte der Leute in den Konzentrationslagern – der Wachen, der Mörder, der Befehlsempfänger – studierte, würde man bemerken, daß sie aufgrund ihrer Erziehung nicht gerade zur Empfindsamkeit prädestiniert waren.

Die Tatsache, daß ich aus Deutschland stamme, der Holocaust und die deutsche Kultur haben vermutlich einen großen Einfluß auf meine heutigen Ansichten gehabt. Die Tatsache, daß ich ausgewiesenes Mitglied der ACLU, der amerikanischen Bürgerrechtsbewegung, bin. Die Tatsache, daß ich gegen die Todesstrafe kämpfe. Eine angenehme Kindheit verleiht vielleicht nicht den rechten Antrieb, um eingehend über Menschenrechte und Greueltaten nachzudenken. Wenn man jedoch eine Herkunft hat wie ich, passiert irgendwann etwas, und man beginnt darüber nachzudenken, wie Dinge einen beeinflussen, ob man die Schuld teilen soll und ob man aufgrund dieser Herkunft etwas unternehmen muß.

Was mich betrifft, so spüre ich überhaupt keine Schuld. Ich habe meinem Sohn und seiner jüdischen Freundin gesagt, daß die Vergangenheit sie nicht belasten solle, daß es ihre Aufgabe sei, immer bewußt durch die Welt zu gehen, aufmerksam und empfindsam gegenüber jedweden Greueltaten zu sein. Mein Sohn hatte Probleme damit, seiner Freundin von seinem Großvater zu erzählen. Er sagte: »Anna kommt aus einer Familie polnischer Juden.« Und ich sagte: »Aber du bist nicht verantwortlich für das, was ich getan habe oder dein Großvater oder sonst jemand. Du bist nur für dich selbst verantwortlich.«
Mir ist ein heilendes Geschenk zuteil geworden, die Freundschaft zu Juden. Es ist, als überquerten wir schweigend Brücken. Hitler, die Nazis, die Sympathisanten versuchten eine Herrenrasse zu erschaffen und andere Rassen zu unterwerfen. Indem wir uns mit den Menschen, die die Nazis unterwerfen wollten, anfreunden oder sie heiraten, drehen wir ihnen eine lange Nase. Das Lachen, der Humor, die Liebe, der Brückenschlag

besiegte die Menschen, die etwas Böses erschaffen wollten. Es ist der allerbeste Weg, dies zu überwinden.

Die Geschichte der Juden ist erzählt worden. Doch
ich glaube, daß auch das Erbe der Täter untersucht
werden muß. Auch dort findet eine Opferung statt.
Forschung und Literatur entdecken allmählich, daß die
deutschen Nachkommen die gleichen Schuldgefühle
wegen ihres Überlebens empfinden wie die jüdischen
Nachkommen. *Weshalb ich? Warum mußte mein Großvater verhungern? Warum mußte meine Mutter leiden?
Warum habe ich es gut? Und was muß ich tun, um mir
das Recht auf diese Bequemlichkeit zu verdienen? Wie
kann ich meiner Familie Ehre erweisen?*

Man erfährt erst die Wahrheit, wenn man beide
Seiten kennt. Es ist wichtig, die Geschichte der Juden
zu erzählen, aber auch die der Täter muß verstanden
werden.

JÜRGEN

Geboren: 1945
Alter zum Zeitpunkt der Immigration: 3

Warum sollten so viele Menschen herkommen und unsere Kultur verändern?

Ich wäre sehr gern mit einer vernünftigen Frau verheiratet.

Früher hatte ich keine Probleme, mich mit Frauen zu treffen, doch inzwischen ist es viel schwieriger geworden. Sie sind entweder zu jung oder zu alt oder fühlen sich von mir nicht mehr so angezogen. Ich spüre jetzt einen starken Druck. Ich muß Prioritäten setzen und daran arbeiten.

Wenn ich auf die Situation mit Debbie zurückblicke, war ich wohl verdammt noch mal zu unreif und ichbezogen. Alles sollte perfekt sein. Ich wollte der potentiellen Verantwortung einer Ehe entfliehen. Debbie war vielleicht ein süßer Hase – die perfekte Frau. Wir waren drei Jahre zusammen und gingen zu einem Eheberater, weil Debbie heiraten wollte. Ich nicht. Wir liebten einander, aber ich erfand alle möglichen Entschuldigungen, um zu beweisen, daß wir letztendlich doch nicht zusammenpaßten. Alles Quatsch. Der Berater sagte: »He, mit Debbie ist alles in Ordnung. Es liegt an Ihnen. Sie sind einfach zu unflexibel.«

In diesen Beratungen kam allmählich meine Verbindung zu Deutschland ins Gespräch. Es war eine Art psychologischer Untersuchung. Ich war nicht der Ansicht, daß diese Sache irgendeinen Einfluß darauf hätte. Es war überwältigend. Ich sagte: »Zum Teufel damit.« Jedenfalls trennten wir uns. Es war nett bis zum Ende hin. Sehr nett.

In drei anderen Fällen wurden die Beziehungen sehr eng, und dann kam das Thema auf: *Weshalb sind wir immer noch einfach so zusammen? Laß uns heiraten.* Natürlich zerbrachen die Beziehungen, als ich sie nicht bis zum Ende durchziehen wollte. Selbst für die Königin von Saba wäre ich nicht bereit gewesen. Doch ich glaube, das ist jetzt vorbei. Diese Hürde habe ich genommen. Vielleicht hat die Verbindung zu Deutschland einiges beeinflußt, aber ich hasse es, die Schuld für etwas in der Vergangenheit zu suchen, das ich sicherlich ändern kann, wenn ich mich ernsthaft darum bemühe. Inzwischen bin ich bereit, mich auch mit weniger zufriedenzugeben.

Für mich wird es allmählich zu einem zentralen Thema – diese fehlende Beziehung. Die meisten meiner Freunde sind verheiratet. Einige haben Kinder.

Die Akten besagen, daß ich als uneheliches Kind einer katholischen Mutter in der Nähe von Bremen geboren wurde. Ich glaube, meine Mutter stammte aus einer Familie von Schuhmachern. Möglicherweise leben noch einige Verwandte in München. Ich schätze, es waren harte Zeiten. Die Alliierten rückten vor, und in Deutschland brach alles zusammen. Die Unterlagen lassen vermuten, daß meine Mutter mich nur zögernd zur Adoption freigab. Sie lebte in der Nähe eines katholischen Waisenhauses.

Ich betrachte meine Adoptiveltern als leibliche Eltern. Sie holten mich mit drei Jahren aus diesem Waisenhaus. Ich wurde unter vielen Kindern ausgewählt. Mein Vater, ein Militäranwalt, hatte eine interessante Aufgabe: Er untersuchte Kriegsverbrechen in Nordhausen und Dachau. Er arbeitete mit im Entnazifizierungsprogramm. Mom und Dad lernten Deutsch und gewannen viele deutsche Freunde, darunter einige bekannte Industrielle. Jedenfalls besuchten sie diese in ihren äußerst eleganten Häusern. Mom war eine Art Sammlerin. Sie hatte wunderbare Teller aus Meißner Porzellan. Deutsche Antiquitäten. Sie plünderte keine Schlösser aus, wie es viele andere taten. Sie hat alles rechtmäßig erstanden. Es waren Geschenke. Natürlich gab es das Tauschsystem ... Daher ging es ihnen sehr gut.

Wir hatten eine deutsche Bedienstete, und Mom erzählte, daß ich dauernd auf ihrem Rücken geritten sei, während sie den Boden schrubbte. Da klingt heute sehr sexistisch. Meine Eltern sagten: »Nenn sie *Oma*.« Ich reagierte sehr empfindlich auf laute Geräusche und darauf, wenn jemand rasch den Arm hob. Ich vermute, es hängt mit schlimmen Erinnerungen an die letzten Kriegstage oder das Waisenhaus zusammen.

Ich erinnere mich verschwommen an die Atlantiküberquerung 1948. Ein Mann mit ungewaschenem Gesicht servierte unser Essen. Das überraschte mich sehr. Es stellte sich heraus, daß er ein Schwarzer war. Meine Eltern fanden es sehr komisch. Und das war es wohl auch.

Da ich keine rechten Fortschritte im Englischen machte, hörten meine Eltern einfach auf, Deutsch mit mir zu sprechen. Ich fühlte mich lange Zeit seltsam, wenn ich englische Wörter wiederholte. Doch im Kindergarten und den ersten Klassen hatte ich keine

Probleme mehr mit der Sprache. Ich bekam Kontakt zu anderen Kindern und spielte mit ihnen.

Ich ging oft mit meinen Eltern ins Kino, und sie hielten mich an der Hand. Das war sehr schön. Und später, mit sieben, durfte ich manchmal mit ihnen im Doppelbett schlafen. Sie waren sehr liebevoll, zärtlich und warmherzig.

Als ich ungefähr acht war, änderten sie meinen Namen in Jürgen – nach Opa Jürgen, einem Schweizer. Mutter war eine Schweizerin zweiter Generation. Mir gefiel der Name nicht. Ich fand, er klinge komisch – Jürgen. Für mich selbst nahm ich den Namen George an. *George besiegte den Drachen.* Mutter machte mit und nannte mich spielerisch George. Nach einigen Jahren war ich darüber hinweg. Als ich in die sechste Klasse kam, nannte ich mich wieder Jürgen. Allmählich gefiel mir der Name. Mein ursprünglicher Name Franz ruft keinerlei Gefühle mehr in mir wach.

Erst in der sechsten Klasse erfuhr ich, daß ich adoptiert worden war. Eines Tages sagte Dad einfach: »Wir haben dich aus einem Waisenhaus geholt.« Die Implikationen haben mich nie weiter berührt. Bis auf einmal, als mich Kinder wegen meiner deutschen Herkunft neckten. Daher habe ich das nur engen Freunden gesagt.

In der Grundschule oder den ersten High School-Jahren ging die Vorstellung eines irgendwie gearteten deutschen Erbes über mein Fassungsvermögen oder auch mein Interesse hinaus. Gewöhnlich sagte ich: »Ich komme aus Wisconsin.« Ich weiß nicht, wie ich auf die Idee kam, es könne falsch sein zu sagen: »Ich komme aus Deutschland.« Meine Eltern wollten nie über dieses Thema sprechen. Ich schon, aber sie schienen mich in keiner Weise zu ermutigen. Warum, weiß ich nicht.

Als Dad 1988 starb, fand ich heraus, daß ich unehelich geboren war. In der sechsten Klasse hatte ich gefragt, wer mein Vater sei, und Dad hatte geantwortet: »Dein Vater wurde von einem deutschen U-Boot getötet.« Habe ich je daran gezweifelt? Sicher. Bestimmt. Aber ich habe mich absichtlich nicht hineingewühlt. Ich habe nie meine Herkunft erforscht, weil meine Eltern spüren sollten, daß ich mich ganz und gar als ihr Kind empfand.

Über meine leibliche Mutter weiß ich nichts. Seit meine Eltern gestorben sind, spüre ich das Bedürfnis, die ursprüngliche Verbindung aufzuspüren. Natürlich wird die Zeit allmählich knapp, aber es gewinnt immer mehr an Bedeutung. Ich habe das Geld, die Zeit, aber nicht die Sprachkenntnisse. Ich bin einfach träge. Ich müßte endlich in die Gänge kommen und wieder Deutsch lernen. Es fällt mir sehr schwer, die Sprache zu lernen. Ich würde gern sagen: *Verdammt, ich gebe irgend jemand zehntausend Dollar, und er garantiert mir, daß es erledigt wird.* Aber ich möchte es ungern auf diese Weise tun. Ein Freund von mir – ein Deutsch-Amerikaner – hat einen Brief an das *Standesamt* in Löhnhorst aufgesetzt, um meine leibliche Mutter ausfindig zu machen. Ich habe ihn nie abgeschickt. Wieso, weiß ich nicht.

Mein wachsendes Interesse am Thema deutsch-amerikanische Erfahrungen verblüfft mich selbst. Ich verstehe nicht, wie drei Jahre in einem anderen Land mich jetzt in mittleren Jahren so beeinflussen können. Erst vor zehn Jahren fing ich an, darüber nachzudenken, und belegte einige Sprachkurse. Vor fünf Jahren wurde ich Mitglied einer Kapelle und einer *Schuhplattler*-Gruppe. Mir gefallen die sozialen Aspekte, aber auch, daß es eine Verbindung zu deutsch-amerikanischen Themen darstellt.

Diese deutsch-amerikanische Organisation ist faszinierend. Eine Gruppe, die sich mit dem kulturellen Erbe beschäftigt. Vor vier Jahren fuhren wir nach Deutschland. In München suchte ich den Namen meiner Mutter im dicken Telefonbuch. Ich habe ihn nicht gefunden. Ich hatte das Bedürfnis, eine Pilgerfahrt nach Dachau zu unternehmen, weil Dad dort viel Zeit verbracht hat. Ich mußte das Tor sehen, über dem *Arbeit macht frei* steht. Ich dachte, ich müsse etwas Besonderes fühlen, weil mein Vater immerhin dort gewesen war. Und wissen Sie, es passierte nichts. Ich fühlte mich einfach leer. Ich meine, dort sind furchtbare Dinge geschehen ... Aber ich war immerhin dort.

Wir nahmen die Landstraße nach Oberammergau. Waren dann eine Woche in Burghausen, südlich von Passau. Da wir ganz in der Nähe der Salzach waren, wollte ich unbedingt sehen, wo Hitler geboren wurde. Nicht, um ihm Ehre zu erweisen. Es war keine Wallfahrt. Aber ich war neugierig auf die Umgebung, in die dieser schreckliche Tyrann hineingeboren worden war. Die Einheimischen haben den Geburtsort natürlich nicht gerade zur Sehenswürdigkeit gemacht. Es gibt keine Informationen. Es ist kein Touristenort. Ich entdeckte eine abseits gelegene Kirche und spürte eine überwältigende Traurigkeit, als ich die Stufen in den Keller hinabstieg. Es gab eine kleine Inschrift für die Gefallenen von Stalingrad. Ich fand es seltsam – mitten im österreichischen Nirgendwo.

Von meinem siebten bis zu meinem dreizehnten Lebensjahr litt ich unter einem wiederkehrenden schlimmen Alptraum. Er war verschwommen, mir war, als würde ich von etwas verfolgt ... der Finsternis. Verzweifelt rannte ich aus dem Haus. Schlafwandelte. Und dann erwachte ich aus der Trance und kehrte zurück. Zum Glück ließen meine Eltern die Tür offen. Ich führe die Alpträume auf meine Herkunft zurück. Irgendwo tickte immer eine Uhr. Gewöhnlich dann, wenn ich zu Bett gehen oder mich entspannen wollte. Es wurde lauter und lauter, als würde es aus meinem Gehirn hervorbrechen. Also rannte ich zu meinen Eltern und schlief bei ihnen. Das war eine sehr beängstigende Erfahrung. Erst vor kurzem habe ich meine Angst vor der Dunkelheit und dem Alleinsein überwunden.

In der sechsten und siebten Klasse erlebte ich wegen dieser Alpträume eine Zeit inneren Aufruhrs. Ich war ein gieriger Leser, der alles verschlang. Als ich eine Enzyklopädie studierte, stieß ich auf griechische Masken. Komödie und Tragödie. Ich ging nach oben und verbarg mich unter dem Bett. Dad kam herauf, und ich hatte solche Angst, daß er mich finden könnte. Angst vor Dad. Oder etwas anderem. Und dabei war er nie grausam zu mir, schlug mich nie. Doch als er sagte, »Da bist du ja« war alles in Ordnung. Und ich schlief ein.

Aber was das Faß zum Überlaufen brachte, war, als ich irgendwann ins Zimmer meiner Eltern kam und etwas Unheimliches, Schreckliches in dem dunklen Raum spürte. Dabei hatte ich oft bei meinen Eltern im Bett geschlafen. Wir hatte solch wunderbare … sie standen mir sehr nahe. Daher konnte ich dieses Gefühl nicht verstehen. Es verstörte mich sehr. Ich ging einfach durchs Fenster. Machte es auf und sprang aus dem zweiten Stock. Zum Glück fiel ich ins Gebüsch. Ich lief zu einem Nachbarn und sagte: »Hey, ich mußte einfach weg aus diesem Haus.«

Zu Mom und Dad sagte ich: »Ich muß zu einem Arzt deswegen. Es ist verrückt.« Also gingen sie mit mir hin, und ich erzählte dem Arzt alles. Ich machte mir Sorgen.

Er sagte, es handle sich lediglich um Wachstumsschmerzen. Ich vermute, das hat mir geholfen. Keine wirkliche Erklärung, aber er sagte: »Jürgen ist völlig normal.«

Ich schaute zu meinen Eltern auf. Ich respektierte ihre Entscheidung, mich auszuwählen, und war der Ansicht, daß es kein Zufall gewesen sei. Es gab viel Liebe und Zuneigung, aber vielleicht zu wenig Disziplin. Im Grunde wurde ich sehr verwöhnt. Wenn ich es übertrieb, sagte Mutter nur: »*Langsam, langsam.*« Ich konnte beide manipulieren, wenn ich neues Spielzeug haben wollte. Dann markierte ich einen Tobsuchtsanfall. Ich tat es nicht allzu oft. Dad schnauzte mich an. Wenn ich mich wirklich schlimm benahm – Steine warf und andere Kinder verprügelte –, setzte es schließlich doch eine Tracht von Dad.

Wenn keine Erwachsenen dabei waren, entwickelte ich mich zu einer wahren Heimsuchung. 1949 oder 1950 lief ich einmal durch die Gegend und entdeckte einen kleinen, roten Puppenwagen. Ich hob ihn auf und warf ihn in den Treppenschacht vor der Erdgeschoßwohnung. Eine Frau rannte wütend hinter mir her. Ich rannte geradewegs ins sichere Haus. Mom war da. Und sie hielt mir eine Strafpredigt. Mein Gott, wieso sollte ich einen Puppenwagen in einen Treppenschacht werfen? Im Rückblick frage ich mich das wirklich. Es beweist, daß ich ein destruktiver kleiner Mensch war. Doch all unsere Freunde erklärten, wie gehorsam ich doch sei, ein wahrer Engel.

Heute gerate ich nicht mehr schnell in Wut. Ich bin kein gewalttätiger Mensch mehr, aber als Kind war ich ziemlich gewalttätig. Meine Größe war mir peinlich. In der vierten oder fünften Klasse suchte ich immer Streit mit Rowdys, die größer waren als ich. Ich mußte einfach das Sagen haben. Mit dreizehn war ich richtig kriminell. Und ich hatte eine Vorliebe fürs Steinewerfen. Ich weiß noch, wie meine Mutter in meiner Gegenwart weinte, weil ich vors Jugendgericht mußte. Sie weinte einfach nur. Und sie brachte auch mich zum Weinen. Statt mich zu schlagen, hieb sie mit ihrer Faust gegen die Wand und verletzte sich böse. Das hat mich geheilt. Danach war ich ein braver kleiner Junge.

In der sechsten Klasse hatte ich ein eigenes Zimmer. Ich weiß noch, daß ich ein Schild anbrachte: DEUTSCHER GENERALSTAB. Ich weiß aber nicht, warum um Himmels Willen ich das aufgehängt habe. Ich machte eine Phase durch. Es muß meine Eltern wirklich verletzt und gekränkt haben, doch sie befahlen mir nicht, es abzunehmen. Sie waren cool ... äußerst tolerante Menschen. Sie hatten nichts gegen Deutschland oder die Deutschen. Ich war das einzige Kind auf dem Stützpunkt, das mit einem *Stahlhelm* auf dem Rad saß. Alle trugen Armeehelme, wenn wir Cowboys und Indianer spielten. Ich wünschte, ich hätte ein Bild von mir aus dieser Zeit.

Damals entdeckte ich Dads Ermittlungsunterlagen über Kriegsverbrechen. Viele grauenhafte Fotos. Lebende Skelette. Geprügelte Menschen. Vermutlich wußten meine Eltern, daß ich sie gesehen hatte, sagten aber nichts dazu. Vielleicht sagte meine Mutter deshalb: »Wir sehen uns zusammen einen Film im Fernsehen an.« Es handelte sich um einen aufwendigen Dokumentarfilm mit dem Titel *The Twisted Cross*. Es ging um die *Kristallnacht*, die Judenverfolgung und den Aufstieg Hitlers nach den Anfängen in den Münchner Bierkellern. Ich erinnere mich noch an die Klarheit, mit der ich alles sah ... diese Schläger, die durch deutsche Straßen liefen und Leute verprügelten. Es war entsetzlich. Ich sah mir diesen Film in ehrfürchtigem Schweigen mit meiner

Mutter an. Sie hielt mir nie Vorträge oder deutete an, daß diese Deutschen böse gewesen wären. Sie ließ ihn mich einfach ansehen.

Im College studierte ich Geschichte. Ich mag die jüdische Kultur. Ich bin jetzt mit einer Jüdin zusammen. Im Grunde hat die jüdisch-deutsche Kultur Deutschland zu dem gemacht, was es ist. Obwohl die Juden ziemlich unzugänglich und distanziert sind. Doch die deutschen Juden des neunzehnten und frühen zwanzigsten Jahrhunderts wie Marx, Freud, Einstein und viele andere leisteten einen großen intellektuellen und kulturellen Beitrag in den deutschsprachigen Ländern.

Es war eine große Nation. Es ist verdammt schade, daß Deutschland all diese Gebiete verloren hat. Vielleicht zu Recht. Es ist ein bißchen unfair, ist aber das Erbe dieses schrecklichen, finsteren Nazi-Regimes. Dort herrschte so viel Unmenschlichkeit und Barbarei. Ich möchte es nirgendwo in der Welt wieder auferstehen sehen. Es ist wirklich ein Unglück, daß das Nazi-Regime entstand.

Deutschland nimmt einen so einzigartigen Platz in der Geschichte ein. Vor Jahren – in meinen stillen, dunklen Augenblicken – dachte ich viel über diese Epoche nach und entdeckte mich bei dem ganz, ganz sonderbaren Gedanken: *Mensch, wenn ich unsichtbar und in Berlin wäre, würde ich alle Russen töten* ... Nie Amerikaner, immer nur Russen. Sonderbares Zeug. Das ist jetzt vorbei.

Diese Zeit fasziniert mich, weil ich das Ende gewissermaßen miterlebt habe. Ich bin stolz auf den Reichsadler – den Nazi-Adler – auf meiner Geburtsurkunde. Man hat das Hakenkreuz unter dem Adler durchgestrichen. Ich hätte es gern sichtbar, weil es Teil des

schlimmen Erbes ist. Dennoch hat es Deutschland zerstört. Wissen Sie, mir tut es leid. Ich fühle mich ein
bißchen schuldig. Wenn ich aus Irland stammte, hätte
ich dieses Gefühl nicht. Immerhin hat sich Deutschland
in zwei Weltkriegen sehr aggressiv gezeigt. Viele Menschen starben. Also ist eine gewisse Schuld da. Ich stelle
mir vor, daß es für Menschen, die es als Erwachsene
miterlebt haben, noch extremer ist. Wenn man nach
dem Krieg geboren wurde, ist die Verbindung weniger
stark.

Ich war an der Planung des deutsch-amerikanischen
Denkmals in der Innenstadt von Washington, D.C., in
der Nähe des Washington-Denkmals beteiligt. Im Boden
sind Plaketten zur deutsch-amerikanischen Freundschaft
eingelassen. Reagan hat diese Sache mit Kohl vorange-
trieben, und ich bin froh darüber. Doch das Holocaust-
Museum, das Deutschland natürlich die ganze Schuld
zuweist, ist nur wenige Schritte entfernt. Man sollte
es »Unmenschlichkeit, begangen von Menschen an
Menschen« nennen. Der Holocaust ist nur ein sehr
neues Beispiel dafür. Ich spreche von der katholischen
Kirche, den Indianern, was Russen Juden antaten,
Chinesen der eigenen Bevölkerung, Araber den Schwarzen ... Daher ist es alles ein wenig zu eingegrenzt. Das
stört mich. Ich gerate schnell in Wut, wenn jemand von
den ganzen Verbrechen des Nazi-Regimes spricht, während es auch in anderen Ländern zahlreiche Beispiele
gibt. Daher kann man nicht sagen, daß die Deutschen
allein prädestiniert sind, anderen das Leben schwerzumachen.

In dieser Hinsicht habe ich mich zu einem Germano-
philen entwickelt. Ich betrachte meine Verbindung zu
einer der fortschrittlichsten Kulturnationen, die die Welt

bis in die frühen vierziger Jahre erlebt hat, als überaus angenehm. Andererseits sehe ich mich gern als Amerikaner, weil ich hier aufgewachsen bin. Ich bin tief in der amerikanischen Kultur verwurzelt. Schulsystem und Freunde. Amerikanische Eltern. Ich habe kaum eine Verbindung zu Deutschland. Ich fühle mich als ziemlich normaler Amerikaner. Was soll's – dann steht eben in der Verfassung, daß ich nie Präsident der Vereinigten Staaten werden kann. Eigentlich ist es unfair. Ich habe die amerikanische Nationalhymne gesungen. Ich bin pro-amerikanisch. Im Grunde halte ich es für das großartigste Land der Welt.

Ich bin eingewanderter Deutsch-Amerikaner und stolz darauf. Dies ist eine Nation von Immigranten, und ich denke, es steht mir frei, meine flüchtige Verbindung zu Deutschland – eine zunächst sehr wichtige Verbindung – zu akzeptieren und stolz darauf zu sein, ohne daß jemand sagt: »Na ja, du bist Deutscher.« Ich hänge meine Herkunft nicht an die große Glocke. Man muß vorsichtig sein, je nachdem, mit wem man spricht. Ich habe früh gelernt, daß ein Bumerangeffekt entstehen kann. Manchmal stehen unausgesprochene Vorurteile im Raum, wenn ich meine Verbindung zu Deutschland erwähne. Jemand könnte sie im Zorn gegen mich verwenden. Dann spüre ich eine kulturelle Kluft, eine Trennung.

Nachdem Mom 1991 gestorben war, sagte ein guter Freund von mir: »Eins habe ich mich immer gefragt, Jürgen. Du sieht deinen Eltern einfach nicht ähnlich. Bist du adoptiert?« Und ich sagte: »Ja.« Es störte mich, als er mir mit dieser Frage kam. Es rührt aus dem Gefühl heraus, vielleicht kein echter Amerikaner zu sein. Er stellte mir viele Fragen, also gab ich ihm ganz knappe Antworten. Doch dann verwendete er es gegen mich, als meine Heizung ausfiel. Ich kann mir eine Heizung leisten, wollte aber sehen, wie es sich im Winter ohne Heizung lebt. Die Sozialhilfeempfänger beschweren sich immer, aber ich existierte einfach ohne Heizung, stand auf, zog meinen Anzug an und ging zur Arbeit. Doch das war sozial inakzeptabel. Mein Freund wurde unheimlich wütend: »Wahrscheinlich hat es damit zu tun, daß du Kriegswaise bist.« Es störte mich, daß er dieses Argument gegen mich anführte. Auch deshalb stelle ich es nicht heraus. Es kommt wie ein Bumerang zurück.

Ich habe für die Bundesregierung gearbeitet. Im Sicherheitsbereich. Im Prinzip bin ich Republikaner, konservativ und nicht gerade ultraliberal. Als Rassisten würde ich mich nicht bezeichnen. Einige meiner besten Chefs, ein Mann und eine Frau, waren Schwarze. Für sie würde ich alles tun.

Die Betonung innerhalb der Regierung und Wirtschaft liegt zur Zeit auf kultureller Vielfalt. Man wagt es nicht, Captain John Smith oder Pocahontas zu erwähnen. Oder die Gründerväter. Unser kulturelles Klima ändert sich gewaltig. Der positive Aspekt dabei sind der *Black History Month* (Monat der Geschichte der Schwarzen) oder die *Hispanic Heritage Week* (Woche des hispanischen Erbes). Doch nun öffnet die Gleichstellungsbehörde alle Pforten und bestimmt den November zum *Cultural Diversity Month* (Multikultureller Monat). Im Büro trat letztes Jahr jemand in einem gespielten Interview als Oprah Winfrey auf. Alle hatten Spaß daran. Man bereitet sich vor und tritt dann damit vors Publikum. Dieses Jahr kommt ein Jude an die Reihe, Levi Strauss, Sie wissen schon, der mit den Jeans. Es ist ausgewogen – drei Viertel Schwarze, einige Indianer und Asiaten. Alles nette Leute.

Jedenfalls haben sie mich gebeten, Beethoven darzustellen. Ich sagte, ich würde ihnen gern ein wenig über
die Einwanderung Deutscher erzählen. Wegen des
Krieges und der Tatsache, daß so viele Menschen ihre
Liebsten im Holocaust verloren haben, sei es einfach
nicht so gut gewesen, wenn man sich offen als Deutsch-
Amerikaner präsentierte. Es gebe eine Gegenströmung.
Allmählich werde es akzeptabler. Also habe ich eine Aufgabe vor mir. Ich werde einen alten Smoking oder so
tragen. Ich freue mich, weil es ein wenig die deutsch-
amerikanischen Erfahrungen widerspiegelt. Da draußen
gibt es Leute, die keine Ahnung davon haben.

In den Vereinigten Staaten wirkt es sich positiv aus,
wenn man sich der kulturellen Vielfalt öffnet. Es ist eher
ein Schmelztiegel als eine Collage verschiedener Kulturen. Aber es gibt auch Bedenken wegen der illegalen
Einwanderung und der Veränderung unserer Kultur. Die
Dinge geraten außer Kontrolle. Weil ich selbst Immi-
grant bin, bin ich ein wenig voreingenommen, was die
Veränderungen bei der Einwanderung angeht. Damals
mußte man einen Bürgen vorweisen. Man konnte nicht
einfach herkommen und von der Wohlfahrt leben. Auch
mußte man einen Beruf haben, für den Bedarf vorhan-
den war. Zum gesellschaftlichen Leben beitragen. Das
nordeuropäische Erbe bewahren. Doch das ändert sich
alles. Und es schadet Amerika. Das macht mich so wütend. Warum sollten so viele Menschen herkommen und
unsere Kultur verändern? Die Europäer werden nicht
bevorzugt. Jetzt geht es um asiatische und hispanische
Einwanderer. Es stört mich, wenn ich in einen 7-Eleven-
Laden gehe und mich dort nur mit Mühe auf Englisch
verständlich machen kann.

Ich hege wohl also doch ein Vorurteil gegen andere
Kulturen. Ich habe keine Vorurteile gegen einzelne Per-

sonen. Obgleich ich wahrscheinlich keine Frau aus einer anderen Kultur heiraten würde. Ich fühle mich ein wenig unbehaglich, wenn ich nicht über Themen sprechen kann, die meine Bildung geprägt haben, beispielsweise John Milton; oder den Ort und die Dinge, mit denen ich aufgewachsen bin, darunter amerikanische oder deutsche Antiquitäten und Porzellan; einfach die gesamte europäische Kulturerfahrung und die Erfahrung der weißen Amerikaner.

Vor zwei Jahren war ich mit dieser Blondine zusammen, einer echten Russin. In meinem Leben gab es zwei russische Frauen. Ich gewann den Eindruck, daß sie alle überempfindlich sind und vollkommenen Gehorsam verlangen. Diese Frauen hatten immer ihren eigenen Kopf. Ihr Geschmack und Lebensstil waren champagnergetränkt. Die eine wollte immer in schicke Restaurants und Theaterstücke gehen – Gott bewahre sie vor einem gelegentlichen Besuch bei McDonald's. Ich kann es mir prinzipiell leisten, bin aber im Mittleren Westen aufgewachsen und habe einen Mittelklassegeschmack mitbekommen.

Angesichts meiner Gefühle gegenüber den Russen des Zweiten Weltkriegs finde ich es komisch, daß ich mit zwei Russinnen zusammen war. Meine deutsche Herkunft spielte eigentlich keine Rolle. Ich habe nichts mehr gegen Russen, ganz ehrlich. Sie waren ebenso schlimm wie die Nazis. Oder schlimmer.

Im Grunde bin ich allein. Wissen Sie, ich kann eigentlich tun, was mir paßt. Weil ich ziemlich frei bin. Ich fühle mich nur selten einsam. Sollte ich nicht heiraten, könnte man es als ausgleichende Gerechtigkeit für alle Frauen betrachten, die ich nicht heiraten wollte. Ich kriege meine Strafe schon ab.

KATHARINA

Geboren: 1947
Alter zum Zeitpunkt der Immigration: 10

Wenn Deutsche und Juden miteinander reden können

Ich habe einige jüdische Patienten. Wir arbeiten wirklich gut zusammen. Es gibt eine bestimmte Grenze, bis zu der sich ein Therapeut seinem Patienten nähert, und meine Grenze ist eher weitgesteckt. Wenn ich mit Juden arbeite, spielt mein Deutschsein eine wichtige Rolle. Es muß zur Kenntnis genommen werden. Wir müssen klarstellen, daß wir uns im Rahmen dieser Tatsache verstehen. Es kreist immer wieder um diesen Punkt. Ich betrachte dieses Deutschsein als einen roten Faden, der sich durch mein Leben zieht. Manchmal ist er sichtbar, manchmal nicht. Er tritt hervor und verschwindet wieder. Es gehört alles zu meiner Arbeit, zu meinen Entscheidungen. Es ist schwer, es außen vorzulassen.

Ich habe es bisher nicht an die Oberfläche geholt.

Wenn ich weiß, daß jemand Jude ist, muß es heraus. Ich möchte, daß meine Patienten es von mir hören, statt es auf andere Weise herauszufinden. Dies wäre ein Vertrauensbruch. Sie müssen schließlich die Wahl haben, ob sie mit mir arbeiten möchten oder nicht. Ich glaube nicht, daß es diese Bedeutung hätte, wenn ich Italienerin wäre.

Für Juden ist es ein Problem, ob sie Deutschen trauen können. Ich denke an eine bestimmte Patientin, die ich zur Zeit betreue. Ihr Jüdischsein steht im Zentrum der vor ihr liegenden Arbeit. Wenn man überhaupt sagen kann, jemand sei sehr jüdisch, so ist sie es und stolz darauf, aber sie spürt auch die Last. Sie versteht mich, und ich verstehe sie, weil ich ähnliche Gefühle bezüglich meines Deutschseins hege: Es ist beides – die Quelle wunderbarer Gaben, aber auch die Quelle der Schmerzen. Auf dieser Ebene kennen wir einander. Dies bringt sie dazu, mir zu vertrauen, und erlaubt ihr, mir zu folgen, wie immer Patienten Therapeuten auch folgen mögen. Ich glaube nicht, daß es möglich gewesen wäre, es *nicht* zu thematisieren.

Solche Verbindungen ziehen mich an. Es muß einen Weg geben, das Grauen zu überbrücken und die beiderseitigen Wunden zu heilen – meine wie auch die meiner Patientin. Meine Patientin ist ein wenig jünger als ich und wuchs mit bestimmten Vorstellungen über Deutsche auf, so wie ich mit bestimmten Vorstellungen über Deutsche aufwuchs. Die Wirklichkeit dessen, was Deutschsein bedeutet, liegt vermutlich irgendwo in der Mitte. Meine Patientin erzählt, wie sie in ein jüdisches Sommerlager für Mädchen fuhr und ein Trauma erlitt, als man dort Filme über die Juden in den Konzentrationslagern zeigte.

Meine Mutter heiratete wieder, als ich acht war. Wir zogen in eine Militärunterkunft in Heidelberg, und ich besuchte die amerikanische Militärschule. Ich lernte die Sprache, indem ich in sie hineintauchte – ich konnte überhaupt kein Englisch. Ich rannte mit den Kindern aus dem Haus umher, spielte mit ihnen. Sie hielten mich für stumm, weil ich nichts sagte. Sie begriffen nicht, daß ich Deutsche war. Ich sprach erst, als ich sicher war, daß es perfekt klingen würde. Ich wußte, daß ich in der Schule sprechen mußte und quälte mich mit der Angst, das Falsche zu sagen. Es war eine schwierige Zeit. Die Schulen waren hilfsbereit und die Lehrer nett, aber ich empfand mich als andersartig – wie ein Fisch auf dem Trockenen.

Es gab ein Kino, wo sich die Kinder samstags vormittags die Kindervorstellung ansahen. Vor dem Hauptfilm zeigten sie gewöhnlich Serien – es ging immer um die bösen, häßlichen, abscheulichen *Krauts* und die Amerikaner. Ich saß da und wollte zu meinen Freunden gehören; dennoch suchte ich auf der Leinwand zwischen den bösen *Krauts* nach dem Gesicht meines Vaters. Sie waren immer häßlich. Und sprachen laut. Und sie waren immer gemein. Und starben immer.

Und ich haßte das. Ich haßte es, dort hinzugehen. Aber ich sagte nie meine Meinung und ging folglich hin. Gehorsam. Um nicht die Gefühle meiner Mutter zu verletzen, gab ich vor, einen netten Samstagvormittag verbracht zu haben.

Ich weiß noch, wie man mich auf dem Spielplatz als Nazi bezeichnete und ich mich fragte, wie ich damit umgehen sollte. Ein Nazi und ein *Kraut*. An den Wochenenden besuchte ich oft meine Großeltern und deutschen Freunde. Meine Freunde betrachteten mich natürlich bald als Ami. Es gibt kein beißenderes Wort als *Ami*, wenn ein Deutscher es in einem bestimmten Tonfall ausspricht. Es gibt auch nichts Beleidigenderes als das Wort *Kraut*, wenn ein Amerikaner es im gleichen Tonfall sagt.

Ich glaube nicht, daß ich je zurückkehren und wieder Deutsche sein könnte.

Während meiner Teenagerzeit hätte ich es gekonnt – vielleicht. Doch jetzt geht es nicht mehr. Es hat sich geändert, so wie ich mich geändert habe. Mein Leben und meine Arbeit gefallen mir. Es wäre schön, wenn ich beide Länder als Heimat betrachten könnte. Aber das halte ich nicht für möglich.

Oft weiß ich nicht genau, wohin ich gehöre. Eine Zeitlang fühlte ich mich als Deutsche unter Amerikanern und fühle mich jetzt eindeutig als Amerikanerin unter Deutschen. In mancher Hinsicht ist es so vertraut, doch andererseits bin ich in Deutschland wirklich eine Fremde. Diese fast schizophrene Existenz ist irgendwie traurig. Angsteinflößend. Oft ist mir, als könne ich es niemandem recht machen.

Ich wurde im Oktober 1947 in Neckargemünd, einer kleinen Stadt bei Heidelberg, geboren. Meine Mutter wuchs in einer eng verknüpften Familie auf, und sie lebte bei ihr, bis sie meinen Vater heiratete. Anderthalb Jahre nach meiner Geburt ließen sich meine Eltern scheiden, was damals für eine nette deutsche Mittelklasse-Familie völlig undenkbar war. Also unterschied ich mich von Anfang an von anderen Leuten. Ich lebte bei meinen Großeltern – sie gehörten von Beginn an zu meinem Leben. Meine Mutter arbeitete für die Amerikaner, was mich wieder in einer negativen Weise von anderen absetzte. Sie war eine schöne, sehr elegante Frau. Im Rückblick denke ich, daß sie bis zu einem gewissen Grad amerikanisiert war und nicht zu ihren Freundinnen paßte, netten *Hausfrauen* mit Kittelschürzen und brav gemusterten Kleidern.

Mein Großvater war in vieler Hinsicht ein Vater für mich. Da er mit vierzig einen Herzinfarkt erlitten hatte, mußte er nicht zum Militär. Alle anderen waren in den Krieg gezogen. Er war vermutlich einer der wenigen Männer, die überhaupt noch in der Stadt lebten. Er galt als behindert und starb im reifen Alter von über achtzig. Er war der erste Hausmann, den ich je erlebt habe, kochte und kümmerte sich um die Wäsche. Meine Großmutter war die erste Feministin, die ich kennenlernte, obwohl sie diese Bezeichnung abgelehnt hätte. In meinen ersten acht Lebensjahren waren sie praktisch meine Eltern. Meine Mutter machte Schichtarbeit und schlief tagsüber. Ab und zu ging sie weg – ich meine, sie hatte auch ihr eigenes Leben. In jenen Jahren empfand ich keine starke Mutter-Kind-Beziehung zu ihr.

Mein Vater kam zu Besuch, im Sommer fuhr ich zu ihm. Es war immer nett, aber ich empfand ihn nicht als Vater. Während ich besondere Erinnerungen an meinen Großvater habe, taucht mein Vater nur gelegentlich am Rande auf. Zeitweise arbeitete er als Vertreter für eine Süßwarenfabrik und fuhr einen Lastwagen, auf dem eine große Schildkröte prangte. Er holte mich mit dem Laster ab. Das war eine tolle Sache.

Später kamen wir uns näher, und er erzählte mir Geschichten aus dem Krieg, die mich wirklich beeinflußten. Doch vor meiner Teenagerzeit war es kein Thema. Ich weiß, daß er Pazifist war, Opernsänger und Schauspieler. Er schaffte es, bis kurz vor Kriegsende keine Uniform zu tragen, indem er vor den Truppen auftrat. Daher änderte sich sein Leben nicht drastisch. Ich glaube, er trat weiterhin in der Öffentlichkeit mit dem auf, was er am meisten liebte. Musik. Hitler schätzte die *Kunst*.

In einer der eindrucksvollsten Geschichten, die ich je von meinem Vater gehört habe, schickte man ihn mit einer Spionageeinheit an die französisch-italienische Grenze. Diese Einheit sollte ein Schloß einnehmen, das als Nachrichtenstützpunkt diente. Mein Vater hatte das Kommando. Welchen Rang er innehatte, weiß ich nicht. Das Schloß war verlassen – nicht nur vom Besitzer, sondern auch vom Militär. Mein Vater erzählte, wie er durch dieses wunderschöne alte Haus ging. Es hatte Schäden erlitten, und viele Dinge waren gestohlen worden, aber es gab noch immer ein Musikzimmer mit Flügel. Darauf lagen noch Noten von einem Komponisten, für den sich mein Vater interessierte und der aufgrund seines Judentums in Deutschland verboten war.

Mein Vater sah diese Notenblätter, nahm sie und steckte sie in die Jackentasche. Und war entsetzt über sich selbst. So sehr er den Krieg auch haßte und die Gewalt verachtete, er hatte soeben auf seine Weise daran teilgenommen, hatte getan, was Soldaten immer tun: die Kriegsbeute an sich nehmen – ob es nun Notenblätter oder Länder oder Frauen waren. Als mein Vater mir diese Geschichte dreißig Jahre später erzählte, standen Tränen in seinen Augen. Für ihn war dies der schlimmste Moment des Krieges, obwohl er bei anderen Gelegenheiten in Lebensgefahr geschwebt hatte. Er verlor einige Kameraden bei der Alpenüberquerung – sie starben im Schnee –, und er marschierte einfach weiter. Horrorgeschichten. Doch er sagte, das Schlimmste sei für ihn das Wissen, daß die Saat des Schreckens auch in seinem Herzen wohne. Das habe ihm wirklich angst gemacht.

Als er mich Mitte der achtziger Jahre zum ersten Mal in den Staaten besuchte, fragte er: »Was sollen all diese Flaggen?« Ich tat es ab: »Heute ist der Vierte Juli. Die Menschen sind stolz auf ihre Herkunft und ihr Land.« Er war entsetzt. »Ich hasse das Fahnenschwenken – ich hasse es.« Ich verstand nicht, woher dies alles kam, und dachte, er mache viel Lärm um nichts. Er versuchte zu erklären, worin die Gefahren des Nationalismus bestünden. Er setzte unsere Feiern zum Vierten Juli und nationalistische Feiertage anderenorts in Beziehung zu den

Geschehnissen in Deutschland während des Zweiten Weltkriegs, zu Menschen, die ein Überlegenheitsgefühl empfinden. Inzwischen denke ich natürlich darüber nach und genieße das Feuerwerk nicht mehr.

Vor einigen Jahren sah ich mir mit meiner Mom alte Fotos an. Sie stieß dabei auf Gesichter, die sie seit vielen Jahren nicht mehr gesehen hatte. Mir wurde klar, daß die meisten jungen Männer ihrer Generation gestorben waren. Ihr Freund hatte ein Bein verloren, und dann war das Lazarett in die Luft geflogen. Von allen Jungen aus ihrer Schulklasse war kaum einer übriggeblieben.

Sie sprach darüber, wie sie eingezogen wurde. Frauen kamen nicht zum Militär, sondern in irgendein Ausbildungslager, und arbeiteten danach in Fabriken oder auf Bauernhöfen, weil die Männer weg waren. Meine Mutter landete auf einem Weinberg, trug große Kanister auf dem Rücken, besprühte die Trauben. Sie war eine halbe Portion und stand es nicht lange durch. Die Bauern fanden, daß sie besser als Kindermädchen geeignet wäre. Während sie sich um Kinder kümmerte, starben die potentiellen Ehemänner oder kehrten als Krüppel heim.

Ich kann es mir einfach nicht vorstellen. Ich habe die Vietnam-Ära miterlebt, und viele meiner Freunde wurden eingezogen, aber das war etwas anderes als das allumfassende Abschlachten in Deutschland. Während der Vietnamjahre war es schlimm, als Amerikaner nach Deutschland zu kommen. Meine deutschen Freunde provozierten mich: »Wie kannst du in diesem Land leben?« Ich versuchte, es ihnen klarzumachen: »Ich bin gegen den Krieg. Ich glaube nicht daran.«

Der tragische Charakterfehler meines Vaters lag in seinen Frauengeschichten. Er liebte die Frauen. Das kränkte meine Mutter ungemein. Er besaß alle Macht in ihrer Beziehung, da er neun Jahre älter und erfahrener war als sie. Folglich heiratete sie sein genaues Gegenteil, einen jungen Mann, der geradewegs von einer Farm in Mississippi kam und den sie zu beherrschen glaubte, weil sie reifer war als er. Sie waren verliebt. *Ja*. Aber er betrachtete sie als deutsches *Fräulein*, als süßes, kleines Ding. Er begriff wohl nicht, wie stark sie sein konnte.

Er war Berufssoldat und acht Jahre jünger als meine Mutter. Als er in unser Leben trat, brachte er Schokolade mit. Er brachte alles mögliche zu essen mit … Erdnußbutter – ich hatte noch niemals Erdnußbutter gegessen. Marshmallows – alle meine Freunde wollten sie, und wir aßen sie bis zum Erbrechen. Er kam nicht mit einem, sondern gleich mit drei neuen Kleidern für mich an. Damals trug man in Deutschland eine Woche lang dasselbe Kleid und nur am Sonntag etwas anderes. Für uns war er reich. Wir waren nie arm gewesen, aber das alles war neu und aufregend. Er machte nicht nur meiner Mutter den Hof – er wollte, daß ich ihn gern hatte. Damals galten alle Amerikaner als stinkreich. Sie hatten große Wagen, Pontiacs und so, die *Straßenkreuzer* genannt wurden.

Sie heirateten im Mai 1956 und hatten es sehr schwer, als sie 1958 zum ersten Mal in die Staaten kamen. Sie hatten sich nicht überlegt, was der Umzug in den Süden und die relative Armut für meine Mutter bedeuten würden. Ich war zehn und hatte inzwischen begriffen, daß mein Stiefvater nicht der strahlende Ritter war, für den wir ihn gehalten hatten. Wir lebten eine Weile von Tomatensandwiches und mußten Geld für die Möbel borgen. Ich weiß noch, daß meine Mutter meine Schulbekleidung aus Vorhängen nähte. Sie paßte sich an, muß aber durch die Hölle gegangen sein, als sie begriff, in welche Lage sie sich gebracht hatte.

Wir lebten in Georgia, und ich weiß noch, wie meine Mutter und ich in der Küche weinend »I'm Dreaming of a White Christmas« hörten. Wir litten bei fast dreißig Grad im Schatten an Heimweh. Rituale hatten große Bedeutung, doch manche waren nicht übertragbar oder die Kosten dafür unerschwinglich. Wir bekamen in Augusta keine traditionelle Weihnachtsgans, und der Schnee fehlte auch. Es war alles ziemlich schäbig, dieses ganze Santa Claus-Zeug wirkte so fremd. Weihnachten war ziemlich traurig.

Und dann mußten wir mit dem Akzent der Südstaaten zurechtkommen. Ich habe ein Talent für Sprachen, doch wieder einmal war ich anders, und mein Anderssein wurde offen herausgestellt. Meine Lehrerin war eine Baptistin aus dem Süden – älter und ziemlich streng – und ließ mich zur Strafe Bibelverse auswendig lernen. Sie mochte mich nicht – nicht nur, weil ich neu in der Klasse, sondern auch weil ich Deutsche war. Ich sehe sie noch vor mir und frage mich, ob sie jemanden im Krieg verloren hatte und mich deshalb für etwas büßen ließ, das ich nicht getan hatte. Die anderen Kinder bemerkten, was vorging. Wer mochte schon mit dem Sündenbock befreundet sein? Ich wollte mein Leben lang gefallen, was mir bei dieser Frau ganz und gar nicht gelang. Damals spürte ich zum ersten Mal, daß ich für mein Deutschsein bestraft wurde.

Seither bin ich diesen Vorurteilen öfter in kleinerem Umfang begegnet. Ist man erwachsen, hat niemand solche Macht über einen – man kann einfach weggehen – aber als Schulkind muß man neun Monate im Jahr dasitzen und das Beste daraus machen. Daher war ich ziemlich einsam.

Ohne die Stabilität meiner frühen Kindheit wäre ich vermutlich sehr verstört gewesen. Da mein Stiefvater beim Militär war, mußte ich bis zu meinem Abschluß vierzehnmal die Schule wechseln. Ich haßte die Armee, weil wir so oft umziehen mußten. Der menschliche Verstand ist wirklich erstaunlich, und ich habe erst mit Ende zwanzig begriffen, daß die Hälfte der Umzüge nicht auf die Armee, sondern auf die Entscheidungen meiner Mutter zurückzuführen war. Sie wollte einfach gerne mit ihrer Familie zusammenleben. Bekam mein Vater einen unerwünschten Überseeposten wie in Korea, zogen meine Mutter und ich nach Deutschland, verbrachten dort ein, zwei Jahre und kehrten zurück nach Georgia, bis mein Stiefvater das nächste Mal versetzt wurde.

Einmal lebte ich für ein oder zwei Jahre bei meinen Großeltern, im Heim meiner Kindheit. Ich besuchte amerikanische Schulen in Heidelberg und lebte gleichzeitig als Deutsche. Wieder diese Schizophrenie. Wo ich lebte, galt ich als Deutsche; doch ich führte noch ein anderes Leben, von dem die deutsche Umgebung nichts wußte. In der Schule war ich wie alle anderen – ich konnte Amerikanisch sprechen und gehörte dazu; doch hier wiederum wußte man nichts von meinem Leben mit Großmutter und Großvater und Mutter.

Und es hat sich nie vermischt. Es blieb immer voneinander getrennt.

Es ist komisch, wie bruchstückhaft man sein Leben in der Erinnerung sieht. Ich habe es bis jetzt nie richtig zusammengesetzt. So war das Leben eben: Stückwerk. Kein Ganzes. Nur Einzelteile.

Meine Mutter schloß damals wie heute stets enge Freundschaften mit deutschen Frauen. Augusta, Georgia, ist eine Militärstadt mit vielen deutschen Frauen, die auf die gleiche Weise dorthin gekommen sind wie meine Mutter. Diese Frauen suchten Kontakt zueinander. Eine derartige Bindung habe ich nie zuvor gesehen. Sie waren wie Mütter für mich. Ich bin froh, daß ich dies erleben durfte. Es hat meiner Mutter über die schwersten Jahre hinweggeholfen. Diese Frauen mußten sich eine neue Familie schaffen. Dazu gehörte auch eine gemeinsame Geschichte. Es gab Zeiten, in denen wir bei einer Freundin meiner Mutter und ihrer Tochter lebten, während mein Stiefvater in Korea oder Vietnam war.

Meine Mom hat auch gute amerikanische Freunde, aber es gibt immer diesen Kern deutscher Frauen: Sie unterstützen sich gegenseitig und wissen, woher sie kommen und was die Übersiedlung in die USA bedeutet; sie können miteinander über beide Länder sprechen und verstehen, wie es gemeint ist; sie können Deutschland kritisieren und es dennoch lieben und sechs Dollar für ein Pfund echte deutsche *Wurst* bezahlen.

Amerikanerinnen und Deutsche teilen nicht die tragische Erfahrung, daß eine ganze Generation junger Männer verkrüppelt oder getötet wurde ... ihnen das Zuhause genommen ... ihre Kindheit zerstört wurde. Der Krieg fand nicht in diesem Land statt. Dieser Unterschied prägt die Lebensanschauungen für den Rest deines Lebens. Es gibt keine Tragödie, die damit vergleichbar wäre.

Ich bin mir nicht sicher, wie meine Mutter die Scham über ihr Deutschsein empfindet – sie spricht nicht darüber. Ich weiß, wie ich es eine Generation später empfinde. Meine Mutter ist ziemlich hitzig und würde schnell hochfahren, falls sich jemand abfällig über Deutschland äußern sollte. Während ich frage: *Wo liegt das Körnchen Wahrheit? Muß ich diesen Leuten erklären, daß sie nichts von Deutschen oder Deutschland verstehen?* Ich habe keine einheitlichen Gefühle über mein Deutschsein. Ich denke, für meine Mutter ist alles

klar und für mich gemischt – plus, minus, plus, minus …
Mit Deutschland verbinden mich einige der wichtigsten,
liebevollsten, reichsten Beziehungen meines Lebens,
und falls ich etwas Negatives über Deutschland hören
sollte, würde ich auf der Stelle erklären, verteidigen,
mitteilen wollen, was so wunderbar ist am Deutschsein.
Darin unterscheide ich mich von meiner Mutter, die
denjenigen einfach abschreiben würde.

Dennoch zeigt sich in all diesen Erklärungen eine
defensive Haltung. Es klingt wie: *Wir sind nicht alle Nazis. Wir sind nicht alle Judenhasser. Wir marschieren nicht
alle im Gleichschritt. Wir sind nicht alle laut und aggressiv
und herrschsüchtig.*

In mir hat sich eine Veränderung vollzogen. Ich habe
mein Deutschsein lange verborgen. Wenn mich Leute
danach fragten, sagte ich ja und ließ das Thema fallen.
Meistens wechseln die Leute zu einem anderen Thema
über, wenn keine Informationen kommen. Erst als Erwachsene, erst als ich meinen Vater kennengelernt und
ihm zugehört hatte, wenn er von Deutschland und seinen Kriegserfahrungen erzählte, sprach ich ausführlich
mit meinen Freunden über mein deutsches Erbe.

Davor hätte ich höchstens über deutsches Essen gesprochen. Ich kochte manchmal deutsche Gerichte, was
den Leuten wirklich gefiel. Ich ließ fallen, daß ich mich
mit deutschem Wein auskannte. Ich war mit Wein aufgewachsen. Ich weiß noch, wie ich am Tisch saß. Meine
Füße reichten nicht bis zum Boden, doch ich hatte mein
eigenes kleines Weinglas. Mein Großvater trank Rotwein – ungewöhnlich für diese Gegend –, und er tat ein
paar Löffel davon in mein Glas und füllte es mit Mine-
ralwasser auf. Das war dann mein Weinglas. Ich zog
Rotwein vor, weil er natürlich hübscher aussah. Nun …

ich bevorzuge noch immer Rotwein ... Er gehört für mich zu allen Festlichkeiten, und ich trinke ihn jeden Tag zum Essen.

Europäer und Amerikaner trinken Wein auf unterschiedliche Weise. Früher tranken Amerikaner auf einer Party, um einen Rausch zu bekommen, doch inzwischen trinken sie Wein mehr und mehr wie die Europäer, für die er einfach zu einem genußvollen Essen gehört. Ich liebe den rituellen Aspekt des Weintrinkens, die Trinksprüche und den besonderen Blick, mit dem man die Leute vor dem ersten Schluck bedenkt. Es wirkt wie eine Begrüßung bei Tisch. Als ich meinen zweiten Mann heiratete, gehörte der Toast während der Trauzeremonie zum Ritual, das wir selbst ausgearbeitet hatten. Wir tranken unserer Familie und unseren Freunden zu. Wir sprachen das l'chaim der jüdischen Trauung. Zur japanische Trauzeremonie gehört auch das Trinken von Wein, und in der christlichen Lehre geschah das erste Wunder bei der Hochzeit zu Kanaa.

Dann und wann koche ich *Sauerbraten* und *Rotkohl* und *Spätzle* – Gerichte, mit denen ich aufgewachsen bin –, und zwar vor allem dann, wenn ich mich irgendwie angeschlagen fühle. Es ist wohl wie Kindernahrung. Sie tröstet. Und verbindet mich mit einer Zeit, in der ich mich wirklich sicher und umsorgt fühlte.

Doch andere Bereiche meines Deutschseins wurden nie angesprochen. Es gab zuviel, das ich hätte erklären müssen und mir selbst noch nicht erklären konnte. Eines hat sich geändert: Ich habe jetzt meinen Vater kennengelernt und ihm zugehört, als er über Deutschland und seine Kriegserfahrungen sprach. Und da liegt es, wissen Sie: Das, worüber man spricht, ist nie so schlimm wie das, worüber man nicht spricht, so schrecklich es auch sein mag. In den letzten Jahren sage ich offen, woher ich komme, und spreche viel darüber. Ich stelle fest, daß es gut aufgenommen wird. Und ich mache mich darüber lustig, daß ich irgendwie eine steife Deutsche bin und mich beherrschen muß. Das schwäche ich mit Humor ab. Ich setze es zu meinen Gunsten ein.

Ich weiß genau, wo ich das gelernt habe. In unserer Familie gab es viel Humor, und er wurde benutzt, um Dinge abzumildern. Ich erinnere mich, wie mein Großvater über das Radio sprach, das er während des Krieges im Keller aufbewahrte. Er konnte die BBC empfangen. Er versuchte herauszufinden, was wirklich vorging. Wenn er jedoch nach oben kam, erzählte er meiner Großmutter – die als redselig bekannt war – nur das, was bereits in der Zeitung stand, damit sie nicht unabsichtlich etwas verriet, das sie eigentlich nicht wissen durfte. Diese Zensur und Geheimhaltung ... Ich gewann einen Eindruck davon, wie furchterregend es war, wenn *Opa* sich im Keller versteckte und Radio hörte. Ich spürte die Spannung in der Geschichte, obwohl sie als harmlos präsentiert wurde. Man erzählte mir nichts von der Angst und dem, was mit Leuten geschah, die beim BBC-Hören erwischt wurden.

Es ist nicht so, als seien meine Mutter und ihre Familie schweigsam und redescheu – es sind sehr forsche, extrovertierte Menschen –, aber es gab eine deutliche Grenze, wenn sie über den Krieg sprachen. Ich erinnere mich an eine Delle im Fußboden im Zimmer meiner Mutter. Sie knarrte, wenn man darauf trat, und unter dem Linoleum spürte man ein Loch in den Dielen. Dort war eine Bombe eingeschlagen – Granatsplitter. Man erzählte mir, daß die Granaten angeflogen kamen und alle in den Wald rannten, aber die damit verbundenen Gefühle wurden nicht vermittelt. Indem man die Gefühle ausklammert, werden Dinge sozusagen chemisch gereinigt. Ich glaube nicht, daß ein Kind verstehen kann, welche Gefühle man hineinlegt. Die Geschichte begleitet einen beim Älterwerden, aber man kennt nicht die Gefühle, die damit verbunden waren.

Ich kann mir jetzt vorstellen, wie es gewesen sein muß, als die Sirenen ertönten und alle in den Wald liefen. Und ich kann Gefühle damit verbinden. Doch lange Zeit war es nur eine Geschichte für mich, weil es ebenso erzählt wurde, nebenbei: »Oh *ja*, da sind die Granaten eingeschlagen.« Vermutlich werden viele Kriegsgeschichten auf diese sterilisierte Weise erzählt, um die Menschen zu schützen, die sie erlitten haben. Weshalb sollten sie dieses Grauen erneut durchleben?

Doch für die Kinder, die mit diesen Geschichten aufwachsen, entsteht eine Lücke.

Als meine erste Ehe zu Ende ging, arbeitete ich in der psychiatrischen Abteilung der Mayo-Klinik. Ich entschloß mich, eine Therapie zu machen. Wenn man in der psychiatrischen Branche arbeitet, kennt man fast alle Leute, die Therapien durchführen. Im Telefonbuch fand ich nur drei Namen, die mir nicht als Kollegen bekannt waren. Ich erinnere mich, daß ich eine dieser Frauen einmal bei einer Veranstaltung gesehen hatte und dachte: *Sie sieht deutsch aus.* Ich ging zu ihr, weil ich ihr diesen Teil meiner Geschichte nicht erst erzählen mußte. Sie kannte ihn schon. Und das war wirklich nützlich. Eine Art Abkürzung. Ich hätte Jahre gebraucht, um es einer anderen Therapeutin zu erklären. Sie hingegen wußte Bescheid.

Viele meiner Kollegen sind Juden. Die Psychiatrie ist voll von Juden – das ist kein Stereotyp. Mit einem Psychiater, der seine Praxis auf demselben Flur hat wie ich, habe ich über seine Erfahrungen als Kriegsgefangener und meine Erfahrungen mit dem Deutschsein gesprochen. Er ist Amerikaner und wurde von den Deutschen gefangengenommen. Wir hatten beide Tränen in den Augen, als wir über dieses Thema sprachen. Wir sagen scherzhaft »*Guten Morgen, Herr Doktor*« zueinander. Wir spielen damit. Aber andererseits nehmen wir diesen Teil unserer Identität sehr ernst.

Im jetzigen Stadium meines Lebens verstehe und toleriere ich die Komplexität. Ich muß nichts vereinfachen. Das gilt auch für mein Deutschsein. Es ist eine sehr komplexe, komplizierte Sache, und das ist gut so. Tatsächlich macht eben diese Komplexität es zu einem echten Geschenk. Ich verwünsche es nicht. Ich möchte es nicht aus meinem Leben verdrängen.

Hätten Sie mir mit vierzehn diese Frage gestellt, hätte ich es verwünscht.

Mit über dreißig besuchte ich das Anne-Frank-Museum in Amsterdam. Als ich herauskam, konnte ich kaum gehen. Ich konnte nicht darüber sprechen. Zuvor hatte ich nie an mich herangelassen, was mit den Juden in Deutschland geschehen war. Ich erinnere mich nicht, wann ich anfing, den Holocaust zu begreifen, doch muß es offensichtlich vor dem Besuch im Anne-Frank-Haus gewesen sein. Im Rückblick glaube ich, daß ich es immer gewußt habe. Es gab geflüsterte Bruchstücke des Schreckens, die ich eigentlich nicht hören sollte – sie waren zu furchtbar für ein Kind. Doch ich hörte sie und wußte es.

Ich finde es faszinierend, daß meine Großmutter mit anderen Frauen gegen Atomwaffen demonstriert hat, mir in grauenhaften Details von der Unmenschlichkeit berichtete, die an den Leuten in Hiroshima verübt wurde, mich lehrte, Waffen und Kriege zu verabscheuen, doch nie unmittelbar mit mir über die Todeslager sprach. Der Holocaust war unaussprechlich, und das Schweigen sagte letztendlich mehr als alle Worte.

Wir hatten jüdische Freunde. Darüber sprach man nicht. Sie erwähnten es nie. Wir erwähnten es nie. Die Deutschen aus der Generation meiner Mutter, die ich kenne, sprechen immer noch sehr wenig über das, was mit den Juden geschah.

Ich setzte mich sehr aktiv für die Aufhebung der Rassentrennung im Süden ein. Es ist immer wieder die gleiche Geschichte: Ich ertrage keine Bigotterie. Dies ist mein Vermächtnis aus dem Krieg, aus dem Machtmißbrauch, selbst wenn ich damals noch nicht geboren war. Für mich wurde das Politische auf sehr reale Weise persönlich. Weil ich Heim, Familie und Land sehr früh verloren habe, verstand ich Menschen, die entrechtet und machtlos waren, die als geringer und auf negative Weise anders betrachtet wurden, ganz intuitiv. Ausgestoßene. Und dies ist zu meinem Lebensthema geworden. Ich setze mich für die Benachteiligten ein – Kinder, die nicht lesen und schreiben können; vergewaltigte Frauen; Menschen, die Schmerzen leiden. Ich versuche, auf globalere, politischere Weise das gutzumachen, was den Juden zugefügt wurde.

Die Herstellung dieser Verbindungen bietet einen Weg, um sich das ganze Bild vor Augen zu führen. Ich kann ehrlich sagen, daß es dadurch reicher wird. Der Schmerz gehört dazu, aber auch noch so vieles andere. Und wenn die Verbindungen funktionieren, wenn die Menschen wirklich miteinander sprechen können und ihr Leben verstehen, erhebt und bereichert sie das. Wenn Deutsche und Juden miteinander reden können, geschehen Dinge, die die Tragödie abwenden.

Schlußwort

Wenn man einem Menschen lange und aufmerksam genug zuhört, findet man eine Geschichte. Als Schriftstellerin bin ich mir dessen stets bewußt. Obwohl jedes dieser Interviews ganz verschieden verlief, entdeckte ich zentrale Themen, die allen gemeinsam waren, darunter vor allem jenes Schweigen, das sich in jeden Bereich unseres Lebens erstreckte. Beates Erinnerung an den Geschichtsunterricht in der Schule – »tiefes Schweigen über die Kriegsjahre« – beeinflußte nicht nur sie, sondern auch andere Schulkinder, mich eingeschlossen. »Tatsächlich nahmen wir in der Schule den Ersten Weltkrieg gleich zweimal durch«, erklärte sie, »und dann waren die Sommerferien da.« Beinahe alle erwähnten ähnliche Erfahrungen. In Evas Schule sprachen sie »monatelang über andere Länder. Aber Deutschland … das war immer sehr knapp.«

Geheimnisse des Landes ließen sich oft gar nicht von den Familiengeheimnissen trennen. Marikas Mutter glaubte: »Es ist besser, wenn Kinder nichts wissen.« Für Marika jedoch war das Nichtwissen schlimmer als die Wahrheit, »weil man sich als Kind oftmals Dinge ausmalt, die viel schlimmer sind als die Wirklichkeit.« Wir sprachen über den Preis des Geheimnisses, die Last des Geheimnisses. Katharina bestätigte es: »Das, worüber man spricht, ist nie so schlimm wie das, worüber man nicht spricht, so schrecklich es auch sein mag.«

Immer wieder bemerkte ich, daß unser Verhältnis zu unseren Eltern, das wir als Erwachsene haben, weniger gelöst wirkt als das Verhältnis gleichaltriger Amerikaner zu ihren Eltern. Zu vieles blieb unberührt. Ungesagt. »Vielleicht können wir einen Sinn in heutigen Ereignissen finden«, hoffte Karl, »wenn wir Dinge ans Licht holen, die vor fünfzig oder sechzig Jahren passiert sind.«

Unser deutsches Erbe beeinflußt uns in Amerika in anderer Weise, als wenn wir in Deutschland geblieben wären. In meinem ersten Jahr hier fand ich mehr über deutsche Geschichte heraus als in den achtzehn Jahren, die ich in Deutschland gelebt hatte. Beate machte ähnliche Erfahrungen und führte dies darauf zurück, daß »ich nun weit genug entfernt war, um mit meiner Kultur und Tradition zurechtzukommen. Menschen, die sich außerhalb ihrer vertrauten Umgebung befinden, sind gezwungen, diese zu definieren. Gelangt man nie hinaus, muß man sie auch nicht definieren.«

Während manche aufrichtig versuchten, ihr kulturelles Erbe zu verstehen, verharrten einige im vertrauten Schweigen. Sie hatten Angst oder verhielten sich ablehnend bei dem Gedanken, weit darüber hinaus zu blicken. Es war nicht so, als hätten sie nicht gesprochen – ihr Schweigen manifestierte sich eher in Verleugnung, Ausflüchten, Unterdrückung, Rechtfertigung, Defensivhaltung und einer Unfähigkeit zu trauern – Verhaltensweisen, die sich kaum von der Reaktion unserer Elterngeneration unterschieden.

Anneliese war unter den Interviewpartnern am tiefsten in diesem Schweigen gefangen. Sie hatte eine sechsstündige Anreise auf sich genommen, um mich in einer Stadt an der Ostküste zu treffen. Da wir uns bereits geschrieben und miteinander telefoniert hatten, knüpften wir

problemlos eine persönliche Unterhaltung über unsere
Kinder, die Wechseljahre, Annelieses Enkelin an ... Wir
lachten, erkannten Gemeinsamkeiten. Doch diese Gemeinsamkeiten hörten für mich auf, bald nachdem ich
Anneliese das Mikrofon an den Kragen geheftet hatte
und ihr zuhörte. Sie zuckte zusammen, als sie erklärte,
sie könne sich keine Filme über Konzentrationslager an-
schauen. »Ich will es nicht wissen. Selbst wenn man
mich dafür bezahlte, würde ich nicht in das Holocaust-
Museum in Washington gehen ... Warum um alles in
der Welt sollte ich einen nachgemachten Viehwaggon
betreten? Und wie ich höre, haben sie Schuhe von Opfern.« Während Anneliese mir entsetzliche Einzelheiten
schilderte, erkannte ich, daß sie den Holocaust – indem
sie ungeheure Energie in das Nichtwissenwollen inve-
stierte – sehr persönlich empfand, als individuelle,
quälende Vision, die sie im Schlaf mit Alpträumen heim-
suchte.

Im Gegensatz dazu hatten jene unter uns, die sich den
Schrecken unseres deutschen Erbes ausgesetzt und diese
akzeptiert hatten, zu einem gewissen Frieden mit sich
selbst gefunden, gepaart mit einer tiefen Traurigkeit und
dem Bewußtsein individueller Verantwortung. Für Ulrich, einen Pazifisten, hieß dies, Wachsamkeit gegenüber
seinem Erbe zu wahren. »Obwohl das Individuum kein
Verschulden treffen mag – ich meine, jene von uns, die
nach dem Krieg geboren wurden, haben nicht an den
schrecklichen Ereignissen teilgenommen und können
daher von keinem Gericht schuldig gesprochen werden –,
geht es nicht nur um das Individuum. Es geht ums
Kollektiv. Es ist die Kultur, die die Individuen hervorbrachte, die diese Probleme schufen, und da ich Teil dieser Kultur bin, habe ich zumindest die Pflicht, wachsam
zu sein und diese Wachsamkeit weiterzugeben, weil wir

dafür Sorge tragen müssen, daß es nicht wieder passiert. Wir können nicht davonlaufen.«

Sigrid, Rechtsanwältin und politische Aktivistin, warnte vor der Idee eines Nationalcharakters. »Manche Leute, denen ich in Deutschland begegnet bin, sind ganz normal. Das ist das Erschreckende – daß dies auf sehr normale Weise geschehen kann. Man wird selbstzufrieden, wenn man sich sagt, es habe mit dem Nationalcharakter zu tun. Es scheint, als besäßen wir eine ungeheure Fähigkeit zur Gemeinheit und Bosheit gegenüber Menschen, die wir als anders empfinden, und dann wird alles plausibel.« Sigrid wies auf etwas hin, das ich in ähnlicher Form von einigen amerikanischen Freunden in bezug auf ihr eigenes Land gehört habe: Wenn Amerikaner glauben, nur Nazis *könnten* derartige Greueltaten begehen, betrachten sie sich selbst als immun gegen das Begehen derartiger Greueltaten. Ich halte es für wichtig, die Fähigkeit, Böses zu tun, als spezifisch menschliche Eigenschaft zu betrachten. Wir müssen wachsam beobachten, was geschehen kann, wenn Regierungen das Böse legitimieren oder belohnen, indem sie etwas schaffen, das der Historiker Steven E. Aschheim als ein »zum Töten ermächtigendes Umfeld« bezeichnet.

Während einige der Interviewten dieser Fähigkeit zum persönlichen wie auch globalen Bösen offen gegenübertraten, distanzierten sich andere davon, indem sie eine Defensivhaltung einnahmen. »Ich gerate schnell in Wut, wenn jemand von den ganzen Verbrechen des Nazi-Regimes spricht, während es auch in anderen Ländern zahlreiche Beispiele gibt«, berichtete mir Jürgen. »Daher kann man nicht sagen, daß die Deutschen allein prädestiniert sind, anderen das Leben schwerzumachen.« Auch Anneliese wies darauf hin, daß »andere Länder, wie man weiß, ihre Unerwünschten auch ausrotten.« Johanna hingegen ließ Ungeduld mit Deutschen erkennen, »die sich ihrer Verantwortung entledigen, indem sie sagen, andere haben es auch getan.« Sie verwies auf »dieses durchdachte, geplante, organisierte, rationalisierte Böse, das diesen Prozeß von allen anderen unterscheidet.«

Während sie von Greueltaten in anderen Teilen der Welt sprachen, wurde mir zunehmend die schmale, aber deutliche Grenze bewußt, die jene, die damit dem Nachdenken über den Holocaust ausweichen wollten, von denen trennte, die sich damit auseinandersetzten, um die anderen Greueltaten zu verstehen.

Mehrere von ihnen enthüllten die Versuche ihrer Eltern und anderer Erwachsener, den Holocaust zu rechtfertigen oder abzuschwächen. Ulrich, der in einer großen deutschen Gemeinde in New York aufwuchs, hörte Kommentare wie: »Aber die Zahl der vergasten Juden ist übertrieben. So viele Juden gab es gar nicht auf der Welt.« Als Karl als junger Mann Deutschland besuchte, sagte ein Verwandter zu ihm: »Als Hitler an der Macht war, gab es keine Verbrechen. Hitler hat die Straßen aufgeräumt.« Auch Eva erlebte Rechtfertigungen des Guten, das Hitler getan habe. Als Kind sagte man zu ihr: »Der Anfang war in Ordnung. Er hat zuerst so viel für die Deutschen getan. Und er hat die *Autobahnen* gebaut.« Diese *Autobahnen* wurden in fast einem Drittel der Interviews erwähnt – allerdings nur in den Zitaten von Eltern und anderen Erwachsenen.

Mehrere sprachen von ihren bedeutsamen Beziehungen zu Juden. Karl wurde von einem jüdischen Onkel aufgezogen, und Sigrid, die mit einem Juden verheiratet war, hielt nach der Scheidung Kontakt zu seiner Familie. »Ich fühlte mich unter anderem zu ihm hingezogen, weil er aus einer großen jüdischen Familie stammte, die mich sehr gut aufnahm. In gewisser Weise heiratete ich gleich die ganze Familie mit.« Für ihren Sohn »bedeutet es keinen Konflikt, daß seine Mutter in Deutschland geboren wurde und sein Vater Jude ist. Im Moment interessiert er sich nicht sonderlich für Politik oder Geschichte.«

Katharina schätzte ihre jüdischen Patienten. »Wenn ich mit Juden arbeite, spielt mein Deutschsein eine wichtige Rolle. Es muß zur Kenntnis genommen werden. Wir müssen klarstellen, daß wir uns im Rahmen dieser Tatsache verstehen. Es kreist immer wieder um diesen Punkt ... Ich möchte, daß meine Patienten es von mir hören, statt es auf andere Weise herauszufinden. Dies wäre ein Vertrauensbruch. Sie müssen die Wahl haben, ob sie mit mir arbeiten möchten oder nicht.«

Gisela sagte, sie habe »ein heilendes Geschenk erhalten, die Freundschaft zu Juden. Es ist, als überquerten wir schweigend Brücken ... Man erfährt erst die Wahrheit, wenn man beide Seiten kennt.« Dessen war sie gewiß. Sie wies darauf hin, daß »Forschung und Literatur allmählich entdecken, daß die deutschen Nachkommen die gleichen Schuldgefühle wegen ihres Überlebens empfinden wie die jüdischen Nachkommen.« Sie sagte ihrem Sohn »und seiner jüdischen Freundin, daß die Vergangenheit sie nicht belasten solle, daß es ihre Aufgabe sei, immer bewußt durch die Welt zu gehen, aufmerksam und empfindsam gegenüber jedweden Greueltaten zu sein.«

Gedanken über persönliche oder kollektive Schuld kamen in fast allen Interviews zur Sprache. Während Beate glaubte, es gebe »den Schatten einer Kollektivschuld«, definierte Katharina ihr tiefes Unbehagen als Scham. Karl hingegen sagte: »Ich spüre keine Kollektivschuld ... Böse Deutsche haben diese Taten begangen. Böse Amerikaner haben genau das gleiche getan. Ich kenne genug böse Menschen, um zu wissen, wer wozu fähig ist.«

Heinrich glaubte fest daran, daß man »als Kind, das während des Krieges oder danach geboren wurde, nicht für das, was die Eltern oder andere Deutsche taten, zur Rechenschaft gezogen werden kann.« Johanna hingegen sah das Thema Verantwortung aus einem anderen Blickwinkel. »Ich habe irgendwo gelesen, daß ich, da 1949 geboren, eigentlich nicht verantwortlich bin für das Geschehene, aber daß ich *jetzt* verantwortlich bin, wann immer das Thema aufkommt ... für meine eigene Reaktion.«

»Was geschah im Krieg, Daddy?« Diese Frage hat Karl unzählige Male gestellt. »Das hat mich verzehrt, in Anspruch genommen ... herausfinden, wer meine Mutter und mein Vater sind.«

Beate hat zu verstehen versucht, was in Deutschland geschah, indem sie sich in die Situation ihrer Eltern versetzte. »Ich bin froh, daß ich nicht im Dritten Reich aufgewachsen bin, denn ich weiß nicht, was ich getan hätte. Ich habe Angst, darüber nachzudenken.« Sie entdeckte eindeutige Parallelen zwischen ihrer katholischen Erziehung und der Indoktrination durch die Nazis. »Man gehorcht. Man stellt nichts in Frage. Und je besser man gehorcht, ein desto besserer Mensch ist man.«

Gewöhnlich konzentrierten sich unsere Eltern eher auf das Persönliche als auf die Politik. Laut Sigrid »sahen (ihre Angehörigen) den Krieg sehr persönlich und nicht im größeren Zusammenhang ... Sie waren einfach nicht so politisch.« Die meisten Eltern berichteten nur von Kriegserlebnissen, die sie selbst als Opfer darstellten. Sie waren eher geneigt, über ihr eigenes Leid zu sprechen als über das Leiden, das den Juden zugefügt wurde. Daher ist eine beträchtliche Zahl der Geschichten, die die

Interviewten über die Kriegserfahrungen ihrer Eltern wie auch deren persönliche Erinnerungen erzählten, von Defensivhaltung und Verleugnung geprägt. Anscheinend bestand das Bedürfnis, durch die eigene Opferrolle einen Freispruch zu erlangen, der Impuls zu sagen: *Du verstehst das nicht. Wir waren die Opfer. Wir haben soviel verloren.*

Katharinas Vater zeigte sich ungewohnt offen, als er seiner Tochter schilderte, »daß die Saat des Schreckens auch in seinem Herzen wohne.« Obwohl sein Diebstahl im Vergleich zu anderen Übertritten eine Bagatelle war, »war er entsetzt über sich selbst ... er hatte soeben auf seine Weise daran teilgenommen, hatte getan, was Soldaten immer tun: die Kriegsbeute an sich nehmen – ob es nun Notenblätter oder Länder oder Frauen waren.« Anders als Katharinas Vater setzten sich die meisten Eltern, Lehrer und geistigen Führer nicht mit dem Verlust dessen auseinander, wofür sie sich gehalten hatten.

Für Heinrich war es entscheidend, seinen Vater, einen Soldaten, und seinen älteren Bruder, der in der Hitler-*Jugend* gewesen war, zu entlasten. »Sie hatten nicht wirklich damit zu tun. Sie zogen nur mit, weil sie im Grunde keine andere Wahl hatten.« Und Anneliese wollte nicht akzeptieren, daß ihr Vater – obwohl SS-Mitglied – an Kriegsverbrechen beteiligt gewesen sein könnte. Dennoch widersprach sie sich auch hier – diese Widersprüche sind charakteristisch für das gesamte Interview – und vermutete: »Ich meine, wenn man in der SS war, mußte man etwas getan haben.«

In vielen Interviews zeigte sich die Tendenz, manche Dinge offen zu betrachten, während man anderen auswich. Obwohl Gisela ihren Vater als Opfer sehen mußte – »Falls er in den Konzentrationslagern schreckliche Dinge tat, betrachte ich ihn ebenso als Opfer der

Umstände wie jeden anderen, den er zum Opfer gemacht hat« – war sie in der Lage, diese Defensivhaltung abzulegen, als sie davon sprach, wie sie selbst aus dem Holocaust gelernt hat: »*Was ist es, das einen Menschen in ein Ungeheuer verwandeln kann?* Diese Frage muß man sich stellen. Man kann ihr nicht ausweichen, ohne viel zu verdrängen.«

Wenn ich fragte, wieviel ihre Eltern gewußt hätten, stieß ich gewöhnlich auf eine unabdingbare Neigung zur Verdrängung – selbst bei unabhängig denkenden Menschen wie Sigrid, die glaubte, daß ihre Mutter und Großmutter »nichts von den Konzentrationslagern gewußt hätten ... Als der Krieg ausbrach, mußten sie ans Überleben denken.« Dennoch konnte Sigrid ihre eigene Defensivhaltung sehr genau erkennen. »Doch ich konnte sie nie drängen, mehr zu sagen, als was sie sagen wollten ... Vielleicht wollte ich nicht darüber nachdenken ... hört sich an, als würde ich sie verteidigen.«

Eva gehörte zu jenen, die sich vorstellten, daß Leute in Deutschland davon gewußt haben mußten, sich aber nicht eingestehen konnte, daß ihre Eltern darunter gewesen sein könnten. Einige argumentierten, die Strategie habe eben darin bestanden, den Menschen Wissen vorzuenthalten. Andere wiederum brachten die Örtlichkeiten als Rechtfertigung für fehlende Informationen vor. In Evas Fall hätten sie »in einer kleinen dörflichen Gemeinde gelebt«, bei Sigrid lag der Grund in der »großstädtischen Umgebung.«

In beinahe jeder Lebensgeschichte tauchten Schilderungen des vom Krieg zerrissenen Deutschland auf. Manchmal wirkten die Einzelheiten so lebhaft und unmittelbar, daß ich sie mir genau vorstellen konnte. Viele Deutsche flohen zu Fuß aus ihren Häusern, auf den Ladeflächen von Lastwagen, in Viehwaggons. Evas Mutter mußte die Geburt ihres dritten Kindes abwarten, bevor sie vor den anrückenden Russen fliehen konnte. Eva vergaß niemals die Wochen, in denen sie als Vierjährige mit nach Berlin unterwegs war. Die Frauen fürchteten sich vor Vergewaltigungen. Eva verbarg sich mit ihrer Mutter und Tante unter einem Tisch vor den Russen. »Meine Mutter stillte das Baby – sie hatte nicht viel Milch –, damit es ruhig war.« Heinrich war sich ziemlich sicher, daß seine Mutter von einem Russen vergewaltigt worden war. »Ein Soldat schleppte meine Mutter weg, und meine Tante hielt mich fest umklammert. Eine Weile später tauchte meine Mutter weinend wieder auf ... Ich weiß noch, wie sie sagte: ›*Abwaschen*‹.«

Gewöhnlich wurden die Russen als die Bösen dargestellt – grausam, barbarisch und gierig aufs Töten oder Foltern –, doch Ulrich wies darauf hin, er habe einerseits immer gehört, »daß die Deutschen alle hin zu den Amerikanern und weg von den russischen Soldaten« wollten. Andererseits habe ihm sein Onkel von amerikanischen Soldaten berichtet, die »wahllos auf jeden schossen, der in die Stadt kam.« Und Giselas Großvater berichtete von »amerikanischen Bomben, die den Himmel wie einen Weihnachtsbaum erleuchteten.«

Erinnerungen an die Kriegs- oder Nachkriegszeit beeinflussen sie noch heute. Manche leiden unter wiederkehrenden Alpträumen oder fürchten sich vor plötzlichen lauten Geräuschen und tieffliegenden Flugzeugen. Eva »wuchs verängstigt auf, ließ sich leicht einschüchtern.« Beate sagte: »Ich erinnere mich an das Maschinengewehrfeuer. Keiner sagte mir, was es war, aber alle hatten Angst. Dies hat vermutlich viel damit zu tun, daß ich mich trotz meiner positiven Lebensauffassung vor Unbekanntem fürchte.«

In jeder einzelnen Geschichte spüre ich ein ungeheures Gefühl des Verlustes – Verlust des Zuhauses, der kulturellen Identität, Träume, Familie, Sicherheit, Elternliebe. Für manche bleiben dieser Verlust und diese Trauer bis heute unaufgelöst, wodurch es ihnen beinahe unmöglich ist, liebevolle und von Vertrauen geprägte Bindungen einzugehen.

Die meisten Väter waren abwesend oder nicht sonderlich liebevoll. Marika wollte ihrem Vater nahe sein. »In der Schule und in meiner Umgebung hatte niemand außer mir einen Vater. Alle andere Väter waren weg – vermißt, gefallen, im Gefängnis oder an Krankheiten gestorben, die sie sich im Krieg geholt hatten.« Sie und Eva trafen ihre Väter nach langer Abwesenheit 1946 wieder, gerade rechzeitig zu ihrem fünften Geburtstag. Eva sagte lächelnd: »Wissen Sie, ich konnte mich nicht an ihn erinnern. Er hatte ein bißchen Kaugummi und Schokolade dabei. Er war Kriegsgefangener in Frankreich gewesen.«

Obwohl mehrere ohne Väter aufwuchsen, gab es gewöhnlich wichtige Erwachsene in ihrem Leben, darunter Tanten und Großeltern, vor allem aber Mütter, die während des Krieges an Stärke gewannen, mit ihren Kindern flohen und Nahrung besorgten. Doch nur zu oft verloren sie mit der Rückkehr der Ehemänner auch ihre Unabhängigkeit und fügten sich wieder ein in die traditionelle Familienstruktur, in der die Männer die Entscheidungen trafen. Während Evas Mutter »*auf der Flucht* war, mußte sie alles selbst tun, doch danach hieß es immer *Vati. Vati* traf die Entscheidungen ... Sie hob ihn wirklich auf einen Sockel. Und dabei wurde sie selbst ein bißchen schwächer.«

Im Vergleich zu Verlusten, die andere erlitten, mag es nicht besonders wichtig erscheinen, daß Heinrich seinen Hund verlor – dennoch demonstriert der Vorfall, wie weit sich die Zerstörungsmaschinerie erstreckte. »Dieser Hund wurde im Krieg tatsächlich eingezogen. Und er wurde getötet. Meine Eltern bekamen eine offizielle Mitteilung, daß er ehrenhaft gestorben sei. Ich mag nicht daran denken, wofür sie den Hund eingesetzt haben.«

Viele sprachen von Hunger und der Angst vor dem Hunger. Plündern und Stehlen hieß Überleben. Heinrichs Eltern lehrten ihn, wie man Pilze, Früchte und Feuerholz sammelt. Noch immer Sammler, brachte Heinrich mir Pflaumen aus seinem Garten mit, als wir uns für die Aufzeichnung trafen. Er erzählte mir von Bombenangriffen, und wie danach »riesige Krater klafften, in denen sich Regen- oder Grundwasser sammelte. Wir spielten und schwammen in diesen herrlichen Löchern. Dort drinnen gab es Frösche, wir fingen Kaulquappen.« Heinrich war der einzige, der diese kindliche Fähigkeit, die Freude inmitten der Zerstörung zu erleben, erwähnte. »Vielleicht heißt Überleben, daß man mit den geringsten Mitteln auskommt und nicht mehr erwartet.«

Ulrich sprach von seinem Onkel, »der eine Kuh auf der Weide schlachtete, um Essen für seine Familie zu besorgen, und der dabei sein Leben riskierte ... Da wir *Flüchtlinge* waren, hatten wir wenig zu essen. Anscheinend bettelten alle und stahlen manchmal Milch und Eier für mich, der gerade erst auf die Welt gekommen war.« Beate beschrieb, was es hieß, ein Außenseiter zu sein. »Dort gab es zwei Klassen: die *Einheimischen* und die *Flüchtlinge*. Ich war ein *Flüchtling*, man sah auf mich herab. Daher weiß ich genau, wie man sich fühlt – eben dieses Anderssein.«

Das Gefühl des Andersseins, Fremdseins tauchte bei vielen auf, als sie über ihre Emigration nach Amerika sprachen. Ulrich sagte: »Während meiner gesamten Teenagerzeit fühlte ich mich als Außenseiter.« Und Hans-Peter, der wie Ulrich mit acht Jahren hierher kam, machte folgende Erfahrung: »Wenn man einwandert, wird man ein anderer Mensch.« Beide wurden in der Schule gemieden. Ulrich »war als ›der Deutsche‹, manchmal auch als ›der Nazi‹ bekannt … Ich fand das furchtbar ungerecht, weil ich kein Nazi war. Ich war Deutscher.«

Das Bewußtsein, daß ihr kulturelles Erbe Gegenstand von Stereotypen und Witzen war, erschwerte ihre Anpassung an die neue Sprache, die neuen Gebräuche und die neue Umgebung. Gewöhnlich lernten sie Englisch durch den Gebrauch im Alltag; Katharina erlernte es in einer amerikanischen Militärschule in Deutschland; Jürgen ab dem Tag, an dem seine Adoptiveltern aufhörten, mit ihm Deutsch zu sprechen.

Heinrich lebte bei deutsch-amerikanischen Verwandten, die ihn warnten: »Manche Leute hier haben etwas gegen Deutsche.« Sie bemühten sich sehr, ihn zu amerikanisieren, beschränkten die Zeiten, in denen er Deutsch sprechen durfte, und änderten sogar seinen Namen, damit er amerikanischer klang. Heinrich und ich lachten, als ich ihm von dem ersten Geschenk erzählte, daß ich hier zu meinem neunzehnten Geburtstag erhalten hatte – einem rosafarbenen Rasierapparat für Beine und Achselhöhlen.

Jürgen, der für die Regierung arbeitete, senkte die Stimme und schaute sich um, als habe er Angst, jemand könne zuhören, bevor er von seiner sogenannten »Verbindung zu Deutschland« sprach. Er sagte, er müsse vorsichtig sein: »Manchmal stehen unausgesprochene Vorurteile im Raum, wenn ich meine Verbindung zu Deutschland erwähne. Jemand könnte sie im Zorn gegen mich verwenden. Dann spüre ich eine kulturelle

Kluft, eine Trennung.« Doch die Behandlung, von der Beate berichtete, verlief genau umgekehrt. »Ich hatte eher den Eindruck, daß mich die Leute aufgrund meines Deutschseins respektierten, und das war mir unangenehm. Es glich dem unguten Gefühl, das ich als Flüchtling empfunden hatte: Ich hatte die Diskriminierung nicht herausgefordert; und ebenso forderte ich jetzt keine besondere Bevorzugung, nur weil ich Deutsche war. Es ist einfach lächerlich.«

Als ich meine Interviewpartner fragte, ob sie irgendwelche Vorurteile gegen andere hegten, sprach Anneliese ganz offen über ihren Rassismus. »Mein eigenes Vorurteil richtet sich gegen Inder. Ich weiß nicht, warum. Es ist albern ... Wenn ich in der Stadt welchen begegne, mache ich einen Bogen um sie.« Jürgen empfand seine »Vorurteile gegen andere Kulturen« als berechtigt. Er sagte zu mir: »Doch existieren auch Bedenken wegen der illegalen Einwanderung ... Warum sollten so viele Menschen herkommen und unsere Kultur verändern? Die Europäer werden nicht bevorzugt. Jetzt geht es um asiatische und hispanische Einwanderer. Es stört mich, wenn ich in einen 7-Eleven-Laden gehe und mich dort nur mit Mühe auf Englisch verständlich machen kann.« Einige wenige Interviewte zeigen diese Neigung zum rechten amerikanischen Flügel.

Marika hingegen war offensichtlich beschämt, als sie enthüllte, wie sie noch immer gegen die tiefsitzenden Vorurteile aus ihrer Kindheit kämpfte. »Ich habe mich sehr bemüht, den dröhnenden Antisemitismus zu überwinden, mit dem ich aufgewachsen bin. Im Rahmen meiner Erziehung in diesem Land, meiner Amerikanisierung, habe ich gelernt, dem Glauben anderer Menschen und anderen Rassen mehr Toleranz entgegenzubringen.«

Hans-Peter beschrieb das Vorurteil, das gegenwärtig in Deutschland gegenüber ausländischen Arbeitnehmern herrsche, die »lausige Jobs machten, die sonst keiner wollte ... Dennoch gibt es viele Gruppen, die die ausländischen Arbeiter hinauswerfen und nach Hause schicken wollen. Diese Situation birgt eine Menge Gewalt, und es könnte wieder von vorn anfangen – daß alles nur für blonde, blauäugige Deutsche da ist. Ich hasse es, das zu sehen.« Da Hans-Peter wußte, was es hieß, Ausländer zu sein, identifizierte er sich stark mit ihnen. »Es ist so, als würde mich jemand von hier vertreiben, weil ich von dort komme.«

Wie hat sich die Immigration auf unser Identitätsgefühl ausgewirkt? Es gibt ein eindeutiges Vorher und Nachher, eine Trennungslinie zwischen Deutschland und Amerika. Während mehrere Interviewpartner darüber nachgedacht hatten, was es heißt, als Deutscher in Amerika zu leben, mußten andere tief graben, um ihre Ambivalenz freizulegen. Die Frage nach dem Herkunftsland ist komplex und manchmal schmerzhaft geblieben. »Oft weiß ich nicht genau, wohin ich gehöre«, gestand Katharina. »Eine Zeitlang fühlte ich mich als Deutsche unter Amerikanern und fühle mich jetzt eindeutig als Amerikanerin unter Deutschen ... Diese fast schizophrene Existenz ist irgendwie traurig.«

Anneliese spürte den Konflikt; sie betrachtete sich als Deutsche, obwohl sie Deutschland als Zehnjährige verlassen hatte und nie auch nur zu Besuch dorthin gefahren war. »Ich habe einen deutschen Paß. Doch Amerika ist mein Zuhause, und ich fühle mich hier heimisch. Aber ich fühle mich nicht als Amerikanerin.« Beinahe alle beabsichtigten, hier zu bleiben. Eine Ausnahme bildeten Johanna, die noch immer über eine Rückkehr nach Deutschland nachdenkt, und Joachim, der seinen Ruhestand in Deutschland verbringen möchte, weil er dort Familie hat.

Unsere kulturelle Identität scheint sich mit der Zeit zu verlagern, führt für einige zu Unsicherheit und Isolation, während andere ein spezifisches Gefühl der Verbundenheit mit zwei Ländern erlangen. Wie viele von ihnen spreche ich jetzt beide Sprachen mit Akzent, was mich hier wie auch in Deutschland zur Außenseiterin macht. Ich fand es faszinierend, ihren Enthüllungen zu lauschen, während sie ihr Deutschsein oder den Kampf dagegen definierten. Als Karl und Joachim von ihrem Unbehagen angesichts sogenannter positiver deutscher Wesenszüge sprachen, konnte ich mich damit identifizieren, weil ich nur allzu gut weiß, wie unwohl ich mich fühle, wenn mich andere verantwortungsbewußt oder gründlich nennen. Joachim, der als County Manager arbeitet, wird von seiner Gemeinde oft für seine deutsche »Ordnung und Gründlichkeit« gelobt. Dann fühlt er sich seltsam, weil diese Wesenszüge in Verbindung mit der deutschen Vergangenheit negativ wirken. Karl sagte: »Ich erbrachte dort im Seminar gute Leistungen, weil ich Deutscher bin. Man ist einfach gut. Man läßt die Züge pünktlich kommen. Ich kämpfe mit der Tatsache, daß ich nach der Regel aufgezogen wurde: Wenn du etwas machst, mach es richtig ... « Um ein Gleichgewicht zu schaffen, läßt Karl »ein paar Dinge schieflaufen. Das ist nicht sehr deutsch.«

Und Eva beschrieb ihre bewußten Bemühungen, deutsche Geschichte und Gebräuche voneinander zu trennen. »Es ist nicht so, als wollte ich alles Deutsche in mir ablegen. Ich koche deutsche Gerichte. Meine beiden Kinder sprechen Deutsch. Ich habe es bewahrt, weil es nichts mit dem Krieg und Hitler zu tun hat.«

346

Kurt lebte seit seinem sechsten Lebensjahr in Amerika, war sich aber über eines sicher: »Meine deutsche Herkunft hat sehr viel mit allem zu tun, was danach in meinem Leben geschah.« Obwohl 1946 geboren, bestand er darauf, er sei »*kein* Produkt der Nachkriegszeit ... Nur die Feindseligkeiten endeten 1945. Die Russen und Amerikaner stritten sich noch um Demarkationslinien ... Ich bin im wahrsten Sinne des Wortes ein Überlebender des Zweiten Weltkriegs. Ich mußte ihn nicht durchleben – doch ich durchlebte die Zeit danach.«

Ernsthaft war ein Wort, mit dem fast alle nur zu oft konfrontiert wurden. Johanna hörte immer, sie sei zu ernsthaft, doch »das Leben zu genießen, sehen Deutsche gewöhnlich nicht als sinnvolles Ziel an.« Und Marika lernte erst, als sie in dieses Land kam, über sich selbst zu lachen. Obwohl sie sagte, sie habe sich von dieser Ernsthaftigkeit befreit, ist diese noch immer ein sehr offensichtlicher Zug bei ihr und anderen – der Schatten unserer Herkunft.

Wir haben einen langen Lernprozeß durchlaufen, bevor wir unser Leben genießen und diese Ernsthaftigkeit überwinden konnten. Je älter wir werden, desto leichter fällt uns das Lachen. Und wir haben durchaus gelacht während dieser Interviews, zum Beispiel als Gisela von ihrer strengen Erziehung sprach. »Kleine deutsche Mädchen werden dazu erzogen, brav zu sein. Ich habe lange gebraucht, bis ich kein braves Mädchen mehr war, und das ärgert mich. Man verpaßt im Leben eine ganze Menge, wenn man ein braves kleines Mädchen ist. Aschenputtel war eine lahme Ente.« Bei anderen war es ein anderes Lachen, ein leises Lachen, wenn wir gemeinsam nach den ersten Zeilen eines Liedes oder Gedichtes suchten, das wir noch aus unserer Kindheit kannten, oder wenn wir uns an Traditionen erinnerten, die die Einwanderung überstanden hatten und daher um so kostbarer geworden waren. An deutsche Feiertage und Gerichte, an die deutsche Landschaft, die viele von uns noch liebten – für mich der Rhein, an dem ich aufwuchs, und der Schwarzwald, wo meine Familie den Winterurlaub verbrachte. Ulrich und ich amüsierten uns über die *kitschige* Atmosphäre in deutsch-amerikanischen Restaurants, die *Biersteine* und *Lederhosen* und die Rumtata-Musik. Keiner von uns hatte je solche Restaurants in Deutschland erlebt, und dennoch stellen sich die meisten Amerikaner Deutschland genauso vor.

Was für ernsthafte Kinder wir doch waren ... Aufgewachsen mit dem Schweigen lebten wir in Gemeinschaften, in denen Erwachsene immer recht hatten, in denen Gehorsam und Treue mehr galten als alles andere. Obwohl es mich nicht überrascht zu entdecken, daß wir beinahe alle in unserer Kindheit mißhandelt wurden, war es dennoch schmerzhaft, die Berichte zu hören, in denen Kinder mit Fäusten, Schuhen oder – wie in Marikas Fall – mit einer Reitpeitsche geschlagen wurden, »so daß sich dicke Striemen auf der Rückseite meiner Oberschenkel bildeten.« Ihre Mutter war »eine hochgewachsene Frau, breitschultrig wie ein Mann, mit schmaler Taille, die Tochter eines Jägers ... Einmal holte sie in der Diele ihr Gewehr aus dem Ständer. Ich dachte, sie wolle mich erschießen.« In Joachims Fall waren beide Eltern gewalttätig. »Ich weiß noch, wie meine Eltern einander an den Haaren zogen, vor Schmerz schrien.« »Sie (meine Mutter) schlug mir mit ihren Schuhen auf den Kopf und kreischte: ›*Ich schlag dich, bis du in keinen Sarg mehr paßt.*‹«

Dennoch fragte sich Joachim, während er über die Verstümmelungsdrohungen seiner Mutter nachdachte:

»Vielleicht gaben wir ihr Grund dazu.« Dieser Versuch, elterliche Gewalt zu verstehen und zu entschuldigen, erfolgte nur allzu häufig. Manche dachten, sie hätten die Schläge verdient und rechtfertigten Brutalität in Familie und Schule als normal. Es schien, als glaubten sie noch immer, daß sie nur das Richtige hätten tun müssen, und ihre Eltern und Lehrer wären für sie dagewesen. Selbst Marika, so empfindsam in ihrer Furcht vor Mißhandlungen, versuchte die Mutter zu verteidigen, die gedroht hatte, sie zu erschießen. »Es lag an ihrem Temperament. Ihrer Frustration. Ihrer Hiflosigkeit. Ihrer Angst.«

Während Marika sich schwor, ihr Kind nicht zu mißhandeln, kämpften andere mit den Mißhandlungen, die sie selbst als Eltern begingen. »Ich habe viel von meinem eigenen Vater geerbt, denn ich war Tracy gegenüber sehr hart«, gestand Hans-Peter ein. »Viel davon geschah aus dem alten deutschen Gefühl heraus. Ich dachte, sie solle so und so sein und es gebe keinen anderen Weg.« Während manche bedauerten, daß sie keine besseren Eltern gewesen waren, fürchtete sich ein Mann so sehr davor, seine Mißhandlungen weiterzugeben, daß er sich gegen Kinder entschied.

Karl erzählte mir von einem Essay, den er um die Zeit der deutschen Vereinigung gelesen hatte, dem Essay eines »jüdischen Psychiaters, in dessen Auftrag Studenten eine Untersuchung auf Spielplätzen in Kopenhagen, Frankfurt und Italien durchgeführt hatten. Sie versuchten, Spielplätze mit dem gleichen sozio-ökonomischen Hintergrund zu finden ... Auf dem deutschen Spielplatz kam es viel öfter zu körperlichen und verbalen Mißhandlungen ... Der Psychiater schrieb, er wäre sehr viel glücklicher, wenn er wüßte, welches Element im deutschen Charakter diese Mißhandlungen hervorrief.« Aus meiner eigenen Kindheit weiß ich nur zu gut, daß es gesellschaftlich akzeptiert wurde, wenn Eltern und Lehrer Kinder schlugen. Es gab ein Wort dafür – Disziplin –, und es war ein definitiver Bestandteil der Kultur, ein Nachbeben des Dritten Reichs, das als nützliches Werkzeug bei der Charakterformung und Erzwingung von Gehorsam sanktioniert war.

Und wenn diese Disziplin in Exzesse ausartete – was häufig geschah –, gab es keine öffentliche Intervention.

Nur noch mehr Schweigen.

Als ich all diesen Menschen zuhörte, war ich gezwungen, wieder und wieder mich selbst zu betrachten. Schließlich verstand ich, wie uns das durchdringende Schweigen unserer Kindheit noch immer beeinflußt, daß wir diese ausweichende Haltung geerbt haben. Und daß es so schwer ist, dies zu akzeptieren und zu überwinden, weil dieses Erbe zum Schutzfaktor geworden ist. Erst nachdem ich die Interviews beendet hatte, begriff ich, daß ich zu meinem eigenen Essay zurückkehren und die Passage einfügen mußte, in der ich beschrieb, wie meine Mutter reagierte, als ich das *Tagebuch der Anne Frank* las. Dieser Zwischenfall war immer Teil meiner Erinnerung, gepaart mit Verwirrung und Scham über die Reaktion meiner Mutter, und ich hatte mich bewußt entschlossen, ihn auszusparen. Bis jetzt. Und doch ist mir, als würde ich meine Mutter verraten, wenn ich enthülle, daß sie nicht wollte, daß ich über Anne Frank las. Und doch gehört es hierher.

Ich habe Jahrzehnte gebraucht, um aus dem Schweigen emporzutauchen, und dieser Prozeß ist noch nicht abgeschlossen. Für jeden, der aus Deutschland stammt, ist es eine ganz private Reise. Manche reisen nur ein kleines Stück – vorsichtig, defensiv, von Vorurteilen erfüllt – und überleben in einer Atmosphäre, die sich kaum von jener unterscheidet, in der sie aufgebrochen sind. Andere stürzen sich in gnadenlose Selbsterforschung, und indem wir uns der Vergangenheit unseres Geburtslandes aussetzen und sie betrauern und unsere persönlichen Verpflichtungen bestimmen, die unser Dasein in der Welt von heute erfordert, erreichen wir neues Territorium.

Die Art, in der wir diese Welten in der Balance halten, definiert und bestimmt weite Teile unserer Gegenwart.

ca. 600 Seiten, geb./SU
ca. DM 58,– / öS 423,– / sFr 52,50
ISBN 3-203-79004-1

Klassische Musik im Dritten Reich: Historiker
Michael H. Kater dokumentiert Freiräume und Ver-
strickung der Künstler im offiziellen Musikbetrieb.
Seine Grundlagenstudie ersetzt Legenden durch neue
Dokumente – von Carl Orff bis Richard Strauss.

»Katers Studie ist die differenzierteste und
gründlichste, die es heute gibt.«
The New York Times

EUROPA VERLAG